偶像万万岁

OuXiang WanWan Sui

熊春林 / 著

中国财富出版社

图书在版编目（CIP）数据

偶像万万岁 / 熊春林著．—北京：中国财富出版社，2017.4

ISBN 978－7－5047－6443－0

Ⅰ．①偶… Ⅱ．①熊… Ⅲ．①长篇小说—中国—当代 Ⅳ．①I247.5

中国版本图书馆 CIP 数据核字（2017）第 072625 号

策划编辑 张彩霞　　责任编辑 刘瑞彩

责任印制 梁 凡　　责任校对 孙会香 张营营　　责任发行 张红燕

出版发行 中国财富出版社

社　　址 北京市丰台区南四环西路 188 号 5 区 20 楼　　邮政编码 100070

电　　话 010－52227588 转 2048/2028（发行部） 010－52227588 转 307（总编室）

010－68589540（读者服务部） 010－52227588 转 305（质检部）

网　　址 http://www.cfpress.com.cn

经　　销 新华书店

印　　刷 北京京都六环印刷厂

书　　号 ISBN 978－7－5047－6443－0/I·0258

开　　本 635mm×890mm 1/16　　版　　次 2018 年 2 月第 1 版

印　　张 25.5　　印　　次 2018 年 2 月第 1 次印刷

字　　数 341 千字　　定　　价 45.00 元

目录

•Contents •

第一章 飞来横祸

2013年9月2日，气温终于连续5天稳定在了35℃以下，热浪如火的重庆也总算有了一丝初秋的味道。虽然对于北方城市来说，三十二三度根本就还在夏天，但对于重庆而言，这已是可以欣然接受的凉爽日子了。

时间来到下午15：30，两个年轻人行色匆匆地走出候机大厅。男的三十出头，有着俊秀的脸庞和健美的身躯，女的二十五六岁，鹅蛋脸、大眼睛和一头秀丽的长发，眉宇间透露出聪慧，却又不失妩媚。

两个人走出接机的人群，来到不远处的公路边，钻进了一辆停靠在路边揽客的出租车。男子急匆匆地说了句：“师傅，去重医附一院，我赶时间，谢谢！”出租车向着目的地疾驰而去。

青年男子坐在后排的座位上，微微欠起了身，目不斜视地盯着前方的路，一语不发，脸上流露出一丝焦虑的神情。

旁边的女子看了看男子，小心翼翼地问道：“文总，你哥那边的情况……到底严不严重啊？”

男子仍然盯着前方的路，语气沉重，缓缓地说道：“我妈在电话里只说我哥出了车祸，其余的也没说，我也没敢多问，就怕……”

男子深深呼出一口气，接着说道：“就怕听到什么不好的消息，我宁愿亲眼见到，再去面对也好……”

女子抿了抿嘴唇，也不好再问什么了。

沉默了好一阵儿，男子对女子说道：“雅欣，我是直接去医院的，你还是先回公司吧……不，也不用回公司了，还是回家休息，公司近期也没有什么大的业务安排……”

女子接话道：“文总，我能跟你去医院看看吗？我们这一趟出去都是在飞机上飞来飞去的，我又不累……”

男子笑了笑，说道：“你跟着我飞来飞去那都是公事，去医院只是我个人的家事，你何必去操这个心呢。如果有什么事情，我肯定会第一个打电话给你，你是我的秘书嘛……听我的话，先回家休息，好吗？”

车到重医附一院的大门口，年轻男子一路小跑着穿过门诊大楼前的花园广场，冲进了住院部的3号大楼。

电梯门在18楼处打开，男子跨出电梯，来到服务台前问道：“护士小姐，请问昨天送到外科住院部的文君成住哪个病房？”

坐在服务台后，正敲击着键盘的女护士闻声抬头看了一眼发问的青年男子，愣了一下，惊诧地说道：“你……你怎么出来了……”

男子轻轻笑了笑，冲着女护士摇了摇头，说道：“我知道你的意思，我不是他！昨天住进来的是我哥，我们是孪生兄弟……”

男子看着惊疑未定的女护士，尽量放缓了语气，问道：“现在能帮我查一下了吗，护士小姐？”

女护士这才恢复了平静，轻声嘟哝了一句：“原来是双胞胎……难怪这么像……”

经过短暂的查询，女护士往右边的走廊一指：“就在这边，1815号。”

“哦，好的，谢谢！”男子立刻向着右边的走廊走去，一边走一边仔细查看着每间病房的房门上贴着的病床号码。

经过了4间病房，在第5间病房的门外，男子惊奇地发现自己的母亲和嫂子徐盛晴正神色黯然地坐在走廊的一排长椅上。

男子走到两人身边，轻声叫道："妈！嫂子！"

两人闻声抬起了头："君华！你回来了！"

文君华在两人的旁边坐了下来："妈，昨天晚上接到你的电话，说哥出事了，我马上就买了中午的机票……"

文君华又抬头看了看病房门上贴着的病床号码"1813—1815"，不禁诧异地问道："妈，嫂子，你们怎么坐在外面？"

徐盛晴轻声说道："是君成说他想一个人静一静，写点东西，让我们先在外面坐一会儿。"

文君华皱起了眉："什么事情这么重要？需要在住院的时候写出来？"

徐盛晴依旧轻声说道："君成他没说……他只说让我们等他写完了再进去。"

文君华急切地问道："那哥现在怎么样了？动手术了吗？"

文母说道："昨天上午送的医院，下午就做了手术……是被一辆小车撞的，医生说是右小腿骨折，情况还不算太严重，手术也还算顺利。"

文君华说道："妈，你为什么不早点告诉我，这样我最快昨天晚上就能赶回来！"

文母说道："那是你爸的意思，他说既然情况不算太严重，就没必要这么急着要你赶回来，你回来不也是多一个人站在手术室外面着急吗？所以你爸才说，等君成做完了手术，情况稳定了再告诉你也不迟。"

文母的语气忽然变得忧伤起来，眼神呆滞，喃喃地说道："君成腿上的伤应该没有什么大碍，可这心里头的伤……就难说了……"

文君华听出母亲话里有话，立刻追问道：“妈，哥到底是怎么出车祸的?”

文母定了定神儿，缓缓地说道：“其实这事儿呢，还是和你哥这次的工作调动有关，昨天晚上我就翻来覆去地在想啊，这大概就是你哥命里的一个劫数吧……”

文母说着拉过徐盛晴的一只手，放在自己的手上，轻轻地抚摸着，说道：“君华，你还记得你们哥俩大学毕业的那一年，你哥和盛晴的事儿吗?”

文君华笑了笑，说道：“当然记得，他们两个海誓山盟，难舍难分，连雷都劈不开！你那个时候不是还教育我，要我也找一个像嫂子一样重感情的人吗?”

徐盛晴转过头，带着嗔怪的眼神看了文君华一眼，又不好意思地把脸转了回去。

文母接着说道：“盛晴的家在永川，她爸妈当时在永川一家银行给盛晴找了份工作。你想这银行的工作多稳定，多适合女孩子干啊，盛晴当然得回永川去工作了。君成哪舍得盛晴走啊，所以选择了去永川萱花中学任教，这样子两个人就不用再日思夜想了……”

文母的脸上渐渐露出了欣慰的笑容：“这一去就是十年，他们两个也挺争气。君成一心扑在工作上，好几年都被评为优秀教师，盛晴也从一个普通的银行柜员，提拔为信贷部经理，还被调回了主城区分行工作……”

文君华和徐盛晴默默地听着母亲的述说：“我们想啊，既然盛晴都调回主城区了，那怎么也得想办法让君成也调回来，这样一家人分隔十年也能团聚了……于是你爸托人找了好多关系，终于定下来能在这个月就把君成调到大渡口区的三十六中。这也是一所市级重点中学，君成是满怀希望地准备在新的工作单位里面干一番事业，可没想到，这一去……竟然是伤了人又伤了心！”

文君华揣摩着母亲最后的那句话，疑惑地问道："难道是……三十六中不愿意接纳他？"

文母轻叹了一口气，说道："不是学校不接纳他，而是学校那边有一个让君成感到很伤心很难过的决定！前天，君成就去学校办妥了人事手续，昨天上午又接到学校的电话，说是有工作上的事儿要和他商量。君成去了才知道，原来学校是决定把一个很特殊的班，交给他去管理……"

文君华问道："一个很特殊的班？究竟有多特殊？"

文母缓缓地说道："这后面的事儿啊，也是昨天君成在做完手术以后，晚上告诉我们的……这个班是学校在经过高一年级的历次考试和对学生各方面考评之后重新组合的一个班，很多学习成绩不太好的、调皮捣蛋的、顶撞领导和老师的、受过处分的，基本上都被调整、汇集到了这个班！学校甚至还把几个成绩不理想、没多大希望考上大学的体尖生、艺尖生也扔进了这个班！你们想啊，这是个什么班啊！这就是个不折不扣的烂班！以君成的教学能力、才华和心气儿，还有以前获得的荣誉，他怎么接受得了这样的事实和安排！这对他的期望和自尊心又该是一个多大的打击啊！"

文君华强忍着心中的不平和愤怒，静静地听着母亲的述说："君成说他感觉掉进了冰窟窿，从头凉到脚啊！他甚至都不记得是怎么走出校领导的办公室和学校大门的！过马路的时候都是心神恍惚，两眼发黑，满脑子都在想学校给他的工作安排，你们说他这样的精神状态能不出事儿吗？再后来的事情，就是现在这个样子了……"

文君华愤愤不平地说道："他们凭什么这样对待他！好歹萱花中学也是一所重点中学，君成还获得过这么多的荣誉！就算是对待一个初来乍到的新老师，也不用这么过分吧！"

眼泪从徐盛晴的眼中滚落而出："妈，也许我根本就不该调回主城区来，你们也不会为君成的事儿操这么多的心……这十年我们在永川不是也过得好好的吗……”

文母轻声抚慰着徐盛晴：“盛晴，没人怪你啊，你又何必胡思乱想呢……妈不是已经说过了吗，这可能就是君成命里的劫数，就算不在这儿发生，说不定哪天就在永川发生了……既然现在已经发生了，就说明劫数已过，应该想想以后的事情了……盛晴，你去看看君成写完没有？”

徐盛晴擦干脸上的泪水，走到病房门口看了看，说道：“妈，君成已经写完了，我们进去吧。”

3 个人走进了病房，1815 号病床就在病房的最里面，靠窗的位置，文君成的手里拿着两页纸，一脸憔悴地斜躺在病床上，两眼空洞无神地望着房间的天花板，右腿膝盖以下打着厚厚的石膏，一条白色的绷带把他的右腿向上呈 30°角，整体吊在了空中。

徐盛晴走近病床，轻声呼唤道：“君成……君成，君华来看你了！”

文君成终于回过了神儿，扭头看着文君华，略有些意外地问道：“君华，你怎么也来了？你不是在北京出差，考察什么活动吗？”

文君华走到病床边，淡淡地笑了笑，说道：“本来是在北京考察动漫文化艺术节的开幕式，昨晚接到妈的电话，就赶紧回来了。怎么样，哥，现在感觉好些了吗？”

文君成说道：“我没什么大碍，医生都说了，腿断了可以接上，三四个月的时间就能痊愈，以后照样能跑能跳……”

说到这儿，文君成忽然惨然一笑：“可有些念头断了，就不知道能不能再接上了……”

文君华深吸了一口气，将一只手放在文君成的肩膀上，劝慰道：“哥，你这次出事儿的原因，刚才妈都跟我说了，过去那些不愉快的事情，就不用再去理它了！学校不具慧眼，不重人才，那是他们的眼光有问题，又不是你的错！你有能力、有才华，就算暂时被乌云遮蔽，但一年、两年、三年后，他们一定会发现你是一块能发光的金子！你照样能守得云开见月明！”

文君成微微一笑，拍了拍文君华放在自己肩上的那只手，说道：“谢谢你给我的鼓励！你是担心我就此沉沦了吧？的确，在永川这十年我是获得过不少的荣誉，也是一个两次被评为区优秀教师、三次被评为校优秀教师的人，前天我就是顶着这样的光环去三十六中完成了人事调动的手续……”

文君成伸出右手，轻轻抚摩着自己右腿上的石膏：“可惜，我带去的是满腔的热情和无限美好的憧憬，带回来的却是满身的伤痛和无尽的心伤……妈昨天晚上陪我说话，她说这是我命里的劫数，是躲不开的；但我想了一个晚上，却认为这可能就是我人生、命运的一个转折点！它或许在启示我，我应该去一个新的地方，开始新的梦想和旅程了！”

文君华疑惑地问道：“你的意思是……”

文君成坚定地说道：“我准备离开学校，到一个新的领域去从头开始！”

文君成的话让病床边的3个人都震惊不已。

文母带着颤抖的语音说道：“君成啊，你是不是还在想学校给你的岗位安排？你……你怎么会有这种想法……”

徐盛晴焦急地说道：“君成，这可是个大事儿！你不要这么快就做决定，好不好？”

文君华问道：“哥，你想清楚了吗？你这样离开学校，就等于是离开了教育系统，放弃了自己的教师身份，也放弃了你为之奋斗了十年的教育事业！还有你取得的成绩和荣誉，你全都这样放弃了吗？”

文君成看了看他们三人，缓缓地说道：“我知道，我这个决定很突然，让你们一下子很难接受，但我经过一整夜的思考，的确是把很多事情都想透了，这就是我最终的决定！在你们进来之前，我已经把给学校的辞职信都写好了……既然是命运的转折，就必然会有人生的涅槃和重生，又何必再去留恋曾经的荣誉呢……”

文母闻言深深地叹了一口气，把头转向了一边。

徐盛晴默默地低下了头，也不知道再说什么好。

文君华冷静地问道：“既然你已经决定了，那有什么打算吗?”

文君成轻轻一笑，说道：“你们真以为我脱离了教育战线就寸步难行了？作为一个有着辉煌历史和深厚文笔功底的语文老师，我还是有那么点一技之长的……这些年我在国内一些杂志期刊和文学网站上发表了不少东西，有好几家杂志社和网站都在问我，是否有兴趣做他们的专职责任编辑，现在看来，居然派上用场了！远的不说，在主城区就有两家杂志社一直都和我保持着联系，等我的腿痊愈之后，就去找他们聊聊!”

文君华会心地笑了笑，说道：“那看来我应该祝你好运了!”

文君成微笑着说道：“你的祝福我收下了！其实，说不定以后有些事情我还得向你请教呢！这十年你的收获也不错啊！已经从一个普通的打工仔成长为一个拥有自己公司的企业家了!”

文君华笑着说道：“你就别恭维我了！我那家文化传媒公司也不过是做做商业活动、文体活动的策划、组织和包装，哪算得上什么企业家!”

文君成的神色忽然变得有些凝重：“君华，哥现在就有一件事需要你的帮助，今天是9月2号星期一，新学期开学的第一天，而我从前天出来以后就和学校失去了联系，今天一整天学校肯定都在全力想办法联系我……可我现在这个样子，实在没心情和学校谈辞职的事，所以我想让你帮我把这封辞职信交给学校的领导!”

文君华接过文君成手里的那两页纸，文君成又仔细地叮嘱道："这事不能拖，越快办妥越好！学校越快知道我的决定，就能尽早为学生们物色另外一位新老师，这样才不会耽误他们的学习……"

徐盛晴看着文君成，轻声说道："你看你，自己伤成这样，又说要离开那个伤心地，到头来还是放不下学校的事情!"

文君华想了想，说道："我倒是想到一件事，你是在办完了人事调动手续之后，又是在学校附近发生的车祸，这应该算是工伤吧?"

文君成淡然一笑，轻轻摆了摆手，说道："这件事情我不想再和学校纠缠了，我还没来得及为学生们上一堂课呢，你们总不能让我一只手向学校递交辞职信，另一只手又向学校讨要医药费吧！这样做又有什么意思呢?"

文君华收好辞职信，说道："放心吧，我明天上午就替你送到，顺便再看看那几个不具慧眼、不重人才的校领导到底长什么样儿……"

第二章 美丽的邂逅

三十六中位于大渡口区九宫庙的正中心，就在主干道袁茄路的边上，每天都是车来车往，熙熙攘攘。当文君华走进学校才发现，其实里面另有一番天地，有阵阵芬芳的花香，还有琅琅的读书声，完全没有外面那些市井喧嚣。

出现在文君华眼前的是左中右3栋楼，左右两边6层高的显然是教学楼，左边的楼写着“至善楼”，右边的楼则写着“明德楼”，而正中间的那栋楼只有3层高，最顶上写着“逸夫楼”。

在这3栋楼的前面各有一个椭圆形的花坛，花坛里绿草青幽，花朵争芳斗艳，加上悦耳的读书声，好一派清雅的校园景象。

文君华不禁在花坛前停下了脚步，闭上眼睛，深深地吸了一口气，细细品味着这令人轻松、陶醉的气息……

忽然，“丁零——”一声，下课铃响了，学生们下课了。

刚才还无比宁静的校园，十几秒钟后就变得热闹非凡，从各个楼层和教室涌出的学生，呼啦啦地占据了校园的各个区域和角落，文君华看着这些三三两两、嬉笑打闹，从自己身边飞速窜过的学生，仿佛也看到了自己那久违的学生时代。

正在回忆间，一个个子高高的、至少有1.68米，蓄着一头披肩长发且长相甜美的女生走到了文君华的面前，带着微笑和好奇的神情上下打量着文君华。

文君华也略有些吃惊地看着自己面前的这个女生，他很少碰到一个十多岁的女生能像她这样，和一个陌生男子进行如此近距离的对视。

女生率先开了口："请问……你到我们学校来，有何公干啊?"

文君华被这个女生的问话逗乐了，忍不住和她开起了玩笑："你怎么就知道我是来公干的? 万一……我是某个学生的家长? 又或者是学校上级领导来视察学校工作呢?"

女生微笑着，不紧不慢地说道："你说的这两个应该都不是你的真实身份。首先，从年龄上看，你这么年轻，根本就不在中学生家长的年龄范围以内，所以就排除了第一个可能。至于你说的学校上级领导的身份，可能性更小……"

文君华眨了眨眼睛，问道："何以见得呢?"

女生说道："因为你没有上级领导那种高高在上、趾高气扬的气势，到学校来视察工作的领导，哪个不是这个样子? 你没有，所以你不是!"

文君华笑着问道："那你觉得我应该是个什么样的人呢?"

女生也眨了眨眼睛，认真地说道："我觉得你很和蔼，待人很亲切……我看到你站在花坛旁边呼吸花的芬芳，一边呼吸还一边闭着眼睛想事情，说明你懂得欣赏，懂得品味生活、品味人生，是一个感性的人……另外，你说话还很有条理，说明你并不缺乏理性！我感觉到你身上有一种文化、艺术的气质……"

文君华忍不住笑了起来："我今天真是太幸运了！一大早就收到这么多的表扬和赞美!"

文君华停住了笑，也认真地对女生说道："我必须得承认，你的眼光很精准！我能说你是一个美貌与智慧并存的女孩子吗?"

女生听到这句话后两眼放光："你不是也在赞美我吗！你

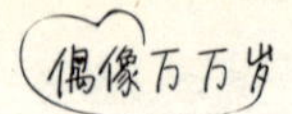

说的是真心话……还是在恭维我？”

文君华轻轻一笑：“我说的是事实嘛！干吗要骗你？我想问你，你平时是不是很喜欢看侦探、推理一类的书和电影？”

女生说道：“你怎么知道的？我是很喜欢看侦探、推理一类的东西，像《福尔摩斯探案集》《亚森·罗宾探案集》之类的书和据此拍成的电影，我全都看过！我妈说我天生就有一个男生才有的兴趣爱好！”

两人都呵呵地笑了起来。

女生略有些羞涩地说道：“说实话，我感觉跟你挺投缘的，我们都还不认识，一见面就和你说了这么多！你能告诉我你的名字吗？或者只说姓什么也可以……”

文君华也觉得和这个女生的对话很有意思，于是打算再逗她一下：“其实我的姓氏就隐藏在刚才你对我的那些表扬和赞美之中了，你那么会推理，不妨猜猜看？”

女生低头略微思索了一下，说道：“那……我猜你姓‘何’或者是姓‘文’的可能性大一些！对了，你还没说你是做什么的，稍微给我点儿提示吧，比如说公务员、经商、金融商务之类的，说不定我就可以确定你到底姓什么了！”

文君华顺着女生的话，不假思索，鬼使神差地接了句：“那如果我是当老师的，你也能猜出我是教哪一科的吗？”

女生自信地说道：“当然了！如果你姓文，又是当老师的……”

女生说到这儿忽然意识到了什么，脸色一变，略有些紧张地说道：“那你……你就是文老师！怪不得你一直都不肯说你是做什么的……原来你……一直都在考验我……”

文君华见女生突然变了神色，一边努力地思索是不是自己说错了什么，一边轻声地问道：“同学，你刚才……说什么？”

女生恭恭敬敬地对文君华说道：“文老师，您好！我叫段雪曦。”

文君华的心一紧，猛然意识到了段雪曦的误解，正想开口解释，段雪曦却转过头向着不远处的学生群看了看，一边挥手一边大声喊道："珊珊！珊珊！快过来！这边！"

一个梳着大长辫子，比段雪曦略微矮几厘米，但同样美丽的女生应声小跑了过来，来到段雪曦的身边，一双大眼睛眨也不眨地盯着文君华。

文君华正准备开口，段雪曦却做起了相互介绍："文老师，她叫彭珊珊，也是我们高二（四）班的。珊珊，这就是我们新来的文老师！"

彭珊珊把嘴凑到段雪曦耳边轻声问道："阿雪，你确定你没搞错？要是认错了人，可就闹出大笑话了！"

段雪曦轻声回应道："你要相信我的推理是不会错的！昨天你没听那几个任课老师说吗？我们新来的班主任姓文，三十出头，而且……而且还很……"段雪曦的声音小了起来。

文君华尴尬地笑了笑，说道："其实我……"

话刚一出口，彭珊珊却又转过身对着不远处的人群大声喊道："琪琪！雨涵！你们快过来！"

两个身高和彭珊珊差不多的漂亮女生嬉笑着跑了过来。4个女生凑到一块儿，带着好奇和欣喜的神情，不停地打量着文君华，文君华简直被看得有些不好意思。

段雪曦说道："文老师，刚才你是不是想说……其实你还是愿意回来带我们班的，对不对？那你……昨天为什么不来呢？我们等了一天都没见到你……"

彭珊珊接口说道："是啊，我昨天路过办公室，听见那几个任课老师说，他们说文老师在闹情绪，所以就失踪了！"

段雪曦说道："但现在文老师已经回来了！"

段雪曦带着期盼的眼神看着文君华，轻声问道："文老师，你肯定……已经考虑好了，对吧？"

文君华心里咯噔一下，忽然发现自己的心绪变得异样和复杂起来，一低头，看见手中的公文包，才猛然想起自己今天来此的主要目的。

文君华偏过头快速扫视了一下花坛里的鲜花绿草，又定了定神，苦笑了一下，重新看着4个女生，认真地说道："各位同学，你们都……"

4个女生异口同声地说道："我们都是高二（四）班的！"

这时，只听"丁零——"一声响，上课时间到了！

段雪曦依然带着期盼的眼神，说道："文老师，那我们……先进去了……"

说完，4个女生转过身，匆匆地向至善楼的门口走去。

看着4个女生离去的背影，文君华一下想到了什么，直着脖子大声问道："喂，同学！校长办公室在哪儿？"

段雪曦闻声停下脚步，转过身大声问道："哪个校长？"

文君华大声说道："陈校长！"

段雪曦手一指，大声回应道："在逸夫楼3楼！最里面、最大的那间办公室！"

文君华见段雪曦还停在那儿，没有走的意思，急忙说道："知道了！你快进去吧！"

段雪曦这才迈开脚步，向着教学楼的门口小跑了进去。

刚跑出没几步，段雪曦却又停了下来，转过身对着文君华欣然一笑，把两手围拢在嘴边，大声呼喊道："我叫段——雪——曦！"说完才跑进了教学楼。

刚才还充满欢声笑语的校园忽然又变得安静起来，仿佛偌大的学校就只有文君华一个人在里面。文君华凝视着花坛里娇艳的花朵，脑海里却浮现出段雪曦、彭珊珊、琪琪和雨涵4个女生俏丽的脸庞。

文君华忍不住笑了起来，用力甩了甩头，再次深深地呼吸了一下芬芳的花香，然后迈开步子向逸夫楼走去。

逸夫楼的一楼入口处是一个小型的接待厅，墙上挂着学校的历史简介、人事组织架构和主要领导的职责分工：校长陈建怀，副校长王启舟，教导主任乔善坤，团委书记李哲斌……文君华在心里默背了一下几个人的名字，然后向3楼走去。

按照段雪曦的指引，文君华来到了3楼最里面的那间办公室。办公室的门虚掩着，只留了一个小缝儿，门上的铜字招牌清楚地写着“校长办公室”。

文君华正准备抬手敲门，门却从里面被拉开了，一个年纪四十出头，蓄着小平头，面色略微显黑的中年男子，手里拿着一叠文件正欲从里面走出来，差点儿和文君华撞个满怀。

文君华向后退了一步，让出一条路让中年男子通过。中年男子却一脸惊愕地看着文君华，轻声惊呼道：“文老师！是你！”

中年男子迅速转过身，向着办公室大声说道：“陈校长！老陈！你看，文老师终于出现了！”

随着门被拉开，文君华也看清了里面的陈设和人，一个五十出头，身材又高又瘦，头发略有些花白，戴着一副眼镜的男子，从一张大班桌后面走了出来，惊喜地说道：“文老师，你总算回来了！乔主任昨天可是找了你一整天啊！”

乔善坤笑着说道：“不管怎么说，只要回来就好！陈校长昨天也是担心了一整天……欸，我们全都站在门口干吗？进去再说！进去再说！”

不等文君华说一句话，两人便将文君华拉进了办公室。陈建怀坐回了大班桌后面，文君华和乔善坤则坐在了他的对面。

三个人坐定后，乔善坤便开始了热情洋溢的讲话：“我就说嘛，文老师主要还是因为事业心太强，以前又取得过不少成绩和荣誉，心气儿肯定要比别人高一些，所以对学校的一些工作安排难免会有一些不理解和委屈的情绪在里面……昨天一整天一定是待在家里好好冷静了一下，重新思考、调整了工作的思路和规划！我就跟陈校长说，年轻人嘛，情绪来得快也去得快！只要文老师解开了心里的那个疙瘩，他自然就想明白了！”

陈建怀接着说道：“文老师啊，坦率地说，来到一个新的环境，马上就接受这样一个班，是有一定的工作难度在里面！对于你的心情和感受，学校是完全能够体会和理解的。你有什么困难和想法，都可以讲出来，和学校好好沟通一下嘛！我一想到你那天走的时候那个精神状态，我就担心啊！昨天我还在和乔主任说，文老师不会是出什么意外了吧！”

乔善坤用力拍了拍文君华的肩膀，笑着说道：“文老师现在不是好好地坐在我们面前吗？老陈，你看文老师今天的这身装束，白色T恤，蓝色的牛仔裤，整个人精神得很嘛！连发型都换了！”

陈建怀和乔善坤说着说着竟哈哈笑了起来。

笑声一停，文君华正想趁机插句话，陈建怀却马上对乔善坤吩咐道：“乔主任，你去通知赵杏芳老师，说文老师已经回来了，找个时间和她做个工作交接，我看她也是身在曹营心在汉的。”

乔善坤立刻起身说道：“好的，我马上就去，顺便也跟王副校长说一声，让他安排一下文老师的宿舍。”说完便转身离去了。

文君华见状忙开口阻止道：“乔……乔主任，你别……”

陈建怀却打断了文君华的话：“文老师，文老师，让乔主任去忙吧，我还有些话想对你说。”

文君华转过身来的时候，陈建怀已将一杯热茶递了过来：“文老师啊，并不是学校不承认你过去的成绩和荣誉，而是目前学校在教学工作的安排上确实存在一些困难和特殊之处，相信不久后你也能感觉得到。但如果是金子，我们就一定会创造条件让它发光！我陈建怀在教育体系工作了几十年，虽然不敢自称是伯乐，但在识人才、重人才这一点上，自信还是比很多人做得更好！你看……”

刚说到这儿，桌上的电话响了起来。陈建怀看了看来电显示，笑了笑对文君华说道：“这是区教委打来的电话，我还必须得接，你先稍坐一会儿。”

陈建怀拿起了听筒：“喂，是张处长啊？你好，你好！好久不见啊！你是说下个月要检查后勤工作这一块儿啊，我们一直都是相当重视的……”

3 分钟过去了，两人的通话似乎并没有结束的迹象，想到今日此行要办的事情竟几乎还没开头，文君华开始焦躁不安起来，索性站起身，打算走动走动，舒缓一下焦虑的心情。

文君华转过身没走几步，却意外地发现办公室的门口探出了几个脑袋，仔细一看，其中两个正是之前见过的段雪曦和彭珊珊。

文君华吃了一惊，轻手轻脚地走了过去。走到门外走廊一看，外面竟有六七个男女学生。

文君华压低了声音问道：“你们好大的胆子！现在不是上课时间吗？怎么跑到这儿来了？”

段雪曦微笑着说道：“本来这节课是赵老师的政治课，刚上了不到十分钟，她就去接待学生家长了，所以，我们就跑过来看看！”

彭珊珊在一旁笑嘻嘻地补充道：“主要是阿雪跟他们说，说我们的新老师长得好像《孤男寡女》里面的刘德华！”

段雪曦立刻纠正道：“乱讲！《孤男寡女》是你说的，我明明说的是像《暗战》里面的刘德华！”

文君华忍不住笑了起来：“感谢段雪曦同学对我的再一次赞美！还有这位美女同学对我的……”

彭珊珊的脸上笑开了花，带着轻快的语调回应道：“我叫彭珊珊！”

文君华微笑着说道：“彭——珊——珊？很好听的名字，

好听又好记!”

彭珊珊身后一个英俊的男生长舒了一口气，说道：“新老师回来了，我们再也不是没人认领的野孩子了!”

段雪曦转过身轻声斥责道：“叶嘉伟，说什么呢!”

叶嘉伟两手一摊，反问道：“怎么我说错了吗？前前后后这么多老师都不想接手我们班，我们不是野孩子是什么?”

另一个男生接口说道：“野孩子还算不错的，在他们眼里，我们都是垃圾！他们把所有的垃圾扫到一起，就是方便找个时间把我们全都倒掉!”

段雪曦又轻声斥责道：“徐鹏，你又来掺和什么!”

文君华忍不住说道：“你们何必这么看轻自己呢？做人必须得有一点自信才行啊!”

又一个男生撇了撇嘴，说道：“我已经打听过了，如果实在没有老师愿意接手我们班，学校就决定从赵老师开始，高二年级各班的班主任轮流来监管我们，每人一个月……我们真的就是他们眼里的垃圾和败类!”

叶嘉伟一边摇头一边轻声说道：“自信？谁不想有自信……可我们最后的那点自信，都被他们摧毁殆尽了……”

几个学生全都沉默了下来，集体低下了头。

看到学生们沮丧、难过的表情，文君华的心里忽然也有了一种莫名的难受和悲伤，一时之间又想不到用什么合适的语言去开导、劝慰他们，只得轻声说道：“各位同学……你们要振作起来，不管身处什么样的环境，都不要怀疑自己，更不能自暴自弃！一定要相信自己的能力……”

段雪曦慢慢抬起头，看了看文君华，欲言又止。

文君华说道：“各位同学还是赶快回去吧，要是赵老师回来发现你们不在就不好了。”

段雪曦深吸了一口气，对另外几个学生说道：“我们先回去吧，文老师和校长还有事情要谈呢。”

学生们向楼梯口走去，段雪曦走在最后，走到阶梯处时，又回头看了文君华一眼，才依依不舍地走下了楼。

文君华站在走廊里，心里像打翻了五味瓶，心绪越发不安和复杂起来，原本这些和自己毫无关联的事情，竟似已和自己搭上了千丝万缕的联系，不知不觉中自己已背负和承载了太多太多的寄托和期盼。

文君华陷入了深深的迷惘和沉思之中……

正在这时，办公室里传来了陈建怀的呼唤声："文老师……文老师！你还在吧?"

文君华忙应声走了进去："我还在！刚才……我是怕影响陈校长谈工作，所以就到外面走动走动!"

陈建怀微笑着说道："文老师，你今天能主动回来找我们，应该也是有了自己的想法和决定吧?"

文君华微微皱起了眉，脸色变得有些凝重，侧过脸沉思了片刻，才转过头面对着陈建怀，坚定地说道："陈校长，我已经考虑清楚了，我愿意接手高二（四）班！我相信只要有学校领导的支持，我一定能让他们有所改变，重新绽放光彩！我想以后也不用再去麻烦其他班的班主任来为这个班操心了!"

陈建怀难掩兴奋之情，愣了几秒钟才说道："好啊！很好！你能有这样的决心和精神，我很高兴！也很欣慰！今后在教学工作中有什么困难或者想法，都可以找乔主任，或者直接找我来解决!"

陈建怀说完拿起了电话听筒："这样吧，你现在就去2楼201办公室找王副校长，我也马上给他打个电话，让他尽快安排好你的宿舍，总要先解决你的后顾之忧吧。"

文君华刚下去没多久，乔善坤就从外面走了进来："我去找过赵老师了，她这会儿正在接待两个学生的家长，我看她挺忙的，就让杜老师晚些时候再转告她。"

陈建怀点了点头，说道："也好……刚才文老师当着我的面也表了态，他愿意接手高二（四）班，也很有信心把这个班带好，我也总算是安心了！乔主任，其实有时候我也在想，我们这么对待一个年富力强的优秀老师，是不是也有一些不妥的地方？也难怪他之前有那么大的情绪波动……”

乔善坤劝解道：“老陈，这个安排也不是我们存心刁难他，原定接手高二（四）班的汪老师死活都不肯去，宁可到初中部做一个任课老师，也不愿意当这个班的班主任！后来我们又陆续物色了李老师、曹老师和邓老师，哪个不是一听是接手高二（四）班就跑得远远的！最后实在没办法，才安排给了新来的老师嘛！”

陈建怀说道：“好在关键时候文老师在思想上转过了弯儿，也算是帮学校解了一个围！”

乔善坤有些纳闷地说道：“说来也怪，文老师之前在办公室门口看到我的时候，竟然像在看一个陌生人……才一天的时间，他对这个工作安排的思想情绪，还有整个人的精神面貌，居然有了180°的大转变，简直就像是换了一个人！”

陈建怀一边思考一边说道：“我觉得这个文老师还是挺不错的！就凭他敢于挑重担这一点，我看我们学校就找不出几个老师有这种魄力！”

陈建怀看着乔善坤认真地说道：“所以我是这样考虑的，带这个班肯定要耗费不少的心思和精力，在以后的教学当中，如果文老师提出什么新的想法、建议或者是创新，学校就尽量多支持、多配合他一点，毕竟他也不容易……”

乔善坤点头说道：“这个没问题，到时候他有什么具体的想法和行动，我来给他打气、撑腰！大不了就把这个班当作实验班去搞好了！”

第三章 学生的鬼点子

就在文君华和陈建怀谈话的同时，暂时接管高二（四）班的赵杏芳，也在为接待高二（四）班男生何先强和女生周敏各自的家长而忙碌着。

高二年级的办公室里面，两个学生都耷拉着脑袋，何先强和周敏分别站在赵杏芳的左前方和右前方，两人身后坐着各自的父亲。

赵杏芳用严厉的目光扫视了一下何先强和周敏，然后尽量用平和的语气说道："今天请两位家长来到学校，主要是想就你们子女的学习情况和在校的日常表现，进行一次沟通和交流……话说回来，其实我本人的主要工作和重心还是放在高二（七）班那边，高二（四）班嘛，情况相对特殊一点，我暂时也对他们进行一个临时的监管……"

说到这儿，赵杏芳的语调忽然提高了起来："但是，这并不会影响我对学生一贯的严格要求！就说昨天吧，我暂时接管他们的第一天，晚饭时间我就看见何先强和周敏两位同学，在学校小花园的角落里手拉着手说悄悄话！这不是明显的、典型的早恋行为吗！"

刚说到这儿，何父的手机忽然响了起来。

何父带着尴尬的笑容，轻声说道："不好意思，不好意思！接个电话……"说着接通了电话，用手掩着嘴小声说道："你买了多少？二十斤？太少了！起码得三十斤！都开学了嘛……别啰唆，按我说的办！”

何父随即挂断了电话，笑着对赵杏芳说道：“您继续，您继续……”

赵杏芳清了清嗓子，接着说道：“两位家长也是过来人，肯定也知道，这早恋行为是影响学业的最大敌人！多大的孩子啊，知道什么是爱情？整天就卿卿我我的，脑子里尽是乱七八糟的东西！还能有多少心思放在学习上面啊……”

这时，周父的手机又忽然响了起来。

周父迅速掏出手机放在耳边，轻声说道：“什么事儿快说！你告诉她，她就是买三十支也还是这个价儿！想要特别优惠就等邵易回来再说，就这样，啊！”说完便迅速地把手机放回了兜里。

赵杏芳略有些不满地看了周父一眼，继续说道：“举个例子，就说我们高二（七）班吧，上学期有个叫韩耀林的男生，还是个艺术绘画的尖子生！就是因为在高一的时候谈恋爱，导致学习成绩一落千丈！所以高二一开学，就被我果断地调整到了高二（四）班！不能让这种现象蔓延，更不能让这些害群之马影响到其他学生的学习！”

赵杏芳看了看何父与周父，感觉自己的话似乎并没有引起两个家长的重视，两人甚至还表现得有些心不在焉。

赵杏芳顿了顿，说道：“两位家长今天抽出时间来到学校，对于子女的早恋行为，肯定也应该有一个最基本的意见沟通和交流吧……”

赵杏芳用手指着周父，对何父说道：“何先生，你对面那位就是周敏同学的家长，你有没有什么想法和意见要和周先生进行沟通的？”

刚才还漫不经心的何父闻言如恍然大悟一般，满脸堆笑地站了起来，对着周父招了招手，热情地说道：“哟，你就是……我儿子女朋友的爸爸？那咱们指不定哪天还能成为亲家呢！要不，改天上我那儿去坐坐？”

何父的话如同在办公室里面点燃了一串响亮的鞭炮，差点儿没把其他 4 个人吓得跳起来。

周父望着何父，张口结舌地回应道：“这……这个，回头……再约时间吧……”

赵杏芳目瞪口呆了好一会儿，才盯着何父气冲冲地说道：“何先生，你知不知道你在说些什么！我找你来是配合学校教育好自己的子女！不是让你来见亲家！”

赵杏芳又瞪着周父怒喝道：“还有你！周先生，你居然还答应他了！你们上辈子就是亲家，对吧！”

赵杏芳对着两个人大声呵斥道：“你们就是这样教育子女的！真是上梁不正下梁歪啊！都已经分到差生班了，还不知道奋发图强，知耻而后勇，你们是怎么做父亲的！居然还支持自己的子女搞早恋！真是有其父必有其子啊！”

在场的 4 个人在赵杏芳的怒斥之下，都不约而同地低下了头，连大气都不敢出。

赵杏芳说着站了起来，慢慢走到何父的身前，看着何父衬衫下摆上那成片的油渍，猛然醒悟道：“哦……难怪看着这么眼熟，你是学校 1 号门斜对面牛肉面馆的老板吧？”

何父轻轻抬起头，却碰上了赵杏芳严厉的目光，立刻又吓得低下了头。

赵杏芳又慢慢走到周父的面前，仔细端详着说道：“如果我没记错的话，你应该是……2 号门对面文具店的老板吧？”

周父忙摆手否认道：“不不不……我只是老板的亲戚，老板今天还没回来……”

“谁说没来？你们两个已经来了！”赵杏芳大声打断了“周父”的话，“来到学校冒充学生家长，欺骗老师！欺骗学校！”

“何父”赔着笑试图缓和现场的尴尬气氛：“其实吧……

我们也是觉得……这些学生挺可怜的……”

“周父”也顺势赔着笑附和道：“就是就是！只不过是犯了一点小错误……”

“用不着你们两个插嘴！”赵杏芳大声说道，“学校知道怎么教育和管理学生！你们两个还是从哪儿来就给我回哪儿去！怎么？还要我亲自送你们出去？”

两个中年男子立刻红着脸站起身，以近乎小跑的速度冲出了办公室。

赵杏芳忽然想到了什么，起身追了出去：“喂！你们两个叫什么名字？先给我站住！”

赵杏芳刚一离开，周敏就皱着眉责怪起了何先强：“都怪你！我就说先让他们两个碰个面，练习练习的，现在露馅儿了吧！”

何先强不服气地回敬道：“你以为我不想让他们先练习练习？时间这么紧，他们两个又互相不认识，你叫我怎么安排？”

赵杏芳从外面走了进来，坐回自己的位子，黑着脸看了看两个人，手“啪”的一声拍在桌子上，说道：“犯了错误不知悔改，还找人冒充家长，简直就是罪加一等！自己说，该接受什么处分？警告还是记过？”

坐在赵杏芳斜对面的物理老师杜云涛开口说了话：“我说赵老师，你就别在这儿大动肝火了！二十分钟前乔主任就来过，看你正忙，就说等你空下来再让我转告你，新老师回来了！你就别操那份心了！这事儿交给新老师去处理吧。”

赵杏芳问道：“新老师？你是说……那个姓文的老师？”

杜云涛答道：“应该就是吧。”

另一张桌子上的英语女老师金昱琳说道：“你说的那个文老师，我从宿舍过来的时候看见他了，王副校长带他去A栋了。赵老师，说不定他还会和你做邻居呢。”

杜云涛问道："你看见了？那个文老师长什么样儿啊？"

金昱琳说道："年龄和你差不多，三十出头，但形象、气质很不错哦，比你可帅多了！"

杜云涛戏说道："哟，金老师，这才一面之缘，你就一见钟情了！这明天要是坐到你对面，你还不得天天对着他抛媚眼、唱情歌？"

金昱琳一笑，说道："你少来了！"

赵杏芳想了想，自言自语道："这个新老师……我得先去会会他……"然后对着何先强与周敏大声说道："你们两个先给我回去上课！好好反省反省！"

文君华和王启舟在去往教师宿舍楼的路上，一边走一边聊着。

文君华问道："王校长，我看学校进门那两栋教学楼挺新的，是最近新建的吧？"

王启舟笑了笑，说道："也不是新建的，就是陆续在前年和去年进行了翻修和重新装饰……"

王启舟用手一指自己右前方那座崭新的体育馆："只有这座体育馆，才是去年给拆了，搞了一次全面的新修和扩建。"

王启舟又用手一指自己左边的田径运动场："不仅如此，这个运动场的草坪、看台、座椅还有塑胶跑道，也是在去年暑假期间完成了整体的翻修。可以这么说吧，像这种规模和设计水平的运动场，在重庆所有的中学里面也是找不出几个来的！"

文君华由衷地赞叹道："这么说来，学校对于教学设施的投入还是蛮大的嘛！"

王启舟说道："那是肯定的！陈校长的办学责任心是很强的，一有资金就全部投入到教学设施的更新和升级上了，结果反而委屈了学校的老师，待会儿你就知道了，那几栋教师宿舍楼还是二十世纪八十年代修建的，又老又过时，陈校长把宿舍楼的翻修计划搁到最后面了！”

文君华笑了笑，说道：“也不要紧，迟早都会翻修的嘛。”

王启舟说道：“文老师啊，你失踪了一天，然后又回来表示愿意接手这个班，我相信你也是经过慎重考虑之后才做出的决定，不过我还是得给你打个预防针，让你有一些心理准备……这个班可是整个学校里面的一个另类、一朵奇葩！不但整体学习成绩很差，各种不良现象、不良风气，比如喝酒、抽烟、早恋、打架、顶撞老师，甚至顶撞学校领导，可以说是样样都有，一应俱全啊！”

文君华默默地听着，没有说话。

王启舟继续说道：“就说学习成绩吧，这个班在高一年级的时候，就创造了6次月考、两次期末，累计8次年级排名垫底的纪录！学校处理的4起打架纠纷，其中3起都有这个班的学生参与；学校宿舍管理员两次发现这个班的男生把香烟和啤酒偷偷拿进了宿舍……为了挽救和改变这个班，学校也是想了不少办法，又是家长交流会又是学生教育专题会的，整个一学年光是班主任就换了3个！这还不包括被他们给气哭、气走的几个任课老师！

“这个班的学生鬼点子、鬼名堂也特别多，当着老师和校领导的面都敢张口胡说，说出来的话能把你气个半死！学校考虑再三，为保证其他学生不受影响，就从这个班调走了十多个表现相对好一点的学生，又从其他班转了十几个成绩和日常表现相对差一点的学生进去……

“所以说啊，文老师，这乱世用重典，你要想管住他们，就得下狠手！学校会支持你的！你咬咬牙坚持一年，到时候就解脱了！”

文君华淡淡地笑了笑，说道：“感谢王校长的提醒，我会留意的，你刚才说的坚持一年是指……”

刚说到这儿，王启舟用手指着前面几栋外墙灰扑扑的 8 层高的楼房，说道："文老师，就是这儿，这 5 栋楼就是学校老师和教职工的宿舍楼。学校根据你个人的情况，暂时在 A 栋给你安排了一套一室一厅的宿舍，我们进去看看吧。"

两人走进 A 栋宿舍楼，王启舟掏出钥匙打开 101 的房门，两人走了进去。

这是一套约 40 平方米的房屋，一个客厅，一间卧室，搭配了一个厨房和卫生间，房屋的内部装修略显陈旧。

王启舟说道："这里面主要的家具都是比较齐全的，只是家用电器方面得根据个人的需求，自己去添置和配备了。"

文君华微微一笑，说道："这不要紧，剩下的东西我会自己想办法解决的。"

王启舟轻咳了一声，说道："行，那就先这样吧，我还有事儿就先上去了，有什么事情你再来找我。至于和赵老师的工作交接，就按陈校长的指示和安排去办好了。"

文君华说道："好的，没问题。"

王启舟离开了，文君华在屋里转了两圈儿，忽然一个年纪五十左右，戴着眼镜，留着齐耳短发，面色略显严肃的妇女出现在了门口，敲了敲门问道："请问……你是新来的文老师吗？"

文君华说道："对，我就是。"

"文老师，你好，我是高二（七）班的班主任赵杏芳，现在也暂时兼任高二（四）班的班主任。"赵杏芳边说边走了进去。

文君华客气地说道："哦，你就是赵老师啊！陈校长说起过你，这两天真是辛苦你了！"

赵杏芳摆了摆手，说道："我辛苦两天倒不算什么，只是这以后要辛苦的就是你了！我听说你回来了，刚好我就住楼上 502，所以就过来看看，顺便跟你说说这高二（四）班的一些情况。”

文君华说道：“之前陈校长和王校长也跟我说了很多关于这个班的情况，陈校长的安排是我们下午进行一个工作上的交接，明天再和学生见面。不过我知道你也很忙，要不，我们现在交接也行……”

赵杏芳说道：“我不是来催你搞交接的，你人都来了，早一点晚一点也无所谓的……不瞒你说，我刚刚下来的时候，就在处理这个班两个学生的早恋问题，这才开学两天呢，就让我逮了个正着！而且还从外面的小店找了两个人来冒充家长，欺骗老师和学校！这可怎么得了！当然现在你回来了，我就不再越俎代庖了，我就想把这个情况跟你说一下，你可一定要严肃处理，决不能手软！不然他们会翻天的！”

文君华笑了笑，说道：“好的，非常感谢赵老师给我提供的这个情况，我会处理他们的。”

赵杏芳说道：“好吧，那下午交接的时候我再跟你详细地说说相关的情况。”

就在文君华和赵杏芳交谈的同时，高二（四）班也在进行着上午的第三节课——地理课。

一个年纪五十出头，面容消瘦、头发花白的男教师站在讲台上，严肃而又认真地发表着自己的开场白：“我姓丁，叫丁伯中，是你们新学年的地理老师，今天有幸和各位见面……”

刘雨涵偏过头，低声对着周瑞琪说道：“琪琪，这老头说有幸和我们见面？是我听错了还是他口误？”

周瑞琪低声回应道：“你没听错，他是这么说的，外面还有其他老师也这么说！”

刘雨涵好奇地问道：“哦？他们到底是怎么说的？”

周瑞琪说道：“他们说，如果谁被安排到高二（四）班上课，那真是三生有幸！”

丁伯中继续着自己的讲话："人的兴趣爱好是各不相同的，有人喜欢语文，有人喜欢数学，还有人喜欢英语。当然，我敢肯定，你们当中也会有人喜欢地理的！因为国家的开发建设离不开地理，我们的生活旅游离不开地理，就连出门也离不开地理！"

丁伯中越说越兴奋："虽然学习科目多种多样，但学习教育的途径和方法却是大同小异的！一个好的老师，除了传授知识以外，最重要的是能激发学生的学习兴趣，让学生带着强烈的兴趣去主动学习，这才是一个好的老师！"

何先强皱着眉坐在座位上，还在为找人冒充家长穿帮的事情而烦心，断断续续听到丁伯中的讲话，竟不假思索地回应了一句："你说的那是苍老师吧！"

此话一出，整个教室里面响起了一阵奇怪的笑声，不同的是男生们是你看着我，我看着你，带着惊异的表情笑出了声，而女生们则是红着脸，用手捂住了嘴在笑。

丁伯中一边努力回忆着自己刚才的讲话内容，一边奇怪地问道："苍老师？哪个苍老师？是我们学校的吗？我怎么没印象……你们先别笑，快告诉我，这个苍老师是教哪个年级哪个班的？如果他真有这么优秀，我倒是要去拜访一下他，向他学习学习也好……"

丁伯中万万没想到，自己这一番诚恳的讲话竟招来了学生们的哄堂大笑，这一次男生们是笑得前仰后合，近乎肆无忌惮；而女生们则把头偏向了一边，有几个女生捧着肚子，笑得趴在桌上，埋下了头。

丁伯中一脸茫然地站在讲台上，看着这失控的课堂，不知何以为继……

第四章 初次交锋

9月4日上午8：05，早自习结束没多久，段雪曦和同班的女生雷文静匆匆地走在去往学校小卖部的路上。

雷文静边走边说道："我今天起晚了，连早餐都还没吃呢。"

段雪曦也说道："我也是啊，快7点了我才醒过来……待会儿买点什么呢？"

雷文静想了想，说道："买八宝粥吧，我觉得挺好吃的。"

段雪曦说道："好啊，就买八宝粥，我也好久没吃过了。"

说话间对面走来了同班男生郑豪，刚好一只手拿着两罐八宝粥。

段雪曦问道："郑豪，你动作挺快的嘛，那边人多不多啊？"

郑豪有些得意地说道："还好我去得快，不然就空手而归了！现在那边什么都没有了！"

雷文静吃惊地问道："你说什么？难道……东西全卖光了？"

郑豪撇了撇嘴说道："卖东西的阿姨说，小卖部要拆掉重建，要下个月才重新开张，我走的时候人家已经关门开始盘点了！"说完拿着东西吹着口哨走开了。

雷文静懊恼地一跺脚："哎呀！也太倒霉了吧！我们要是早点儿去就好了！"

郑豪忽然又走了回来，带着狡黠的眼神说道：“要不，我把这两罐八宝粥转让给你们？”

段雪曦警惕地问道：“想干吗？高价倒卖？”

郑豪嘻嘻一笑，说道：“当然不是了！我是想和你们做一个游戏，如果你们输了，就是想高价回收也没门儿，如果你们赢了……”

郑豪把手中的八宝粥往前一送：“这两罐八宝粥，我免费赠送！”

雷文静急不可耐地问道：“你说是什么游戏？”

郑豪认真地说道：“其实就是一个考反应的智力游戏，答案只有两个字，等我说出题目，你们要凭自己的直觉和潜意识马上说出答案，不许再思考，明白了吗？那我开始了……”

郑豪清了清嗓子说道：“有一件事儿，它很让你烦心，你不想去面对它，但每个月却偏偏要去面对它，它是什么？两个字，快说！”

段雪曦和雷文静几乎是同时开口回答：

“月考！”

“月经！”

段雪曦缓缓转过头看着雷文静，脸上的表情由惊愕转为恼怒，终于忍不住狠狠一把拧在雷文静的胳膊上：“你白痴啊！我就知道他没安好心，想抢在你前面都不行！你就是个不折不扣的二百五！白痴！”

雷文静一边“哎哟”叫着疼，一边委屈地分辩道：“我……我怎么知道他会出这种题，我就是按本能和直觉来说的……”

段雪曦更是气不打一处来：“你还敢顶嘴是不是？你不知道用脑子多想想？你看郑豪那得意的样子，待会儿回去还不知道编出什么故事来……”

就在段雪曦狠狠教训雷文静的时候，郑豪已经拿着两罐八宝粥，哈哈大笑着扬长而去了。

高二（四）班的教室里，坐在倒数第一排的男生郭晨阳跷着二郎腿，对旁边座位上的男生王亚超说道："欸，亚超，你说这新来的老师待会儿上课的开场白是什么？还是'老三篇'？"

王亚超说道："不然还能说什么？初次见面的开场白就那几句话！我都能背出来……"

王亚超清了清嗓子，学起了老师说话的语气、腔调和动作："同学们，你们好！我姓文，是你们的新任班主任，从今天开始我们就要……"

另一个男生张浩凯插了进来："我看不一定！他老早就知道我们班的情况，不用点儿手段怎么站得住脚？我猜啊……他一定会走强硬路线，像这样……"

张浩凯也学了起来："你们的情况我都是了如指掌的，从今天起，都给我老实点儿！在我手底下，懂事儿的话，日子好过，否则……"

郭晨阳一边思索着一边轻轻摇了摇头："我觉得……这种可能性也不大！昨天听叶嘉伟他们几个说，那个姓文的老师挺和蔼，没什么架子，我猜……他会走温柔路线，用柔情来化解我们，比如说……同学们，你们要努力向上，自强不息，不能自己看不起自己，美好的明天……"

正说着，郑豪走了过来："不至于吧！再怎么说一个男老师也不会这么娘娘腔！要我说，他就和昨天那个丁老头差不多，就那几句话。不信我出50块，我赌亚超说的对！"

张浩凯不服气地说道："那我出100，赌这个新来的是强硬派！"

郭晨阳一听也来了劲儿："100就100！我就赌他是个温柔型！"

这时，段雪曦和雷文静走了过来。段雪曦瞪着郑豪，问道："是不是在说我们的坏话？"

郑豪看了一眼雷文静，差点儿笑了出来，说道："没有啊！哦，不对！是还没来得及说到你们的故事！我们这会儿正在对新老师下注呢！"

段雪曦一听眉毛就竖了起来，厉声说道："那更不行！他是我们的班主任，我们好不容易有一个能真心实意接纳我们的老师，你们几个不许打歪主意！不许让文老师难堪！"

郑豪满不在乎地说道："会不会难堪，也得看他自己啊……"

这时，"丁零——"一声，上课时间到了，段雪曦瞪了郑豪一眼，几个人各自坐回了自己的位子。

不一会儿，身着白色短袖衬衫、黑色西裤的文君华，手里拿着语文教科书，踏着轻快的步子走进了教室。

教室里霎时安静了下来，学生们都带着好奇的眼神看着这位新来的老师。

文君华走上讲台，把教科书轻轻地放在台上，没说一句话，而是微笑着看着底下的学生，将自己的目光从教室的左边向右边缓缓地扫视了过去。

当目光来到教室的中间位置时，文君华又看到了笑语盈盈的段雪曦和彭珊珊，文君华忍不住嘴角一翘，笑着朗声说道："各位，我们又见面了！我叫文君成，就是那个第一天消失，第二天又回到学校，第三天终于站在你们面前的新老师！"

此话一出，坐在后面的郭晨阳、王亚超、郑豪和张浩凯不由得面面相觑，郭晨阳晃着脑袋，苦笑着说道："猜了半天谁都没猜对！原来人家是潇洒派……"

张浩凯皱着眉说道："这样的开场白，也太别致了吧！"

文君华接着说道："你们一定在想，文老师第一天去了哪里？他为什么会消失？我很坦白地告诉大家，因为我和你们一样，丢失了一件东西，一件很重要的东西，那就是……自信！

我对自己产生了严重的怀疑，我觉得我没有办法面对你们，我不可能带好这个班，所以……我消失了。不过，最后我终于找回了自信，所以我决定回来重新站在你们面前，我还要带着你们去找回已经失去的自信！”

段雪曦带着钦佩的表情看着讲台上的文君华，一歪头，看见旁边座位上的彭珊珊正认真地在一张纸上画着什么，于是轻声问道：“珊珊，你在干什么呢？”

彭珊珊抬头看了看文君华，又低下头边画边说道：“我在画我们的文老师啊……我要把他不同的装束，把他的春秋四季都画下来！”

段雪曦探头看了一眼，轻声惊呼道：“快放下你的臭笔！你都画的什么呀？你把刘德华都画成杜汶泽了！你要想画，让聂英姿帮你画去！”

彭珊珊依旧痴迷地画着：“她要画了就归她自己了！我要自己画！”

段雪曦白了她一眼，恨恨地说道：“以前没看出你是个花痴啊！”

文君华继续说道：“这几天有很多人在我面前说起过你们，他们说高二（四）班是个烂班！是三十六中的一朵奇葩！对于前面一句，我是绝对不认同的！但对后面一句，我倒是可以欣然接受……”

听到这句话，学生们都忍不住轻声笑了起来。

文君华也笑着说道：“奇葩有什么不好吗？奇特而美丽的花朵，特立独行，与众不同！这可是赋予我们的赞美啊！”

文君华加重了语气说道：“同学们，一个内心强大的人，不会畏惧任何形式的攻击！他能够化嘲讽为激励，视谩骂为赞扬！当然，我们需要的不是阿 Q 精神，我们需要的是真正的实力和强大！在我眼里，你们每一个人都是那么聪明、能干、机敏和优秀，你们昨天不就是这样出现在我面前了吗？”

文君华说着轻轻拍了拍讲台上的教科书："所以今天这节课，我们是不会讨论课本上的东西的，我要做的就是和大家见面，我要认识你们每一个人！你们的班长、学习委员、组织委员，还有各科的科代表，请你们举一下手，我们认识一下，好吗？"

台下一片沉默，没有任何动静。

文君华正在纳闷，段雪曦小心翼翼地说道："文老师，你说的这些……我们都没有，而且，我们……连文理科都没分！可能老师和学校都觉得没这个必要吧……"

文君华吃了一惊，停顿了一下，随即一挥手，说道："那不正好吗？一片空白就说明还没人来瞎指挥、乱安排，我们可以根据自己的实际情况来做更好的安排嘛！"

郑豪低声对叶嘉伟说道："一片空白？我看是一无所有吧！"

叶嘉伟对着郑豪做了一个闭嘴的手势。

文君华见底下的学生们依旧沉默着，有的学生甚至还低下了头，一副满怀心事的样子。

文君华走下讲台，来到学生们的座位中间，说道："同学们，你们现在的样子让我想到一个成语，那就是——未老先衰！你们的朝气、活力都哪儿去了？十七八岁，豆蔻年华，就是应该大声笑、大声闹才对啊！我还想起一篇文章——梁启超先生的《少年中国说》，大家都学过的。我在你们这个年纪的时候，也曾经苦恼、忧郁过，是这一篇《少年中国说》给了我力量，给了我极大的鼓舞和动力，让我从苦恼和忧郁中走了出来。你们信不信，现在我都能背出里面的内容！"

此话一出，学生们忍不住轻声议论了起来，徐鹏的声音比较大："不可能吧！这么多年了，还能背？"

文君华有意识地让学生们议论了一会儿，才笑了笑说道："我知道，在你们现在看来，有些事情是不太可能的，还有些事情是完全不可能的！但我就是要证明给你们看，这些不太可能的事情，今天就能实现；那些完全不可能的事情，明天就能打破！”

文君华心念一动，说道：“这样吧，我们来做一个游戏，外加一个小小的赌注。我说过我要认识你们每一个人，所以我给自己定下的任务就是——要在一天之内记住你们的名字，而且要和每个人都准确地对上号！你们的任务就是——全班都要在一天之内，熟练地背诵《少年中国说》，就从那段‘使举国之少年而果为少年也’开始！”

“轰”的一声，学生们集体议论了起来。

文君华微笑着走上讲台，说道：“正好今天晚上是语文课的晚自习，所以就把揭晓的时间定在晚上 7 点。到时候如果我没有完成自己的任务，就算是我输了！我可以请全班同学每个月看一场电影，时间、地点、场次你们定，一直持续半年！而如果我的任务完成了，你们却不能完成背诵，那就是你们输了！”

刘雨涵忍不住问道：“如果……如果我们输了，那会怎么样?”

文君华眨了眨眼睛，说道：“如果你们输了，就要接受一点小小的惩罚……说是惩罚，其实也就是一点体育锻炼而已……全班都去运动场，男生每人 100 个俯卧撑，女生每人 100 个仰卧起坐，做完了才能回家!”

学生们还在议论着，文君华继续说道：“你们应该很清楚，这两个任务比起来，当然是我的任务难度更大，但我还是想看看，你们敢不敢接受这个挑战。”

没人应允，文君华索性大声问道：“你们敢吗?”

过了几秒钟，郭晨阳回应了一声：“敢!”

文君华微笑着看了看郭晨阳，说道：“终于有人接受挑战了……还有人站出来吗?”

教室里仍然没有回应，文君华说道："如果没有人反对，那可以视这位同学为代表，表示全班接受了挑战，那……我们的游戏就开始了！另外，为了便于日常学习的开展，在班委会正式选举产生以前，我会暂时指定一位同学担任我们的临时班长。下面，我宣布——由段雪曦同学担任高二（四）班的班长！"

段雪曦吃惊地望着文君华，文君华微笑着说道："同学们，我们向段雪曦同学表示祝贺，大家鼓掌！"

教室里响起一片掌声，段雪曦也站起身微笑着向四周点头致意。

掌声渐停，文君华忽然说道："嗯……你们的掌声太凌乱了，没有一点特色啊！"

周瑞琪问道："可是，文老师，全世界不都是这样鼓掌的吗？"

文君华笑着说道："我知道，但我们不同，我们是三十六中的奇葩！当然要别出心裁，与众不同嘛！"

学生们都开心地笑了起来。

文君华抬起手，说道："各位同学，跟着我的节奏，打造属于我们自己的掌声！一起来！"

文君华用一种很独特的节奏拍起了掌，底下开始有十几个学生仔细地聆听、找寻着掌声的韵律和节奏，一边琢磨一边轻轻地附和着文君华的掌声。

渐渐地，能跟上文君华掌声的人越来越多，不一会儿，基本上全班都掌握了这种拍掌的韵律和节奏！

学生们的脸上洋溢着欣喜的笑容，彭珊珊兴奋地笑着对段雪曦说道："这种掌声的节奏感太强了！再拍我都要嗨了！我好想站起来跳舞！"

高二（四）班教室的斜对面就是高二（七）班，赵杏芳也在此时进行着自己的政治课。

听着斜对面传来的声音，高二（七）班坐在教室后排的几个男生也开始议论起来：

“喂，你们听，四班在搞什么？集体发疯了？”

“今天他们的新老师上任，也许是在搞欢迎仪式吧。”

“刚才掌声还噼里啪啦的，现在怎么听起来像在开舞会？”

赵杏芳也心烦意乱地皱起了眉，对着后排的几个男生说道：“石晓东！刘焕杰！不好好听课，你们几个在说什么呢？去把后门给我关上！”

石晓东关上了教室的后门，赵杏芳把头偏向一边，自言自语道：“搞什么名堂呢？头一天上课就乱哄哄的，这以后还得了！”

下课了，王亚超、张浩凯和郑豪立刻围住了郭晨阳。

王亚超劈头就是一句：“我说你是不是吃错药了！你凭什么说你敢？难不成你还真能背下来？告诉你啊，我可背不了！”

郭晨阳也不起身，坐在椅子上慢条斯理地说道：“我也不行啊……我看这教室里一多半的人都不行！”

王亚超反问道：“你不行还敢接受他的挑战？你没看见有些人已经开始背了！”

张浩凯想了想，说道：“我记得……他说的是要全班都能背下来才行，所以不管他们怎么背，我们这儿要是有一个完成不了，那也是我们输了啊！”

郑豪也思索着说道：“要说一个新来的老师要在一天之内，把52个人的名字都背下来，而且还要和每个人都能对上号……说起来这难度真的比我们的难度还要大啊！我真没搞懂他是怎么想的！”

郭晨阳晃动着二郎腿，依然是一副不慌不忙的样子：“就算我们输了，他也未必能赢啊！”

王亚超心中一喜，忙问道："哟，瞧你这么说，一定是想到什么妙计了！快说说，到时候我们怎么过关？"

郭晨阳轻蔑地一笑："这还不简单！段雪曦肯定会把座次表交给他，但这只是一张死的座次表，可人是活的嘛！"

说到这儿，郭晨阳放下二郎腿站了起来，把头凑近三个人，低声说道："到时候只要我们把现在的位置稍微一变动，他不就对错号了吗？就算他能全部背下来又怎么样，还不是输定了！"

三人这才恍然大悟，张浩凯想了想，有些为难地说道："郭晨阳，我们这么做……算是在耍诈吧？"

郭晨阳手一挥，说道："切！什么耍诈？别说得这么难听，这叫兵不厌诈！这点儿战术素养都没有，还当什么班主任呢！"

郑豪扭头看了看四周，说道："万一有人当叛徒，告密怎么办？那可是罪加一等啊！"

郭晨阳说道："你以为我傻啊？难道我会提前把我的行动计划公之于众？不过你说得也有道理，有些人是得防着点儿，特别是那个段雪曦！她刚当上班长，正急于表现呢，就她的危险系数最高！所以，我们这么着……"

郭晨阳又把头凑近了三个人："从现在一直到晚自习，我们都按兵不动！晚自习上课铃声一响，我们立刻开始行动，调换位置！具体的调换方式我临场再发挥，不做任何预案，这样就可以保证消息绝不外露！到时候就等着看好戏吧！"

高二年级的办公室里面，丁伯中正满腔怒火地诉说着自己的遭遇和委屈："这（四）班的学生啊，真是要无法无天了！这还在课堂上呢，当着老师的面儿，就什么话都敢说！还把一个叫什么苍老师的，拿来和我做比较！我还以为这个苍老师是教哪个年级的优秀教师呢！我说去找这个苍老师交流、学习一下，结果被这帮学生……哎！”

坐在不远处的金昱琳用手捂住嘴，拼命忍着不让自己笑出声来。

丁伯中喝了一口茶，接着说道：“我就纳闷了，这苍老师到底是谁呢？让他们笑成这个样子？我晚上回去问我女儿，没想到我女儿也笑了半天，还说你都这把年纪了，还在研究苍老师啊！最后我才搞清楚，原来这个苍老师是拍色情片的！你们说这名儿是谁给她取的？她一个拍色情片的，凭什么也叫老师啊……”

金昱琳终于忍不住松开手，大笑了起来：“丁……丁老师，你……你真的 out（落伍）了！说你还不信，现在知道了吧……”

丁伯中“嘭”的一声把手中的茶杯往桌上重重一放，怒气冲冲地说道：“这帮学生居然把一个拍色情片的演员，和我这个在教育战线上工作了几十年的人民教师相提并论，真是……是可忍孰不可忍！”

一边的杜云涛也忍不住笑了几声，说道：“我说丁老师，你也别去和这帮学生计较了，当心气坏了身子！这个班的情况你又不是不知道……”

丁伯中抬起头环视着四周：“赵老师——赵老师呢？我要找她反映情况！”

杜云涛说道：“赵老师已经交班了，昨天下午就和新来的文老师做了工作交接，那时候你又刚好不在。丁老师，你得找文老师反映情况了！”

丁伯中忙问道：“那文老师呢？他今天来没来？”

杜云涛说道：“来了！上了一节课又不知道去哪儿了……”

丁伯中说道：“我不光找文老师，我还要找乔主任、陈校长反映情况！”说完便怒气未消地走出了办公室。

金昱琳看着丁伯中离去的背影，又忍不住大笑了起来。

杜云涛说道："金老师，你也别光是笑啊，还是说说此时的心情和感想吧。"

金昱琳奇怪地问道："我？什么心情和感想？"

杜云涛打趣儿地说道："文老师搬进来了，而且天遂人愿，就坐你的对面！说说看，现在什么心情？是不是很激动，心头小鹿怦怦直跳？"

金昱琳抓起桌上的一个作业本，朝杜云涛扔了过去："杜云涛！你给我闭嘴！当心别人听见了！"

杜云涛躲过飞过来的作业本，笑着说道："听见就对了！就你那个矜持样儿。对谁都是爱你在心口难开，如果没点儿外部舆论力量的推动，是抓不住真爱的！"

金昱琳拿起一叠作业本，红着脸朝杜云涛走了过去："我知道了，杜云涛，你是想死……"

第五章 旗开得胜

下午 14：30，段雪曦拿着一张统计表走进办公室，来到文君华的办公桌前："文老师，这是按您的要求，我统计的我们班特长生的情况。"

文君华微笑着接过统计表："好的，谢谢。"

段雪曦像是被吓了一跳，带着很意外的表情问道："文老师，你刚才……对我说'谢谢'？"

文君华看着段雪曦的表情，也觉得很奇怪："是啊，有什么不对吗？"

段雪曦说道："从小学到现在，我从来没见过有哪个老师对学生说'谢谢'的！"

文君华颇有些哭笑不得："哎呀！我还以为什么呢！人与人之间说声'谢谢'是再平常不过的事儿了！看来你以后得习惯我对你说'谢谢'了！"

段雪曦不好意思地笑了笑。

文君华拿着统计表，一边仔细看着一边轻声读道："体育特长生男生郭晨阳、王亚超，女生余艳萍、高晓洁；艺术特长生男生韩耀林、徐正峰，女生彭珊珊、聂英姿……"

段雪曦解释道："郭晨阳和余艳萍他们 4 个都是学校田径队的，因为成绩不过关，被打包分了过来；韩耀林、徐正峰和聂英姿是学绘画的，韩耀林在高一的时候还受了学校的处分，所以被踢了过来；珊珊是舞蹈特长生，他们几个的学习情况和郭晨阳他们差不多……”

文君华看着统计表，若有所思地说道：“其实……你可以把这份特长生名单的范围再扩大一些……”

段雪曦说道：“可一般学校认可的特长生就是指体育和艺术类的特长……”

段雪曦眨了眨眼睛，试探着问道：“那……如果我会唱歌、跳舞，算不算有特长？”

文君华立刻回答道：“当然要算了！人的特长和才能是多种多样的嘛！”

段雪曦一下子就乐了：“那这样可就多了！除了我，雨涵和琪琪也很擅长唱歌和跳舞！我还是说珊珊吧，她从小就学跳舞，初中三年都是在舞蹈学校度过的，在外面比赛还拿过不少奖，高一的时候才转到了我们学校。进了高中她练习的时间就少了，结果就从骨感型变成了丰满型！”

说到这儿，段雪曦和文君华都笑了起来。

段雪曦继续说道：“男生里面就要数叶嘉伟、张浩凯、徐鹏和郑豪这几个了，他们4个都会弹吉他，叶嘉伟还会吹萨克斯，张浩凯会跳街舞，难度很高的那种！哦，对了对了，女生里面还有雷文静，她有时候脑子转不过弯儿，老被人取笑，可她的文笔很好，很擅长写散文、诗歌，去年还在哪本杂志上发表过呢！还有杨彩艳，你别看她一天到晚神神叨叨的，总不记得路，可她的字写得可好了！就像字帖一样……”

文君华微笑着说道：“你看，我们班不是人才济济、群英荟萃吗？”

段雪曦略有些羞涩地问道：“文老师，我想问……你是怎么想到要让我来当班长的？”

文君华说道：“因为从我们见面的第一天起，我就发现你很有组织和领导能力，周围的同学也很听你的指挥！我相信我的眼光是不会错的！”

段雪曦感激地说道：“谢谢你这么信任我！我一定不会辜负你对我的信任！”

文君华笑着说道：“我当然信任你了！你是我的秘……”

话刚说到这儿，文君华猛然意识到自己的用词有些不对，硬生生地截住话并转了过来：“是我的助手嘛！有好多事情都需要你协助才行啊……哦，对了，雪曦，还有一件事要辛苦你一下……”

段雪曦又愣住了，傻傻地看着文君华，问道：“文老师，你……你刚才叫我什么？”

文君华歪着头想了一下，说道：“我叫你……雪曦啊，怎么，又有哪儿不对了？”

段雪曦痴痴地说道：“从小到大，我身边的人都是叫我阿雪，或者叫全名，从来没人这么叫过我……”

文君华笑了笑，说道：“是听着不习惯，对吧？那……要不我也叫你全名？”

段雪曦马上接口说道：“不不不，你还是叫我雪曦吧，我觉得……这样挺好的！”

文君华说道：“那好吧，雪曦，我想问的是我们班在高一年级的时候，历次月考和期末考试的成绩，还有每一科的排名，现在还能查到吗？”

段雪曦想了想，说道：“这个……在学校公开的校务网站系统里面应该还能查到，文老师，你想要哪些数据资料？”

文君华说道：“我们班历次考试的总分排名，这个我们自己都知道，就不需要再查了。我要的是这两类数据资料，第一类是我们班在全年级当中的个人总分排名，第二类是每一门学科的个人排名情况，你懂我的意思吗？”

段雪曦说道：“我明白了，但是高二年级一共有 10 个班 500 多人，这些数据排名有很多，可能要花点儿时间才能把它们整理出来。”

文君华说道："我知道，所以我不会催你的。雪曦，记住，你是班长，一定要调动大家的积极性来共同完成某些事情，多找几个帮手，尽可能地把这些数据资料整理、分析得详尽一些，它对我们以后的教学工作会起到很关键的指导作用！"

段雪曦信心满满地说道："放心吧，文老师，我知道怎么做！我一定会竭尽全力协助你的工作！"

傍晚时分，王亚超、张浩凯、郑豪3个人又围到了郭晨阳的身边。

王亚超说道："郭晨阳，马上就上课了，到底怎么行动，你得给个话儿啊！"

郭晨阳抬手看了看表，已经是18：44，距离晚自习开始还有1分钟，略微一思考，说道："很简单！浩凯，你和郑豪把座位互换一下，亚超，你去和高晓洁商量商量……记住啊，要听到上课铃响才开始行动，动作要快！至于我嘛……"

刚说到这儿，晚自习的上课铃声便响了起来，郭晨阳一挥手，说道："开始行动！注意动静小点儿！"

郭晨阳边说边观察着自己前面的位子，见自己右前方，两米开外的余艳萍正不紧不忙地朝座位走去，便"哧溜"一下蹿了过去，一屁股坐在了余艳萍的位子上。

余艳萍嚷了起来："喂！你干什么！迷路了？这是我的座位！"

郭晨阳说道："我有正事儿要办！委屈你一会儿，你暂时坐我那儿……看在咱们都在一个队的分儿上，帮帮忙，行不行？"

余艳萍依旧是不依不饶："凭什么啊？我为什么要平白无故地和你换位子……"

郭晨阳有些急了，边说边推搡着余艳萍："哎呀！我现在来不及跟你解释！就一晚上，一晚上！回头请你吃一个星期的晚饭！总行了吧？快去快去！”

余艳萍撇了撇嘴，很不情愿地坐到了郭晨阳的座位上。

几秒钟后，文君华拿着语文教材走进了教室。

文君华走上讲台，像上午一样，将课本轻轻放在台上，用目光扫视了一下底下的学生们。他发现只有少数几个学生能自信、从容地面对自己的目光，其余的人不是在漫不经心地翻动课本，就是在漫无目的地摆弄课桌，还有的人刚一接触自己的目光，便好似心虚一般的低下了头。

文君华说道：“各位同学，现在到了展示我们各自努力成果的时候，相信大家也很期待这一刻吧……我可以很明确地告诉大家，老师通过努力，已经完成了自己的任务！各位同学，你们呢？是否也按时完成了你们应该完成的任务？”

教室里一片寂静，没人回答文君华的提问。

文君华说道：“看来……情况不太妙哦！这样吧，现在已经能够背诵《少年中国说》指定内容的同学请举手，让我看一看，好吗？”

只有不到10个学生举起了手。

文君华笑着说道：“还好，至少有8位同学完成了自己的任务，段雪曦、雷文静、杨彩霞、徐志涛、肖颖、戴艳梅、董新怡、叶嘉伟，你们8个人做得不错哦！”文君华看着这8个人，准确而又快速地说出了他们的名字，除段雪曦外，其余7个学生的脸上都露出了惊讶的表情。

文君华接着说道：“看来其余的同学，还需要继续努力才行啊！虽然你们没有完成任务，但老师还是想关心一下你们具体的完成进度……”

说到这儿，文君华从第一排起，依次把目光放在了每一个学生的脸上，每转移一次目光，便准确无误地念出他们的名字：“张伊可、徐一帆、谷静雯、王欣欣、杨姝瑶、柯文华、李佳慧、谢仁庆……”

文君华依着顺序不停地念出学生们的名字，不一会儿就把前3排学生的名字都背完了。

坐在后排的郑豪忍不住偏过头，愁眉苦脸地对着张浩凯说道：“他真有这么厉害啊！”

张浩凯也苦着脸两手一摊，做了个无可奈何的表情。

王亚超偷偷扭头看了看郭晨阳，只见郭晨阳正紧绷着脸，神色紧张、两眼眨也不眨地盯着讲台上的文君华。

这时，文君华忽然停了下来，把目光放在了后面几排，奇怪地问道：“欸，郭晨阳，你怎么坐到余艳萍的位子上去了？余艳萍，你什么时候和郭晨阳互换的位子啊？”

郭晨阳像是被人扎了一针，全身不由自主地抖了一下，盯着文君华的眼神也变得飘忽起来。

余艳萍委屈地想为自己分辩几句：“我……我……”想了想又把话咽了回去。

文君华看着后面几排的学生，一边走下讲台一边说道：“还有，王亚超和高晓洁，郑豪、张浩凯，你们几个又是什么时候换的位子啊？你们应该知道，未经班主任同意，是不能擅自调换座位的，你们几个已经犯错误了……”

被点到名字的几个学生都惭愧地低下了头。郭晨阳只感到全身一阵燥热，脑子里却是一片空白，他怎么也想不通，6个人在上课前才互换的位子，这么隐秘和不易察觉的行动，竟也被这位新老师瞬间看穿。

文君华笑了笑，说道：“这一场小小的赌局和挑战，看来还是老师赢了！各位同学还记得我们在上午的约定吧？愿赌就要服输，输了就要有勇气接受惩罚！你们都准备好了吗？”

此话一出，底下的学生们便躁动起来。

彭珊珊哭丧着脸对段雪曦说道：“啊——他玩儿真的呀！不会吧！”

周瑞琪也带着哭脸对刘雨涵说道："我真的要死了！从小学到现在，我就从来没做过50个仰卧起坐……"

郑豪一脸惊恐地对张浩凯说道："惨了惨了！100个俯卧撑啊！这还让不让人活了……"

雷文静两手揪着头发，几乎要抓狂："讨厌讨厌！被他们连累死了！早知道我也不用背了……"

郭晨阳低头看着地板，阴沉着脸，一语不发。

文君华看着学生们各自不同的反应，笑着说道："我相信同学们都是新时代的好青年，一定会信守自己的承诺，也一定不会让我失望的……我就先走一步，在运动场等着你们！"

说完便微笑着走出了教室。

文君华一走，教室里便炸开了锅。段雪曦看了看四周的情形，霍地从座位上站了起来，大声说道："大家静一静！静一静！这次的赌局和挑战，是大家自愿参加的，当时也没人表示反对，那我们就要严肃、认真地对待这次行为，不管是输是赢，说过的话、许下的承诺就一定要兑现！我们输了也怨不得别人，只能怪我们自己不努力、不争气！文老师的任务难度更大，他不是也做到了吗？"

教室里安静了下来，学生们都认真地听着段雪曦的讲话。

段雪曦继续说道："我们不能让别人嘲笑我们是胆小鬼！是缩头乌龟！我们以后还要不要在学校立足了？输阵不输人！我们要有最起码的尊严和勇气！我虽然完成了，但全班只要还有一个人不能背，我都会陪着他兑现承诺！都起来！别坐着了，全班都到运动场去！"

一直低头沉默的郭晨阳一下站了起来："去就去！有什么大不了的！"说完头也不回地走出了教室。

其余的人也陆续站起来，跟着走出了教室。

当学生们来到运动场的时候，文君华已经站在运动场的草坪上，双手环抱，面带微笑等候着他们了。

段雪曦小跑着来到文君华的面前："文老师，同学们都下来了！"

文君华点了点头，看了看学生们，大声说道："很好！各位同学，现在按照体育课里面的队形站好，新来的同学请自动和旁边的同学比较身高，尽快找到并确定自己的位置！"

学生们嘻嘻哈哈地排好了队形。

文君华又说道："现在再按照前后相隔两米，左右间隔1米的距离分散开，对齐站好！"

学生们又嬉笑着分散开来。

运动场的斜上方就是高中部所在的至善楼，高二（七）班的教室刚好就在面临运动场的这一边，透过3个大大的窗户，可以清楚地看到运动场上发生的一切，而高二（四）班在运动场上这一闹腾，显然引起了高二（七）班的强烈关注。

最先看到这一幕的刘焕杰忙不迭地轻声招呼着石晓东："嘿！嘿！你快看，四班在下面干什么呢？半夜做广播体操？"

石晓东警惕地注视着讲台上的杜云涛，趁着杜云涛转身在黑板上书写的工夫，飞快地把头探到窗边，仔细看了几秒钟，呵呵地笑了起来："我看啊……多半是被拉出去搞整风、整训去了！外加全套体能训练！这下可好玩儿了！"

刘焕杰也笑了起来："瞧！他们的新老师够狠的！见面第一天就把全班都收拾了，这以后的日子可不好过啊！"

石晓东冷笑着说道："让我说，还得再狠点儿才行！烂班就得用烂招儿！我看以后郭晨阳还敢跟我横不！"

刘焕杰和石晓东两个人在窗边一边探头张望一边说笑谈论，引起了更多学生的注意和兴趣，不一会儿，第3个、第5个、第8个脑袋都好奇地伸到了窗边。

高二（七）班在楼上窗边的观赏说笑，让运动场上高二（四）班的学生们感到浑身不自在，虽然听不清楚别人在说些什么，但大致也能猜到别人应该会说些什么。

王亚超小声地对郭晨阳说道："看到没有？对面楼上！七班的那帮人！"

郭晨阳铁青着脸，咬牙切齿地说道："不用提醒我，早看见了！石晓东那小子肯定在里面，真想冲上去扇他两巴掌！"

文君华看着学生们脸上的窘迫和尴尬，笑了笑说道："我知道你们在想什么，因为现在有了观众，还有观众的嘲笑声和讽刺声！他们一定在说——我们是一群疯子！一群傻子！还在笑我们当众耍活宝！"

文君华轻蔑地一笑，大声说道："这些显然是错误的！明天如果有人问起来，你们就大声地告诉他，我们是在用行动践行自己的承诺，用无畏展示我们的独特！同学们，面对别人的讥讽、嘲笑、无知和怀疑，我们应该怎么去面对和进行反击？难道就用尴尬、害怕、沉默和逃避吗？这正是那些嘲笑我们的人最想看到的结果！我们应该怎么办？我们就是要反其道而行之，用他们最意想不到的方式去回击他们！"

文君华用手指着楼上说道："他们还在说，还在笑，是不是？那我们就大声一点告诉他们……"

说到这儿，文君华转过身，面对着至善楼，将双手围拢在嘴边，对着高二（七）班教室的方向大声喊道："请——你——们——再——笑——大——声——一——点！"

文君华的举动把学生们吓了一大跳，王亚超惊愕地对郭晨阳说道："这样都可以啊？太牛了吧！"

彭珊珊将十根手指交叉起来，放在下巴下，无比钦佩地感叹道："文老师真是太帅了……"

文君华转过身，看见学生们脸上的窘迫和尴尬正在渐渐消失，取而代之的是无比的惊讶和崇敬，于是笑着说道："有没有同学敢像老师一样，在此时此刻大胆地展示你们的勇气和无畏？"

学生们笑了起来，但还没有人马上就站出来。

几秒钟后，刘雨涵扯起喉咙尖叫道：“请你们再笑大声一点！”

刘雨涵这一叫，让学生们笑得更大声和更开心了，文君华也笑着说道：“怎么样？喊出来是不是觉得舒服多了？是不是浑身都充满了勇气和力量？”

话音刚落，郭晨阳就立刻把双手围在嘴边，大声喊了出来：“请你们再笑大声一点！”

文君华朗声说道：“很好！大家一起来，让他们见识和感受一下我们高二（四）班的不一样！”

52 个学生都把双手围在嘴边，对着楼上的高二（七）班齐声高喊道：“请你们再笑大声一点！”

石晓东趴在窗边，疑惑地问道：“你说……他们在喊什么呢？刚才还挺老实的，现在怎么集体发疯了？”

刘焕杰歪着头听了一下，说道：“他们……好像在喊，让我们再笑大声点！”

“什么？岂有此理！”石晓东闻言大怒，“啪”的一声拍在桌子上，“他们也太嚣张了吧！”

杜云涛闻声转过了身，见有一半的学生都围到了窗边，赶紧大声呵斥道：“你们在干什么？晚自习不好好做作业，趴在那儿看什么看！有什么好看的……”

学生们在杜云涛的呵斥下一溜烟地回到了座位上，杜云涛一边说一边自己也走到了窗边，探头向外一看，不禁自言自语道：“文老师终于出招儿了……”

第六章 安营扎寨

高二（四）班的男生们双手撑地做起了俯卧撑，女生们也躺在草坪上做起了仰卧起坐。

彭珊珊咬着牙好不容易做完了 50 个，终于忍不住重重向后一躺，躺在草坪上喘着粗气，断断续续地说道：“不行了……不行了……我的……胸罩带子……快要断了……”

正在努力向上的周瑞琪听到这句话，忍不住“扑哧”一声笑了出来，也重重地躺在草坪上，喘着粗气回应道：“你……你是不是……想笑死我……我是……腰快断了……你是……胸罩带子……快断了……我要是……闪了腰……就杀了你……”

刘雨涵也躺了下来，问道：“珊珊……你……还觉得……文老师……帅吗……”

彭珊珊回答道：“怎么……不帅……简直……帅死了……他就是……让我做两百个……我也……说他帅……”

段雪曦也喘着粗气停了下来：“我上午……碰到个白痴……晚上……又遇到个……花痴……太好了……”

刘雨涵说道：“待会儿……我把……路痴杨彩艳……叫过来……‘三痴’女……你们就都……集齐了……”

段雪曦说道：“我才……不要……又不是……集邮……”

几个女生说话间，文君华走了过来，看了看躺着不动的彭珊珊，微笑着说道：“怎么了，珊珊？你要加油哦！”

彭珊珊眼睛一亮，冲着文君华嘻嘻一笑，像充满了电的电池一样，又呼哧呼哧地做了起来。

文君华走开了，刘雨涵对着周瑞琪说道：“叫她一声‘珊珊’，她就激动得跟打了鸡血似的！”

段雪曦看了看彭珊珊，一提气，也呼哧呼哧地快速做了起来。

周瑞琪奇怪地说道：“阿雪又怎么了？她难道也打鸡血了？是不是刚才文老师……所以就生气了？”

刘雨涵说道：“我看是伤心了！这就叫化悲痛为力量！”

张浩凯将双手撑在草坪上，一边喘着气一边对旁边的叶嘉伟说道：“嘉伟……多少了……”

叶嘉伟停了下来，喘着粗气回答道：“六十了……今天……真邪门了……一个……来大姨妈的……女生……都没有……”

张浩凯说道：“就是啊……平时……一到体育课……来大姨妈……的女生……就他妈……一串一串的……”

文君华站在队列前，拍着掌大声地鼓励着学生们：“同学们，加油啊！坚持就是胜利！千万不要半途而废！加油加油！”

不一会儿，学生们陆陆续续完成了自己的任务，在草坪上或躺着或趴着，急促的喘息声和疲劳的呻吟声此起彼伏。

文君华观察得很仔细，余艳萍和高晓洁最先完成了任务，虽说也累得够呛，但神色却不似其他女生那么痛苦，身体调节、恢复的速度也快得多。

文君华走到两人的身边，说道：“嗯，不错，不愧是田径队的……”

余艳萍和高晓洁红着脸喘着气，却又不知道说什么好，只能傻傻地望着文君华。

文君华继续说道：“艳萍、晓洁，我还没有追究你们两个擅自调换座位的事情，现在有一个任务可以让你们将功赎罪，去小卖部拿一点东西过来……”

余艳萍一听，瞪大了眼睛：“可是，文老师，听说小卖部要重建，上午就关门盘点了！”

文君华说道：“我知道，但我是老师嘛，老师去买东西多少还是有些特权的，东西我在下午就预订好了……”

文君华说着看了看表：“给你们20分钟的时间，去把东西拿过来，如果超出了规定时间，那就……每人加罚50个仰卧起坐！”

余艳萍吓得脸色一变，赶紧起身拉着高晓洁一溜烟地跑了。

还不到15分钟，余艳萍和高晓洁就面带喜色地抱着4个小箱子跑了回来。

文君华对两个人说道：“艳萍、晓洁，把东西都分到同学们手上。”

高晓洁忍不住兴奋地喊了起来：“起来！都起来！有东西吃了！每人一罐红牛，一袋饼干！”

之前还一直懒在草坪上的学生们一听都爬了起来，好些人一窝蜂地围了过去。

“什么东西？什么东西？”

“我自己拿！后面的别推我！”

“我没动，是我后面的人在推我啊！”

高晓洁叫了起来：“谁踩我脚了！都踩两次了！”

不一会儿，4箱东西便分发完毕了，文君华说道：“大家都别乱！按照刚才的队形和距离，所有人都回到自己的位置上坐下来！”

学生们都回到自己的位置坐了下来，高兴地吃着饼干，喝着饮料。

彭珊珊喝了一口饮料，脸上带着陶醉的表情，说道：“看，文老师对我们多好！做了体育锻炼还有东西吃，简直是又帅又仁义！侠骨柔肠啊……”

周瑞琪做了个冷得发抖的姿势，说道：“太肉麻了！我都起鸡皮疙瘩了！看把你美得，要不……你再做50个，我把我这份也给你！”

彭珊珊一口回绝道：“切！你少来了！你的东西我才不要呢！”

段雪曦闷闷地喝着饮料，一语不发。

雷文静一手拿着易拉罐，一手撑在草坪上，打直了双腿，感慨地说道：“这感觉……真是太爽了！初秋的夜晚，惬意地吹着微风，调皮地数着星星，人在草坪上，心却在某一方……”

杨彩艳说道：“你现在有心思抒发感情了？十分钟前你还叫得死去活来的！现在又诗兴大发了！”

雷文静不满地说道：“哎呀！你真是哪壶不开提哪壶！我刚有点儿兴致，就让你给搅和了！”

文君华看着学生们高兴而又放松的样子，笑着说道：“怎么样，同学们，这是一个难忘的夜晚吧？我敢说，很多年以后，你们都还会记得这个夜晚的！”

经过这一番折腾和接触，学生们发现自己已经和这位新来的文老师大大地拉近了距离，说话也变得直接和大胆起来。

何先强问道：“老师，我想问……你读书的时候是不是也有过因为背不了课文，而被体罚过的事儿？”

文君华微笑着说道：“老师以前可没有这种情况，因为老师一直都很努力，你们也要像老师一样努力才行啊！而且，今天晚上这100个俯卧撑和仰卧起坐也根本不是什么体罚，它也是一种学习！老师是在教你们如何去践行承诺，如何坚持自我，如何勇敢而又巧妙地去面对、化解别人的嘲讽和质疑！”

徐鹏问道：“老师，你是不是早就想好了用哪些招儿来对付我们？”

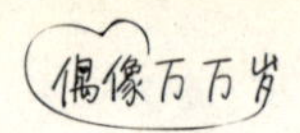

学生们发出了一阵哄笑。

文君华也笑着说道：“老师可从来没计划过这些！不过，老师的确是有很多招儿，但都不是用来对付你们的，而是用来帮助你们的！”

雷文静问道：“文老师，我能不能……问一个比较私人的问题？”

文君华说道：“可以啊！你问吧。”

雷文静问道：“你晚上回去一般都干吗呀？”

学生们又哄笑了起来。

文君华笑了笑，说道：“你可以在晚上写诗，老师也可以啊！其实文老师平时也是挺喜欢写东西的！”

雷文静吐了一下舌头，说道：“啊！原来……刚才他听见了！”

文君华接着说道：“说到写东西，我倒想起来，我们语文课本上的很多名篇名作，都是在像这样一个美妙的夜晚里诞生的……”

郭晨阳忍不住说道：“可是文老师，你说的那些名篇名作，我都不怎么感兴趣，而且……我也搞不懂，它们到底好在哪里？”

文君华说道：“你说的是一个让很多人都感到困惑的问题！必须要说的是，名篇名作肯定有它的精妙和伟大所在，老师不打算在今天晚上就向你们详细地阐述这些东西，因为明天我们就要翻开课本，进行系统的学习。老师会用很多不同的方法，带你们去细细地、近距离地领略、品味其中的精髓！同学们，我们一起努力，一同前进，去寻找学习的乐趣和意义！去展现一个与众不同的高二（四）班！”

9月5日上午10：30，乔善坤拿着一封信走进了陈建怀的办公室：“陈校长，这是苏老师的辞职信，她执意要交上来。”

陈建怀接过辞职信，略微晃了一眼，问道：“做过工作了？她还是要走？”

乔善坤轻轻地点了点头。

陈建怀把信放在桌上，抿着嘴想了想，忽然问道：“欸，对了，昨天是文老师第一天给那些学生上课，有什么情况吗？”

乔善坤笑了起来：“我也正想跟你说这事儿呢！这个文老师，可真是有一套啊！”

“哦？”陈建怀也来了兴趣，“到底有什么情况？”

乔善坤坐下说道：“我上午就听高二年级的老师们说了，他们有些消息也是从学生们那儿来的……说文老师昨天第一堂课就和学生们打了一个赌，他要在一天之内把全班52个学生的名字都背下来，而且绝不出错！如果有错他就要请半年的客！”

陈建怀也笑了起来：“这个文老师，也真是有意思！”

乔善坤接着说道：“老陈，你想啊，要把52个人的名字背下来，花点儿时间，努把力兴许是可以做到，可要把这52个名字和每一个人对上号，这可就难了啊！最令人称奇的是，有几个学生想让他彻底输掉这场赌局，在上课前临时调换了座位，可就是这样，文老师照样没出错！还当场把那几个调换座位的学生给指了出来！你说神不神？现在这个班的学生，是对他佩服得五体投地！”

陈建怀也吃了一惊：“这样都做到了？确实是很神奇啊！”

乔善坤继续说道：“不瞒你说，我也一直在思考这个事情，文老师他是怎么做到的？是学了速记法，还是有特异功能？”

陈建怀笑着说道：“我们啊，也别去管他是学了速记法还是有特异功能，总之，他能首战告捷，旗开得胜，这就是好事儿！这不但有利于今后他对这个班的深化管理，也有利于学校教学秩序的稳定啊！”

乔善坤微笑着说道：“那是肯定的！”

陈建怀想了想说道：“乔主任，我看今后你也稍微多关注一下高二（四）班的情况，有什么特殊的、新鲜的事儿，也跟我说说。”

乔善坤说道：“没问题，之前不就说过了嘛，对文老师的教学工作，我们要多关心、多支持一点！”

陈建怀一边思索一边说道：“我有一个预感……这个赌局还只是个开头，文老师一定还有很多新招儿放在后面呢！”

乔善坤笑着说道：“好啊！那我们就拭目以待！”

文君华正在宿舍里翻看着高二年级上学期的语文教科书，秘书吴雅欣打了电话过来，在电话的另一头压低了声音，带着焦急的语气说道：“文总，你快来啊！我在学校大门口，被拦住了进不来！”

文君华说道：“好的，你别急，我马上就来！”

文君华匆匆地向学校大门口走去，在距门口约 3 米的地方，就看见吴雅欣抱着一叠像书本一样的资料站在门外，旁边还站着自己公司的策划部经理谷振宇，谷振宇的旁边还放着一只大皮箱。一个大约三十七八，身材魁梧，留着光头的保安伸手拦着两个人。

吴雅欣对光头保安央求道：“保安大哥，他真是我男朋友，你就让我们进去吧！”

光头保安看着吴雅欣和谷振宇，严肃地说道：“我说这位小姐，你刚才说你是来送东西的，现在又变成了他的女朋友，你到底跟他什么关系啊？你这样变来变去的，我很难相信你啊！”

吴雅欣向前一步，伸出一只手拉住了光头保安的胳膊，继续央求道：“我没骗你，保安大哥，我真的……”

光头保安退了一步，摆脱了吴雅欣的手，正色说道：“欸，你别拉我啊！拉我也不会让你进去的！”

吴雅欣生气地说道：“你……”

文君华见状忙走了过去：“雅欣！你什么时候来的？”

吴雅欣见是文君华，一跺脚，娇嗔道：“君华！你怎么才来啊！我都等你老半天了！”

光头保安看着文君华，疑惑地问道：“你是……新来的那位文老师，对吧？”

文君华略有些吃惊地说道：“对啊，我就是！你……是怎么知道的？”

光头保安说道：“我叫李国强，前两天有事请了假，咱们应该没见过。这学校里面的每一位老师我都认识，我看你眼生，就猜你一定是那位新来的文老师了！”

文君华笑着说道：“原来是这样啊……”

李国强指了指吴雅欣，问道：“那……这位是……”

文君华嗫嚅着说道：“她是我……”

吴雅欣立刻接口道：“我都跟你说了，他是我男朋友！君华，你还不快来拿东西，这东西重死了！”

文君华忙走了过去：“好好好……”又指着谷振宇对李国强说道，“他姓谷，也是我朋友，是来给我送东西的。”

李国强立马客气地说道：“哦，知道了知道了……快请进，请进！”

3个人刚走进门，李国强忽然问道：“欸，文老师，我记得……你好像是叫文君成，对吧？那她刚才……”

文君华笑了笑说道：“哦，君华是我的小名儿，我女朋友就喜欢叫我的小名儿，改不过来了！”

3个人走远了，李国强摸着自己的光脑袋，自言自语道：“君成……君华……有这样的小名儿吗？”

谷振宇拉着皮箱，边走边看着两边的教学楼和花坛里的红花绿草，由衷地赞叹道：“哇！这学校蛮气派的嘛！什么都是新的！”

文君华微笑着说道：“那是当然了！还有更气派的呢，待会儿看见下面的运动场和体育馆你就知道了！”

吴雅欣忍不住问道：“文总，你到底想干吗？又是搬行李又是买教材的……”

文君华轻松地说道：“住在这儿，教书啊！”

吴雅欣一听叫了起来：“什么？你要在这儿教书！文总，你是打算拍《逃学威龙》第4集啊？”

文君华赶紧“嘘”了一声，做了一个闭嘴的手势：“小声一点！现在是上课时间，禁止大声喧哗！有什么话到了宿舍再说！”

进了文君华的宿舍，谷振宇放下皮箱，仔细瞅了瞅房间的装修和陈设，不禁皱眉说道：“喂，不会吧！这学校到处都富丽堂皇，就这教师宿舍楼千疮百孔的！看这样子，应该是三十年前的房子吧！”

文君华说道：“我们校长把资金都投入到教学设施的改善上面去了，所以这教师宿舍楼的改善得放到下一步了。”

吴雅欣用诧异的眼光看着文君华，说道：“你们校长？文总，你这么快就转变角色了？你好像应该说，我们公司还在外面等着你回去才对！”

文君华笑了笑说道：“在这个书香袭人的环境里面，想不转变角色都不行啊！欸，都别站着，坐下再说。”

3个人在一个旧沙发上坐了下来，谷振宇说道：“文总，我之前听雅欣说你要搬到一所学校去住，第一遍我还以为我听错了！再一想你肯定是承接了某个学校的文化包装活动，所以要进行实地研究考察，现在我才发现，原来你真打算献身教育事业啊！”

文君华一边思考一边说道：“其实……很多事情都是阴差

阳错的！我哥的事情你们都知道了吧？我本来是为我哥来递交辞职信的，可我在这个地方所听到的、所看到的一切，忽然让我有了很多的感触和一种莫名的冲动！我很想看看，这个所谓的烂班，它究竟烂到了什么程度，能让所有人都避之不及，能让我哥为此出了车祸……”

文君华说到这儿，耸了耸肩：“所以，今天我们三个就坐在这儿了！”

吴雅欣着急地说道：“文总，你到这儿来不是进行业务洽谈，是来教书育人的！你……你知道怎么去给那些学生讲课吗？”

文君华笑着说道：“这个你不用担心！如果让我教数、理、化，我还真是忘得差不多了，可我现在教的是语文，这是我们的国语啊！我倒正想借这个平台来实现一下我在学生时代的梦想呢！你们两个在读书的时候，难道就没想过，如果自己是老师的话就会怎么样怎么样……”

谷振宇点点头说道：“想倒是想过……不过，文总，公司经过这几年发展，各方面都进入了正常的发展轨道，正处于快速壮大的关键时刻，您现在这一分身，公司以后可怎么办啊？”

文君华说道：“今天找你们来，就是要和你们说这个事情。公司从创立到现在，你们两个就一直在我身边，公司的情况你们是最清楚的，我也很清楚你们两个的能力和特点。振宇负责业务的接洽和具体运作，雅欣负责公司的日常管理，这个搭配和安排没有任何问题，我对此完全放心！”

吴雅欣带着哀怨的眼神望着文君华，说道：“可是，文总，我，我……”

文君华问道：“你想说什么？”

谷振宇坏坏地笑了笑，说道：“我知道她想说什么！她是想说你能不能把她也带进学校，当个音乐老师什么的……”

吴雅欣扭头一瞪眼，抬起手“啪”的一巴掌拍在谷振宇的腿上：“你在胡说什么！”

谷振宇疼得叫了起来：“哇！这么用力！被我说中了就恼羞成怒了……”

吴雅欣又瞪着眼睛把手抬了起来：“你还敢胡说？信不信……”

谷振宇做了个抵挡的手势，跳到了一边：“别别别……我不说了，行不……”

文君华笑了起来：“好了好了，坐下吧！”

谷振宇揉着被打疼的腿，小心翼翼地坐了下来。

文君华说道：“不管是开玩笑还是说真的，我还真不能把雅欣带进来……”

吴雅欣脱口而出：“为什么？”

文君华认真地说道：“因为我需要你们两个留在公司，替我好好地经营管理公司！只有这样，我才能安心地在学校教书育人，不瞒你们说，我还有好多计划和创想要去实现呢！”

半个小时后，文君华送走了谷振宇和吴雅欣，正欲转身走回宿舍，一个年纪五十出头，略显秃顶，身材瘦削的老者边打招呼边走了过来：“文老师……是文老师吗？”

文君华看了看老者，问道：“你是……教地理的丁老师吧？”

丁伯中略有些惊讶地问道：“你怎么知道我是教地理的丁老师？”

文君华笑了笑说道：“高二年级的其他老师我都见过了，就只有地理老师还没见过，这么远就和我打招呼，所以我猜你一定就是那位教地理的丁老师了！”

丁伯中说道：“对对对，我就是丁伯中！这两天吧我也有些事，所以咱俩就错过了！我找你呀，就是想跟你说说这个班的一些情况。怎么样，文老师？你带了他们一天，是不是感觉很头疼？和其他班的学生很不一样？”

文君华想了想，说道：“这个嘛……你要说有什么不同，他们和其他班的学生比起来，是有一些不一样的地方；但要具体说有多大的不同，其实感觉也差不多……”

丁伯中叹了口气，说道：“这个班的学生啊，鬼名堂多得很！我第一天给他们上课，就中了他们的招儿！我一直都想提醒你，一定得提高警惕，千万别进了他们的套儿！”

文君华听他这么一说，也想起了丁伯中第一天上课时的遭遇，差一点儿就笑了出来，赶紧偏过头咳了几声，化解了笑意。

丁伯中忽然话锋一转：“不过，现在我发现，我的担心可能都是多余的！”

文君华惊讶地问道：“这……何以见得呢？”

丁伯中严肃而又认真地说道：“因为我发现，你是一个非常与众不同的人！你才来学校一天，有很多情况都不熟悉，可就是这样，你只用了一招儿，就把那帮学生给镇住了！而且他们个个都对你俯首帖耳的！这在整个三十六中，是绝对找不出第二个人来的！”

文君华吃惊地说道：“其实我并没有用什么特殊的方法，我只不过和他们打了一个赌……”

丁伯中手一挥，大声地说道：“不管用什么方法，你能在上课的第一天就能驯服这帮顽劣的学生，这就说明你真有本事，很有办法！对此我表示十分的钦佩！我个人也非常看好你在学校的前程！”

文君华有些受宠若惊地说道：“对于不同的教学理念和教学方法，我想大家可以相互借鉴，相互学习……至于今后的工作嘛，还需要各位老师的大力支持和配合……”

丁伯中拍了拍文君华的肩膀，说道：“这个你放心！我个人不但会全力配合文老师的教学工作，我也会尽力让其他老师也和我一样来支持、配合你的工作！”

文君华感激地说道：“那就太感谢你了，丁老师！”

丁伯中说道：“不用谢我，这都是应该的嘛……我还有事儿，就先走了，文老师，失陪了！”

丁伯中走了没几步，忽然又转过身来，对着文君华挥了挥手，大声地说道：“文老师，我真的很看好你哟！”

第七章 白衣女子

下午的第一节课是语文课，吴雅欣和谷振宇带来的那一叠教科书已经分发到了学生们的手上，学生们一边翻看一边小声地议论着：

“这是下学期的教材啊！现在是一次性就发一年的课本了吗？”

“不会吧？其他科目的书都没发呢！”

“文老师想干吗？他想让我们同时学两个学期的课文？”

“那倒好！咱们总算有一项是正数第一了，那就是语文课的学习进度！”

……

文君华看了看议论纷纷的学生们，说道：“大家都看见了吧？这就是高二年级下学期的语文教科书，是老师托人从外面买到的。我必须得说，有些同学的猜测是正确的，老师的确是有这样的计划和安排，将两个学期的学习内容合二为一！同学们看看课本的目录，有没有什么相同的地方？”

段雪曦仔细地对比着两本教科书的目录，说道：“嗯，我发现……两个学期、两本教科书的学习内容编排……基本上是一致的！”

文君华笑了笑说道：“你说得很对！两本教科书的内容编排的确是如出一辙！”

说到这儿，文君华翻开了课本：“它们的内容都是‘戏曲的阅读鉴赏'‘小说的阅读鉴赏'‘古代诗词的阅读鉴赏'‘杂文、议论文的阅读鉴赏'和‘文言文的阅读鉴赏'，既然要学习的内容都是一致的，那为什么要分两个学期去学呢？现在我们就是要把它合二为一，在学习的进度、效率上实现提高和突破！"

郭晨阳一边哗哗地翻看着课本，一边自言自语道："我的天啊！又是这些名篇大作……我都不知道它们在讲些什么……"

文君华接着说道："看看我们课本里的这些作品，曹雪芹的《红楼梦》被誉为四大名著之一，柳永、苏轼、李清照的词流传千古，鲁迅先生的杂文发人深省，曹禺的《雷雨》被称作中国的《哈姆雷特》！这些名篇大作到底好在哪里？它们的精妙和不朽又体现在什么地方？这是我们在阅读、学习这些作品的时候必须要思考的问题，老师就是要带着你们全身心地投入到学习当中，去一同品味、领略文学艺术的精髓和魅力所在！"

文君华又轻松地笑了笑，说道："当然，我们会抛弃那些呆板、僵化和一成不变的模式，我们要的是创新、突破和不拘一格……"

雷文静两眼眨也不眨地盯着台上的文君华，口中喃喃地说道："我有预感……我有预感……他一定会说……"

文君华说道："学习不应该是枯燥、痛苦的，它应该是丰富和令人喜悦的！老师决定，就用曹禺先生的这一篇《雷雨》来开启我们的快乐学习之旅，我们要把普通、单调的阅读转化为真实、贴切的体验，我们要排练这出戏剧，并在全校进行公映！"

文君华的话犹如在一潭静水中投入了一块大石，溅起了巨大的水花，学生们都忍不住大声议论了起来：

"我的妈呀！我们还要演出啊！"

“我们不但是全校的奇葩，也是全校的焦点！以后学校的头版头条都是我们的了！”

“要当着这么多人的面儿去上台演话剧，我想想都害怕！”

“好玩儿好玩儿！我倒想看看究竟是哪些人去上台表演！”

……

文君华有意识地让学生们议论了一会儿，才又说道：“我补充一点，这次公映的时间定在三周之后，运动场的主席台就是我们的演出地点！”

文君华看了一眼段雪曦，微笑着问道：“雪曦，在想什么呢？”

段雪曦脸上的表情，兴奋中带着几分紧张和担忧：“以前在台上唱歌跳舞，我倒是上过很多次……可这个舞台剧，我们谁都没有尝试过，我觉得……有一点点的压力……文老师，我能不能提个建议？”

文君华说道：“没问题，你想到什么就说吧。”

段雪曦有些不好意思地说道：“我想这个演出，上台表演的人虽然不多，但也是代表了整个高二（四）班，万一……要是演砸了，就等于是毁了整个班的形象和声誉！所以……我建议三周之后先看看我们排练的效果怎么样，如果效果好的话，我们再上台公映；效果不理想的话，就……就改为私演！文老师，你觉得怎么样？”

文君华笑了笑，说道：“好吧，为了不给你们增加太多的压力，我们先不决定是否一定要公映，根据三周之后的排练效果，由同学们自己决定是公映还是私演……我最后补充一点，我决定由段雪曦同学担任本次演出的总导演，负责演员的选择和日常排练的具体安排。另外，老师会负责上台演出的同学们全套服装，还有相应的舞台道具和背景音乐！我们要做就要做到让人耳目一新，刮目相看！我相信我们一定能取得演出的成功！”

第二节课是体育课，文君华也来到了运动场，饶有兴致地看着远处草坪上嬉戏、追打着的学生们。

正看得起劲儿，体育老师潘成义微笑着走了过来："文老师，什么风把你也吹过来了？不会又在搞什么调研吧？"

文君华也微笑着回应道："哪有什么调研啊，只不过来看看他们在体育课里面的表现。"

潘成义略有些吃惊地说道："文老师，你对这个班是真的很上心啊！我当体育老师也快十年了，就从来没见过有哪个班主任会亲自到场，来考察学生的体育课表现的！特别是像高二（四）班这种……情况有些特殊的班。"

文君华笑了笑，说道："你就别拐着弯儿夸我了！我就是来转转，顺便看看我们班有哪些个小团队！像这种五十多人的大团体是不可能不产生很多小团队的，要想了解、掌握这些小团队的基本情况，一个最有效、也是最简单的方法，就是到一堂体育课里面去看上个十分钟……"

文君华说着又把目光投向了远处三三两两的学生们，边看边说道："比如说现在，我们班有几个小团队，又有哪些人组成，我已经看得一清二楚了！"

潘成义佩服地说道："你可真有办法！看来你这五届优秀教师的荣誉称号真不是蒙的！"

文君华笑了笑，说道："你又在夸我了……欸，潘老师，现在的体育课和以前比起来，还是有些不同了吧？"

潘成义说道："你大概也知道，前些年我们这些体育老师过得都是什么日子啊！在学校待了两三年，都还有很多人不认识我们！从前几年开始，体育成绩纳入了中考的测试，才终于想到了我们这些体育老师，也就从那个时候起，我们才终于有了一点发言权和被重视的感觉……"

文君华说道："这倒也是，我记得以前一个班每周只有两堂体育课，现在已经增加到了四堂。”

潘成义笑着说道：“你倒记得挺清楚的嘛！说实话，我们有时候也在想啊，什么时候我们这些体育老师也能像你们这些主科老师一样，评上几次优秀教师什么的，就算是有所成就了！”

文君华认真地说道：“我完全赞同你的想法！我认为体育课也是一门非常重要的课程，只是我们的教育主管部门对此的认识和想法还不到位，所以才会遗忘和冷落了体育老师……其实我也一直在想，如果我们能把体育课、体育测验包括体育运动会，在内容和形式上都进行一定程度的改革和创新，就可以把体育运动变得更丰富、生动，更具有趣味性和挑战性！这样一来，整个体育课程和体育老师才会受到更多的关注和重视！”

潘成义眼前一亮，惊喜地说道：“对啊！我怎么没想到！文老师，听你这么说，一定是已经想好了什么计划和方案吧？”

文君华说道：“还谈不上什么计划和方案，只是脑子里面有些想法而已。如果这些想法和时机成熟了，还得找你这个体育老师来出谋划策呢！”

潘成义爽快地答应道：“没问题！这种事儿你找我，我随叫随到！”

文君华忽然看见自己前方不远处，一个年约二十五六，身穿白色连衣裙的长发女子，正坐在运动场的看台上，痴痴地像是在想些什么。

文君华好奇地问道：“欸，潘老师，那个女的是……”

潘成义转过头看了看，说道：“哦，那是苏老师，学校的文化艺术老师。”

文君华问道：“文化艺术老师？课程表上没有这门课程啊？”

潘成义说道："说起来这也是我们学校的一个创举，就是专门为高中部聘请的这么一位艺术老师，主要就是培育和引导学生树立一种健康向上的文化艺术修养，其实也没多少具体的工作，一年到头就上几堂辅导课和艺术鉴赏课，然后再协助学校搞几次文化娱乐活动，闲得很！不过这几天苏老师好像是有什么心事，每天都要在看台上坐上一个多小时，因为我跟她也不太熟，所以也不好去问什么……"

文君华想了想，说道："那……要不我们现在就去关心一下？"

潘成义哈哈一笑，拍了拍文君华的肩膀，说道："你是语文老师，又是班主任，肯定知道怎么做思想工作！你去吧，我就不去了。"

文君华微微一笑，信步向白衣女子走了过去。

文君华走上看台，静静地站在离白衣女子约两米远的地方。

白衣女子缓缓地抬起头，看着文君华，没说一句话，脸上却写满了淡淡的落寞和忧伤。

文君华微笑着说道："你好，我叫文君成，是学校新来的老师，请问……你是苏老师，对吧？"

"对，我就是。"白衣女子努力地挤出一丝微笑，"你是怎么知道的？"

文君华笑了笑，说道："是下面的潘老师告诉我的……远看你就像一只美丽的白鹤，栖息在这体育场里面，所以我实在忍不住要过来看看。"

白衣女子笑了起来："不愧是教语文的优秀老师，和人套近乎都那么有艺术性……"

文君华略有些惊讶地问道："你又是怎么知道我是教语文的？"

白衣女子悠悠地说道："先是忧郁地失踪，然后又改头换面地出现，接手第一天就带着学生搞体育锻炼，最后又拿着一堆好吃的和学生拉近距离……对于三十六中而言，文君成就是一个焦点人物，我想不知道都难啊！”

文君华也笑了：“没想到我才来两天，就有了这么大的知名度！苏老师，我能在你旁边坐下说话吗？”

“当然可以，你坐吧！”白衣女子笑着回应道，“我叫苏佳芮，叫我佳芮吧！叫我苏老师，我倒挺不习惯的。”

就在文君华和苏佳芮进行交谈的同时，运动场上也有好几个学生在注视着两个人的一举一动。

张浩凯对叶嘉伟招呼道：“嘉伟，你看文老师在干什么呢？”

叶嘉伟向看台上一瞅，说道：“这还用说，八成是在泡妞儿！”

张浩凯说道：“文老师下手挺快的呀！没见过苏老师和哪个男的亲近过，文老师一来就成功地贴上去了！”

叶嘉伟贼笑着说道：“你没看到苏老师那寂寞、悲伤的样子，此时不乘虚而入，更待何时啊？”

段雪曦站在草坪上，抿着嘴望着看台上的两个人，彭珊珊走了过来：“阿雪，你说文老师在干吗呢？刚才还和潘老师聊得好好的，这会儿又跑去和苏老师坐在一块儿了！”

段雪曦头也不转地说道：“可能是……谈工作吧。”

彭珊珊叫了起来：“他们两个有什么工作好谈的！专业上一点关系都没有，还有说有笑的！”

段雪曦说道：“你没看出来文老师是个思维很活跃的人吗？他跟谁谈都不奇怪。”

彭珊珊说道：“我看他们两个在一起就不正常！根本就不像是在谈工作！不行，得想办法把他们两个分开！”

见段雪曦愣着没说话，彭珊珊摇了摇段雪曦的肩膀：“阿雪，阿雪！你在想什么呢？”

段雪曦醒悟了过来："啊？你……你刚才说什么？"

彭珊珊嚷道："我说你快想想办法，把他们两个分开！"

段雪曦眉头一皱，轻声斥责道："胡说什么！文老师和苏老师在谈工作，你倒想着去捣乱！再说了，你自己不想办法，还推着我去？"

彭珊珊哭丧着脸，说道："人家想不出来嘛……"

段雪曦拉着彭珊珊向跑道上走去："别说废话了，抓紧时间做准备活动，400 米测验马上就要开始了！"

文君华在苏佳芮的旁边坐了下来："苏老师……噢不，佳芮，你本来就是学校的老师，为什么不习惯别人叫你老师呢？"

苏佳芮笑了笑，说道："你既然打听过我，就应该知道一年到头我的工作就那点事儿，不像你们这些主科老师，天天都忙得很……有时候我自己都觉得闲得很，一听到别人叫我老师就感觉很别扭！就像现在，别人都忙着呢，我却有大把的时间坐在这儿晒太阳！"

文君华想了想，说道："可我感觉……你坐在这儿好像并不是纯粹因为时间的原因，倒像是有什么心事……"

苏佳芮愣了几秒，转过头看着文君华，惊讶地说道："你倒挺会揣摩别人心思的！那你不妨猜猜看，我是有哪方面的心事？"

文君华说道："在回答这个问题之前，我们先说点别的吧，比如……我听你的口音，好像是北京那边的人？"

苏佳芮说道："对啊，我是北京人，是因为上大学的缘故才来重庆的。"

文君华奇怪地问道："可据我所知，北京人一般都是选择在北京本地上大学，你怎么会选择来到千里之外的重庆呢？"

苏佳芮说道："我本来填报的也是本地的几所音乐院校，只能怪自己考试不争气，还差那么几分……我爸妈也替我想了很多办法，可还是进不去。所以，最后才选择了重庆这边的音乐学院。”

说到这儿，苏佳芮不好意思地笑了笑，说道：“我这么说可没有贬低别人的意思，只不过这些都是我的实际情况而已。”

文君华问道：“看你的年龄，毕业大概有三四年了吧？”

苏佳芮说道：“从毕业到现在，刚好四年了，在社会这所大学里面，感觉好像又读了一个本科。”

文君华微微一笑，说道：“那现在我可以回答你之前的问题了，你一定是遇到了感情方面的问题！我说得没错吧？”

苏佳芮吃惊地问道：“就凭这么点儿信息，你……你就看出我有感情方面的问题？你是怎么做到的？”

文君华微笑着说道：“其实要看出这一点也并不难，你在重庆上了四年的大学，毕业后却没有回北京，而是在一所中学里面又工作了四年，可见在重庆一定是有什么人或者什么事，让你感到眷恋，让你觉得有理由留下来！但从你现在的工作状态来看，这么闲散的工作显然不是你留下来的原因，也就是说，是‘人’的因素让你选择留在了重庆！”

文君华看了看苏佳芮的表情，接着说道：“要让一个如此美丽的女人，在九月的阳光下独自神伤，除了感情上的伤害，还会有什么呢？”

苏佳芮看着文君华，由衷地说道：“真的让你说中了……我感觉，你不去大学做心理学老师，真是可惜了！”

文君华笑了笑，说道：“也许我不仅能做一个优秀的心理学老师，我还能做一个出色的清道夫！佳芮，如果有可能的话，能让我分担你的忧愁吗？”

苏佳芮黯然地说道：“既然是个人感情方面的问题，你又怎么能分担我的伤痛呢……不过也无所谓了，已经说到这个份儿上，我就告诉你吧……”

苏佳芮双眼空洞地望着前方，缓缓地说道："在大二那一年，我认识了一个计算机系的男生，他热情、开朗，有理想、有抱负，当然后来就成了我男朋友。我们一起努力、一起鼓励，分享彼此的喜悦，分担各自的忧愁，度过了难忘而又美好的三年时光。毕业之后，我爸妈都催我回北京，而他当然是希望我留下来……就在我犹豫不决的时候，他用热情和执着再一次打动了我，他让我再等他三年，他一定会在技术研发上取得更大的突破，在IT（信息技术和产业）行业上闯出点儿名堂，他说，我们一定会有一个更美好的三年……"

苏佳芮停了下来，文君华小心翼翼地问道："那……现在已经过了三年了，你男朋友他……"

苏佳芮缓缓地接着说道："我们没有再迎来一个更美好的三年，只过了两年，他就跟朋友去了深圳，说是去搞什么风投创业……又过了两年，他终于鼓足勇气告诉我，他说深圳的环境更适合他创业发展，短时间内他都不打算回重庆了……在深圳也有一个他认为更适合他长相厮守的人……他叫我也早作打算，不用再等他回来了……"

苏佳芮说到此处几欲泪下，闭上眼睛，埋下了头。

文君华陪着苏佳芮沉默了一会儿，忽然轻松地一笑，说道："其实我这里也有一个爱情故事，也是在一所大学里面，一个男生和一个女生相识并相爱。不同的是，毕业之后男生跟着女生去了永川，两个人一起快乐地工作、生活了十年，现在又一起调回了主城区，开始下一个阶段的幸福生活……"

苏佳芮慢慢地抬起头，对着文君华凄然一笑："如果让我猜的话，这是你自己的故事吧？你的故事比我的完美多了！"

文君华说道："你猜错了！这不是我的故事，是我哥的故事！而且这个故事也有很不完美的一面，那就是我哥刚一回到主城区，就出车祸撞断了腿，现在还住在医院里面。"

文君华轻声地安慰着苏佳芮："佳芮，其实人生就是这样，充满了酸甜苦辣和悲欢离合，而且难以两全，你也许能经营好一段感情的开头，但未必能抓住这段感情的结尾。

“不过我哥和我嫂子还是那么恩爱，我时常都在想，我要是能拥有这么一个浪漫的爱情故事该有多好！所以，佳芮，你真的不需要去在意和留恋那些已经成为过去，已经不再属于你的东西！你只需要记住它曾经的美好就足够了！”

苏佳芮感激地说道：“谢谢你陪我坐了这么久，又说了这么多的话，我真的感觉轻松多了！就算要离开，也可以放下包袱，轻装前进了！”

文君华吃了一惊：“离开？你要去哪儿？”

苏佳芮说道：“不瞒你说，我昨天就向学校递交了辞职申请，我打算国庆节之后就离开学校，回北京去。”

文君华叫了起来：“喂，不会吧！我才刚来，你就要走！”

苏佳芮笑了笑，说道：“可是你的到来和我的离开，两者之间并没有什么必然的联系啊？”

文君华说道：“我知道是没有联系，可是我们才刚刚成为朋友，马上又要离别，总感觉不太好啊！”

文君华很认真地说道：“佳芮，其实我们还是有一个共同点的，那就是我们在感情上都受过伤害！开学第一天我为什么会失踪？有谁知道我心里的难过？有谁考虑过我的感受？”

苏佳芮点点头，说道：“那倒也是，一个五届优秀教师刚一来到新学校，就被安排去接手这样一个班，换作任何一个老师都会很难过、很伤心的。”

文君华有力地说道：“没错！这个学校都曾经是我们的伤心地！都曾经给我们带来极其酸楚的伤痛！但我们不能在这里倒下去！我在课堂上给学生们讲过，面对困难和伤痛，我们不能害怕和逃避，一定要学会坦然地接受和勇敢地面对，这样才不会被困难和伤痛所击倒！”

苏佳芮笑着说道：“我感觉得到，你是一个很乐观、向上的人!”

文君华指着下面跑道上正在上体育课的学生，坚定地说道:“即便是面对他们，这些谁都不愿意接手的学生，我依然感觉毫无压力！在我眼里，他们和其他班的学生并没有什么不一样，在很多时候，学校只是过于放大了他们的不足和缺点，同时就无视和忽略了他们本身就具有的一些长处和优点。佳芮，我告诉你，这个班可是人才济济，在他们身上是可以找到很多闪光点的!”

苏佳芮说道:“哦，是吗？可能是我平时和他们接触的机会太少，我是真的没发现他们有什么闪光的地方。”

文君华认真地说道：“所以说，佳芮，我希望你能留下来，我们要一起改变这个曾经的伤心地，一起寻找新的收获！当然，你不用现在就做决定，你不是还有一个月的时间吗？我们依然可以去发现和体验和从前不一样的工作和生活乐趣！佳芮，如果你有兴趣的话，明天下午 1 点，就在体育馆里面，我带你去看看这些所谓的差生，他们所付出的努力和他们身上的那些闪光点!”

苏佳芮笑着说道:“好啊，我一定去!”

第八章 《雷雨》

第二天下午1点，苏佳芮准时来到了学校体育馆，刚走近体育馆的门口，就看见文君华站在大门边，微笑着看着自己。

苏佳芮加快脚步走了过去："文老师，我可是如约而来了，你打算给我看点儿什么呢?"

文君华没有说话，而是笑了笑，用手朝着体育馆的大门指了指。

体育馆的大门没打开，但也没有关死，而是敞开了一个约30°的门缝儿。苏佳芮走到门前，把头凑过去一看，体育馆里有二十多个学生正热烈地讨论、比画着什么。

文君华小声地说道："他们都是我的学生，那个穿着黄色T恤，个子高高的女生叫段雪曦，是我指定的班长。"

苏佳芮看了一会儿，小声地问道："他们在干吗?玩游戏还是在……排练节目?"

文君华点点头说道："没错，他们在排练一出话剧——《雷雨》!"

苏佳芮吃惊地说道："《雷雨》?你让他们排练的?"

文君华说道："我只是安排了任务，演员的选择和具体的排练都是段雪曦在负责。"

苏佳芮边看边问道："你让我来就是看他们的排练和演出?"

文君华点点头说道："你看见了，没有老师的监督和督促，他们不照样做得很好吗？只要给他们设定相应的目标，再注入应有的责任感和使命感，他们一样可以变得很专注、很投入，他们也可以做好每件事情，我正在尝试把这种新颖、生动的理念和模式，逐步引入、移植到他们的学习当中去！”

苏佳芮说道：“嗯，有道理……他们的确是非常认真和投入，你看不管是排练的，还是边儿上围观的，个个都是精神饱满，没一个偷懒的！”

文君华笑了笑，说道：“那我们就进去，看得更清楚点儿！”

文君华推开门，两人一同走进了体育馆。

段雪曦听见推门声，扭头一看是文君华，立刻热情地迎了上来：“文老师，你来看我们排练了……”

段雪曦又瞅了瞅文君华旁边的苏佳芮，降低了声音说道：“还有……苏老师……”

文君华微笑着说道：“其实我已经在外面看过了，我很欣慰的是，没有老师的监督，你们一样表现得很好！为了提高我们这次的演出质量，老师特地给你们找来了帮手！现在我正式宣布，苏老师将担任我们此次话剧演出的艺术和舞台指导！”

苏佳芮吓了一大跳，完全没想到文君华会有这么一手，若不是有二十几双学生的眼睛正看着自己，苏佳芮几乎忍不住要叫了起来。

文君华又马上鼓动起了学生：“欸，大家还愣着干什么？赶快对苏老师的加入表示欢迎啊！”

学生们对着苏佳芮热烈地鼓起了掌。

苏佳芮也赶紧微笑着点头致意，借此迅速地调整了一下自己的情绪和表情，待掌声停下后，微笑着对学生们说道：“其实……也算不上什么指导吧，同学们都表现得很不错，我只是……利用自己的一点专业知识来尽力帮助大家，希望能让你们的演出更圆满、更完美！”

段雪曦笑着对文君华说道："文老师，你还不知道吧？珊珊把上次你教我们的拍掌进行了重新设计和编排，都已经变成一种舞蹈了！"

文君华说道："哦？真的吗？"

段雪曦对着彭珊珊一招手："珊珊，还不来一段？"

"好嘞！"彭珊珊微笑着，两眼放光地走到众人中间，摆出一个优雅的开场动作，然后开始了个人的表演。

文君华惊奇地发现，彭珊珊除了手上的拍掌节奏外，还加上了一定的跺脚节律和身体的摆动，把一个简单的拍掌组合变成了一套完整的形体舞蹈！

……

文君华看了看苏佳芮，苏佳芮的脸上也满是惊异的表情。文君华笑着说道："除了拍掌的节奏，其他的可都是她自编自创的！怎么样？我的学生不错吧？"

苏佳芮一边点头一边由衷地赞叹道："不错！真的很不错！"

说到这儿，苏佳芮灵机一动，对文君华说道："这样吧，让他们自己先排练一下，你怎么也得让我再观察观察，我才知道该怎么去指导他们呀！"

文君华点了点头，对学生们说道："大家保持刚才的热情和状态，继续进行排练！我和苏老师研究、讨论一下，再确定后面的排练工作。好吧，大家继续！"

段雪曦又带着学生们开始了讨论和排练，文君华和苏佳芮则走到体育馆的观众席上坐了下来。

刚一坐下来，苏佳芮就嗔怪地说道："喂，文老师，你……"

文君华笑着一摆手："你别忘了，昨天就说好的，我叫你佳芮，你就该叫我君成！"

苏佳芮深吸了一口气，说道："好吧，文君成先生，你怎么不和我商量一下就擅自做出决定？而且还是当着这么多学生的面！”

文君华微笑着说道：“我要是昨天告诉你，你一定会在那儿考虑老半天，所以我干脆就在学生面前直接宣布了，也省得你再犹豫不决！你看，你不是已经欣然接受了吗？”

苏佳芮咬咬牙，说道：“行！算你有办法！”

苏佳芮看着下面的学生，又犯起了难：“可是，虽然我答应你了，可我以前接受的是声乐和舞蹈方面的专业训练，而话剧是一门综合性很强的舞台艺术，它会用到文学、音乐、舞蹈、美术很多方面的艺术手段，我怕……我帮不了你多少啊……”

文君华轻松地一笑：“佳芮，你想得太多了。这又不是要对外售票公映，我们只是借用这种形式，来激发学生的学习兴趣，以此实现我们的教学目的！当然，既然要做就要力争做得更好、更专业！简单地说，你就是运用你的专业知识去指点和引导他们，让他们既能自由发挥，同时又能体现出一定程度的专业素养！如此，我们的目的就算达到了！”

虽说是坐在观众席上，可底下学生们排练时的每一句话都能清晰地传到两人的耳朵里。

段雪曦拍了拍手，将学生们召集到了一块儿：“大家都过来！快过来！我再叙述和强调一遍《雷雨》这出话剧所反映的历史背景和蕴含的深刻人生意义……它反映的是十九世纪末到二十世纪二十年代，旧中国正处于半封建半殖民地的这一历史时期，国家内忧外患，无产阶级正在萌芽发展，人民革命的浪潮前赴后继，《雷雨》所展现的就是在这样一个特殊的历史背景下，周、鲁两家八个人物，由于血缘纠葛和命运巧合而造成的矛盾冲突。它是人生的一幕大悲剧，也是命运对人的残酷捉弄！所以，大家一定要深刻理解并领会它的意义所在，才能深入角色，由内而外地去解读和表现角色，明白了吗？”

学生们异口同声地答道："明白了！"

段雪曦接着说道："那我现在就开始人物角色的分配和安排，被分配到角色的同学，一定要记住，不管你扮演的是什么角色，这都是整个班集体所赋予你的重任，一定要去仔细地品读和领悟！大家把剧本都读完了吗？"

郭晨阳一边翻看着剧本，一边回答道："快完了！就快完了！"

段雪曦说道："那我开始宣布每个人物角色的安排，雷文静，你来演鲁侍萍这个角色！"

雷文静吃了一惊："我？演鲁侍萍？"

段雪曦说道："对啊，在我们当中你的文笔最好，最具有文学素养，对文学作品的理解也最到位，鲁侍萍这个人物的命运变迁和内心世界很复杂，跨度也很大，由你来演是最合适的！"

段雪曦又看了看郭晨阳："郭晨阳，你来演周朴园这个角色。"

郭晨阳吓了一大跳，合上剧本惊讶地说道："什么？不会吧！我能坚持把它读完就很不错了！你还让我去演？"

段雪曦笑了笑，说道："周朴园是戏里的一家之长，你在我们班不但年龄最大，个子也是最高的，这个角色我第一个想到的就是你！况且我也想通过这次的演出，让你去挑战一下你心里面一直认为的不可能……怎么样？你可别告诉我你不敢！"

见郭晨阳还愣在那里发呆，段雪曦又对着其他人说道："另外的角色安排，韩耀林演周萍，叶嘉伟演鲁大海，张浩凯演周冲，徐鹏演鲁贵，四凤嘛……"

"我！我！"彭珊珊笑嘻嘻地举起手，大声说道，"我演四凤！"

段雪曦看了看彭珊珊，说道："你不行！你不合适！"

彭珊珊一听便傻了眼："为什么我不行？我到底哪点不合适啊！"

段雪曦皱了皱眉，说道："你和琪琪一样，都太嗲！一看就是城里面的富家子女，哪点儿像下人的孩子！四凤还是由……雨涵来演！"

彭珊珊沮丧地一跺脚，嘟起了嘴。

周瑞琪嚷了起来："什么呀！我都没说话，躺着也中枪啊！"

刘雨涵则兴奋地冲着彭珊珊和周瑞琪做了个鬼脸。

杨彩艳问道："阿雪，那繁漪这个角色由谁来演呢？"

段雪曦一歪头，俏皮地说道："繁漪这个人物的内心世界也很丰富，这么有挑战性的角色……当然由我来演了！"

彭珊珊嘟着嘴，不满地说道："主要是你看起来就像个阔太太！"

学生们都大声笑了起来。

段雪曦脸一红，赶紧制止道："你们别听她胡说！好了好了，都别笑了！刚才分配了角色的演员都来说说看，你们对角色的理解和认识，就从我先开始吧……"

段雪曦清了清嗓子，认真地说道："繁漪虽然是周朴园的老婆，但其实她也是一个受害者！在她的内心世界里，对于封建生活的阴沉气氛和精神束缚是难以忍受的！她并不害怕周朴园，相反，她非常想要摆脱这一切！从这个角度来说，繁漪其实也是一个追求独立、自由和解放的新女性代表！"

雷文静说道："那我来说说我对鲁侍萍这个角色的理解吧，鲁侍萍曾经有过一段甜蜜、短暂的爱情，不过在封建社会的大气候下，这段爱情很快就破灭了，尽管她投河被救，但并不能阻止她的人生走向悲剧！她一生扮演的都是一个下层妇女的形象，但悲催的人生并不能掩盖她的善良、自尊和刚强，她正是依靠这些才走过了人生中最艰苦、最黑暗的那段时期……

我觉得这些都是在表演中需要特别去领会、把握的东西!”

叶嘉伟说道:“鲁大海这个人物不复杂,作为工人阶级的代表,他痛恨那些资本家,面对以周朴园为代表的资本家,他也敢作敢为,在他身上重点要表现的是他的质朴、坦诚、坚定和勇气!”

韩耀林说道:“我觉得周萍是一个很矛盾的人,从他的内心来说,也很想摆脱封建家庭的那种压抑和父亲周朴园的威慑,他和后母产生感情,但后来又爱上了四凤,就说明他喜欢的是四凤身上的那种生气与活力!但是他并不具备鲁大海的坚定和勇气,面对自己的悲剧人生,他没有反抗,只有逃避,所以最后才会选择以自杀这种方式来解脱自己!”

张浩凯接着说道:“周冲是一个很单纯的人,在周家他的年纪最小,受到新文化、新思想的影响和熏陶也最多,所以在他身上并没有看到太多封建文化的束缚。不过他对于封建文化、制度的危害性好像也没有什么深刻的认识和理解,他更多的是生活在自己的理想世界里面,所以他也注定了逃不出悲惨命运的魔掌。”

刘雨涵说道:“四凤嘛……她是一个很单纯的女孩子,充满了青春与活力,但她毕竟也是一个下人的孩子,肯定也没有接受什么先进的文化教育,对于封建文化、制度危害性的认识,比起周冲来更不如!否则她就应该主动选择周冲,而不是和周萍走到一起!我觉得扮演四凤,就是重点要掌握好事实的真相对于四凤的沉重打击这一戏剧性的变化!”

徐鹏干脆地说道:“鲁贵就不用多说了吧!他就是一个见钱眼开的小人物,巴不得自己的女儿能嫁给一个有钱人,演他最容易了!”

段雪曦看了看郭晨阳,郭晨阳还在傻傻地看着剧本,段雪曦说道:“郭晨阳,你也说说看,你是怎么看待周朴园这个角色的?”

郭晨阳挠着头,结结巴巴地说道:“我……我怕我说不好啊！我觉得……周朴园这个人吧，就是一个十足的资本家！为了赚钱可以不择手段，可以牺牲很多人的性命，又狡猾又虚伪！但是他个别时候还是有那么一点……留恋之情吧，当然，后来又好像全都不在乎了……”

段雪曦笑着说道：“你看，你不是说得很好吗？我相信这次的演出，你一定会演得很出色！来，我们为郭晨阳刚才的表现鼓掌！”

学生们一边笑着一边为郭晨阳鼓起了掌。

苏佳芮一边仔细观察着学生们的排练，一边对文君华说道：“欸，我发现段雪曦真的很有组织号召能力！你才来没几天，是怎么选中她当班长的？”

文君华说道：“其实也不难，我来学校的第一天，就发现她做事的思路很清晰，说什么话也能说到点子上，最重要的是，她说什么其他同学都会照做！这不就是一个领袖应该具有的素质能力吗？”

苏佳芮盯着彭珊珊的身影说道：“还有刚才跳舞的那个漂亮女生，叫什么……珊珊的，她也很有特色！热情、开朗、表现欲望很强，而且以我的专业判断，她以前一定接受过专门的舞蹈训练！普通人是没有这样的灵活性和韵律感的！”

文君华笑着说道：“你说得没错！她接受过十年的舞蹈训练，所以才会让你一眼看中！不过……这个女孩子有时候对人也太热情了一些……”

苏佳芮看了看文君华，带着一种奇怪的笑容说道：“怎么？你受不了了？她可是个 hot girl（辣妹）！特别是那双眼睛！”

文君华笑了笑，说道：“你别胡说了！她可是我的学生！在我们班像她这样有才艺的学生还多着呢！你看，排练的这几个演员，每个人都是有特长的。”

苏佳芮笑着说道：“是吗？那有机会我一定要见识一下！话说回来，你是怎么想到要用演话剧这种形式，来提高他们学习兴趣的?"

文君华说道:"或许这种形式和手段并非是我首创……现代社会,学生所背负的升学压力实在是太重了,在他们眼里,学习就是枯燥的、被动的,甚至是痛苦的!哪里还有什么兴趣和动力?我就是想通过这种新颖的形式,让学生感受到一种新鲜感,增强他们的参与意识,让他们感觉到原来学习是可以很快乐、很轻松的!然后,他们就会自动地带着兴趣和动力投入到学习当中去,我们还需要给他们施加什么压力吗?"

苏佳芮点点头,说道:"你说的真的很有道理!而且我感觉得到,你对这个班一定是充满了信心,对吧?"

文君华微笑着说道:"对!而且你看通过这次的演出排练,他们对《雷雨》这篇名作的认识和理解,已经有了质的突破!还会有人说看不懂这篇课文吗?我想……《雷雨》这堂课我已经不用再上了!"

文君华说着又把头凑近了苏佳芮:"你看,有了我,你以前的寂寞、苦闷日子是不是一去不复返了?"

苏佳芮脸一红,把头转向了一边:"切!我看有了你,我的奔波、忙碌日子才刚刚开了头!"

第二天上午的课间休息,郭晨阳和王亚超从卫生间出来,在教学楼的走廊上边走边聊。

王亚超说道:"我昨天请了假,听说你被叫去排练话剧了,感觉怎么样?"

郭晨阳轻松地说道:"还行吧!挺好玩儿的!"

王亚超说道:"听说你演男一号周朴园,韩耀林那个忧郁男演男二号,把叶嘉伟那个大帅哥都挤到后面去了!"

郭晨阳说道:"演戏不能光看外表长相,还要看演员的内在精神气质和人物角色是不是尽量匹配!"

王亚超闻言吃了一惊:"哟,你什么时候学会说这种文绉绉的话了？”

郭晨阳笑了笑，说道：“这不是我说的，是昨天排练的时候段雪曦和雷文静这么说的……”

郭晨阳说着停下了脚步，一只手环抱在胸前，一只手撑着下巴，歪着头想了想说道：“你还别说，昨天中午折腾了一个小时，我对这个《雷雨》的理解通透多了！换了以前我肯定不知道里面在讲些什么，现在我终于知道它为什么称得上名篇大作了！”

王亚超一拍郭晨阳的肩膀：“行啊！看来你挺有收获的嘛！”

两人正说话间，高二（七）班的石晓东和刘焕杰迎面走了过来，郭晨阳似乎并不想搭理石晓东，把头歪到一边，假装没看见。

石晓东见状冷笑了一声，阴阳怪气地说道：“郭晨阳，听说你昨天去搞演出排练了？这么有意思的活动，你也不说出来让我们乐一乐？”

郭晨阳淡淡地说道：“也不是什么大不了的事儿，一个小游戏而已。”

石晓东说道：“你们班几十个人在里面那么大动静儿，还说是小游戏？欸，听说你们排练好了，还要在学校公映的，是不是啊？”

郭晨阳依旧淡淡地说道：“看情况吧，到时候再说。”

刘焕杰在一旁开了腔：“你们这个新老师挺逗的，还让你们玩这种游戏啊？”

王亚超没好气地接了话：“你懂什么！这叫体验式学习！”

郭晨阳实在不想再和石晓东说些什么，拍了王亚超一下：“亚超，我们走，我把昨天的上课笔记拿给你看看。”说完两人便向教室走去。

石晓东在身后嬉笑着大声说道：“郭晨阳，你别走那么快，我得提醒你，别在里面越演越软！我怕到时候你进不了田径队，只能进文艺队了！”

石晓东说完和刘焕杰一起大笑着扬长而去。

郭晨阳愤怒地转过了身，咬牙握紧了拳头：“石晓东！你……”

王亚超拉住了郭晨阳：“算了吧！别和小人一般见识，他从来都是这样，你就别去给自己找不痛快了！”

趁着课间的休息时间，周敏与何先强悄悄来到了教学楼下面一个无人的角落。

周敏问道：“你说文老师还会不会追究咱俩的事啊？都过了几天了，他一点儿动静都没有……是不是赵老师没把咱俩的事告诉他呀？”

何先强撇了撇嘴，说道：“肯定说了！她哪有不说的！大概是文老师不想再追究这事了吧？这毕竟是他接手我们班之前发生的事。”

周敏点点头，说道：“那就最好了，怎么看文老师也是一个宽宏大量的人……不过，以后咱俩还是离得远点儿比较好！”

何先强忙不迭地问道：“为什么？现在这样不挺好的吗？”

周敏说道：“好不容易过了这一关，你这么快就好了伤疤忘了疼了！要再被人看见咱俩在一起，你以为还会有这么好的运气？”

何先强无奈地低下了头：“好吧好吧，你说怎么样就怎么样吧……”

韩耀林站在教室外的走廊上，一边走一边揣摩着周萍这个人物角色的内心世界。

这时，迎面走来一个长发披肩，额前一排空气刘海的漂亮女生，一边走一边专注地看着手里的一本书。

韩耀林停下脚步，痴痴地看着这个女生，一直到女生走到自己身边才轻声地呼唤了一句："雨薇！"

那个女生似乎仍然沉浸在书里面，头也不抬地继续向前走去。看着女生离自己越来越远，韩耀林终于忍不住转身大声叫道："汪雨薇！"

汪雨薇停下脚步，合上书本，转身见是韩耀林，含蓄地笑了笑，却没说一句话。

韩耀林小心翼翼地问道："你……你在看什么呢？看得那么出神？"

汪雨薇扬起手中的书本，笑了笑说道："是曹禺的《雷雨》，你们都在排练这出话剧了，所以我也想好好学习、研究一下这篇名作，看看它的精妙和伟大之处。"

韩耀林惊喜地说道："怎么你也知道我们在排练这出话剧？"

汪雨薇说道："这事哪能藏得住啊！再过几天，可能整个学校都知道了！"

韩耀林傻傻地说道："就是啊，怎么会不知道呢，所以我们都排练得很努力……对了，雨薇，你知道我在里面演什么角色吗？"

汪雨薇笑了笑，等待着韩耀林自己回答。

韩耀林不好意思地说道："我……我演周萍，他们说我有一种忧郁的气质，挺适合……演这个角色的。"

汪雨薇捂着嘴笑了起来。

韩耀林带着期盼的眼神说道："如果排练效果好的话，两个星期后我们就要在运动场的主席台上面公映了！到时候……你会来看我的演出吗？"

"我……"汪雨薇迟疑着刚说了一个字，上课铃声便响了起来，汪雨薇想了想，对着韩耀林莞尔一笑，轻声地说了一句，“你一定要好好演，知道吗?”便转身匆匆向教室走去。

周敏与何先强踩着铃声小跑着向 2 楼走去，刚冲上 2 楼，就撞见了王启舟。

王启舟板着脸叫住了两个人：“你们两个，给我站住!”

周敏与何先强忐忑不安地站到了王启舟的面前，王启舟严肃地问道：“刚才你们两个在楼下那个角落里面窃窃私语了这么久，都干了些什么啊?”

周敏红着脸，低着头没说话。

何先强辩解道：“没……没干什么啊！我们什么都没做!”

王启舟疑惑地问道：“没干什么……那还要跑到僻静角落里面去？一看就是没说老实话!”

何先强说道：“王校长，我们真的没做什么……”

王启舟打断了何先强的话：“好了，暂时不跟你们说这个了。我刚才从楼上下来，每层楼的走廊都有很多垃圾，真不知道你们这些学生是怎么搞的，连身边的环境都不爱护……你们两个，去把这几层楼给我打扫干净。”

周敏抬头叫了起来：“啊！这些又不是我们扔的垃圾，为什么要叫我们去打扫啊!”

王启舟眼睛一瞪，说道：“我没说是你们扔的垃圾！我现在只是安排你们两个去把垃圾清扫干净！怎么，还不情愿是吧？那就到我办公室来，把刚才你们在楼下角落里面说的那些悄悄话再对我说一遍，怎么样?”

何先强赶紧用手碰了碰周敏，笑着对王启舟说道：“好吧好吧，我们去做就是……”

王启舟严肃地说道：“别偷懒儿！下节课我可是要来检查的，做得不好就重做!”

王启舟说完便下了楼，周敏一拍何先强的头，说道：“看吧，我都说了，两个人走到一起，就没好事!”

何先强耸了耸肩，说道：“好啦，我都与你同甘共苦了！去拿东西吧！”

两个人拿着清洁用具从1楼走廊开始了清扫，来到2楼走廊经过高二（七）班教室时，只见前后两扇门都关着，里面却传出阵阵对话的声音。

何先强不解地说道：“奇怪！他们班上课一向都是死静死静的，今天怎么这么吵？”

周敏将耳朵贴在教室的前门上，听了几秒钟，说道：“是赵老太婆在上课，听听他们在说些什么……”

何先强也把头凑了过来，周敏一拍何先强的头，说道：“哎呀！你去后门，别跟我挤！”

“哦！”何先强摸了摸头，走到教室后门，将耳朵贴在门上，仔细听了起来。

教室里一个学生说道：“赵老师，我们打听过了，他们昨天中午是在体育馆里面排练话剧。”

赵杏芳想了想说道：“哦？排练话剧？学校最近有什么活动吗？我怎么不知道？”

另一个学生说道：“听说是他们文老师安排的。”

赵杏芳皱着眉说道：“是文老师安排的……他这个优秀教师怎么净搞这些莫名其妙的事情！大中午的不休息！就算是不休息，也应该组织学生看看书嘛，搞这些东西有什么用？”

一个学生说道：“可他们搞得挺像那么回事儿的，连文化艺术老师苏老师都去指导他们了！”

赵杏芳不屑地说道：“那个苏老师也是不务正业的！来学校都三四年了，也不知道做了些什么，现在又和文老师凑到一块儿搞这些东西！那个班本来就烂，像这么搞下去，不走向堕落才怪！我告诉你们啊，别去掺和他们的事情！”

另一个学生问道：“那他们上台公映的时候，我们能不能去看看啊？”

赵杏芳厉声说道："最好别去！这种玩物丧志的事情，尽量别去沾染！他们这么搞，不但学习上不去，就是这个所谓的演出，也得搞砸！不信你们看好了！现在不说这个了，把书翻到第7页，开始上课……"

周敏站到走廊中间，气呼呼地说道："这个死老太婆！她不但骂了我们，还把文老师和苏老师也一块儿骂了！真是岂有此理！气死我了！"

何先强一摊手，说道："那有什么办法？难道我们冲进去，和她大吵一架？"

周敏咬着牙说道："下了课把这事告诉班长去，人多好想办法，这事不能就这么算了！"

听完周敏与何先强的"报告"，段雪曦阴沉着脸，紧抿着嘴唇，一言不发。

周敏焦急地问道："阿雪，你快说我们该怎么办啊？难道就让他们这么肆无忌惮地嘲笑我们？"

段雪曦深吸了一口气，一字一句地说道："你去文具店买一张红色的宣纸和一支马克笔，然后交给杨彩艳，叫她写一张公告，贴在学校的公告栏上，就说两个星期后高二（四）班将在运动场的主席台上，公映经典话剧《雷雨》！欢迎全校师生前来观看，就这么办！"

周敏大吃一惊："啊！这就是你想的办法？把这件事公之于众？我们才排练一天耶！"

段雪曦坚定地说道："还记得文老师是怎么教我们的？如果是做正确的事情，为什么要害怕别人的质疑和嘲笑？面对质疑和嘲笑，迎难而上、勇往直前才是最有力的证明和反击！"

雷文静小心地说道："只是……这样做的话，我们排练的压力好大哦……"

段雪曦说道："压力越大动力才越大！这件事情关注度越

高，就越能激发我们的潜能和创造力！破釜沉舟才能创造置之死地而后生的奇迹！”

雷文静说道：“好！既然班长那么有信心，那我们也有信心把这次的演出做好！”

段雪曦又对周敏吩咐道：“还有就是，从现在开始你们两个要密切注意高二（七）班的一言一行和一举一动，他们乱说不要紧，但绝对不能让他们乱动、搞破坏！有什么消息和情况，要迅速向我报告！”

周敏还没来得及说话，何先强便高兴地答应道：“这个好啊！我喜欢！搞侦察工作我最在行了！”

段雪曦笑了笑，说道：“那我现在就宣布，高二（四）班侦察连正式成立！周敏任连长，何先强任副连长！”

何先强一听傻了眼，大声叫嚷了起来：“什么？我是副的，她是正的！你有没有搞错啊？”

段雪曦说道：“你做事毛毛躁躁的，周敏比你稳当一点，所以你只能当副连长！”

周敏嘻嘻一笑：“哈哈！你以后都得听我的！”

见何先强还是一副沮丧的样子，周敏重重一下拍在何先强的肩膀上，大声问道：“到底行不行啊？”

何先强立刻挺起了胸：“行！有什么不行的！以后有些事情你还不得听我的……”

周敏一把拧住了何先强的耳朵：“关键是你现在就得听我的！走，跟我去买纸和笔……”

何先强哇哇地叫着，被周敏拧走了，雷文静问道：“阿雪，你明知道他们两个在谈恋爱，还把他们拴在一起？你就不怕……他们最后搞得像韩耀林那个样子……”

段雪曦笑着说道：“放心吧，他们两个成不了的！拴在一起也出不了问题，配合起来做事倒是挺有默契！我的观察和直觉很准的，你就别担心这个了！”

第九章 圆满的演出

高二（四）班要公映话剧《雷雨》了！

公告栏上面的消息像风一样传遍了整个学校，不管是在课间十分钟还是在午后休息时间，都有成群的人在谈论高二（四）班这一大胆而又新奇的举动。

陈建怀站在公告栏前，把那张红色的告示从头至尾看了两遍，才笑了笑，对身边的乔善坤说道：“这个文老师，真是新招儿不断，办法一套又一套啊！”

乔善坤说道：“特殊班级要用特殊方法手段嘛！估计他也觉得如果采用常规的教学方法，是很难带动这个班的，所以才想到要用一些新鲜的方法来调动他们的学习积极性。哎！其实想想也挺难为他的，整天都要考虑怎么去创造和出新。”

陈建怀问道：“那你有没有听说他们是怎么排练的？《雷雨》这出话剧要演起来可是很有难度的！”

乔善坤说道：“听说了！他们现在是利用每天中午和傍晚的休息时间，在体育馆里面进行排练，劲头还挺足的！”

“嗯，那好，”陈建怀点了点头，说道，“9 月 22 号公映，乔主任，你那天可要记得提醒我哟！”

“啊？”乔善坤吃了一惊，“陈校长，你真对他们这些活动感兴趣啊？这又不是重庆话剧团的人在演，就是几个学生在上面蹦跶，你用得着这么上心嘛！”

陈建怀微微一笑：“我不是对他们感兴趣，是对这出戏感兴趣！而且这出戏就得让学生来演才有看头！”

说到这儿，陈建怀颇有些有感而发：“《雷雨》所展示的是一幕人生的大悲剧和命运对人残酷的捉弄，被誉为中国话剧现实主义的基石！它在不同的年代、不同的地方，被不同的人一次又一次地改编、演出和推广……从某种角度来说，《雷雨》的文学艺术价值是可以和《哈姆雷特》《罗密欧与朱丽叶》相提并论的！”

乔善坤吃惊地望着陈建怀，说道：“陈校长，以前从来不知道你对文学艺术还有这么浓烈的爱好和研究啊！怪不得你对他们的演出这么感兴趣！”

陈建怀笑了笑，说道：“哎！都是几十年前的爱好了，现在哪还有什么时间和精力去研究它啊！只是刚才看到这张告示，才让我有感而发啊……”

乔善坤笑着说道：“行！9月22号嘛！我帮你记着，到时候一定提醒你！”

两人说笑着离开了公告栏，刚走出没几步，陈建怀忽然又转身折返了回来，眼睛盯着那张告示又看了起来。

乔善坤也只好走了回来，不解地问道：“怎么了，陈校长？又有什么新发现？”

陈建怀看着那张告示，轻声地说道：“这张告示上面的字……开始我还以为是在外面铅印的，现在终于看清楚了，这是手写的！这字写得真好啊！”

乔善坤一边看一边思索着说道：“这字的确是很不错……但如果我没记错的话，目前学校里面还没有哪个老师的字，能写到这个程度的！”

陈建怀问道：“会不会……是文老师自己写的？还是他们拿到外面专门请人写的？”

乔善坤说道：“文老师的字我倒没见过，要不……哪天我帮你侦察侦察？”

陈建怀笑着说道："好啊！哪天你有空的话就去侦察侦察吧……"

9 月 22 日终于到了，高二（四）班的学生们惊奇地发现，虽然演出还没开始，但班里的每一个人都变成了被众人采访的对象：

"嘿！演出几点开始啊？"

"我们文老师说，为了方便大家看演出，今天是周末嘛，就定在下午五点半正式开演。"

"地方呢？还是在体育馆里面？"

"早就说了在运动场的主席台上面，那儿才像个演话剧的地方嘛！"

"我看到上午有人给你们送服装了，你们自己花钱去做的？"

"是文老师找人为我们量身定做的！怎么样？羡慕吧？"

"行！算你们牛！下午就等着看你们的好戏！"

"来来来！欢迎观赏！"

……

下午 17：15，陈建怀和乔善坤提前来到了运动场，到了才发现现场竟已经聚集了两三百人，但最令陈建怀吃惊的，还是主席台被进行的一番改造和装饰：约 30 平方米的主席台地上铺上了一层厚厚的红地毯，后面被好几块约 3 米高的背景板隔离出了两个后台，两侧还放着两个大大的立式音箱。一个他不认识的年轻男子正坐在主席台的侧下方，摆弄着桌上的笔记本电脑，调试着音响的效果。而面对这主席台约六七米的地方还搭起了一个高一米，面积约两个平方米的小平台，一个年轻摄像师正站在小平台上，调试着三脚架上的一台高清摄像机。

陈建怀目瞪口呆地看了一会儿，才说道："文老师真行啊……连一场学生的演出，都搞得这么专业和隆重！这些人是……”

乔善坤说道：“哦，是这样的，上午文老师来找过我，他说为了保证演出的质量，要找几个朋友来铺地毯和做做背景墙什么的，搭了后台才方便演员的出场和退场。我想你也说过，对文老师的工作我们要多支持，所以就同意了。可这音响和摄像机，他倒没跟我提过……”

“算了，来了就来了吧，有了这些东西演出效果肯定会更好。”陈建怀摆了摆手，说道，“你看那摄像机，是电视台用的那种专业摄像机吧？没想到文老师还有这些专业路子……”

乔善坤说道：“就是啊，从今天这架势来看，他做事倒是挺追求完美的！”

陈建怀认真地说道：“追求完美好啊！虽然有很多事情我们还不能做到尽善尽美，但只要努力坚持，敢于追求，就能把事情做到一个很高的境界！事实上，我们的工作在很多时候就是缺乏这种精神和追求！”

乔善坤不住地点头称是。

短短几分钟的时间，运动场上聚集的人是越来越多，学生们议论的声音也开始越来越大：

“看！他们还有摄像机！

“我的天啊！他们要把演出录下来，送到电视台去播啊？”

“那他们演出有没有片酬啊？”

“要是演出还有片酬，我也申请去演了！”

……

陈建怀微微皱了皱眉，对乔善坤轻声说道：“你让学生们安静一下，演出快开始了！”

乔善坤环视了一下四周，发现到场的人数几乎翻了一倍，至少有了四五百人，赶紧清了清嗓子，大声说道：“同学们，安静一下，都安静一下！既然来了，就要认真地看，仔细地体会！你们这么吵吵闹闹的，待会儿台上说什么都听不见了！”

人群中一个学生回应道："他们服装上面都有胸麦！还有两个大音箱呢！"

乔善坤沉下脸，不高兴地说道："有音箱你们也不能闹！"说完转过头一看，扮演周朴园和鲁侍萍的两个演员已经站上舞台，做好了演出的准备。

陈建怀看着台上的两个演员，吃惊地说道："他们还做了服装！"

这时，苏佳芮拿着麦克风笑语盈盈地从后台走了出来："同学们，下午好！欢迎大家来到运动场，观看由高二（四）班演出的话剧——《雷雨》！

"《雷雨》被誉为中国现代文学史上话剧创作的扛鼎之作，具有极高的艺术成就和现实主义的艺术价值，标志着中国话剧开始走向成熟！几十年来，《雷雨》被不同时代的人饱含深情地演绎和解读，多次在国内以及日本、朝鲜、新加坡等国进行编译和演出，成为最受观众欢迎的话剧之一！接下来，就让我们共同来品味《雷雨》所蕴含的艺术魅力，请欣赏！"

苏佳芮退回了后台，演出从周朴园和鲁侍萍在周公馆的重逢开始了。

陈建怀小声地对乔善坤问道："你说……怎么苏老师也在上面？她不是铁了心要走吗？怎么还有心思掺和这事？"

乔善坤小声说道："这事我还没来得及跟你说呢，上午苏老师也来找过我，她说她又考虑了一下，还是打算留在学校继续干下去！你上午去教委了，我就想等你回来了再告诉你。"

陈建怀吃了一惊："什么？她自己想通了！也是在今天上午？你说……这是不是和今天这场演出有关啊？"

乔善坤说道："这我就不清楚了，她没说我也没问……"

陈建怀说道："算了，她能留下来就好，咱们看戏、看戏……"

台上的周朴园和鲁侍萍开始了对话，后台的演员们也在紧张地准备着。

刘雨涵忍不住从背景墙后面探头看了一眼，立刻被吓得缩了回去："我的妈呀！对面有一台摄像机，台下起码有一千多人！真是吓死我了！"

段雪曦轻声说道："没出息！就这么点儿人就把你吓着了？那要是全校三千多人都来看你的演出，还不得把你吓疯！"

刘雨涵苦着脸说道："可我以前从来没面对摄像机表演过啊！我现在紧张死了，怎么办……"

段雪曦说道："别慌！紧张的时候就尽力平静下来，做做深呼吸，像我这样，对……你就当那台摄像机不存在，脑子里面只想着剧情。记住！你现在不是刘雨涵，是鲁四凤！"

刘雨涵按照段雪曦说的，闭上眼睛做起了深呼吸。

随着演出的进行，陈建怀也越发专注了起来，仿佛整个人的思想和情绪都融入了剧情。

现场的观众竟也是出奇地安静和投入，乔善坤看了好久，也没听到一个人大声讲话。

乔善坤慢慢转过头，身后那一片黑压压的人群让乔善坤情不自禁地一哆嗦：现场观众的人数和开演前相比，竟似乎又增加了一倍！粗略一估算，足有一千人以上！

乔善坤忍不住轻轻拍了拍陈建怀："老陈！老陈！你知不知道今天有多少人在看这场演出……"

"嘘！别出声儿！"陈建怀头也不回，目不转睛地看着舞台，"现在到了整个剧情的高潮部分，四凤知道了自己的身世，也终于明白了她和周萍的真实关系，她就要崩溃了……哇！这个眼神、表情和姿态太传神了！这个女生演得非常好！非常到位！"

四凤冲出去，碰到了漏电的电线……

周冲跑过去救她，也跟着触电而亡……

"砰"的一声，周萍开枪自杀了……

鲁侍萍惊呆了……

繁漪疯狂了……

周朴园呆呆地望着炉火……

随着音箱里传来最后一记炸雷的声音，陈建怀望着舞台，几秒钟后情绪才从剧情里走出来，也欣喜地随着学生们拼命地鼓起了掌。

苏佳芮再一次拿着麦克风从后台走了出来："感谢你们的掌声！感谢你们的鼓励！希望今天的演出能带给大家一个愉快的周末！也希望我们以后的学习和生活，能更加丰富生动、多姿多彩！"

台上的8个演员和苏佳芮一起手拉着手鞠躬谢场，台下再一次响起了热烈的掌声，有学生兴奋地高叫道："演得太棒了！"

"欢迎再加演一场！"

……

观众逐渐散去了，陈建怀和乔善坤仍然站在原地。

陈建怀望着台上还在又唱又跳的学生，似乎仍有些意犹未尽："今天这音响、摄像机、舞台设计还有这些演员……真是太过瘾了！"

乔善坤笑着说道："陈校长，你今天可不是一般的投入和专注啊！好像是自己在演出一样！"

陈建怀说道："你说得没错，以前上大学的时候，学校庆祝五四青年节，我还真演过《雷雨》！"

乔善坤恍然大悟道："是这样啊！怪不得呢！快说说，你演得哪一个角色？"

陈建怀笑着说道："你猜猜看？"

乔善坤犹豫了一下，说道："是……周萍？"

"不，是周朴园！"陈建怀深深呼出一口气，"一晃几十年，回想起来的确是感慨良多啊……欸，今天这演出，真该把全校的老师都召集起来看一下！"

乔善坤笑着说道：“你看得出神，我倒是帮你留意过了，今天大概有三分之一的学生，一千多人到场观看！这里面我又目测了一下，全校差不多有一半的老师也在现场观看演出，你的想法没落空！”

陈建怀说道：“文老师组织这场演出真可谓是用心良苦，其实我们都看得出来，他是想用这种形式和手段来更好地激发学生的学习热情和动力。你说在他来之前，为什么就没有其他的人敢于做出这样的创新和尝试呢？”

乔善坤说道：“这个问题不大，在下个月的全校教务工作会议上，我们可以让文老师把他的教学思路和以往的成功教学经验，给大家做一次分享嘛，这样也可以带动其他的老师做出类似的创新和尝试。”

陈建怀点点头，说道：“好，就这么办！回头你通知文老师，让他提前做好准备。”

与此同时，学生们也在台上欢快地庆祝演出的成功：

“雨涵，你今天真是超水平发挥！四凤受到打击之后的心路转变，你表现得太淋漓尽致了！”

“哎呀，我也是尽力而为！你不是告诉我，要把自己当成四凤来演吗？我就照做了……”

“还有你，郭晨阳！以前排练的时候老担心你入不了戏，今天你也是演得出奇的好！”

“嘿！怎么没人夸我？周冲的单纯，我演起来好吃力的……”

……

文君华朝着苏佳芮走了过去：“佳芮！”

苏佳芮回过头，高兴地小跑了过来：“君成，今天的演出太成功了！就像你说的，这些舞台设备和现场的观众，都极大地刺激了他们的潜能爆发！今天的演出质量比以往的历次排练都要好！可以说已经非常接近专业艺术院校的演出水平了！”

文君华微笑着说道："这全靠你的指导和帮助！这段时间真是辛苦你了！"

苏佳芮羞涩地说道："谢我什么呀！我对他们的帮助根本就不算什么……其实你才是真正的总导演！"

文君华看着苏佳芮，认真地说道："佳芮，你还记得我们第一次见面的时候，我对你说过的，我希望……"

苏佳芮欣然一笑："我知道你想说什么！其实……我已经做出决定了！"

文君华愕然地望着苏佳芮："你的决定是……"

苏佳芮微笑着说道："我决定……留下来！"

文君华惊喜地说道："佳芮，你真的决定了……要留下来？"

苏佳芮看着文君华，点了点头，柔声说道："当然了！君成，你的出现，给了他们信心和希望，也给了我信心和希望！所以，我想留下来，去创造和迎接新的生活！君成，你不会让我失望的，对吗？"

文君华微微一笑："我当然不会让你失望，佳芮，我相信还有更美好的明天在等着我们！"

段雪曦静静地站在舞台的一侧，表情复杂地看着文君华和苏佳芮两个人。

雷文静蹦蹦跳跳地走了过来："阿雪，他们在讨论晚上要去什么地方庆祝今天的演出成功，你还不去换衣服！"

段雪曦傻傻地应了一声："哦……"

雷文静接着说道："他们七嘴八舌的，每个人说的地方都不一样！你说我们该去哪儿？"

段雪曦还是傻傻地应声道："哦……"

雷文静见段雪曦有些不对劲儿，"啪"地拍了她一下："阿雪，你在发什么愣啊！老是'哦'来'哦'去的！走，快跟我过去！"说着一把拉着段雪曦跑开了。

第十章 斗酒风波

9月25日上午10：30，高二年级的办公室里面，金昱琳笑嘻嘻地对杜云涛说道："欸，杜云涛，上个星期五有没有去看演出啊？"

杜云涛放下手中正在批阅的作业本，说道："当然去了！这么大的场面，人山人海的！我就算看不懂，也得去凑凑热闹嘛！"

金昱琳问道："那你到底看懂没有啊？"

杜云涛得意地说道："你别说，我还真看懂了！本来一开始我就是打算去凑凑热闹的，谁知道往那儿一站就被吸引住了，我是从头看到尾的！活了二十八年，我总算搞清楚《雷雨》讲的是什么故事了！"

金昱琳笑着说道："哟，看来你倒是长见识了！"

正说话间，高二（七）班的班长冯雨双走进办公室，来到了赵杏芳的办公桌前。

赵杏芳迫不及待地问道："怎么样，我让你调查、记录的人搞清楚没有？"

冯雨双胆怯地说道："一开始我还看见了几个，但后来人越来越多，我就……实在看不过来了。"

赵杏芳有些意外地问道："人很多？是吗？你是说我们班去的人很多，还是现场的人很多？"

冯雨双说道："都不少呢！听说那天下午去看演出的起码

有一千多人！”

赵杏芳吃惊地说道：“什么！有这么多人！”但随即一变脸，异常严肃地说道，“一千多人又怎么样？就算是三千多人也改变不了事情的本质！玩物丧志就是玩物丧志！不能因为人多你们就不明事理，简单地随大溜了嘛！”

冯雨双看了一眼赵杏芳，没敢说话，静静地低下了头。

赵杏芳盯着冯雨双，严厉地问道：“冯雨双，那天下午你去看演出没有？”

冯雨双惊恐地抬起头：“我没有啊！我只是按你的要求，去看看有哪些同学在现场，然后……我就回家了……”

赵杏芳缓了一口气，说道：“你是班长，要记住，一定要起到模范带头作用，给同学们做个好榜样！这样吧，你把那天下午你看到的那几个人先给我记下来，通知他们中午放学后都给我留下来，我得好好教育一下他们……”

赵杏芳说完和冯雨双走出了办公室。

坐在后面的丁伯中看着赵杏芳离去的背影，十分不满地说道：“这个赵老师，真是越来越古板了！比我这个老古董还要老古董！人家文老师的想法和点子多好啊，到她那儿怎么就变成玩物丧志了！学生们去看看演出，放松放松心情，顺便也增长知识，怎么又变成不明事理、随大溜了！真是莫名其妙！”

杜云涛劝解道：“丁老师，你和她共事几十年，还不了解她的秉性？屁大点儿事儿就上纲上线的！你何必管她说什么！”

丁伯中气恼地说道：“我是一听她说话就窝火啊！你看把那学生吓得，还以为多大的事儿呢！还好她不是校领导，她要哪天当了教导主任，还不得把我们这些去看过演出的老师，都叫到她办公室去训话、写检查啊！”

金昱琳笑着说道：“丁老师，你放心吧！她当不了的！她要能当还会等到现在？”

杜云涛接口说道："所以啊，这三十六中现在还是太平的！"说完和金昱琳一起大笑了起来。

9 月 30 日下午 17：00，一下课学生们便一哄而散，就连学校的老师也因为国庆长假的到来走得七七八八了。文君华回到宿舍，正在收拾衣架上晾干的衣服，苏佳芮的电话打了进来。

文君华看着手机上的来电显示，轻轻地笑了笑，接通了电话："喂，佳芮，你还在学校呢？"

"君成，我也正想问你，你现在走了没有？还在学校吗？"

文君华说道："在啊，我在收衣服，你呢？"

苏佳芮高兴地说道："你还在啊，太好了！晚上我约了几个老师出去玩，你有空的话跟我们一块儿去吧！"

文君华说道："好啊！你约了哪几个老师啊？"

苏佳芮说道："除了我们两个，还有杜云涛和潘成义，这两个你肯定熟吧？其他的你也不用担心，反正都是年龄差不多的年轻人。"

文君华笑着说道："我倒不是担心，这里面我只要认识你就行了！你还没告诉我晚上去哪儿玩呢。"

苏佳芮说道："我们初步商量的结果是去解放碑王府井楼上的欢乐迪唱歌！"

"去那儿？"文君华有些不解地问道，"大渡口这边不是有几家 KTV 吗？唱歌还用跑这么远？"

苏佳芮解释道："哎呀，他们说先去吃饭，顺便再逛逛洪崖洞，然后再去唱歌，所以才选了欢乐迪！"

文君华说道："行，没问题！我只是随便问问，总之你去哪儿我就陪你去哪儿。"

苏佳芮高兴地说道："那好，就这么说定了！20 分钟后我们一块儿出发！"

除了杜云涛和潘成义，苏佳芮还约了3个文君华不认识的年轻女老师，一行人先是在解放碑吃了饭，又去逛了一个小时的洪崖洞，然后才向王府井走去。

刚走进王府井的一楼，文君华又接到了吴雅欣打来的电话："喂，文总，明天就开始放国庆长假了，你那边也该放假了吧？"

"是啊，学校已经放假了，雅欣，你准备好去哪儿玩了吗？"

吴雅欣有些落寞地说道："没有啊，我是在想，每年放假前，你都要设宴慰劳员工的，今年就没看到你……"

文君华说道："哎呀，我还以为什么事儿呢！公司不是有你在吗，这种事情你直接安排了就行，学校这边我哪里走得开啊。"

吴雅欣说道："可是，没看到你，大家都挺失落的……文总，你在什么地方啊？你那边好吵哦……"

文君华说道："我在王府井百货里面，到处都是人，当然吵啦……"

吴雅欣小心地问道："文总，我能不能……过来看看你？人家好久没看到你了！而且，公司有些事情我还要向你请示一下嘛……"

这时，苏佳芮已经站在电梯门口，大声地对文君华招呼道："君成，电梯来了，快过来……"

文君华一边加快脚步，一边匆匆说道："行行行，你过来吧！我马上要陪几个同事去欢乐迪唱歌，地点在……"

吴雅欣飞快地接过了话："我知道，欢乐迪在王府井六楼！我就在临江门，20分钟就过来！"

文君华一行七人来到欢乐迪，选了一个中包，在包房的沙发上坐下，刚打开服务员送来的酒，吴雅欣就像风一样地赶了过来，风尘仆仆地站在包房的门口。

文君华迎了上去，走到吴雅欣的面前小声地说道：“记住，我叫文君成，别叫错了！”

吴雅欣笑嘻嘻地说道：“我记住了，不会错的！”

文君华转身把吴雅欣引进了包房：“来，进来坐吧，和大家打个招呼。”

吴雅欣热情而又大方地和众人打着招呼：“嗨！大家好！”

顺着众人坐的顺序，吴雅欣看到了坐在文君华左侧的苏佳芮。苏佳芮的眼里虽然充满了笑意，却也带着那么一丝质疑和询问，吴雅欣看了苏佳芮两眼，不客气地在文君华的右侧坐了下来。

文君华向众人说道：“我来介绍一下，这位是吴雅欣，她是……我以前的同学！雅欣，这些都是我在学校的同事，这位是潘老师，这位是杜老师……”

潘成义打断了文君华的话：“哎呀，我说文老师，我们这是出来玩儿，又不是在学校，你就不要一口一个老师老师的！听着多别扭啊！我提议，既然是出来玩儿，我们就直接叫对方的名字，怎么样？”

众人一片附和声。

文君华笑着说道：“那这样最好了！其实我也想这么叫，结果被你抢了先！”

潘成义给吴雅欣递了一瓶啤酒，大声说道：“好了好了，废话少说！大家都举起酒杯，一来为明天开始的国庆长假，二来也为我们今天认识的新朋友，干杯！”

众人将手中的啤酒瓶碰在了一起。

趁着吴雅欣喝酒的时候，苏佳芮凑到文君华耳边，轻声说道：“你说她是你同学？你们两个明明差着好几岁，怎么可能是同学？你骗我的吧！”

文君华赶紧解释道：“以前我们两个在同一所中学，她在初中部，我在高中部，也算……是同学嘛！”

苏佳芮似信非信地回应道："哦，这样啊……"

一瓶啤酒下肚的潘成义逐渐兴奋了起来，拿着麦克风大声对另外一个女老师说道："正式开唱了！我来唱头一曲！快帮我选那首陈奕迅的《十年》！"

说完又站了起来，走到电视屏幕前转身面向众人，认真地说道："谨以这首《十年》献给我在三十六中度过的十年教学生涯，希望大家喜欢，谢谢！"然后随着音乐声动情地唱了起来：

如果那两个字没有颤抖
我不会发现我难受
怎么说出口也不过是分手

如果对于明天没有要求
牵牵手就像旅游
成千上万个门口
总有一个人要先走
……

看着潘成义一脸自我陶醉的样子，吴雅欣皱了皱眉头，凑到文君华耳边轻声说道："你这位姓潘的朋友感情倒是挺投入，可就是唱得不怎么样！"

文君华忍不住笑了起来。

吴雅欣说道："君成，待会儿我们合唱一曲吧！"

文君华说道："好啊！我们唱什么歌？"

吴雅欣迟疑地说道："这个……我还没想好呢，让我想想……"说着将背靠在沙发上思索了起来。

苏佳芮一脸欣喜地对文君华说道："君成，等潘成义唱完了，咱们两个唱一首，好不好？"

文君华笑着说道："行！你想唱什么歌？"

苏佳芮说道："嗯……我们过去看看吧！"说完拉着文君华走向了点歌台。

站在点歌台前，苏佳芮看了看说道："我们就唱这个吧，《美丽的神话》！"

文君华说道："没问题，可这首歌的副歌部分全是高音，难度很大啊！"

苏佳芮假装生气地说道："哼！你太小看我了！待会儿我飙几个高音给你听听！"

潘成义唱完坐回了沙发，文君华和苏佳芮开始了演唱，两人完全没留意到，后面的吴雅欣正坐在沙发上，一脸不快地盯着他们。

不过，更令吴雅欣感到不快的，还是那几个女老师在底下对两人合唱的评头论足：

"苏老师不愧是文化艺术老师啊！整首歌的节奏、音准还有情感投入都很到位！"

"那当然了，人家以前就是学声乐和舞蹈出身的嘛！"

"文老师唱得也很好啊，他们两个就像以前在一起练过似的！"

"完全有这种可能！说不定之前排练《雷雨》的时候，顺便把这首歌也一块儿排练了！"

"哈哈哈……"

……

几个女老师都愉快地笑了起来。

吴雅欣越听越是恼火，当着众人的面又不便发作，只好仰起头，将瓶子里的酒一口气灌进了肚子里。

潘成义见状，拿着一瓶酒不失时机地靠了过来："嗨，美女，还没请教你芳名呢！"

吴雅欣瞟了一眼潘成义，没好气地说道："刚才不是说过了吗？我叫吴雅欣！"

潘成义苦笑着一拍脑袋："哦，对对对！我只记住了后面两个字，结果就忘了你姓什么……欸，吴小姐，你何必一个人喝闷酒呢，出来玩儿就是要开开心心的嘛！"

吴雅欣又瞟了一眼潘成义，不阴不阳地说道："开心？那好啊，等他们两个唱完了，你也陪我唱一首吧！"

潘成义受宠若惊地说道："行啊！绝对没问题！吴小姐，你想唱什么歌？"

吴雅欣淡淡地说道："《无言的结局》！"

"啊？"潘成义吃惊地张开了嘴，怀疑自己是不是听错了。

吴雅欣又淡淡地问道："怎么样？你会还是不会啊？"

潘成义急忙答道："会啊！怎么不会！"

文君华和苏佳芮刚一唱完，众人还在鼓掌，吴雅欣便板着脸，忽地一下站了起来，伸手去抓苏佳芮手中的麦克风。

吴雅欣和潘成义在演唱的同时，几个女老师也同样在下面进行着另一番的评头论足：

"喂，潘成义也唱得太逊了吧！完全是被人家拖着走！"

"哎，潘成义唱歌也就这个水平，能跟上人家的节奏就不错了！"

"这个美女也唱得很棒哦！完全可以和苏老师 PK 一下！"

"别再唯恐天下不乱了！她们两个迟早都要 PK 的！"

"怎么，你看出什么来了？"

"我早就看出来了！现在都闻到火药味儿了！不信待会儿你们看！"

吴雅欣唱完歌坐回沙发，见苏佳芮还在和文君华有说有笑地聊着什么，不由得妒火中烧，拿起桌上的一瓶酒，隔着中间的文君华对着苏佳芮叫了一声："苏小姐！"

苏佳芮停止了说话，微笑着问道："你叫我吗？雅欣。"

吴雅欣扬起手中的啤酒瓶："对！苏小姐，我敬你一下！"

苏佳芮有些意外："你敬我？"

吴雅欣说道："你人长得漂亮，歌又唱得好，和这么才貌双全的人认识，是我吴雅欣的荣幸，我当然要敬你一下喽!"

苏佳芮笑了笑，也拿起了啤酒瓶："其实我哪有你说的那么优秀，不过我还是很高兴认识你！谢谢你对我的赞美!"说完拿着瓶子和吴雅欣碰了一下。

文君华笑着对吴雅欣说道："雅欣，你什么时候学得这么会夸人了？以前可没见过啊!"

吴雅欣将瓶中的酒一饮而尽，眯着眼睛看了看苏佳芮手中的酒瓶，开口提醒道："苏小姐，我这瓶可是喝光了，你那瓶还留着一半呢!"

苏佳芮看了看吴雅欣手中的空瓶子，尴尬地笑了笑，急忙将剩余的酒喝了下去。

文君华忍不住轻声对吴雅欣说道："你也不要勉强人家一定要喝完嘛……"

苏佳芮刚放下手中的酒瓶，吴雅欣又把一瓶酒递了过来："来，苏小姐，我再敬你一下!"

苏佳芮有些吃惊地说道："还来?"

吴雅欣又举起酒瓶说道："我看咱们两个年龄差不多，就相差一两岁吧，这第二瓶酒就当是为了我们日后的姐妹情谊，怎么样？喝了这瓶酒，我就不再叫你苏小姐，而是叫你佳芮了!"

见苏佳芮还有些迟疑，吴雅欣催促道："怎么，苏小姐是不打算认我这个姐妹了?"

苏佳芮忙笑着说道："怎么会呢，我们两个肯定会是好姐妹的！来吧!"说着拿起了那瓶酒。

文君华感觉情形有些不对，出言劝阻道："喂，就算是姐妹相识，也不一定要喝这么多吧!"

吴雅欣狡黠地笑了笑，说道："这些酒都是小瓶的，你不用担心!"说完将自己瓶中的酒一口气喝了下去。

苏佳芮也喝光了自己瓶中的酒。和吴雅欣不同的是，苏佳芮在中间停顿了两次，总共用了三次才把酒喝完。

苏佳芮放下酒瓶，用手背遮住自己的嘴，轻轻喘了几口气，脸上浮现出难受的表情。

文君华关切地问道："佳芮，你感觉怎么样？不行可别硬撑着！"

苏佳芮定了定神，放下手轻轻笑了笑，说道："我……没事。"

文君华转过头，见吴雅欣还气定神闲地坐在那儿，忍不住轻声说道："雅欣，你这哪是在敬酒，完全就是在给人家出难题！"

吴雅欣撇了撇嘴，将头扭向了一边。

这时，文君华的手机响了起来，一看来电显示，是母亲打来的电话，文君华对众人说道："我去接个电话，你们先玩啊！"

离开前又对苏佳芮叮嘱道："记住，别跟雅欣斗酒！她的酒量可好着呢！"说完起身走出了包房。

文君华急匆匆地走到大厅接通电话，和母亲聊了一会儿，然后去了一趟洗手间，出来后坐在大厅沙发上回了几条朋友发来的节日祝福短信，才向包房走去。

一走进包房，文君华就被眼前的景象吓了一跳：苏佳芮和吴雅欣面前的桌子上多出了十几个空酒瓶，苏佳芮满脸通红，紧闭着眼睛，全身无力地靠在沙发上；而一旁的吴雅欣却是一脸绯红，正拿着麦克风半痴半醉地唱着那首《爱我的人和我爱的人》。

文君华急忙走到苏佳芮身边，一边摇晃着苏佳芮的肩膀，一边轻声呼唤道："佳芮！佳芮！"

苏佳芮微微睁开双眼，面无表情地看着文君华，似乎连说话的力气都没有了。

文君华心疼地说道："我不是跟你说过吗，别去和她斗酒！现在感觉怎么样？”

苏佳芮用尽全身力气一睁眼，努力坐直了身体，用微弱的声音说道：“她明明就是……冲着我来的，当着……这么多人的面，我要是……不接招儿，今后……还敢……面对她吗……”

文君华心烦地摇了摇头，对着苏佳芮旁边的潘成义狠声说道：“你也是！她们两个斗酒的时候，你也不拦着点儿！现在搞成这个样子了！”

潘成义无奈地说道：“我倒是拦了，可她们两个谁都不听我的……”转而又埋怨起了文君华，“我说你也是的，关键时候你出去那么久干吗！傻子都看得出来她们两个是为了什么在拼酒！你一走她们就拼得你死我活的！你要再晚点儿进来，我看两个都得趴到地上了！”

与此同时，坐在另一张沙发上的三个女老师也正在拿杜云涛开涮：

“杜云涛，你怎么没把金昱琳叫来？”

“我叫了，她说假期要陪几个朋友去峨眉山，晚上就得出发，这会儿恐怕已经在火车上了！”

“说你笨就是不开窍！我要是你，早就买了票追过去了！你这会儿应该坐在她身边才对！就算买不到坐票，买张站票站也要站在她旁边才对啊！”

“所以，活该你一天到晚单相思！”

“你看看人家文老师，左一个右一个的，就羡慕死你吧！”

一听这话，杜云涛又乐了起来：“一开始吧，我还真挺羡慕文老师的，可现在就不一定了！你们看旁边那两个醉美人儿，难道都扛回去？这怎么取舍嘛……”

文君华转身一把夺下了吴雅欣手中的麦克风：“你也真是的！初次见面就不放过人家！佳芮和你有什么深仇大恨，你非要斗个两败俱伤……”

吴雅欣委屈地嘟起了嘴。

文君华看了看吴雅欣的脸，心一软，柔声说道：“你是怎么了？你以前喝酒从来不脸红的，今天怎么变成这个样子？”

吴雅欣红着脸看着文君华，眼中已似有泪将落下：“你还记得关心我啊……”

文君华轻声劝慰道：“我难道不关心你吗？听我的话，今天晚上别再喝了，早点回家休息。你这个样子，我真担心你走在外面出什么问题！”

吴雅欣娇柔地说道：“那我要你送我回去！”

文君华想了想，对潘成义说道：“她们两个喝成这个样子，为了安全起见，还是早点回去……这样吧，你送佳芮回学校，我送雅欣回家。”

潘成义眼睛一亮，说道：“咱俩换一换怎么样？你送佳芮，我来送吴小姐！”

文君华看了看吴雅欣，笑着对潘成义说道：“你确定……你有把握？我是担心你碰壁啊！要是搞砸了可没下次机会了！我劝你还是听我的，下次再努力争取吧！”

潘成义无奈地摇摇头，说道：“好吧好吧，就听你的！留着机会，下次再争取！”

第十一章 学习互助社

七天的假期转瞬即逝，10 月 8 日的下午，文君华坐在办公室里，一边翻看着学校刚刚下发的《9 月月考成绩统计排名》，一边认真地思考着问题。而在他斜前方的赵杏芳则是一脸铁青，盯着统计表，嘴里不停地小声嘟囔着："岂有此理……真是岂有此理！越来越不像话了……"

杜云涛走过赵杏芳身边，嬉笑着问道："赵老师，我记得以前每次月考成绩公布以后，都是你们班扬眉吐气的日子！今天这是怎么了？老是唉声叹气的，是不是……没拿到第一？"

赵杏芳瞟了杜云涛一眼，没好气地说道："还第一……是第四！"

杜云涛佯装吃了一惊："啊？第四！"然后又轻松地劝解道，"大家都知道在年级前三的圈子里面，你们班是常客，偶尔一次第四也不是什么大不了的事儿嘛！第四和第三的差距很小的，你就不要再这么大气性了……"

赵杏芳一听就来了气，大声地说道："杜老师，你知不知道在整个高一年级期间，历次月考的总分排名，我们班是从来没掉出过前三的！现在呢？刚一进高二就跌到了第四！你叫我怎么能不生气？气得我呀，刚才就在想，要不要明天就把全班学生的家长都召集起来，开一次紧急家长会……"

金昱琳见赵杏芳越说越来劲儿，赶紧向杜云涛使了个眼色，杜云涛笑了笑，没再说什么，坐回了自己的位置。

这时，段雪曦走了进来，一脸沮丧地站在文君华的办公桌前。

文君华笑着叫了声："雪曦！"

段雪曦看着文君华手中的统计表，心情沉重地说道："文老师，上个月的月考……"

文君华说道："嗯，我已经看过了，雪曦，你考得不错啊！高二年级一共598人，你排名第167，这是个很不错的成绩啊！你应该高兴才对！怎么愁眉苦脸的？还有，雷文静排名第196，韩耀林排名第228，这也是我没想到的！"

段雪曦咬了咬嘴唇，低沉地说道："可是……可是我们班的总分排名，还是年级倒数第一啊！"

文君华笑了笑，说道："原来是为这个事不开心啊！倒数第一肯定不是一件令人愉快的事，可换个角度想想，这种不愉快的感觉，以前不是已经体验过了吗？又何必为了同一件事情耿耿于怀呢……我知道，你心里一定在想，老师又在发扬阿Q精神了，对不对？可从现代心理学的研究来看，人适当地有一些阿Q精神，对于心理压力的排解和释放，可是很有作用的！"

段雪曦勉强笑了一下，说道："可是，你上个月花了那么多心思，来提高我们的学习积极性，我们都明白你的苦心，可是我们……却没有很好地回报你。还有，我这个做班长的也有责任！我没有很好地调动大家的学习热情……"

文君华微笑着看着段雪曦，和蔼地说道："雪曦，你完全不用这么自责！你要知道，罗马城可不是在一个晚上就能建成的！况且，作为班长，你的组织号召能力，还有你的带头表率作用，我是非常满意的！你们能够理解老师的一番苦心，我也感到非常欣慰，事实上大家的学习兴趣和学习动力都已经有了明显的提高，这就说明我们上个月的努力和心血没有白费！

"从问题的本质来看，大家以前学习成绩普遍不太好，偏科现象较严重，其根本原因就在于学习的兴趣、动力和学习的基础！现在问题的前者我们已经解决了，只需要再想办法解决问题的后者，我们就完全能改变落后的状况！实话告诉你吧，老师已经想到一些解决问题的办法了！”

听到这些，段雪曦的脸上终于露出了开心的笑容：“文老师，谢谢你给我的鼓励！只要有你在，我就有信心当好这个班长！你说吧，我们接下来该怎么做，我一定会尽全力支持你的！”

文君华说道：“我已经考虑得差不多了，还有一些细节方面得完善，到时候我会找你讨论一下的。不管怎么样，都要记住我的话，我们不要负重前行，我们要轻装前进！走，去看看雷文静和杨彩艳的黑板报做得怎么样了！”

文君华和段雪曦有说有笑地走出了办公室，看着两个人离去的背影，赵杏芳板着脸，又小声嘀咕了起来：“都连续多少次倒数第一了，还笑得出来！真是匪夷所思……”

坐在赵杏芳后面的丁伯中终于忍不住开了口：“我说赵老师，你不要老是用同一种眼光看人嘛，人家文老师刚才说得很有道理，罗马城可不是在一个晚上就能建成的！文老师接手那个班才一个月，好歹也要多给人家一点时间嘛！平心而论，文老师的很多教学思路和方法，还是很值得我们学习的！”

赵杏芳转过身看着丁伯中，一脸的不悦：“我承认，他是有些新招儿，和学生走得很近，又很受欢迎……可学习教育这档子事儿，它不是靠什么兴趣和动力，它靠的是努力和刻苦！靠的是头悬梁、锥刺股的精神和意志！光讲兴趣有什么用？那股新鲜劲儿一过，还不是又要打回原形！”

丁伯中也正色回应道：“赵老师，你看待人和事情的眼光太过于狭隘和苛刻！我认为，文老师做事情是非常讲究策略和方式方法的！像四班这种底子薄弱又积重难返的班，只有首先解决了学习兴趣和学习动力的问题，才能具备加强和巩固学习基础的条件，否则一切努力都是白费力气！从这一点来说，文老师对于问题症结的挖掘是非常准确的！我相信只要坚持这种教学思路和方法，假以时日，高二（四）班的学习成绩一定会有起色和改观！我个人非常看好文老师！”

赵杏芳涨红了脸，大声嚷道：“你看好他？我看未必吧！考场上拼的是实力，靠的是分数和排名，光靠说大话有什么用！像刚才那样，考了倒数第一还有说有笑的，那才是大笑话呢！”

丁伯中毫不示弱地反击道：“就算考了十次倒数第一，也不代表一辈子就是倒数第一嘛！要按你的逻辑，是不是考了倒数第一的人，都该去上吊、跳楼？或者拉出去人道毁灭……”

金昱琳见两人越说越脸红，急忙劝阻道：“两位老师，你们就别吵了！到底行还是不行，我们可以拭目以待嘛……你们再这么吵下去，其他老师都没法儿备课了！”

赵杏芳和丁伯中互相白了对方一眼，才终于收了声。

在接下来的几天时间里，段雪曦一直在思考全班的学习和月考排名的事情。

作为班长，她不希望这倒数第一的排名次次都落到四班的头上，她更不希望因为这件事情，她以后见到的不再是那个充满活力、自信，随时带着迷人微笑的文君华，而是一个心力交瘁、备受打击的年轻班主任……而要避免这一可怕事情的发生，就必须提振全班的士气，但仅靠自己一人之力，显然是不可能实现的。

段雪曦思来想去，唯有发动全班，调动全班共同努力，才有可能实现这一目标。

10 月 11 日是星期五，当下午最后一节课的下课铃敲响之后，学生们纷纷开始收拾自己的东西，准备回家度过又一个周末。

段雪曦从座位上站了起来，大声地说道："请大家静一静，都坐下来！快坐下来！我有事情要说！"

学生们在段雪曦的大声招呼下又坐了下来，何先强说道："班长，又有什么事啊？早说早散吧！"

段雪曦环视了一下众人，见大家都坐下了，便郑重地说道："上个月的月考成绩和年级排名都已经发下来了，个人排名我不想多说，可我们班的总分排名……还是倒数第一！虽然文老师安慰我们，他说我们又不是第一次排名倒数第一了，叫我们不要背负太重的包袱，可我们自己心里面最清楚，我们真的对此毫无感觉吗？我们真的应该习以为常、心安理得吗？"

刚才还在底下窃窃私语、说说笑笑的几个学生，听到段雪曦的这一番话都赶紧闭上了嘴，教室里一下安静了许多。

段雪曦接着说道："这几天我都在思考这个问题，为什么我们还是倒数第一？难道这倒数第一的排名要伴随我们整个高中生涯？难道发令枪还没响就已经注定了我们是最后一名？难道其他班的人个个都是天才？而我们个个都是蠢材？不！不是这样的！我们是在同一所学校，手里拿的是同一种课本，学习的是同样的内容，我们凭什么要甘居人后！"

同学们都睁大了眼睛，屏气凝神地听着段雪曦的讲话："我想大家不会忘记上个月我们公映《雷雨》的盛况吧，那天下午全校有一千多人、有一半的老师自发地来观看我们的演出！我想我们当中的很多人，也包括我在内，都是人生第一次收获这么多的欢呼、喝彩和掌声……后来我亲眼看到陈校长和乔主任找到文老师，他们说我们那天演出所体现的专业性和高度的组织纪律性，如果换作全校其他任何一个班上台去演，都是不可能做到的！那时候我才知道，我们做了一件多么了不起，多么值得骄傲的事情！原来我们可以做到最好，可以做到第一！而不是永远的倒数第一！为什么我们的学习就做不到呢？"

彭珊珊问道：“阿雪，那你说，我们以后该怎么做啊？”

段雪曦坚定地说道：“我们要振作起来，一起努力，相互帮助，把我们演出话剧的精神和动力移植到学习当中……我决定从今天开始，成立学习互助社！”

此话一出，底下的学生们纷纷小声议论了起来：

“学习互助社？好别致的名字啊！”

“听起来好像《哈利波特》里面的凤凰社！”

“这个成立起来干吗的？”

“估计应该是相互帮助、相互促进的意思吧。”

……

段雪曦有意识地让学生们议论了一会儿，才接着说道：“大家说的没错，学习互助社就是相互帮助、相互促进的意思！”

段雪曦从书包里拿出了几十页 A4 纸，每张纸上都有一些表格统计的内容，段雪曦扬起那叠统计表格说道：“这是之前我协助文老师做的一些统计工作，这上面有整个高一年级期间，我们班历次考试的总分成绩和单科成绩排名，根据上面的统计，我们可以非常清楚地了解和掌握每一个同学的长处和短处，优势和劣势所在！

“具体的操作是这样的：每次月考之后，总分排名前十和后十的同学，以及每门单科成绩排名前十和后十的同学，都自动进入学习互助社，由前十名的同学对后十名的同学进行学习辅导和帮助……

“请注意！这个辅导和帮助的时间并不局限于每周五放学后的这两个小时，而是贯穿两次月考之间的这一个月！大家努力坚持下去，我就不信我们班的学习成绩提不起来！”

学生们又纷纷议论了起来。

王亚超对郭晨阳说道：“郭晨阳，这么搞的话，你又和班花对上了！”

郭晨阳紧咬着嘴唇没吭声，似乎在思索刚才段雪曦说的那番话。

雷文静冲着段雪曦挥了挥手，说道：“阿雪，我能提个建议吗?”

段雪曦点了点头：“你说吧。”

雷文静说道：“阿雪，你的意思我们都清楚，但我认为，学习互助社不应该只局限于一部分人参加，其实我们全班就是一个大的学习互助社！大家应该全体行动起来，互相取长补短，才能实现共同进步！除了刚才你说的那些一对一的互助关系以外，我想说的是，只要是语文这一科目上的问题，任何同学只要找到我，我一定做到耐心解答，知无不言，言无不尽!”

段雪曦激动地说道：“文静，你的提议太好了！你比我考虑得更全面！这样我们才更能形成一个集体！一个团队!”

雷文静动情地说道：“阿雪，是你鼓舞了我们！我永远也不会忘记我们的《雷雨》演出，还有那天的掌声和欢呼！你说的没错，长这么大，我从来就没收到过那么多的奖励和肯定，我常常都在想，我还能有第二次、第三次这样的机会，让我去感受那份荣耀吗……所以，我们要一起努力，把那天的掌声和欢呼再找回来!”

叶嘉伟站了起来：“废话我就不多说了，只要是物理、化学方面的问题，你们有问题随时找我，我叶嘉伟一定倾囊相授!”

叶嘉伟又对着另外一个女生说道：“欸，张文慧，你这个英语高手怎么不吭声啊?”

张文慧不好意思地吐了一下舌头，急忙说道：“没问题没问题！只要是英语上的疑问，你们尽管来找我!”

段雪曦激动地说道：“谢谢你们的理解和支持！虽然高一那年我们一直都落后，但从高二开始，我们和其他班一样，都是站在同一条起跑线上！大家共同努力，我们要创造像《雷雨》演出那样的辉煌！"

这时，不知是谁大声地喊了一句："说得好！加油！"

又不知是谁带头鼓起了掌，很快教室里就响起了雷鸣般的掌声。

掌声中，段雪曦再也控制不住自己的情绪，两行热泪从眼中滚落而出。

雷文静看着段雪曦，也悄悄地抹去了脸上的泪水。

与此同时，文君华正在高二年级的办公室里面，背负着双手，慢慢地来回踱着步子，脑子里不断思考、完善着高二（四）班接下来的学习提振计划。

杜云涛从外面走了进来，笑呵呵地对文君华说道："文老师，又准备搞什么活动呢？你们班可真是丰富多彩啊！其他班的学生都羡慕死你们了！"

文君华听得一头雾水："啊？什么活动？"

见文君华一脸迷糊的样子，杜云涛也愣了一下，随即笑着说道："怎么，连你这个班主任也不知道？我刚才路过的时候，看见你们全班都在耶！又是欢呼又是鼓掌的！"

文君华傻傻地回应道："哦，是有这么回事儿……"

杜云涛放下手中的东西又走了出去，文君华在办公室里转了一圈，终于忍不住大步向教室走去。

文君华跨进教室的门，看到的却是一派忙碌的景象：

杜云涛说的没错，全班都在，而且自发地分成了十多个小团队，都拿着课本和试卷，分组讨论、讲解着什么。文君华走进教室已经超过了10秒钟，竟没有一个人发现他的存在。

文君华轻轻地走到段雪曦的桌前。段雪曦正在给郭晨阳讲解着数学方面的问题，一抬头见是文君华，惊喜地叫道："文老师，你也来了！"

文君华微笑着说道："我听说我们班正在搞什么盛大的活

动，当然要过来看看了。”

段雪曦略有些羞涩地说道：“其实……也不是什么大不了的活动，我只是把大家召集起来，探讨和解决学习上的一些问题……”

文君华眼前一亮，急忙问道：“是吗？快说说看，你是怎么考虑的？”

段雪曦面对文君华的急迫和热情，还是有些羞涩：“我是……这么想的……”

一旁的彭珊珊笑嘻嘻地抢过了话：“哎呀，还吞吞吐吐的！我来替你讲！阿雪说从现在开始，我们班要成立一个学习互助社，就是每次考试排名靠前的人，要对排名靠后的人进行一对一的辅导和帮助，现在全班都加入了学习互助社！阿雪还说，这个学习互助社要长期坚持下去，一直到收到成效为止！”

文君华望着段雪曦，脸上写满了意外和惊喜。段雪曦看着文君华，小心翼翼地问道：“文老师，是不是……我有什么地方做得不妥？太急于求成了，对不对？都怪我，我应该提前和你商量一下的……”

文君华弯下身子，向前一倾，两只手撑在段雪曦的桌子上，自己的左手已经压在了段雪曦的右手上，竟也全然不知，兴奋地说道：“雪曦，我不怪你，你做得非常好……”

文君华的脸靠近了段雪曦，忽然看见段雪曦的两只眼睛红红的，脸上似乎还有淡淡的泪痕，关切地问道：“怎么了？你哭过了……”

段雪曦赶紧摇了摇头，笑着说道：“没有没有……我哪有哭过！只是觉得眼睛有点干涩，刚才滴了几滴眼药水而已……”

彭珊珊在一旁笑嘻嘻地揭穿了段雪曦的谎话：“阿雪是在动员演讲的时候太过激动和投入，所以才哭了起来……”

段雪曦伸出左手，掐了一把彭珊珊："你给我闭嘴！就你话多！我哪有你说的那么脆弱……"

彭珊珊疼得叫了起来："哎哟！疼死我了！明明是你自己真情流露，现在又不承认……"

文君华打趣地说道："雪曦，我在想……你是什么时候钻进了我的脑子，竟然这么了解我的心思和想法……"

段雪曦睁大了眼睛，高兴地说道："文老师，原来你也是这么想的？那你肯定赞成我的做法了？"

文君华笑着说道："你说的没错！我也是这么考虑的！来之前我还在思考和完善我们下一步的学习提高计划，没想到被我们的班长提前宣布了！"

段雪曦说道："我知道我一定没你想的那么全面，我只是在想，要从整体上提高全班的学习成绩，不能把这么大的压力全都压在你一个人身上，只有发动全班的力量，大家共同努力，才能尽早摆脱倒数第一的状况！"

文君华点点头说道："说得好！只有相互帮助，相互促进，让大家自动自发地投入到学习当中，才能实现整体学习水平的提高！我们现在并不缺乏学习的热情和动力，再加上正确、科学的学习方法指引和有针对性的强化训练，我们不但要摆脱倒数第一，还要向年级排名的中上游进行冲击！"

段雪曦兴奋地叫了起来："太好了！那一天我都快等不及了！"

文君华抬起自己的右手，微笑着说道："为了我们的心有灵犀，还有宏伟复兴蓝图的出台，我们来个击掌相庆吧！"

段雪曦望着文君华，一双俏目满含笑意："可是，文老师，你的手……压着我了……"

文君华低头一看，自己的左手撑在桌上，刚好压住了段雪曦的右手。文君华赶紧把手缩了回来，有些局促地说道："你怎么不早说呢……压疼了没有……"

段雪曦慢慢地收回了右手，脸色微红，含笑轻轻地摇了摇头。

文君华忽然想到了什么，抬起手腕一看表："哎呀，已经过了六点了！大家都还饿着肚子吧……"

段雪曦微笑着说道："这个你不用担心，我在肯德基叫了外卖，每人一个汉堡和一杯可乐，不会饿肚子的！我不打算再让他们出去吃饭了，一去一来至少也要半个多小时，而且走来走去，学习的劲头又散了！"

文君华笑着说道："你想得很周到啊！不过我打算再给他们一点小小的奖励！"

文君华大声地对全班学生说道："大家今天做得非常好！我们还要长久地坚持和巩固！因此，我决定为每个同学的晚餐再增加一份烤翅、烤鸡腿和一份薯条，都由老师来请客！"

"太好了！"

"谢谢文老师！"

……

教室里响起一片欢呼声……

第十二章 导火索

郭晨阳回到家的时候，已经是晚上20：30，打开门，父亲和母亲正坐在沙发上看电视。

郭母关切地问道："晨阳，怎么回来得这么晚啊？天都黑了！"

郭晨阳一边关门一边回答道："晚上班里在搞学习辅导交流，全班都在呢，所以晚了点儿。"

郭父看了一眼儿子，似乎想说点儿什么，但想了想又没开口。

郭母说道："快去洗手，我把饭菜给你热一热。"

郭晨阳去厨房洗手了，郭父小声地对郭母说道："你真的相信他们全班都留下来搞学习？我看八成是找了个冠冕堂皇的借口，又不知道去哪儿玩儿了！"

郭母说道："你也别这么说，也许他真是在搞学习呢。"

郭父说道："他要真是在搞学习，我也得说！他早干吗去了？整个高一年级干吗去了？如果早这么用功努力，也不至于被分到这么一个特殊班！"

郭母说道："好了好了，你就别再说这事了！一提这事，一家人都心烦！俗话说，亡羊补牢未为晚，他如果懂事了，明白了，你就让他知耻而后勇一回，行不行？"

郭父深深叹了一口气，抓过一叠报纸看了起来。

郭晨阳吃过晚饭，并没有像往常一样坐到沙发上看电视，而是直接走进了自己的房间，把门也关了起来。

郭母轻手轻脚地走到儿子的房间门口，悄悄地把房门推开了一条小缝，在外面静静地观察了一会儿儿子的情况，才又坐回了沙发。

郭父放下报纸，问道："看清楚没有，是不是又在打游戏？"

郭母说道："你错了！他连电脑都没开，怎么打游戏啊？我在外面看了好一阵儿，他都一直在看课本、看试卷。你呀，老是用怀疑的眼光看他，人都是会变的嘛……不信你自己去看！"

郭父想了想，说道："我不是不相信他，可他以前那个样子，你又不是不知道！我也希望我刚才说的都是错的，你说的都是对的！唉，希望他好自为之吧……"

彭珊珊一路哼着歌回到了家，彭母见女儿回来了，高兴地叫道："宝贝儿，你可回来了！我给你打了好几个电话，你怎么都没接啊？急得我呀，都想去学校找你了！"

彭珊珊想了想，说道："哎呀！我把手机调成静音，还没调回来呢！怪不得没声音！"

彭母奇怪地问道："我说宝贝儿，你以前不是一放学就把手机调回响铃了吗？今天怎么就忘了？"

彭珊珊说道："我们班成立了学习互助社，大家都集中起来交流、辅导功课，班长说我们要长期坚持下去，以后每个周末都要晚一些才回来！"

彭母吃惊地说道："哟，你们在搞创新呢？行吧行吧，快来吃饭！"

彭珊珊坐到了餐桌前，彭父走了过来："珊珊，爸爸要告诉你一件事，可能过一段时间，我们就要搬家了！"

彭珊珊一听，放下了筷子："啊？搬家？"

彭父说道："爸爸准备把现在的服装设计加工厂搬到广州

去，那边更适合我们发展。”

彭珊珊问道：“这么快呀？我们在这边不是做得好好的嘛！”

彭父说道：“其实也没这么快，又不是马上就搬，估计会在明年上半年，地方爸爸都考察过了。明年上半年人家租约就到期，已经说好了到期就租给咱们……其实主要还是因为我们这儿是内陆城市，信息、资讯什么的都比沿海城市要慢一拍，我们搬到广州以后，那些最新的潮流、款式、设计和材料信息，我们就可以在第一时间掌握！”

彭珊珊听到父亲的话，显得异常的沉默，呆呆地看着桌上的饭菜，连筷子也不动一下。

彭母奇怪地问道：“怎么了，宝贝儿？之前你爸跟你说去广州的事，你不挺高兴的吗？你还说你挺喜欢广州那个地方的，现在怎么反而不开心了呢？”

彭珊珊傻傻地说道：“我……我也不知道，就是……开心不起来……”

彭母轻抚着女儿的头，说道：“好了，你也不要多想，这事有爸妈在操心呢！你呀，好好地吃饭，爸妈会给你安排妥当的，知道了吗？”

10 月 24 日上午 10：00，陈建怀正在办公室里看着市教委下发的文件，乔善坤走了进来：“陈校长，关于下周一召开教学研讨会的通知已经全部发下去了，除了有急事请假的王老师，还有生病住院的艾老师，其余老师都能按时参加。”

“嗯，好……”陈建怀一边回应着一边又把手里的文件翻阅了一页，几秒钟后忽然想到了什么，将目光从手中的文件转移到了乔善坤的脸上，“欸，对了，我记得上次说过，要文老师在会上把他那些个教学思路和方法做一个简短的阐述和说明，你通知他没有？”

“放心吧，已经通知过他了。”乔善坤笑着说道，“关于文老师，我还正有些新的消息要告诉你呢！文老师又出新招儿了！”

陈建怀一听就来了兴趣：“哦，是吗？他又有什么创新？快说说看！”

乔善坤在陈建怀的对面坐了下来：“大概在半个月前，高二（四）班成立了一个叫什么学习互助社的，主要就是让学习成绩相对较好、考试排名靠前的学生，对学习成绩较差、考试排名靠后的同学，进行一对一的辅导，这还是带有承包性质的学习辅导！如果被辅导的同学没有显著进步的话，那个辅导的人还脱不了手呢！”

陈建怀眉毛一扬，说道：“很有意思啊！那他们具体是怎么操作的？”

乔善坤说道：“他们让每次月考总分排名前十的同学，对排名后十的同学进行辅导学习，在每门单科上也如法炮制，每次月考单科成绩排名前十的同学对该科成绩排名后十的同学进行一对一的针对性辅导！”

陈建怀不由得赞叹道：“妙啊！这样一来，基本上全班都发动起来了！以前都是学校和老师单方面在操心，这样做的话学生学习的自主性就大大激发起来了！”

乔善坤笑着说道：“你一定想不到，他还有更绝的呢！文老师在他们班实行了内部奖学金制度，采取物质奖励和精神奖励相结合的办法，每两周进行一次模拟考试……欸，不对，他们叫内部竞赛测验！把内部竞赛测验和月考、期末考试都结合起来，凡是连续3次或者累积5次总分排名全班第一的，就获得奖学金500元，并且还能获得‘2015级（四）班永久荣誉学习委员’的称号！

“与此相同的是，每门单科成绩连续3次或累积5次排名全班第一的，每次也能获得奖学金50元，并且也可以获得

‘2015级四班永久荣誉科代表’的称号！还会在墙上的荣誉榜上写上你的大名！

“哦，对了，还有一个显著进步奖，凡是在每次考试中排名提高幅度最大的人，也能上榜、得奖金！进行学习辅导的人当然也会有优秀辅导员奖咯！”

陈建怀兴奋地轻拍了一下桌子：“很好！非常有创意！其实这些方法回过头来看，一点也不复杂，花费又不高，每个班的班费就能解决，但却可以极大地调动学生的学习热情！这么富有创意和行之有效的方法，为什么在文老师实施之前，就没有别的老师敢去想、敢去做呢？这些奖励措施，别说那些十七八岁的学生，连我这个五十出头的人听着都觉得很刺激！还怕学生的积极性不高？”

乔善坤笑着说道：“陈校长，你说得太对了！我去问过高二年级的几个任课老师，他们都说以前一提到考试，高二（四）班的学生都是又怕又躲，现在完全不一样了，他们都盼着每次的考试呢！这可把那几个任课老师给累着了，一下课、一放学就有好多学生缠着他们解答问题，学习热情那是空前高涨啊！”

陈建怀把左手攥成拳头，在桌面上轻轻敲了两下，说道：“乔主任，你得再去找找文老师，告诉他，下个星期的教学研讨会，让他把这些新招儿都拿出来亮个相，让大家学习学习！三十六中太缺乏像文老师这样敢想敢做的老师了！”

乔善坤笑着说道：“没问题，我待会儿就去找他，说不定过段时间，我们学校就会出现第二个、第三个文老师了！”

10月25日17：10，又一个星期五的下午，距离学习互助社集中辅导的时间还有20分钟，郭晨阳和王亚超从洗手间出来，一边走一边聊着。

郭晨阳问道：“我看你这两个星期都在叶嘉伟那边，搞物理还是化学啊？”

王亚超说道：“是数理化都在搞，累死我了！不过叶嘉伟这小子挺够哥们儿的，辅导起来一点儿都不含糊！”

郭晨阳问道：“那感觉怎么样？”

王亚超说道：“还行吧，做了总比不做强啊！你呢？我看你这段时间都泡在班花和张文慧那边。”

郭晨阳说道：“班花那边是全面辅导，要求严着呢，张文慧那边主要就是英语了……你还别说，以前像什么现在完成时、过去完成时、将来完成时，我是一团糨糊！跟了她几天，感觉脑子里清晰多了！亚超，我看你英语和我差不多，你也找个时间去张文慧那儿坐坐吧。”

王亚超说道：“行啊，那我下周末就去她那边。”

郭晨阳说道：“你别等到下周啊，你没听班花说，咱们这个学习互助计划是每天都要开展的，周末只是一个集中交流学习的形式！我怕后面张文慧越来越忙，你想去都没地儿了！”

王亚超说道：“那我下周一就去，行了吧？”

正说着，张文慧手里拿着一个拖把从对面走了过来，走到两人对面时，郭晨阳和张文慧相视一笑，两个人同时礼貌性地点了点头。

张文慧拿着拖把向洗手间走去，王亚超回头看了看张文慧的背影，笑着说道：“嘿！你们两个刚才挺有默契的嘛！”

郭晨阳笑了笑，说道：“人家好歹是我的辅导老师，教了我这么多，怎么说也得对人家客气点儿！”

两人往前没走出几步，忽然从洗手间的方向传来了张文慧的惊叫声：“哎呀！你干什么啊？你手上的水都洒到人家脸上了！”

然后就是石晓东极其傲慢的声音：“我就过来洗个手，你至于嘛！几滴水就他妈一惊一乍的，真是矫情！”

郭晨阳停下脚步，侧过身，转过头，仔细地听着不远处的动静。

张文慧委屈地说道："哪是几滴水啊！你看我脸上、衣服还有裙子上，全都是你洒过来的水！再说，这个拖把池是我先来用的，你就不能等一下？一定要这会儿挤过来吗？"

石晓东蛮横地说道："等你用完？你让老子等到天黑啊！老子就是这会儿要用！你能把我怎么着啊？"

张文慧委屈得都快哭出来了："你……你……明明是你不对，你还强词夺理！"

听到洗手间方向传来的这番对话，郭晨阳只觉得气血上涌，胸膛里仿佛蓄积了炽热的火山岩浆，随时都有可能剧烈地喷发。郭晨阳阴沉着脸站了几秒钟，然后大踏步向洗手间走去，王亚超急忙跟了过去。

刚走到洗手间的门口，就看见石晓东那张嚣张的脸和站在他旁边，带着一脸坏笑的刘焕杰。

郭晨阳盯着石晓东，冷冷地说道："怎么，石晓东，你上个厕所都要欺负一下女生啊？"

石晓东看了看郭晨阳，又看了看张文慧，装作恍然大悟的样子说道："他们都说高二（四）班是最团结、最具有集体主义精神的班，今天看来，此话不假啊，女生上个厕所都要配两个保镖！"

说完和刘焕杰一起哈哈大笑了起来。

石晓东又朝着郭晨阳走了两步，带着戏谑的语气说道："郭晨阳，你来得正好，我也正想问你，以后你们班的女生要是上厕所，是不是都要指定一个男生，站在厕所门口送卫生纸啊？你负责哪一个？不会就是这个眼镜妹吧？"

张文慧涨红了脸，气得都有点儿语无伦次了："你……你，石晓东，你太过分了……"

郭晨阳也向前跨了两步，攥紧了拳头，眼里都像要喷出火来："闭上你的臭嘴！石晓东，你有种再说一遍！"

石晓东见郭晨阳一副怒不可遏的样子，下意识地退了两步，恶狠狠地说道：“郭晨阳，别在这儿蹬鼻子上脸的，老子可不怕你！”

后面的刘焕杰见势不对，急忙上前拍了拍石晓东的肩膀，说道：“算了，晓东，就这么点儿小事儿，何必闹成这个样子！刘元伟他们早就说了，放了学就去强力台球室，这会儿还在校门口等着呢……别扯这个了，还是走吧！”

石晓东“哼”了一声，把头扭向了一边。

郭晨阳冷冷地说道：“欺负了人就想走？没那么容易！”

石晓东冷笑道：“那你想怎么样？”

郭晨阳用手一指张文慧：“你必须向她道歉！”

石晓东一听就叫了起来：“什么！要我向这个眼镜妹道歉？你他妈做梦吧！”

郭晨阳斩钉截铁地说道：“你今天如果不道歉，就别想离开这儿！咱俩就把账好好算一算！”

石晓东大怒道：“算账？好啊，老子早就想跟你算账了！”

石晓东转头对刘焕杰说道：“告诉刘元伟他们几个，今天晚上不去强力了，郭晨阳要和咱们算算账！他们几个有兴趣的话就来凑凑热闹，有什么恩怨的也一并了了！”

刘焕杰知道再怎么劝也没用了，只好咬咬牙，一溜烟儿地跑出了洗手间。

王亚超见石晓东话里有话，大声说道：“石晓东，这可是你在挑事儿！你要喊人是吧？别以为我们找不到人！”

石晓东冷笑着说道：“就你们班那些人？我看个个都是娘娘腔，窝囊废！喊了也是白喊！”

郭晨阳回以一声冷笑：“石晓东，你太不了解我们班了！亚超，回去把人都召集起来！我今天倒要看看，谁他妈才是窝囊废！”

王亚超转身欲走，郭晨阳忽然说道：“等一等！我看这儿是人太多、地儿太小，施展不开啊！不如换个地方？”

石晓东毫不示弱：“好啊！换个地儿更好！运动场够不够大？几千人都装得下！”

郭晨阳冷冷地说道：“好！咱们就在运动场解决问题！十五分钟后，运动场见！”

石晓东恶狠狠地说道：“谁不来谁他妈就是缩头乌龟！”

两人说完气呼呼地走出了洗手间，向运动场走去。

王亚超冲进教室，看了看里面的人，冲着何先强大声问道：“还有些人去哪儿了？我说的是男生！”

何先强说道：“叶嘉伟、张浩凯他们几个都去生活超市买东西了！”

王亚超跺了跺脚，着急地说道：“早不去晚不去，偏偏这个时候去！强子，我们要和七班开战了！你快去把叶嘉伟他们几个找回来，十五分钟内必须赶到运动场！现在郭晨阳一个人在那边，我怕他吃亏，我先去了！”

说完转身冲出了教室。

段雪曦站了起来，对着王亚超大声喊道：“王亚超！王亚超！到底怎么回事！”

这时，张文慧红着脸从外面跑了进来：“阿雪，不好了！真的要出事了！”

段雪曦说道：“文慧，你别急，好好说，到底出什么事了？”

张文慧的眼圈红了起来：“刚才我在洗手间里面洗拖把，石晓东他……他欺负我，还说了很多难听的话，郭晨阳差点儿和他打起来！后来他们约定十五分钟后在运动场见面，现在他们都在找帮手，就快要开战了！阿雪，这件事都是因我而起……”

段雪曦说道：“文慧，这件事不能怪你，这顶多只是一个导火索……”

雷文静走过来说道：“阿雪说得对，这只能算是一个导火索！七班的人一向都看不起我们，石晓东只是其中的一个代表而已！”

刘雨涵恨恨地说道：“这还不是那个老太婆教的！全部都是狗眼看人低的东西！”

周瑞琪说道：“可他们真要打起来就麻烦了！几十个人的群殴，可不是一般的小处分啊！我们要不要赶快通知文老师和那个赵老太婆？几十个男生打起来，我们去了也拉不开呀！”

何先强插口说道：“我看现在通知谁也没用了！时间来不及了！不行，我得赶快去找叶嘉伟他们几个回来，要是去晚了，那才真的要出大事了！”

说完风一样地冲出了教室。

段雪曦沉吟着说道：“你们说得没错，也许我们和七班之间，迟早都会有一场战争……”

张文慧吃惊地说道：“难道你真的要让他们打起来？”

段雪曦摇摇头说道：“我不是赞成他们打架！可如果真的是注定要发生的战争，早打晚打都是要打的！而且从今天的情况来看，这已经不是郭晨阳和石晓东的个人恩怨了，而是两个班之间的集体宿怨！当战争来临的时候，我们决不能害怕！更不能退缩！”

段雪曦开始做起了部署：“周敏，你去食堂把另外的男生也叫上；珊珊、雨涵、琪琪，你们三个分头去找文老师，告诉他马上要发生的事情……全班其余的人，立刻跟我出发去运动场！不管今天发生什么，我们都要集体面对！”

高二（四）班的几十个人随着段雪曦迅速地向运动场赶去……

第十三章 足球对抗赛（上）

文君华陪着苏佳芮走在从超市出来的路上。

文君华把东西从苏佳芮手中拿了过来："还是我来拿吧，两个人走在一起，哪有让女士拿东西的道理!"

苏佳芮笑着说道："东西又不多，我自己拿就可以了……君成，你看这小卖部改成超市以后，面积比以前至少扩大了5倍，东西的品类也越来越齐了，我呀，现在买东西都懒得出校门了!"

文君华微笑着说道："那不是更好吗！大家都方便了嘛……佳芮，你看见超市门楣招牌上面的字了吗?"

苏佳芮说道："你说的是超市的名字吧？三十六中生活超市，我看见了!"

文君华问道："和平常的店面招牌相比，是不是有些不一样?"

苏佳芮想了想说道："常见的店面招牌，上面的字是用电脑做出来的，学校超市上面的字……好像是写上去的！而且那字写得相当不错!"

文君华微笑着说道："你肯定想不到那几个字，是我们班一个叫杨彩艳的女生，她写上去的!"

苏佳芮吃了一惊："啊？是你们班的学生写上去的?"

文君华说道："这个女生啊，貌不惊人，可就是写得一手好字！硬笔和毛笔都不错！她在一年前才从铜梁中学转到主城区来读书，对市区的路不熟，加上天生的方向辨识感很差，据说她从学校门口走到步行街义乌商贸城都会迷路！结果得了个‘路痴’的绰号！”

苏佳芮笑了起来：“路痴？这个绰号倒挺适合她的嘛！不过就凭这手字，她也算得上一个能人异士了！”

文君华说道：“说到能人异士，我们班还真不少呢！上次《雷雨》公映演鲁侍萍的那个女生，叫雷文静的，她的文学素养远远超出一般的学生，特别擅长写散文和诗歌！她刚刚写了一篇《生命的意义》，我正在帮她修改、润色，然后再投到杂志社。你肯定也想不到，她居然有一个‘白痴’的绰号！”

苏佳芮又忍不住哑然失笑：“她居然被叫白痴？这又是怎么回事啊？按理说这些学生之间起的绰号，是不会让老师知道和分享的，你又是从哪儿打听到的？”

文君华笑了笑，说道：“都是雪曦告诉我的，据说是有一次去超市买东西，郑豪给雷文静下了一个套儿，她想都不想就钻进去了，雪曦一气之下就送了这个绰号给她！”

苏佳芮呵呵地笑了起来：“太有意思了……那段雪曦她自己有没有什么绰号？”

文君华说道：“她自己好像没有，倒是我们班还有一个绰号，叫‘花痴’！竟然是在珊珊的头上！”

苏佳芮问道：“珊珊？是不是那个又热辣又性感，很会跳舞的那个彭珊珊？”

文君华说道：“就是她……欸，你怎么把这些词用在一个女学生的身上？”

苏佳芮笑着说道：“我说错了吗？你们班以段雪曦、彭珊珊、刘雨涵还有那个什么周瑞琪为首的四大美女，如果放下书包，再稍微化一点妆，走在大街上，那回头率铁定很高的！是个男人都会多看她们两眼，特别是段雪曦和彭珊珊！这两个是最有特色的！”

文君华笑着问道："是吗？你认为她们哪儿最有特色？"

苏佳芮认真地说道："你看啊，段雪曦是有名的冷美人儿，不怎么和人套近乎的，一般人都接近不了她。而彭珊珊对人又热情得不得了，和谁都是一见就熟！她们两个吧，一个冷若冰霜，一个又热情似火，真是绝妙的对比啊！"

文君华笑着说道："好吧，就算你说对了！我只是在奇怪，珊珊怎么会有一个花痴的绰号……我问过雪曦，可她就是不肯告诉我……"

苏佳芮眼珠一转，打趣地说道："我猜……一定是跟你有关吧！要不然怎么段雪曦死都不肯告诉你！"

文君华吓了一跳，赶紧说道："你别胡说了！她们可是我的学生！我可不敢往那方面去想……说到雪曦嘛，我也一直有个疑问，上个月的月考，雪曦排名第167，韩耀林排名第228，这在整个年级里面都是排名中上游的成绩！而且据我的观察和了解，他们两个并不是因为运气才考得这么好，而是一直都有这个实力……"

苏佳芮插口说道："这是好事啊！"

文君华停下了脚步，表情严肃地说道："问题就出在这里！有这么良好而且稳定的学习成绩，韩耀林还是一个艺尖生，正常情况下，他们两个是绝不可能被分到高二（四）班来的！这里面一定有什么隐情！"

苏佳芮带着奇怪的表情看着文君华："啊？你不知道啊！那还是让我来告诉你吧，这里面的确是有些故事……在高一的时候，韩耀林原本是在赵杏芳老师那个班的，据说是因为和他们的班花谈恋爱，导致两个人的学习成绩都大幅下滑，而学校为了扼制早恋这股风气，就处分了韩耀林，给了韩耀林一个校内警告，上了高二还把他分到了现在的高二（四）班……"

文君华问道："那个女生叫什么名字？也被处分了吗？"

苏佳芮说道："说来也怪，那个女生倒没什么事儿，不但没有被处分，学校连她的名字都没提……”

文君华不禁大为奇怪：“怎么会这样？既然是恋爱，就是两个人的事情，要处分也应该是两个人同时受到处分才对，为什么就单单处分了韩耀林一个人呢？”

苏佳芮说道：“我也觉得很奇怪，不过你也知道，以我的身份和工作范围，是不便过多关注这件事的，所以我也不好打听什么……

“至于段雪曦嘛，是因为有一天中午在学校食堂吃饭的时候，发现饭菜里面有很不卫生的东西，恰好分管学校后勤工作的王副校长路过，段雪曦就冲上去反映情况。王副校长呢又爱理不理的，段雪曦就和他吵了起来，搞得王副校长很是下不了台……”

文君华静静地听着，苏佳芮接着说道：“后来学校领导让段雪曦写检查，你也知道段雪曦的个性和脾气，她坚持认为自己做得没错，说什么也不肯写，所以一到了高二，也被分到了高二（四）班……”

文君华听完苏佳芮的述说，皱着眉沉默了一会儿，才深深呼出一口气，说道：“原来是这样……不过也好，也许我还得感谢上苍！”

苏佳芮问道：“你干吗要感谢上苍啊？”

文君华笑了笑，说道：“我得感谢上苍，如果不是因为这些阴差阳错、曲折迂回的因素，我怎么有机会收获这两个如此优秀、富有潜质的学生？既然来了，我就要好好地带他们，还要让他们超越以前的自己！”

苏佳芮看着文君华，柔声说道：“君成，我真的特别喜欢你的自信和乐观……”

正在这时，不远处传来一个女生的尖叫声：“哎哟！你怎么回事啊？走路也不看看人！”

一个男生忙不迭地道歉道：“不好意思！不好意思！我赶

时间……”

文君华和苏佳芮往前一看，何先强正急匆匆地向超市的方向跑过来，经过两人身边时，连脚步也没停下，只是匆匆地叫了一声“文老师”，便头也不回地冲了过去。

文君华发觉何先强的神色很是异常，转身喊道：“何先强！何先强！你过来一下！”

在文君华的连声招呼下，何先强只得又气喘吁吁地跑了回来。

文君华问道：“何先强，你跑那么快干吗？超市又不是要关门了。”

何先强支支吾吾地说道：“没……没什么，我是……去找叶嘉伟……他们几个……”

文君华说道：“我看见了，叶嘉伟和张浩凯他们几个就在超市里面，找他们会把你急成这个样子？是不是发生什么事了？”

何先强还是支支吾吾地说道：“真的没什么事！就是……看看他们东西买好了没有……”何先强边说边偷偷地瞄了一眼手腕上的表。

这一个小动作显然没能逃过文君华的眼睛：“还说没事！我看你一直都藏着掖着的！怎么你们男生也像女生一样，藏了这么多的小秘密？你继续在这儿耗下去，时间就真的来不及了！你自己想清楚！”

此时，叶嘉伟、张浩凯、郑豪和徐鹏四人恰好也从超市走了出来，来到了何先强的身边。

何先强气愤地说道：“是七班要和我们开战！他们已经叫了好多人在运动场等着了！郭晨阳他们已经先过去了，我是过来找人的！”

叶嘉伟一听便叫了起来：“啊！人太少郭晨阳他们会吃亏的！那我们还不……”叶嘉伟说到这儿，看见文君华沉稳严肃的神情，只好把话又咽了回去。

文君华皱了皱眉，问道：“开战？他们为什么要和我们开战？总得有个理由吧？”

何先强气呼呼地说道：“是石晓东欺负我们班的女生！还好当时郭晨阳在场，才保护了张文慧！”

张浩凯忍不住骂道：“又是石晓东那小子！早就想收拾他了！”

文君华问道：“石晓东是谁？”

何先强说道：“是七班的体育委员，也是学校田径队的，他和郭晨阳是死对头！石晓东最看不起我们班了，平时就他的脏话、风凉话最多！这次也是他先挑的事！”

叶嘉伟说道：“文老师，其实这已经不是郭晨阳和石晓东之间的个人恩怨了，整个七班都看不起我们，都是他们班主任教的！”

郑豪也气愤地说道：“嘉伟，这口气真的不能咽啊！不能就这么算了！不然这以后他们班还不得随心所欲地欺负咱们啊！”

文君华略微思考了一下，对何先强问道：“所以你们已经约定了要在运动场进行决斗？”

何先强义正词严地说道：“是他们主动挑衅！我们是自卫还击！”

苏佳芮在一旁着急地说道：“你们可千万不能去打架啊！这几十个人群殴，学校追查下来，可不是警告或者记过就能解决的！而且这种群体性事件一旦传扬出去，恐怕连区教委都会过问，这对学校的声誉也会产生严重的影响！”

何先强不服气地说道：“可我们不能让别人白欺负吧？那以后这日子还怎么过啊！”

文君华想了想，说道：“现在是不是双方的人都已经过去了？”

何先强说道：“两个班的人都去了！就差我们几个，所以我才着急！”

文君华把两手环抱在胸前，不紧不慢地说道：“既然人都齐了，阵势也摆好了，那你们就趁这个机会把恩怨都了了吧……不过方式方法得改一下，不能采取打架的方式！要采用一种既文明，同时又能让你们过瘾的形式……”

所有人都静静地看着文君华，等着文君华说下去：“何先强，你去告诉郭晨阳和那个石晓东，就说是我的意思，进行一场足球比赛，双方各派出 9 个男生，可以再准备 3 个替补，通过球赛来定胜负！输的一方就要掏钱请客吃饭！你特别要告诉那个石晓东，问他敢不敢接受我们的挑战？他要是不敢，就叫他早点回家休息去！就这样，你们去吧！”

“好嘞！”何先强飞一般向运动场跑去。

叶嘉伟瞅了瞅双手空空的苏佳芮，一下把自己手中的饼干和可乐塞到了苏佳芮的手中：“苏老师，东西我先放你这儿，待会儿我来拿，谢谢了！”说完不等苏佳芮反应过来便跑开了。

张浩凯等 3 人见状也把自己手中的东西塞给了苏佳芮：“苏老师，我们的东西也麻烦你保管一下……”说完就跑开了。

苏佳芮惊愕地看着自己手中的东西，冲着几个人离去的背影叫道：“喂！你……你们……”

文君华看着双手捧满了东西的苏佳芮，忍不住哈哈大笑起来。

苏佳芮气恼地说道：“都什么时候了！你还笑得出来！”

文君华耸耸肩，说道：“是啊！不然我该怎么办？”

苏佳芮说道：“你应该赶快冲过去拦住他们！再去把赵老师找过来！”

文君华认真地说道：“积蓄已久的矛盾仅靠规劝和回避是

解决不了的，更何况是一群血气方刚的年轻人！即便是今天拦住了，也难保他们明天或者是后天，又或者是换一个地方来展开他们所谓的决斗，我只不过是利用了体育比赛的形式，来化解、疏导他们心中的仇恨和怨气而已……这就好比治理洪水，你只能疏而不能堵！”

苏佳芮说道：“我明白你的意思，可足球本身就是一项充满身体对抗的比赛项目，他们心里本来就有气，要是踢着踢着就打起来了，那又怎么办？”

文君华说道：“如果在场上真的打起来了也好办！充其量也就是因为体育比赛而引发的矛盾冲突，属于偶发性事件；要是几十个人站在一起什么也不干，二话不说就大打出手，这显然是蓄意的、有组织性的群殴事件，两者在性质上是截然不同的！

“再说了，等我们找到赵老师，恐怕有好多人已经鼻青脸肿、七窍流血地倒下了！既然有些事情注定了不可避免，那不如由我们来掌握事情的主导权！”

苏佳芮想了想，说道：“你说的……好像也有道理！”

文君华笑着拿过了苏佳芮手中的东西：“走吧，我们也去运动场瞧瞧，今天的比赛一定特别精彩！”

运动场的场边，高二（四）班和高二（七）班的学生们都自动站成了两个方队，紧张地看着运动场里的人。

运动场的中圈里面，郭晨阳和石晓东两个人面对面地站着，带着同样的鄙视和敌意，冷冷地看着对方。

站在两人旁边的高二（九）班男生李海洋，无奈地说道：“我说这大周末的，你们二位搞什么足球比赛啊！我还想早点回家看电视呢……”

石晓东说道：“你他妈少废话！让你来做裁判是看得起你！”

李海洋挠挠头，说道："行行行，看得起，看得起！早开始早结束……那我宣布规则了，双方各出9个人，各有3个换人名额，另外，毕竟是周末嘛，大家都想早点回家，时间也别拖太久……上下半场各20分钟，中场休息10分钟，怎么样？"

郭晨阳说道："没问题！不过，李海洋，我可得提醒你，你的哨一定要公平公正！别他妈吹黑哨、歪哨啊！"

李海洋说道："你放心！绝对公平公正！我这边倒是要提醒二位，待会儿下脚轻点儿，别踢得跟仇人似的！到时候别怪兄弟我掏牌！"

石晓东说道："知道了！选好人就马上开始……"说着转过头对刘焕杰说道，"去把那些小女生弄走！就说这场地哥哥们征用了！"

运动场的一边，三十六中初中女子垒球队的队员们正在做着挥棒击球练习，刘焕杰笑嘻嘻地走了过去："嗨！各位学妹辛苦了！告诉你们一个好消息！"

女生们停下手中的动作，惊疑地看着刘焕杰。

刘焕杰装模作样地说道："运动场马上要进行一场重要的足球比赛，世纪之战啊！各位学妹今天可以早点回家休息了！"

一个女生说道："可我们还在训练啊！再说这场地也是我们先来的！"

刘焕杰不耐烦地说道："你们这小球哪能跟大球比！关注度和收视率都差得远呢！让你们免费看球赛还叽叽歪歪的！"

刘焕杰一边说一边夺下了女生们手中的球棒和手套："还愣着干吗？撤了！撤了！一边儿待着去……"

刘焕杰连哄带拽地把十几个女生赶出了场地，而石晓东也在对着自己的队友吩咐道："哥儿几个待会儿可得猛点儿！狭路相逢勇者胜！明白吗？一定要冲垮、打垮他们！记住了！"

这时，一个年纪四十出头，身着一套运动服的中年男子从教师宿舍楼的方向走到了运动场边，刘焕杰小声地提醒着石晓东：“垒球队的教练刘玉明来了，要不要……去说一声啊？”

石晓东一挥手，说道：“管不了那么多了！现在已经是箭在弦上，先踢了再说！”

垒球队的女生们见教练来了，都一窝蜂地跑过去告状：“刘老师……刘老师……那些男生欺负我们！”

“他们要赶我们走！”

刘玉明一听大怒道：“是哪些人这么大的胆子？敢抢我的场地！”

一个女生说道：“不认识他们，反正就是田径队那几个男生……他们说要踢一场足球比赛，还说是世纪之战！”

刘玉明愣了一下：“足球比赛？”又向着场上定睛一看，“郭晨阳、石晓东、王亚超、刘焕杰，这几个臭小子都在啊！”

刘玉明又看了看场边好几十人的助威队伍，一下又乐了：“哟，原来是高二（四）班和高二（七）班的比赛！全体出动啊！有意思有意思……”

一个女生问道：“刘老师，那我们还练不练啊？”

刘玉明想了想，说道：“今天的训练先缓一缓，都跟我上看台去坐坐！”说完带着队员们集体走上了看台。

两个班要进行足球比赛的消息似乎惊动了不少人，还没离开学校回家的学生们都三三两两地来到了运动场，连初一到高三年级的几个体育老师也不约而同地聚集到了一块儿，见面后彼此热情地打着招呼：

“哟，刘老师，今天不训练了？”

“这不是有足球比赛嘛！你们看那阵势，还有助威团！这场球一定精彩！等他们踢完了再练！”

“张老师，好久没碰到你了！要不是这场球赛，我看咱们几个还凑不到一块儿呢！”

“哈哈哈……”

“欸，潘老师，你也在啊？这高二（四）班和高二（七）班都是你在带，你倒说说看，这两个班谁更厉害？你看好哪一边啊？”

“这可说不准，学校好久都没搞足球比赛了，我也不清楚他们的水平，看看再说吧！”

“这样也好，彼此都不清楚实力的球赛才有悬念，才更有看头！”

8 个体育老师坐到一块儿，一边看一边评论着比赛：

“从开场这 5 分钟来看，双方采用的都是 3—3—2 的阵形，不过都挺乱的，没有什么明确的技战术打法……”

“我说张老师，你的要求别那么高嘛！这些都是业余踢球的中学生，你以为看职业足球比赛呢？”

“欸，你还别说，这里面还真有一个比较专业的！就高二（四）班前锋线上的那个男生，你们看他带球、停球、护球还有转身过人那几个动作，肯定是经过专业训练的！”

“那个男生叫何雨果，去年从七中转过来的，据说初中三年都是在七中念的书……”

“哦，这就对了！七中的专项就是足球嘛！怪不得这男生有两下子！”

“可你们看，即便是有这个何雨果，四班也没占什么便宜啊，大部分时间都在防守，60% 的控球权都在七班脚下！”

“我看问题主要出在身体对抗上！七班中前场有那么两三个人身体更高、更壮一些，采取的又是猛冲猛撞式的打法，这样就搞得四班的防守压力很大！四班的防守队员在身体对抗上总是吃亏，一拼抢就被人家撞得东倒西歪！”

“还有那个郭晨阳，完全没融入整体啊，就是自己踢自己的！而且老和石晓东纠缠在一块儿，好像除了石晓东他就不管其他事了！陈老师，你是负责田径队的，你说说看，他们两个是不是有仇啊？”

“郭晨阳和石晓东在初中的时候就是同时进的田径队，我带过他们几年，两个人之间是有些不服气，看不惯对方的一言一行，所以矛盾也比较深……就说去年的区运会 4×100 米接力赛吧，我愣是不敢把他们两个安排在连续两棒，就怕交接的时候掉棒啊！”

“有这么严重？不过这足球比赛讲究的是整体配合，本来四班在场面上就处下风，他还这么单打独斗的，这球就更不好踢了！”

“还有那个何雨果，技术、意识是有，但速度还不够快，站位又太靠前，拿球机会太少，优势发挥不出来啊！”

“四班参与防守的人还是挺多的，七班的人把球带到禁区前沿，就开始频繁打远射了！”

“给人家留下这么多远射的机会可不妙啊！毕竟不是专业的守门员，扛不住对方这么多射门的！”

“这么踢下去，迟早要丢球的……”

刚说到这儿，高二（七）班的队员在大禁区前沿抢到球，抬脚就是一记远射！球被踢出去后碰到禁区内高二（四）班防守队员的小腿，守门员何先强已经做出了扑球动作，却没料到球路突然折射变向，向球门远角飞去，只得眼睁睁地看着球滚进了球门！

高二（七）班场上的队员疯叫着跑回了中圈，肆意地庆祝着进球，高二（四）班的队员则喘着粗气，满怀失落地站在原地。

“欧耶！”

“球进了！太棒了！”

……

高二（七）班的助威团爆发出阵阵的欢呼声，而不远处高二（四）班的助威人群则是一片死寂，段雪曦望着球场，紧咬着嘴唇，两手攥紧了衣角。

苏佳芮懊恼地跺了跺脚，“哎呀”地叫了一声，还有好几个学生双手抱头，痛苦地闭上了眼睛。

而此刻比赛的时间才刚过10分钟！

一声哨响，比赛重新开球了。段雪曦和苏佳芮都不约而同地转过头，看了看身边的文君华。

文君华一只手托着下巴，一只手环抱在胸前，冷静地观察、分析着场上的形势变化，忽然又把双手放了下来，从裤兜里掏出三百元钱，交给段雪曦说道：“雪曦，安排几个没踢球的男生，马上去超市买一些饮料回来！记住，不要买可乐、七喜之类的碳酸性饮料，要买红牛、启力这样的运动型饮料，矿泉水、纯净水也行！”

段雪曦马上安排人手，张文慧自告奋勇：“我跟他们一块儿去！”

高二（七）班率先进球后，掀起了更猛烈的进攻狂潮，攻势一浪高过一浪，高二（四）班的球门前一片险象环生，比分随时都有可能被改写为0∶2。

文君华“啪啪啪”拍了几下掌，大喊道：“顶住！坚持到最后！”

场边观战的几十个女生也高声叫道：“加油！坚持住！”

不一会儿，几个男生抬着几大箱饮料，气喘吁吁、满头大汗地回到了场边，这时，两声长哨响起，备受煎熬的上半场终于结束了！

第十四章 足球对抗赛（下）

文君华对着场上的9个男生大声喊道：“过来！快过来！”

9个男生用手擦拭着脸上、头上的汗水，喘着气，低着头，垂头丧气地向场边走了过来，谁也没有勇气抬头去面对场边老师和同学的目光。

文君华大声吩咐道：“大家快把饮料给他们送去！”

女生们积极而又热情地拿起饮料，冲了上去。

张文慧冲在最前面，几步跑到郭晨阳的面前，把一罐红牛递给了郭晨阳。

郭晨阳默默地接过饮料一抬头，见面前的张文慧也是一脸的汗水，吃惊地说道：“你……你又没踢球，怎么……也流这么多汗？”

不远处的彭珊珊笑嘻嘻地说道：“文慧想着你，和几个男生一块儿去搬饮料了！看你下半场还努不努力！”

张文慧羞涩地笑了笑，一脸关切地看着郭晨阳。

文君华把队员们召集到了一块儿，做起了下半场的战术安排：“上半场大家的精神和斗志还是很不错的！之所以被对方先进球，是因为我们没有打出自己的技战术风格，在身体对抗上我们又吃了亏，才导致场上形势越来越被动，以至于到最后完全被对方压着打！从下半场开始，大家要重新拿出信心来，一定要限制住对方的优势，同时发挥我们自身的长处，才能做到扬长避短，扭转局势！

“首先就是要坚决实施贴身紧逼！不管对方有球没球，特别是对脚下有球的队员，一定要快速地贴上去，去拼、去抢！像影子一样贴在他身边，不能让对方舒舒服服地拿球再传球，你要让对方感觉到每一次拿球和传球都特别的别扭和难受！绝对不能像上半场那样，离对方球员有两米远，给对方留下太多的传球空间和远射的机会！

“其次就是要做好防守反击，王亚超下半场去打中后卫的位置，张浩凯和郑豪打两翼，郭晨阳还是打后腰……何雨果，你的站位太靠前，必须向中场回撤，和前腰位置上的徐鹏多配合，不能老是站在前面等队友的传球……”

何雨果轻喘着气，不住地点着头。

文君华继续进行着战术上的安排：“叶嘉伟你也得从前面撤回来，我们打3—3—1—1！郭晨阳、叶嘉伟这一条线抢到球后，要么找最前面的何雨果，要么就分到两边给张浩凯或者是郑豪！

“张浩凯和郑豪别只想着防守，看见中场有人拿球，要果断向前插，我们才有明确的传球线路，两翼才能分起来！这才是防守反击的精髓！

“还有，郭晨阳你不要老是和石晓东斗来斗去！我知道你恨他，讨厌他，可我们现在是集体作战！就算你赢了他，我们整个队却输了，那还有什么意义？作为队长，你必须要指挥整个队伍……”

郭晨阳愣了一下，傻傻地说道：“我……我不是队长啊！”

文君华郑重地说道：“我现在就宣布你做队长！带领你的队员，坚决贯彻、执行我们的既定战术！先守住，再攻出去！”

与此同时，高二（七）班的队员们也坐在球场的另一边喘着气。

刘焕杰看了看正在喝水讨论的郭晨阳等人，舔了舔嘴唇，对石晓东说道："晓东，你看他们那儿喝得痛快呢！我们也去买点水吧？"

石晓东说道："我那边裤子里面还有两百块钱，去拿给冯雨双，告诉她别在那儿傻站着，快去买点水过来，要快啊！"

高二（七）班的人刚把饮料抬到场边，只听一声哨响，李海洋站在球场中圈，吹响了下半场准备开始的哨声。

郭晨阳带领队员们走进了球场，却看见石晓东那一帮人还在球场边拧着瓶盖。

郭晨阳不满地对李海洋说道："时间都到了，还他妈啰唆什么呢？故意拖延时间啊？"

李海洋看了看石晓东等人，轻声说道："没事儿，要不就多等两分钟？"

郭晨阳一听大怒道："凭什么要我们等他们？你他妈公开偏袒，公开吹黑哨，是吧？"

王亚超插着腰，冲着石晓东等人大喊道："石晓东，你是怕了还是想要赖？你怕我们反超是不是？"

李海洋咬咬牙，也对着石晓东大喊道："过来啦！过来啦！你真打算让我背黑哨的罪名？再不过来我直接判你们输了啊！"

石晓东恨恨地说道："老子会怕你们？"说完仰起头咕咚咕咚地猛灌了几口水，把瓶子往场边一扔，挥手说道，"哥儿几个，都给我上！彻底打垮他们！"

一声哨响，下半场开始了，几个体育老师立刻又来了精神，一边看球又一边讨论了起来：

"欸，你们发现没有？这四班上半场丢了球，一度被别人压着打，这下半场反而更有精气神儿了！拼抢、封堵都积极多了！"

"他们这是典型的抢逼围！对于有球队员要去拼、去抢，迫使对方犯错！对于无球队员，也要像影子一样贴住对方，让对方拿不到球，更传不好球！”

“倒是这七班还是老一套啊！长传的落点又不准确，只能依靠身体的冲击，但他们的优势和特点已经被对手识破和限制住了！相比之下，四班还打出了一点战术的味道！”

“他们一定是在中场休息的时候做了有针对性的战术安排，你们看，连锋线上的何雨果都回撤到前腰位置拿球了！”

“何雨果早就该回撤拿球了！凭他的技术，只要脚下拿到球，过掉两三个人是绝对没问题的！”

“你们觉得高二（四）班那个守门员怎么样？其他方面都还行，就是身体单薄了一点。”

“我觉得还行！那小子叫何先强，本来就不是什么专业守门员，站到球门前面比的就是冷静、反应和机敏，何先强那小子脑袋还是挺灵光的！”

在几个体育老师讨论的同时，高二（七）班又攻到了高二（四）班的半场。球传到禁区前沿，石晓东面对扑上来的王亚超，心一慌，仓促起脚一记低射，球从防守队员的两腿间穿了过去，竟也向着球门的远角飞去！

何先强眼疾手快，一个漂亮的倒地侧扑，将球牢牢地抓在手里！

几个体育老师对此赞不绝口：

“漂亮啊！连这种穿裆球也能扑住，是个好兆头！”

“守门员一次成功的扑救，往往能极大地鼓舞场上队员的士气！我看四班的气势要起来了！”

何先强抱着球站起了身，郭晨阳大喊道：“强子，开大脚！找雨果！”

何先强看了看何雨果的跑位，向前助跑了两步，球一松手，一记大脚将球开了出去。皮球越过十几个人的头顶，落在球场中圈附近。

何雨果和叶嘉伟冲在最前面，在他们的前方，也只有七班的两个防守队员，前场二打二！

尽管球在落下后的第一下弹得很高，但跑动中的何雨果却稳稳地将球停了下来。对方的第一个防守队员扑了上来，何雨果突然一个急停，然后持球一个360°的转身，便将防守的人甩在了身后。

何雨果在中路带球向对方禁区冲去，叶嘉伟向禁区左侧跑去，用身体去倚住对方的最后一个后卫刘焕杰。

刘焕杰见甩不开叶嘉伟，心一横，伸出双手抓住叶嘉伟的手臂和肩膀，用力往旁边一摔，将叶嘉伟摔倒在地！

叶嘉伟倒在地上，冲着李海洋挥手大叫道："犯规！犯规！还不吹哨给牌！"

但哨声却并没有响起来。

看台上的几个体育老师也急了：

"这种显而易见的犯规都不吹啊！最起码是黄牌加直接任意球！"

"裁判是不是在考虑有利原则啊？何雨果已经带球进禁区了！"

面对冲上来的刘焕杰，何雨果有意识地放慢了脚步，待刘焕杰冲到自己面前时，将球往刘焕杰身体右侧一捅，突然快速启动，人从刘焕杰的身体左侧抹了过去！

刘焕杰完全没想到对方的人和球竟然会从自己身体的两侧分了过去，下意识地伸出手想抓住何雨果，但何雨果已如风一般的蹿了过去！

何雨果带球直接面对对方的守门员，守门员慌里慌张地冲了出来，打算夺取何雨果脚下的球。何雨果抬起左脚，做出一个逼真的射门动作，守门员的身体也随之向左侧倒去，做出相应的扑救动作。但何雨果却并没有真的进行射门，而是将球巧妙地拨到了右脚，向右侧方向蹚了两步，甩开已经半跪在草坪上的守门员，轻松、优雅地射空门入网。

这时，场上的另外十几个人也已经冲到了七班的禁区附近，目睹了皮球滚入球门的全过程。

球进了！

何雨果从球网中捡起球，冲到中圈，和队友展开了疯狂的庆祝。

高二（四）班的助威团一片欢腾，学生们有的欢呼雀跃，有的相互拥抱，还有的趁人不注意，悄悄抹去了喜悦的泪水。

看台上的体育老师们也是激动不已：

“这球进得太漂亮了！比上半场那个进球精彩得多！”

“守门员直接大脚找前锋，两个前锋相互配合，过了对方两个人还射空门！这种经典的防守反击，即便是在欧洲五大联赛里面也不多见啊！”

“今天下午只看这一个进球就值了！”

“坚持这种打法，四班肯定会反败为胜的！”

“但我看后面不一定是防守反击了，现在双方的斗志和心态，还有场上的形势已经完全逆转了，七班就是想攻也不一定攻得起来，很有可能是四班就此转入反攻！”

正如几个体育老师预料的那样，高二（四）班在进球后士气大振，越战越勇，场上的形势和上半场相比，刚好调了个个儿，60% 以上的控球权已被高二（四）班所掌握，轮到高二（七）班的门前一片风声鹤唳。

文君华也在场边大声指挥着：“阵形往前压！往前压！保持紧凑！”

球传到高二（七）班的禁区前沿，何雨果在大禁区角上得球，起脚一个大弧度的抽射，球被对方防守队员的腿一碰，变向弹出了底线。

李海洋向着球场的远角一指：角球。

叶嘉伟跑到角球区，摆好球，观察着场上队友的站位。

郭晨阳站在禁区里大声指挥着：“张浩凯去左边！徐鹏你

去右边！王亚超、郑豪！你们两个站中间！”

石晓东也紧张地做着部署：“你，去球门远角！你去守近角！前面站3个人！都给我打起精神！顶住！”

整个禁区里面和禁区线附近的人都在相互推搡和挤压，不断地寻找着一个对自己更有利的位置。

叶嘉伟看清了队友的站位情况，后退了几步，准备开出这个角球。

这时，一个年约五十出头，蓄着齐耳短发，戴着一副眼镜的中年妇女，一路小跑着闯入球场，向着队员们聚集的方向跑了过来。

望着球场上突然出现的这个不速之客，刘玉明“啊”的叫了一声，一拍大腿，懊恼地说道：“完了完了！这个赵老师，早不来晚不来，偏偏这个时候来！不用说，这球赛肯定被搅和了！”

赵杏芳怒气冲冲地走到距球员们两米远的地方，停下脚步，双手叉腰，满脸通红地大声斥责道：“你们都在干什么！不回家看书、做作业，一个个地在这儿跑来跑去地做什么！”

石晓东怯生生地回答道：“踢……踢球啊！”

赵杏芳冲着自己的学生劈头盖脸地就是一通臭骂：“踢什么球！踢球有个屁用啊！大好的光阴就让你们这么给糟蹋了！有这工夫还不如去多看点书，多做两本练习题！你们是不是都闲得没事可干了！”

刘焕杰鼓起勇气说道：“赵老师，踢球……也可以……锻炼身体嘛！”

话刚出口，立刻就遭到了赵杏芳的又一番痛骂：“还有理了是不是？我告诉你们，学校不是你们玩乐的地方，什么踢球、锻炼身体更不是你们玩物丧志的理由！不学好的，尽往歪路上走！如果不想请家长、受处分，就马上给我回家！现在就走！”

赵杏芳恶狠狠地看了郭晨阳一眼，本想说点什么，可一扭头看见场边两个班的助威团，还有正注视着这边的文君华，撇了撇嘴，又把话咽了回去，转而对着石晓东说道：“去告诉冯雨双，叫他们也赶快回家！别有事没事在学校里面逗留！”说完转过身气呼呼地走开了。

文君华见郭晨阳带着队员们走了过来，微笑着大声说道：“同学们，让我们用掌声欢迎凯旋的勇士！他们在场上挥洒汗水，努力拼搏，力挽狂澜！他们展现了我们高二（四）班的精神和意志，给我们带来了欢乐，为我们赢得了荣誉！他们就是英雄！就是勇士！欢迎他们的归来！”

学生们一边叫着郭晨阳等人的名字，一边疯狂地鼓着掌。

看着面前这一张张的笑脸，郭晨阳等人都惊呆了，他们万万没想到，只是一场平局，却让自己享受到了只有英雄和胜利者才会享受到的掌声和礼遇。

郭晨阳激动之余，忽然感到鼻子一酸，赶紧抬头望向天，努力忍住了几乎快要涌出的泪水。

而场边的学生们不等文君华发出指令，都拿着饮料，欢叫着奔向队员们，去拥抱、慰劳自己的英雄和勇士。

球场的另一边，正悻悻离去的石晓东等人听见不远处传来的巨大欢呼声，又都停下了脚步。

刘焕杰恨恨地说道：“有没有搞错！打平而已，搞得跟赢了似的！”

一个男生懊恼地说道：“他们是没赢，倒是我们现在这个样子，跟输了差不多！”

另一个男生自我嘲弄般问道：“晓东，我们……能不能考虑转会啊？”

石晓东一听大怒道：“你他妈疯了？说这种话！让赵老太婆听见你就死定了！”

两支队伍、两个团队散场后的巨大差异，也让几个体育老师大为感慨：

“这两边的待遇差别也太大了吧！简直是一个在天堂，一个在地狱啊！”

“王老师，你也不看看，两边的统帅都是谁？差别大着呢！人家文老师多开明啊！”

“岂止是开明，我看就是英明！四班下半场的改头换面，肯定和文老师中场休息时间的战略部署分不开！”

“真看不出文老师还懂体育啊！他们那边这么热闹，我说各位，咱们先别散了，也过去聊聊吧？”

“好好好！都去！都去！”

几个体育老师一同来到了高二（四）班所在的位置，文君华和苏佳芮笑着迎了上去：“哟！是什么风把各位老师都吹到这儿来了！我看除了全校教职工大会，还没机会和各位老师都见上面呢！”

刘玉明笑着说道：“文老师，首先要祝贺你们力挽狂澜！谁都看得出，这球要是继续往下踢，最后的胜利一定是你们的！”

文君华笑了笑，说道：“其实输赢只是一方面，比赛嘛谁都想赢，但更重要的是通过这场比赛，学生们增强了团队精神和集体荣誉感，这才是我最看重的地方！”

刘玉明说道：“文老师，你就别再谦虚了！你在比赛里面给我们展现的战术安排和临场指挥调度，也让我们大开眼界啊！”

文君华笑着说道：“各位老师就别再抬举我了！其实我这儿正好有一个想法，还需要和各位老师沟通、交流呢！”

一个体育老师打趣地说道：“其实还有一点，那就是文老师身边还有一个这么漂亮的美女参谋！”

众人都哈哈大笑起来。

苏佳芮红着脸说道：“我哪是什么参谋啊！我就是……来

看热闹的！”

潘成义若有所思地说道：“我也希望……我身边能有这么一个美女参谋啊！哪怕是看热闹也行……”

苏佳芮冲着潘成义笑了笑，说道：“你说的那个美女参谋，她呀，就快来了！”

吴雅欣的身影已经出现在了五十米开外球场的另一端，望着吴雅欣远远地向这边走来，苏佳芮虽然口头上和潘成义开着玩笑，但心里却有了一种怪怪的感觉。

刘玉明继续着和文君华的交谈：“欸，文老师，刚才你说有什么事来着？”

文君华说道：“哦，是这样的，学校下个月不是要举办秋季田径运动会吗？我有一些想法和计划，准备在运动会的内容和形式上进行一些丰富和改变，以此来增强运动会的效果，一直就想着要和各位老师探讨一下呢。”

刘玉明一听就乐了：“文老师，难得你有这份心啊！说实话，大家都清楚，体育课在学校历来不被重视，这运动会在很多文化课老师的眼里，基本上就是可有可无的！我们倒一直希望有人能站出来，改革也好，策划包装也好，总之能让我们这个体育课程和运动会焕发生机、提高档次就好！现在，我们终于找到这个人了！”

文君华忙说道：“刘老师你太言重了，几句话就把我提到了这么高的一个位置……我的初步想法就是把校田径运动会办成一个田径‘世锦赛’的形式！在这儿可能几句话说不清楚……我看这样吧，今天是周末，难得大家又聚到一起，不如到我宿舍去坐坐，我请客！大家边吃边聊，怎么样？”

众人齐声附和表示赞同。

这时，吴雅欣已经走到了文君华的身边，亲昵地叫了一声：“君成，我来了！”

文君华看见吴雅欣的到来，吃了一惊：“雅欣，你怎么来了？什么时候到的？”

吴雅欣微笑着说道：“刚刚才到的。”

文君华问道：“你来……有什么事吗？”

吴雅欣说道：“人家都一个月没看到你了，来看看你啊！”

这时，高二（四）班的学生们都还在场边，看见吴雅欣的出现，不由得轻声议论了起来：

“这个女的是谁？好漂亮啊！”

“可能是文老师的女朋友吧？”

“你们有没有觉得她很像香港的一个电影明星，叫万……万什么的？”

“万绮雯吧？”

“对对对！就是万绮雯！她的整个脸型、发型还有五官都挺像的！”

……

段雪曦站在不远处，静静地注视着吴雅欣，脸上又浮现出了那种很复杂的表情。

旁边的彭珊珊也皱起了眉头，嘟着嘴自言自语道：“她又是谁啊？怎么又多了一个……”

段雪曦淡淡地说道：“像文老师这么优秀的男人，身边多几个美女不是很正常的吗……”

彭珊珊依然皱着眉头：“可我就是不喜欢有那么多女的围着他转！”

段雪曦转过头，看着彭珊珊说道：“认识你这么久，还是第一次看到你皱眉头！当心长皱纹啊！”

彭珊珊咧开嘴一笑：“少吓唬我了！长皱纹的日子离我还远着呢！”

刘玉明看了看吴雅欣，说道：“文老师，咱们还是另外找时间吧！今天……你那边可能也不太方便……”

文君华忙说道：“不不不！就今天！就今天！改天大家又

很难聚到一起了！她叫吴雅欣，是我一个很好的朋友，她不会妨碍我们的！说不定还能帮上一些忙呢！”

吴雅欣笑着说道：“是啊！我不会影响你们的，我还可以给你们买菜做饭呢！”

刘玉明笑着说道：“这样可就辛苦你了……那我们就恭敬不如从命了！”

一旁的苏佳芮说道：“君成，我也来帮忙吧！反正周末我也没什么事！”

文君华高兴地说道：“佳芮，你能来就更好了！”

这时，段雪曦也走了过来：“文老师，我也留下来帮忙吧！”

彭珊珊嬉笑着一步蹿了过来：“还有我！还有我！”

文君华和蔼地对两人说道：“雪曦，珊珊，他们今天刚打了比赛，你们也在旁边喊了那么久，大家一定都很累了。今天晚上学习互助社的活动就暂停吧，大家也好早点回家休息，你们也早点回家……”

见段雪曦和彭珊珊还是一副不肯走的样子，文君华只好又说道：“我知道你们想留下来帮忙，但这里有苏老师和那位吴小姐帮忙就够了，老师还要和他们商量很多事情。有些事情如果定下来了，下个星期就会给你们安排任务！听我的话，先回家休息，好吗？”

“哦，那……我们先回去了。”段雪曦和彭珊珊这才依依不舍地离开了。

吴雅欣盯着两个女生离去的背影，轻声自语道：“想不到他身边还有这样的小狐狸精！怪不得……”

苏佳芮在一旁说道：“雅欣，我们去买菜吧。”

潘成义笑着说道：“我也跟你们去吧！有个男的在身边，也好帮你们拿东西！”

3个人走在去买菜的路上，气氛显得有些奇怪，吴雅欣边走边说道："苏小姐，你……还好吧？"

苏佳芮有些意外："啊？什么？"

吴雅欣说道："我是说……那天晚上……喝酒的事！"

苏佳芮淡淡地笑了笑："我没事啊！都过去这么久了！"

吴雅欣说道："主要是……那天晚上我心情不太好，所以才……"

苏佳芮笑了笑："这个我看得出来，你今天晚上的心情可一定要好才行……"

潘成义把话插了进来："吴小姐，你那天晚上也喝得挺多的，你后来……没事吧？"

吴雅欣似笑非笑地说道："那算少的！"

潘成义吃了一惊："啊？你……这么能喝啊！"

吴雅欣停下脚步，对两人说道："我们做个分工吧，苏小姐，你负责买啤酒和饮料，不能少于两箱，潘老师，你……"

潘成义笑着说道："叫我潘成义吧！"

吴雅欣说道："好吧，潘成义，你去买15个塑料凳子，要厚的、质量好的那种！我去菜市场买菜。回来之后，潘成义你来帮我们打下手，我来炒菜，苏小姐就负责煲汤吧……就这样，我们分头行动，早去早回！"说完就快步走开了。

苏佳芮和潘成义站在原地，惊愕地对视了一眼，苏佳芮说道："她倒挺会安排的嘛，感觉……就像做企业管理的！"

潘成义笑了一下，说道："那倒是……我看咱俩还是换一下吧。"

苏佳芮奇怪地问道："为什么？"

潘成义说道："啤酒和饮料那么重，这是你干的活儿吗？你一个人根本就搬不动两箱！她呀，还在继续针对你呢！你自己要小心一点才行！"

苏佳芮这才恍然大悟："噢……你不说我还真没想到呢！她想累死我啊……看来我以后还真得小心点儿才行！"

第十五章 田径“世锦赛”

11 月 2 日上午 11：00，陈建怀看完乔善坤拿来的《校田径运动会策划案》，认真思考了好一会儿，对乔善坤说道：“乔主任，这份策划案你也看过了吧？”

乔善坤答道：“看过了，他上午是先交到我这儿，我看完之后才交给你的。”

陈建怀问道：“那你认为这份策划案怎么样？”

乔善坤边思索边回答道：“总的来说很有新意，但里面有些内容和形式我们以前都没实际操作过，特别是运动会时间的延长，我担心……那些文化课的老师会有意见啊。”

陈建怀说道：“我考虑的也是这两点，整个策划案让人耳目一新，但我们确实没有实际操作的经验……不过最有意思的是，这份策划案的撰稿人和提交人竟然是文老师！当然，我也看到了，策划案的最后有全校 8 名体育老师的集体签名，感觉好像是 8 个体育老师联合举荐了文老师作为策划人和撰稿人……”

乔善坤点点头说道：“这个问题我也想过了，要不，我找几个体育老师来问问？”

陈建怀摇摇头说道：“不必了，既然他们已经把文老师推到了最前面，那我们直接找文老师来问问，就再清楚不过了。”

约 20 分钟后，文君华踏着轻快的步伐走进了陈建怀的办公室："陈校长，您找我是关于校运会策划案的事吧？"

陈建怀笑着做了个手势："来来来，文老师，请坐。"

文君华和乔善坤在陈建怀的办公桌对面坐了下来。

陈建怀说道："文老师啊，你的策划案我们看过了，感觉很有创见、很有新意！但出于具体操作实施方面的考虑，我们还是想听一听你这个原创者的思路和解说才行啊。"

文君华说道："其实这份策划案也是前些日子，我和学校的几位体育老师聚在一起，大家集思广益，共同想出来的一个方案。因为长久以来，校运会都存在一个很不好的现象，那就是在赛场上只有三分之一的人在挥洒汗水、奋力拼搏，而另外三分之二的人都无所事事，聊天、嗑瓜子、吃零食，班级取得的成绩和荣誉他们漠不关心，很多人甚至连观众都算不上！这些都直接导致了运动会的参与性、关注度和重要性急剧下滑！

"而我们这份策划案的目的就是要彻底改变这种现象，让更多的人参与进来，关注校运会的整个进程，提高校运会在大家心目中的分量！因此，我们打算把校运会进行包装、充实、改变和升级，让它变成一届田径'世锦赛'！

"首先，比赛分为初中部和高中部两大部分，每一个班为一个独立的参赛代表团，在校运会开始前的规定时间里面，每一个班都要设计自己的班旗，在开幕式上由自己的旗手高举着班旗入场。

"其次，本届校运会实行团体总分制，进入决赛的前 8 名都有相应的积分，到最后计算出团体总分的前 3 名，冠、亚、季军团队将分别给予 3000 元、2000 元和 1000 元的奖励。各单项比赛的冠、亚、季军也能分别获得 500 元、300 元和 100 元的奖励。我们会在明德楼的侧面制作一面很大的积分榜，记录和反映各参赛队的积分情况。

"为使赛制和场面更加接近国际比赛，我们还会为冠、亚、季军颁发仿制的金、银、铜牌，前 3 名站在领奖台上，举行相应的升旗仪式，而颁发奖牌的嘉宾就是包括乔主任在内的几位校领导！”

听到这儿，陈建怀和乔善坤都乐得笑了起来。

陈建怀笑着说道：“很有意思嘛！文老师，你接着说。”

乔善坤起身给文君华倒了一杯水，文君华喝了一口水，接着说道：“以上只是针对参赛运动员的一些激励措施，为使更多的人参与进来，我们还规定每个班必须组建起一定人数的拉拉队，赛后评选最佳助威团队，也给予相应的奖励。

“对本届校运会我们还准备推出秋季校运会特刊，以印刷精美、具有形象展示功能和纪念意义的杂志形式出现，每个参赛队都必须派出两名文字记者和一名摄影记者，按时上交稿件，然后评选出优秀的通讯稿和摄影作品，给予奖励并刊载在特刊上。

“我们还会在体育场的主席台上设立专门的评论席，选出爱体育、懂体育的学生来作为赛事解说的评论员，并邀请 8 位体育老师来轮流担任解说嘉宾。”

文君华的一番话，让陈建怀不禁喜形于色：“文老师，我敢说你的这些想法和措施一旦得以推广和实施，本届校运会想不火都难啊！”

文君华笑着说道：“通过这些措施，我相信校运会的参与性和关注度肯定会得到极大的提高。但除此之外，我们还有一个目的，就是要通过校运会来增强学生的集体荣誉感和团队精神！”

乔善坤说道：“文老师，通过你刚才的解说，我相信你的想法和目的应该都能在不同程度上得以实现，但唯一的疑问就是时间问题。你也知道，校运会的比赛时间历来都是两天，这次突然增加到 3 天，我担心……有文化课的老师会提意见啊！”

文君华笑了笑，说道：“对于这种意见，我认为还是古人说得好，冰冻三尺，非一日之寒！学生的学习成绩和我们整体的教学质量，是通过长期的日积月累来实现的，那些把成绩下滑归责于体育运动的做法，说得难听一点，不过是自欺欺人罢了！”

陈建怀把手一挥，大声说道：“我没意见！我完全赞同文老师的想法和思路！你也不用担心这些！我现在就决定，由文老师全权负责本届校运会的组织和开展工作，具体操办人员和实施细则确定后再上报学校，必要时由王副校长和乔主任从中协助。总之一句话，我就是要看到与以往不同的那种效果！”

秋季校运会的改革思路和方式，犹如一股新风吹进了校园，让学生们感到既新鲜又刺激，具体实施细则下发以后，每个年级每个班的学生们便开始为各自班级的形象和荣誉而忙活了起来。

下午13：30，赵杏芳走进高二（七）班的教室，见冯雨双正带着七八个人围在一张课桌旁，认真、热烈地讨论和勾画着什么，忍不住开口问道：“冯雨双，你们在干什么呢？不是跟你们说过，中午要抓紧时间休息吗？怎么乱哄哄的！”

冯雨双答道：“赵老师，我们在讨论、设计我们的班旗。”

赵杏芳一听愣住了：“班旗？什么班旗？我不明白你在说些什么。”

冯雨双说道：“就是校运会要展示的那种班旗，学校要求每个班都要有代表自己那个班的班旗！”

赵杏芳这才想了起来：“哦，你说的是那个玩意儿啊！我还以为什么大不了的事呢，用得着这么多人去忙活吗？过两天周末的时候，你们随便画一个不就行了！”

另一个学生说道：“可是学校要求本周末就要上交！现在就剩几个班没交了，我们总不能落到最后吧！”

赵杏芳想了想，不耐烦地说道：“那……好吧！你们抓紧时间做，做完了直接交上去就行了，不用再拿给我看……就这么点儿破事儿，和学习一点关系都没有，还劳师动众的，至于嘛!"

与此同时，高二（四）班的教室里，段雪曦也召集了人手，对班旗的设计和定稿进行着最后的讨论。

雷文静问道："阿雪，我们可是本届校运会改革的发起者，但班旗的设计方案我们留到最后才交上去，是不是……有点晚呢?"

段雪曦说道："晚一点有什么关系，只要不超出学校规定的截止时间，我就是要在这段时间里面，好好搜集一下各个班的设计情报呢！你没看我今天把他们3个绘画艺尖生都叫到一块儿了？你们都说说看，这段时间都了解到一些什么样的情况?"

徐正峰说道："从我们这段时间了解到的情况来看，各个班对班旗的设计都是五花八门的，就说这颜色吧，红的、粉的、绿的、黄的、蓝的……总之是什么颜色都有，没有一个所谓的主色调的!"

聂英姿说道："还有就是班旗上面的图案，也是百花齐放！有设计五角星、花朵、山峰的，还有把龙、马、狮、虎都画上去的，各个班的思路和想法都奔放得很!"

段雪曦问道："综合这些情况来看，你们3个的想法是什么?"

韩耀林沉吟着说道："这段时间我们3个都在思考这个问题……我们认为，如果仅仅是在颜色和图案上做文章，虽然多少也能体现出一定的主题和寓意，但到了比赛的那几天，终究也会淹没在浩瀚的旗海当中！所以，我们的想法是走简约之路，关键是要有画龙点睛之笔！我们大致的思路是这样的……"

两个小时后，段雪曦拿着一张硕大的、卷好的画稿，兴冲冲地跑进了高二年级的办公室：“文老师，我们班旗的设计初稿已经出来了！”

文君华放下手中的笔，高兴地说道：“是吗？那太好了！我早就想看看你们的设计成果了！”

段雪曦把手中那张A1版型的画稿在办公桌上铺展了开来，文君华饶有兴致地看了起来。

段雪曦小心翼翼地问道：“文老师，你觉得怎么样？”

文君华微笑着说道：“很不错嘛！整体的风格简洁而明快，给人一种清新、向上的感觉，两种颜色的渐变蕴含着丰富的含义……另外，我敢肯定的是，这面班旗左上角的这两个数字，才是你们独特的创意所在！雪曦，你能告诉我这里面的具体含义吗？”

段雪曦说道：“在色彩上我们的确是选择走清新简约之路，两种色彩的渐变代表着更替和转变，绿色代表希望，红色代表兴旺和强大，这种渐变就是预示着我们将带着希望走向强大！左上角的这两个数字，的确是我们设计当中最与众不同的地方！它记录的是一个日期，文老师，你想到了吗？”

段雪曦的提示让文君华也有所顿悟：“你是说‘九’和‘四’这两个数字，指的是……九月四日？”

段雪曦深情地说道：“对，就是九月四日！这一点我们是受到了军旗的启发，八月一日是人民解放军成立的日子，所以军旗的左上角就有‘八’和‘一’两个数字。而九月四日是你正式接手我们班的日子，就是从那一天开始，我们终于从人心涣散、一盘散沙形成了一个集体、一个团队，甚至是相亲相爱的一家人！如果没有你，没有九月四日那一天，这些希望和转变都是不复存在的！所以，我们的班旗上必须要有九和四这两个数字！”

文君华笑着说道：“我真有你们说的那么伟大吗？我怎么没感觉出来？”

段雪曦激动地说道：“本来就是嘛！你是我们的灵魂！你就是我们的偶像！你一定会带领我们走向强大的，对不对？文老师，对于这幅画稿，你还有什么意见吗？”

文君华说道：“这幅画稿是你们创意和智慧的结晶，做得非常好！我很满意！你们放手去做吧！”

校运会转眼即至，和以往相比，迎风飘扬的各班班旗，赛场上声嘶力竭的助威呐喊声，穿梭奔忙的后勤服务队，拿着笔记本和举着大小照相机和摄像机的记者团，都让本届校运会显得格外的与众不同。

11 月 17 日上午 9：30，陈建怀和乔善坤站在体育场的上方，看着校园内一派紧张、繁忙的景象，也不禁感叹起来。

陈建怀感慨地说道：“乔主任，文老师策划、组织的这届校运会，的确是非同凡响啊！你看那几十面班旗，还有那些啦啦队、记者团和积分榜，真像是一届正规的国际大赛啊！在我的印象里面，学校的运动场几十年都没这么热闹过了！”

乔善坤笑着说道：“是啊，要是把比赛的信号交给电视台做现场直播，那就是一届十足的世界锦标赛了！”

两人都会心地大笑了起来。

乔善坤又说道：“还有明德楼墙上的那张积分榜，我几次都想去看看，可那地方从早到晚人就没散过！随时都有几十个学生围在那儿，我每次刚一走近就给挤出来了！这一届校运会学生们都特别在乎自己班的成绩和荣誉啊！”

陈建怀点点头，说道：“嗯，其实这就是我们想要达到的效果！通过文老师的一番设计、包装和创新，这个目标算是基本实现了！还有就是做赛事解说、评论的那两个男生，我看也挺不错的！解说得头头是道，看得出平时是比较关注体育赛事的，不然也讲不出那么多道理来……”

正在这时，潘成义从两人身前五米处匆匆走过，陈建怀叫道："潘老师！潘老师！"

潘成义闻声走了过来："哟！两位领导也在关注比赛啊！"

陈建怀微笑着说道："我们这几天都在运动场周围转悠呢，本届校运会精彩、激烈，很有新意！说明你们几个体育老师和文老师一块儿推出的那份策划案，是行之有效的！"

潘成义笑了笑，说道："其实那份策划案，主要还是文老师个人的创意，我们几个不过是稍作补充罢了……这届校运会的转变实在是太大了，你们看赛场上的那些个学生，个个都像发了疯似的抢分！进了前3名能得奖金、升班旗嘛！还有看台上的那些学生，在以前什么聊天、吃零食的，那是一片一片的！这一届呢，基本上都消失了！都在忙着写稿、拍照、摄像、做后勤呢，学生们的参与性和积极性全都调动起来了！"

陈建怀笑着说道："这是一个非常好的转变啊！潘老师，今天都有哪些比赛项目啊？"

潘成义说道："今天是校运会的最后一天，集体项目的比赛都放到今天了。上午是4×400米接力赛的决赛，下午是4×200米和4×100米接力赛的决赛，还有闭幕式。今天的比赛成绩将直接决定校运会的团体冠军归属，两位领导有时间的话，可得好好看看今天的比赛，特别是下午的4×100米接力赛，历来都是国际大赛的压轴比赛项目，精彩刺激着呢，我们的也不例外！"

陈建怀笑着说道："要看！一定要看的！潘老师，你也不用一直陪着我们说话，去忙自己的事情吧。"

潘成义刚走出没多远，陈建怀忽然又想到了什么："欸，乔主任，这两天我看见苏老师也忙里忙外的，她都在做些什么呢？"

乔善坤说道："文老师好像是让她负责校运会的宣传、组稿、拍摄方面的工作，所以她这几天也忙着呢。"

陈建怀意味深长地笑了笑，说道："乔主任，你发现没有，自从上次的话剧演出之后，凡是由文老师负责的事情，就一定有苏老师的参与！你说……他们两个是不是在谈恋爱啊！"

乔善坤想了想，说道："好像……是有那么点儿意思！不过……好像又没正式挑明那层关系……"

陈建怀笑着说道："其实没挑明也挺好的！有时候男女之间保持那么一点朦胧，甚至是暧昧的感觉，反而更有利于彼此感情的提升！乔主任，你我都是过来人，你觉得我说得对不对？"

乔善坤微笑着说道："对！你说得完全对！"

两人相视大笑了起来。

第十六章 我们是冠军（上）

何先强与周敏费了九牛二虎之力，终于从围在积分榜前的人群中挤了出来。

周敏喘了两口气，问道："怎么样？都记下来了吗？"

何先强说道："都记下来了！"

周敏又问道："分数都计算好了吗？不会有错吧？"

何先强答道："放心吧，不会有错的！"

周敏说道："那好，我们赶紧把情况汇报给文老师！"

文君华正和段雪曦坐在运动场的看台上说着话，何先强和周敏急匆匆地跑了过来，段雪曦迫不及待地问道："现在积分排名情况怎么样了？你们都摸清楚了吧？"

周敏说道："都搞清楚了！快把情况说一下！"

何先强说道："目前高三（五）班积 58 分，暂时排第一；高二（七）班积 56 分，排第二；我们有 52 分，排第三……"

段雪曦兴奋得一下站了起来："真的吗？我们进前三了！"

文君华笑着说道："看把你高兴的！刚才我们两个不就初步测算过了吗？根据前两天的比赛结果，我们在很多项目里面都进了前八，在短跑项目上又有 7 个人闯进了前三，我们的得分面这么广，我就说我们的积分排名很有可能在前三之内！"

段雪曦用手捂住脸，却掩不住一脸的陶醉："我现在感觉好开心、好幸福……"

文君华笑了笑，说道："你先别这么激动，说不定我们还有夺取团体冠军的可能！”

段雪曦和周敏、何先强都惊喜地叫了起来：“真的吗？我们还有可能当上冠军？”

文君华说道：“当然有可能！而且机会还很大！剩下的3个接力项目都集中在今天，我们可是有两男两女4个田径队的队员，在四棒的接力赛中我们就有一半的人是专业水准！不过，据我所知，高三（五）班和高二（七）班的情况也和我们一样，他们也各有4个田径队的队员。”

段雪曦急切地说道：“那我们得把队员召集起来，做一个有力的赛前动员！”

文君华说道：“赛前动员只是一个方面，更重要的是我们必须得做好有针对性的战略部署！雪曦，今天3个接力项目我们参赛报名的人是哪几个？”

段雪曦说道：“按照校运会的比赛规则，接力项目的参赛人选在开赛前30分钟都是可以报请更换的，所以我们报上去的是郭晨阳、王亚超、叶嘉伟、郑豪4个男生，高晓洁、余艳萍、周敏和我4个女生。”

文君华沉吟着说道：“嗯，这应该是我们最强的短跑组合了，我相信没有哪个队能轻易赢了我们……雪曦，你待会儿就向裁判递交一份新的参赛名单，原定的这两个组合全部撤出上午的4×400米，只参加下午的4×200米和4×100米！”

段雪曦吃惊地叫了起来：“你把他们全都撤下来，那我们上午的4×400米不全完了！我们的积分会被他们拉开很多的！”

文君华说道：“我明白你的担心，可你们一定要想到这一点，不管是谁，他的体能和精力都不足以在一天之内，连续参加3个项目的决赛！即便是他扛下来了，其竞技状态和比赛成绩也会大打折扣！所以我们就必须要做到有侧重、有取舍、有把握！明白了吗？”

段雪曦眼前一亮："我明白了！你是说我们放弃4×400米这一项，就是要确保在4×200米和4×100米这两项中战胜他们！"

文君华说道："其实也不叫放弃，只是暂时让他们占个小便宜而已。"

段雪曦笑了起来："他们在4×400米上占得便宜越多，在4×200米和4×100米上吃的亏就越多！总体比较还是我们的胜算更大！"

文君华笑着说道："就是这个意思！我们可以考虑让张浩凯、徐鹏、何先强、何雨果这4个人去参加男子4×400米，女生那边的情况我不太清楚，你就根据平时体育课的情况去决定参赛人选吧！"

何先强自信满满地说道："放心吧！就我们4个也不比别人差多少！只要是为了咱班的荣誉，什么项目我都能扛下来！"

10：30，周敏又急匆匆地跑了过来，气呼呼地说道："高二（七）班和高三（五）班的人太无耻了！他们看到我们新的参赛名单，竟然也和我们一样，把原来那4个人全都换下去了！现在离比赛开始刚好还有30分钟！"

段雪曦脸色一变："岂有此理！原来他们一直在盯着我们！连战略战术也要学我们！都打算在下午进行决战！"

文君华笑了笑，说道："不要紧的！即便他们看到我们新的参赛名单，想通了其中的道理，恐怕也为时已晚了！临阵换将历来都是兵家大忌，在规则允许前的最后时刻被换上去的人，可以想象他们在身体和思想上的准备该有多糟糕！而张浩凯他们几个早就是摩拳擦掌、跃跃欲试了！本来是打算让他们占个小便宜的，现在看来，连这个小便宜他们也未必能占到！"

11：30，上午 4×400 米的比赛全部结束，两位解说评论员也进行了上午的最后一次评论解说：

“小光，你有没有这样的感觉，上午高中部的 4×400 米是一场很奇怪的比赛！团体总分暂列前三的高三（五）班、高二（七）班和高二（四）班竟然全都实施了大换人，雪藏了自己的全部主力！”

“的确是这样的，但稍微不同的是，高二（四）班是在比赛前一个小时就早早确定了相应的换人策略，而高三（五）班和高二（七）班是在开赛前 30 分钟才进行的换人。”

“小光，你能把你的想法给我们做一个详细的说明吗？”

“好的，没问题！我认为 3 个队虽然都进行了大换人、大调整，但其中蕴含的战术素养却是有很大区别的。高二（四）班明显是有备而来，让 4 个主力养精蓄锐，确保下午两个项目的比赛成绩。而高三（五）班和高二（七）班是在距开赛还有 30 分钟的情况下才开始进行换人参赛的准备，从人选到赛前动员，各项准备工作都太过于仓促！所以，我认为这两种换人行为是存在本质区别的！”

“嗯，我完全同意你的分析和见解！事实上最后的比赛成绩也完全能够印证你刚才的分析！高二（四）班最后取得了男子第四名和女子第六名这样一个比较不错的成绩，高二（七）班获得了男子第七名和女子第五名，也获得了相应的积分；而高三（五）班的成绩就太差了，一个第九，一个十二，连积分都没有！”

“通过这一个项目的角逐，我们看到积分排名情况也随之发生了变化，高二（四）班从第三升到了第一，高二（七）班仍然排在第二，而高三（五）班则从第一跌到了第三，这可是一个很沉重的打击！”

“但不管怎么说，下午还有 4×200 米和 4×100 米两个项目的比赛，之前被 3 个队雪藏的主力队员也肯定将悉数登场，

3 个队将展开最后的抢分争夺，为最终的团体冠军而努力！”

“是的，让我们期待下午更精彩的比赛！一起迎接冠军团队的产生！”

下午 15：00，初中部的比赛还在进行中，但两个解说评论员的心思，却似乎早已飞到了半个小时后才开始的高中部的比赛：

“小庄，你看啊，由于在上午的比赛过后，初三（一）班和初三（九）班已经提前锁定了初中部的团体冠亚军，剩下的只有初三（六）班、初二（三）班和初二（六）班还有争取团体季军的可能性，所以下午初中部的比赛虽然也很精彩，但总显得有些悬念不足！”

“对，小光，我也有这种感觉。我估计现场的观众也在期待即将到来的高中部的最后决战吧！”

“小庄，你认为在接下来的比赛当中，目前积分榜上的前三强还会进行参赛阵容上的变化吗？”

“我认为不会了！接下来就应该是精英尽出，做最后一搏的时候了！现在前三强都具备夺冠的实力和可能性，这也使得决赛充满了各种变数和悬念！让我们静静地等待吧！”

此时，文君华也正站在看台上，一边注视着跑道上的运动员，一边思索着什么。

文君华转头对身边的雷文静问道：“文静，他们几个都下去了吗？”

雷文静说道：“都下去了，在草坪那边做准备活动呢。”

文君华又问道：“那你知道……他们几个的交接棒顺序是怎么样的吗？”

雷文静说道：“我听他们商量过，男生那边第一棒到第四棒是王亚超、郑豪、叶嘉伟和郭晨阳，女生那边是余艳萍、周敏、阿雪和高晓洁。”

文君华一边思索一边自语道：“原来他们是这么考虑的……”

15：30，高中部女子4×200米决赛即将开始，两个解说评论员也开始变得兴奋起来：

“高中部的接力比赛马上就要开始了，我们也拿到了八支参赛队最终确定的上场名单，我们看到，被前三强雪藏的12名主力队员，都将登场亮相！”

“特别值得一提的是，高三（五）班、高二（四）班和高二（七）班都拥有男女各两名，共四名校田径队的队员，在实力对比上可谓是不相上下！而且这12名田径队的队员，已几乎占到校田径队的半壁江山！这是真正的巅峰对决！我们可以想象，接下来的比赛将会是多么激烈！”

“小光，我还特意看了一下前三强从第一棒到第四棒的排位顺序，发现了一个很有趣的现象，那就是高二（四）班和高三（五）班把两名田径队的队员排在了第一棒和第四棒，而高二（七）班则是把这两个人排在了第二棒和第四棒！小光，你认为这两种排位策略，哪一种更好一点呢？”

“我觉得这两种排位策略谈不上谁优谁劣，只是侧重点有所不同，更重要的还是临场的发挥和4棒之间的衔接……”

这时，只听一声枪响，比赛开始了！

看台上的观众呐喊了起来！整个赛场跳跃了起来！两个解说评论员也激动了起来：

“观众朋友们，高中部女子4×200米的比赛开始了！我们一起来关注比赛的进程！”

“高二（四）班和高三（五）班的第一棒分别是田径队的余艳萍和王颖，她们已经逐渐甩开了其他的竞争对手！”

“快进入交接区了，从我们主席台的位置看过去，余艳萍和王颖已经领先其他对手足有3米的距离。这就是实力的体现！”

“八支参赛队伍陆续完成了交接棒，都没有出现纰漏！高二（七）班的第二棒是田径队的陈虹，她能够弥补前面第一棒产生的差距吗?”

看台上高二（四）班的学生们大声地叫着：“周敏！加油!”

“周敏！顶住!”

……

“我们看到随着比赛的进行，陈虹在逐渐缩短和前两名之间的差距！已经不到1米了!”

“进入交接区，陈虹已经追平了前两名！开始交接棒了……哎呀！有人掉棒了！小庄，你看清楚是哪支参赛队了吗?”

“是高二（四）班的交接棒出了问题！接力棒掉下来，砸在第三个接棒队员的脚后跟上，滚到了一边！这是致命的失误啊!”

“短跑接力比赛最忌讳的就是掉棒！据国外专家的研究统计，每掉一次棒就会被对手甩开3～5米的距离！这次失误是对高二（四）班的一次沉重打击!”

看台上高二（四）班的学生们发出阵阵的惊呼：

“糟了！我们掉棒了!”

“好像是阿雪没接稳……”

“我觉得是周敏没交好……”

“好了！别说了！她们会追回来的!”

……

两名解说评论员在继续着紧张的解说：

“掉棒之后，原本和高二（七）班并驾齐驱的高二（四）班，已经落后了差不多3米的距离！不过高二（四）班第三棒的这个队员速度也很快，她在拼命地追赶!”

“马上进入第四棒的交接区了，高二（四）班已经把差距缩小到了两米！不能再出问题了，否则就会掉出前三！”

“很好，交接棒很顺利！各队进行最后一棒的角逐！高三（五）班落到了第三！”

“最后一棒是高二（七）班的赵欣、高二（四）班的高晓洁和高三（五）班的刘萌这 3 个田径队队员之间的较量！刘萌被逐渐甩到了后面，高晓洁在拼命地追赶前面 2 米处的赵欣！”

“进入直道了！还剩最后 50 米！好像差距在缩小，不到两米了！”

“接近冲线了！高晓洁距赵欣还有 1 米的差距！赵欣也在拼命地加速冲刺！”

“冲过终点了！高二（七）班的赵欣终于守住了一米的优势，第一个冲过终点！高二（四）班获得了亚军！高三（五）班获得了季军！”

文君华一直手握拳头观看着比赛，队员们冲过终点线才松了一口气，这时才发现自己手心里全是汗。不容他多想，几分钟后，高中部男子 4 × 200 米的参赛队员们也已经站在了跑道上。

“一声枪响，男子组 4 ×200 米的比赛开始了！和女子组一样，高二（四）班和高三（五）班采用的是一、四强位，高二（七）班采用的是二、四强位！

“第一棒是高二（四）班的王亚超和高三（五）班的张若凡之间的竞争！在校队里面王亚超的 200 米就是相当不错的！才过 50 米他就取得了明显的优势！”

“过 100 米了！王亚超的速度丝毫不减！他在快步向交接区靠近，领先暂处第二的张若凡至少两米！高二（七）班的队员离他至少有 3 ~4 米！”

“交棒成功！高二（四）班的第二棒队员速度也很快，他在以近乎百米冲刺的速度向前跑着！和女子组一样，高二

(四）班取得了一个梦幻般的开局!”

王亚超在后面看着疯狂冲刺的郑豪，忽然想到了什么，跑进草坪对着郑豪大喊道：“郑豪！稳着点儿！别冲那么狠!”

“高二（七）班第二棒是校田径队的刘焕杰，他在努力地追赶前面的领先者！不过已经过了七八十米，刘焕杰好像并没有占到什么便宜!”

“过 100 米，进入后半程了！欸，怎么回事？领先者的速度明显慢了下来！是体能出现问题了吗?”

“肯定是体能出了问题！看来高二（四）班在这个比赛细节上没有做好准备！200 米虽然也是短跑项目，但没有经过专业训练的人，如果在前面 100 米一直保持高速冲刺的状态，到后半程就会出现体能明显下降，甚至是急剧下降的现象!”

“的确是这样的！我们身在主席台，都能感觉到他的呼吸很急促，身体很疲劳！跑得非常艰难!”

“这时候刘焕杰的优势体现出来了！他的体能和速度完全没有问题，他大步流星地追了上来！还在实施反超!”

“终于到交接区了！刘焕杰全程反超了对方 5 米！以领先两米的优势完成了交接棒!”

“进入第三棒的比拼！高二（四）班成了追赶者！高三（五）班暂处第三!”

“高二（四）班第三棒的队员在全力追赶，他想要夺回失去的优势！很成功！他已经追上高三（五）班的第三棒了!”

“有 120 米了，高二（四）班重新夺回了第一！最后 50 米……哎呀！相同的问题又出现了！高二（四）班第三棒的队员又慢了下来!”

“还是体能的问题！为了夺回第一的位置，他在前半程消耗太多！高二（七）班的队员似乎是有备而来，在后半程才开始全力冲刺!”

“在最后 50 米上演了相同的一幕！高二（七）班又重新

占据了优势！反超了！进入交接区！差不多还是有两米的优势！”

“最后一棒开始了！这是高二（四）班的郭晨阳、高二（七）班的石晓东、高三（五）班的姜松这3个人之间的竞争！”

“石晓东冲在最前面！郭晨阳第二，姜松第三！3个人之间都间隔有两米的距离！”

“进入直道了！最后50米冲刺！3个人之间的差距还是没有发生变化！”

“3名队员都在全力冲刺！30米！20米！10米！石晓东带着两米的优势冲过了终点！高二（七）班获得冠军！高二（四）班获得了亚军！高三（五）班还是季军！”

“太精彩了！完全没想到男女组4×200米的最后名次，竟然完全一样！”

“好的，观众朋友们，30分钟的休息时间后，我们再来观看高中部最后一个比赛项目，男女4×100米的决赛，30分钟后见！”

第十七章 我们是冠军（下）

8个队员垂头丧气地走上看台，文君华招呼着学生们："大家快给他们让几个座位出来！"

学生们一边让出了座位，一边热情地将一瓶瓶饮料递了过去。

8个队员手拿着饮料瓶坐在座位上，低头看着脚下的地面，沉默着一语不发。

文君华笑了笑，说道："你们都怎么了？不知道的还以为你们没进决赛呢！两个亚军的成绩也不错嘛！"

8个队员还是沉默着没说话。两行热泪从周敏的眼睛里滚落而出："都是我的错……我听见解说员在说陈虹追上来了，我心里很着急，阿雪还没拿好接力棒，我就松手了……"

段雪曦也流下了眼泪："不怪你！我也有责任！我还没拿稳接力棒，就开始往前冲了！所以才……"

郑豪狠狠地拍了一下自己的大腿："我跟周敏差不多！我一心想保住亚超前面的优势，就拼命地往前冲！过了100米我就冲不起来了……"

叶嘉伟长叹了一口气："我还不是一样，就想把那两米追回来，一着急就把亚超的话全忘了！"

文君华说道："你们没有相互指责，这一点我很高兴，这才是一个团队的样子！从结果来看，我们是先赢后输，输在什么地方，我相信你们自己也应该很清楚了！"

文君华扫视了一下8个队员，接着说道："从整体实力上看，我们并不比七班差，说不定还略强一点！这是全场观众有目共睹的！在具体的排位上，我们采用的是一、四强位，七班采用的是二、四强位，我认为这个也没有什么大的问题，事实上也的确起到了先声夺人的作用，只是在局部的细节上，比如中间的衔接和体能的分配上，我们还没有做到完美。"

段雪曦抹去了泪痕，问道："文老师，你认为我们应该进行什么样的调整吗？"

文君华说道："我们不需要什么大的调整，只做一点小的微调。女生这边，周敏和余艳萍互换位置，男生这边，郑豪和王亚超互换位置，余艳萍和王亚超在第二棒要起到衔接和承上启下的作用。郑豪和叶嘉伟在前100米的实力是足够强的，只要我们不出现大的失误，凭你们8个人的实力，没有哪支队能轻易赢得了你们！"

彭珊珊在一旁挽着段雪曦的胳膊，说道："文老师说得对啊！我们出现这么大的失误，也拿了两个亚军，要是没有失误的话，冠军就一定是我们的！"

一直没说话的郭晨阳突然冒出一句："亚超，咱俩换一下吧，你……去跑最后一棒！"

王亚超吓了一跳："不会吧！我跑最后一棒？全校都知道七班是石晓东跑最后一棒，我不是怕他，如果是200米绝对没问题！但要是100米的话，我去扛石晓东，这保险系数不大啊！"

文君华见郭晨阳手中的饮料还一直没动过，伸手拿过饮料瓶，拧开盖子，一只手递给郭晨阳，另一只手拍了拍郭晨阳的肩膀，说道："你虽然一直没说话，可我知道你心里在想什么！你和他们一样，很想为班里夺得冠军，获得荣誉，你特别想打败石晓东！但在众目睽睽之下获胜的却是他……

"我知道你现在心里特别难受，在接力项目跑最后一棒的压力也特别大，可你知道吗？接力项目的最后一棒好比足球比赛里面，点球决战的最后一个出场队员，那是高手中的高手，强者中的强者！那是一种高度的信任和无上的荣耀！而郭晨阳你，现在就拥有这种信任和荣耀！

“只有跑最后一棒的人，才能在全场观众山呼海啸般的欢呼声里面冲过终点线，和胜利女神握手！郭晨阳，这个机会是留给你的，打起精神来，去战胜石晓东！去迎接胜利女神的拥抱！”

郭晨阳缓缓抬起头，眼里终于闪现出了一丝火花和希望。

这时，体育场的喇叭里又传出了两个解说评论员的声音：“观众朋友们，在运动员休息的这段时间里面，我们对前三强的积分情况又进行了一次计算。”

“目前团体总分暂列第一的是高二（七）班，高二（四）班排在第二，排在第三的是高三（五）班。”

“从积分上我们可以看出，理论上这三支参赛队都还有夺取团体冠军的机会，但在夺冠的难度和概率上却有很大的不同。”

“高三（五）班要想夺得团体冠军，不但自己要取得最后两项 4×100 米的单项第一，并且还要让高二（四）班和高二（七）班双双跌出前三才能实现！我们不得不说这种可能性实在太小了！从这个角度不难看出，高三（五）班夺取团体冠军只存在理论上的可能性！”

“而另外两支参赛队的夺冠形势则相对要乐观一些。高二（四）班只要获得 4×100 米的两项第一，不管对手的成绩如何，就将获得团体总分的冠军。而高二（七）班只要拿到一个第一，另外一项只要冲进前三，就是团体冠军！由此可见，高二（七）班的夺冠概率是最大的！”

文君华用力拍了拍掌，说道：“站起来！大家都站起来！”

8 个队员在文君华面前站成了一排，文君华看着队员们的脸，大声说道："你们都听见了吧？这就是现在的形势，团体冠军究竟花落谁家还是一个未知数，笑到最后的才是真正的胜利者！主动权还在我们自己手里！你们 8 个就是我们高二（四）班的最强阵容，你们的实力足以同任何一支队伍相抗衡！相信自己就是一个强者！"

文君华依次拍了拍队员们的肩膀，依旧大声说道："5 分钟之后到场地里面开始热身活动，勇敢地面对困难！勇敢地面对你的竞争对手！在你的对手面前去喊、去唱、去笑！看着他的眼睛，告诉他，我们又回来了！冠军是我们的！把所有的恐惧和压力都扔给对手！明白了吗！"

文君华的一番话让队员们不禁热血沸腾：

"明白了！我们是真正的强者！"

"他们赢不了我们的！加油！"

"大家振作起来！最后的胜利是属于我们的！"

……

16：40，高中部 4 × 100 米的决赛即将拉开帷幕，看台上的观众越来越多，整个运动场都充满了决赛开始前的紧张气氛。

"观众朋友们，本届校运会的最后一个比赛项目 4 × 100 米接力，即将开始！我们看到八支参赛队的运动员都已经站在了赛道上，进行着最后的调整和准备，首先进行的还是女子 4 × 100 米的比赛。"

"小庄，我观察了一下前三强的站位顺序，高三（五）班和高二（七）班仍然沿用了一、四强位和二、四强位，而高二（四）班则进行了调整，我看到余艳萍站在了第二棒的位置，和原来的第二棒进行了位置的互换，也就是说高二（四）班也采用了二、四强位的站位策略！"

"对，没错！这样一来高二（四）班和高二（七）班在 4 个位置上的实力分配，就完全对上了号！这样的竞争让人产生无限的遐想……”

“枪响了！比赛开始了！运动员们像离弦之箭一样冲了出去！”

“没有犹豫！没有保留！100 米只有全力地冲刺！只有疯狂地冲刺！”

“高二（四）班和高二（七）班很接近！高三（五）班的王颖只领先了不到两米！”

“100 米的距离实在太短了！转眼就到了交接区！交接棒都很顺利！”

“第二棒是余艳萍和陈虹之间的比拼！两个人都已经赶上了高三（五）班！”

“进入第三棒了！前三强仿佛一瞬间又站到了同一条起跑线上！这是关键的一棒！要为最后一棒的冲刺打下基础！”

“目测是高二（四）班和高二（七）班最先进入交接区！高三（五）班掉到了第三！但是差距并不大！”

“最后一个弯道！差距还是没变！”

“终于进入直道了！全场都在尖叫呐喊！高二（四）班的高晓洁冲在最前面！她只领先后面高二（七）班的赵欣不到 1 米！只有 1 个身位！”

“高三（五）班的刘萌在拼命地追赶！高晓洁后半程的优势在开始显现！她也在发力冲刺！优势扩大了！甩开赵欣超过 1 米了！”

“高晓洁带着 1 米的优势冲过了终点线！高二（四）班获得了女子 4×100 米的冠军！高二（七）班获得亚军！高三（五）班获得第三！”

看台上高二（四）班所在的区域一片欢腾，文君华深深地呼出一口气，闭上了眼睛。

“4×100 米的确要比 4×200 米紧张、激烈得多啊！看来没有失误的高二（四）班，实力确实是很强大！”

“没错！他们在排位顺序上的调整也收到了很好的效果……现在男子组的参赛队员也已经站在了跑道上，小庄，你看！王亚超站在了第二棒的位置！和之前一样，高二（四）班将男子组的站位也改成了二、四强位！”

“站位上一个小的调整标志着战术上的一个大的改变！高二（四）班的战术调整的确是收到了奇效，它确保了中间环节衔接上的稳定性和流畅性！”

“另外，在女子组 4×100 米的比赛结束之后，最新的积分结果显示，高三（五）班已经退出了争夺团体冠军的行列，最后一项比赛只能是为荣誉而战！而对于高二（四）班和高二（七）班来说，谁能夺得男子组 4×100 米的第一，谁就是本届校运会的团体冠军！”

“小光，如果你是其中的参赛队员，你更愿意选择加入哪支队呢？”

“如果让我选的话，我肯定会选择加入高二（四）班这支队！因为从比赛态势上来说，目前高二（四）班是处于追赶者的位置，而高二（七）班是处于一个被追赶的位置！两者相比较，追赶者肯定比被追赶者拥有更积极的心态！”

“感谢上帝！终于把本届校运会最大的悬念留到了最后的时刻！”

已经结束比赛的女队员们都站在中间的草坪上，关注着男子组的比赛，高晓洁啪啪地拍着手掌，对着郭晨阳大声喊道：“郭晨阳！把冠军拿回来！看你们的了！”

郭晨阳挥舞了一下手臂，大声回应道：“放心吧！看我们的！”

“枪声响了！比赛开始了！1 分钟后我们就将迎来本届校运会高中部的团体总分冠军！”

“男子组比赛的速度更快！我们甚至还没看清各队之间的差距，就已经到了第二棒的交接区！”

“第二棒是王亚超和刘焕杰之间的对抗！真的是难分上下！进入交接区了，好像是高二（四）班处于领先地位！”

“第三棒开始了！最后一次，也是关键的承上启下！高二四班的优势在逐渐明朗化！高三五班跑得缺乏信心，一直都处于落后的位置！”

“很顺利的交接棒！接力棒已经交到了郭晨阳和石晓东的手里面！”

“这是郭晨阳和石晓东在本届校运会的终极对抗！让我们高呼呐喊吧！”

“高二（四）班在前面三棒打下的基础太好了！进入直道我们看得很清楚！郭晨阳领先石晓东足有两米！他们在疯狂地冲刺！整个赛场似乎只剩下他们两个人的身影！”

“加速！加速！差距还在拉大！郭晨阳把优势扩大到了3米！”

“不可逆转了！100米当中3米就是一道不可逾越的鸿沟！冲线了！郭晨阳带着巨大的优势冲过了终点！”

“校运会最后的悬念揭开了！高中部团体总分的冠军就是高二（四）班！”

郭晨阳冲过终点，喘着气转过身，似乎还不敢相信耳朵里听到的消息，直到他看见石晓东恼怒地将接力棒砸在地上，王亚超、高晓洁等人欢呼着向他跑来，才终于露出了久违的笑容。

看台上高二（四）班的学生们欢呼雀跃，好几个人都流下了激动的泪水，文君华向空中挥舞了一下拳头，大声地吼叫了一声：“耶！”

彭珊珊拿着一面硕大的班旗，跑到了看台的第一排，一个老师伸手拦住了她：“同学！非参赛运动员是不能进入赛道的！”

彭珊珊往旁边一闪，躲开了这位老师伸出的手臂，灵巧地跳过护栏，冲进了赛场，欢笑着向郭晨阳等人跑去。

那位老师在彭珊珊身后大叫道：“你是哪个班的？太不像话了！快给我回来！听到没有！”

彭珊珊欢呼着把班旗交到了郭晨阳的手上，郭晨阳和王亚超、叶嘉伟、张浩凯4个人，一人抓着班旗的一个角，把班旗高高地举过头顶，缓缓地绕场慢跑着，接受着全场观众的掌声和欢呼。

“哇！太感人了！这就像是在国际比赛当中，运动员夺得冠军后举着自己国家的国旗，在接受全场观众的欢呼和致敬！”

“的确，这一刻的高二（四）班是无比幸福的！我都好想加入他们的行列，和他们一起分享这胜利的喜悦和幸福的时刻！”

“如果我是高二（四）班的一员，我一定会忍不住大声地欢呼，高二（四）班万岁！因为只有这样，才能表达此刻我激动的心情！”

队员们举着旗跑到了自己班所在的那片看台下，郭晨阳挥舞着手臂，大声吼叫道：“高二（四）班万岁！”

学生们跳跃着，齐声高叫道：“高二（四）班万岁！万岁！”

……

12月5日，初冬的重庆已有了丝丝的寒意。紧张、激烈的校运会虽已结束，但竞争的硝烟却似乎仍没散去。不知从何时起，全校师生们都感觉到，凡是有高二（四）班参与的事情，就会有竞争，就会有新闻。

雷文静拉着段雪曦，一路小跑着来到了明德楼前的公告栏。

公告栏前已围了有二三十人，雷文静和段雪曦拼命挤了进去。

段雪曦怀着忐忑不安的心情从上往下仔细看了起来：

高二年级11月月考班级总分排名：
第一名：高二（一）班
第二名：高二（九）班
第三名：高二（七）班
……
第八名：高二（四）班
……

段雪曦整个人都怔住了，身体不由自主地抖了一下。

雷文静笑着说道："这张榜是30分钟前才贴上去的，我不拉着你来看看，你是肯定不会相信的！怎么样？我没骗你吧！"

段雪曦的眼睛眨也不眨地盯着公告栏，过了好一会儿，才大声叫了起来："还等什么！还不去告诉文老师！"说完飞也似的向高二年级的办公室跑去。

段雪曦冲到文君华的办公桌前，无比激动地说道："文老师！文老师！上个月的月考成绩公布了！我们是第八名！不是倒数第一了！这是真的！文老师，你难道不高兴吗！"

文君华微笑着说道："5分钟之前，杜老师和金老师已经把这个消息告诉我了！所以我才没在你面前跳起来！我当然也和你们一样高兴了！"

段雪曦交叉着十指，放在自己的胸前，掩饰不住内心的激动："太好了……太好了！我们终于摆脱倒数第一了！"

文君华笑着站了起来："雪曦，你先不要这么激动嘛！这只是我们学习互助社取得成效、高二（四）班走向强大的第一步！往后我们还要取得更大的胜利！到时候还不得把你乐死！"

“那你快点告诉我，我们要怎么做才能取得更大的胜利？我都快等不及了！”段雪曦近乎撒娇一样地央求了起来，“还有呢，上个月我们拿了校运会的团体冠军，加上这次的月考，整个11月我们可是双喜临门！怎么说也得庆祝一下吧！”

文君华笑着说道：“没问题！我们不光是要庆祝，还要鼓励和犒赏！走，我们去量一量教室那几面墙的尺寸，关于下一步的计划和打算，我也正想和你商量商量呢！”

文君华和段雪曦有说有笑地走出了教室，赵杏芳的一张脸却已是阴云密布，两个人刚一走，便忍不住嚷开了：“不就是个第八名吗？说穿了就是个倒数第三！高兴个啥呀……”

丁伯中开口说道：“赵老师，话不是你这么说的！文老师接手四班才3个月的时间，能有这样的成绩和进步，已经是难能可贵了！以前的四班是个啥样儿？和现在一比，真是有天壤之别！我早就说过，我是看好文老师的！”

赵杏芳不满地说道：“你是不是想说，上个月的校运会他们还拿了个第一啊？那完全就是……”

丁伯中立刻打断了她：“我也知道你想说什么！你就是想说人家拿了个冠军就是四肢发达头脑简单嘛！赵老师，摸着良心说，校运会最后那个接力赛要是你们赢了，你们就是团体冠军了，你还会说四肢发达头脑简单这种话吗？”

“你……”赵杏芳很想反驳，却一时又找不到合适的话语，“好了好了！我不跟你说了！我还有事儿呢！”说完气冲冲地走出了办公室。

看着赵杏芳走了出去，杜云涛也开了口：“赵老师也实在是太小心眼儿了！校运会他们七班好歹也是团体亚军嘛，学习成绩也一直压着四班，人家刚一进步，她就受不了了！”

金昱琳摇了摇头，说道：“她是感受到了竞争的压力和威胁，所以才这么心烦意乱！我看要是四班哪天彻底超过了他们，赵老师不发疯才怪！”

第十八章 英雄榜

12 月 6 日上午 9：00，高二（四）班上午的第一节语文课，文君华亲手揭下了钉在墙上的那张硕大的红布，一块制作精美的“2015 级四班英雄榜”出现在了学生们的面前。

“哇！太漂亮了！”

“这张英雄榜真是霸气十足啊！”

学生们一边看着，一边发出由衷的赞叹。

文君华微笑着说道：“大家看到了吧，这是我们高二（四）班的第一张英雄榜！上面有我们新选出的班委会候选成员，还有近期考试成绩的统计。这张英雄榜既是我们学习互助社运作成效的体现，也是大家刻苦努力学习的丰收成果！”

学生们都认真地听着，文君华继续说道：“首先，我们来看看几位班委会的候选成员。郭晨阳同学在上个月的校运会里面表现优异，他不但是校田径队的主力队员，同时在校运会的最后一项比赛中一锤定音，为我们夺取团体冠军立下了汗马功劳！因此，我提议由郭晨阳担任我们高二（四）班的体育委员，大家觉得怎么样？”

“同意！”

“我们同意！”

学生们齐声赞同。

郭晨阳却显得有些不好意思：“这……这有什么嘛！应……应该做的嘛！大家都有功劳！”

高晓洁大笑着说道："郭晨阳，别扭扭捏捏的！像个女生一样！"

文君华也笑着说道："郭晨阳，你可是众望所归，就别不好意思了！我相信你一定能当好这个体育委员的！"

文君华微笑着把目光转到了彭珊珊的脸上："接下来我要推出美丽、热情、大方的彭珊珊同学！她具有十年的艺术功底，可谓是能歌善舞，多才多艺！我相信，由她来担任我们的文娱委员是最合适不过了！"

"说得对！珊珊最合适了！"

……

学生们大声地赞同、附和着。

彭珊珊笑容满面地站起来，做了一个优美、潇洒的致谢动作："谢谢你们的支持！珊珊一定不会辜负大家的期望！谢谢！"

学生们都笑着鼓起了掌，掌声停下后，文君华又接着说道："我们推出的第三位班委会成员是学习委员，说到这儿，就不得不提到我们近期的学习考试情况。在最近两个月的学习当中，通过我们历次内部竞赛测验以及10月、11月的月考，我们高二（四）班已经涌现出了几位学霸级的人物！

"首先就是我们的班长段雪曦同学，她在我们班已经连续7次获得了总分第一！在10月和11月的月考中也连续两次闯进了年级前50名！是高二（四）班当之无愧的学习第一！如果说由段雪曦同学来担任我们的学习委员，我想这应该是毫无异议的！

"但是我们必须要考虑到，段雪曦同学已经身兼班长和学习互助社社长两项职务，如果再加上学习委员的担子，我是真不忍心把我们可爱、美丽的班长累垮了！"

段雪曦红着脸，带着幸福和羞涩的表情看着文君华，文君华又接着说道："在这里，我要提到另外一位同学——韩耀林！因为在我们的班长连续7次总分第一的背后，韩耀林同学也已经是连续第7次总分第二名了！大家一定会想，这就是一个充满遗憾和委屈的、千年老二的成绩啊！可我们必须要承认，如果没有坚持不懈的努力，要想连续7次夺得亚军也是不可能的！这本身就是稳定和实力的另一种体现！别忘了，韩耀林同学在10月和11月的两次月考中，也已经连续两次闯进了年级排名的前100名！因此，我提议由韩耀林同学担任我们的学习委员，大家觉得怎么样！”

段雪曦鼓着掌对韩耀林说道：“韩耀林，我相信你！你一定行的！”

“同意！同意！”

……

学生们都表示了赞同。

韩耀林站起身，腼腆地说道：“谢谢大家！谢谢大家！我会争取做到最好的……”

文君华继续说道：“另外就是我们的张文慧和雷文静同学。张文慧同学在英语这一科目上面有着非同一般的实力，她也连续7次获得了英语考试的第一名！其中10月英语月考年级第三，11月英语月考年级第一！按照我们内部竞赛测验定下的规则，段雪曦和张文慧同学已经永久性地获得了相应的荣誉称号！我们对此表示祝贺！”

教室里响起了热烈的掌声，张文慧也激动得几乎流下了眼泪。

文君华继续说道：“雷文静同学虽然还没有获得相应的荣誉称号，但她在语文这一科目上也已经累计获得了4次第一名，正在逐渐向自己的目标靠近。我今天要告诉大家的是，雷文静同学的最新散文《生命是什么》，已经被杂志社采用，刊登在已经出版的最新一期的《青年文摘》上！”

“哇！文静，你太厉害了！”

“文静，你以后要当作家了！”

……

段雪曦起身说道：“我提议，为了向雷文静同学表示祝贺，同时也更好地向她学习，我们每个人都去买一本刊载有文静大作的《青年文摘》，好不好！”

“好好！都去买！都去买！”

……

学生们齐声附和道。

文君华微笑着说道：“我们不光是自己要买，我还打算一次性买上几百本，让文静在上面签上名字，我们在校园里面进行分发，为文静打开知名度！让大家都知道，我们高二（四）班出了个作家！”

“太好了！文静，我一定帮你把杂志分发完！”

“还有我！我一定要帮你好好宣传！”

……

雷文静已经激动得哭了起来：“谢谢你们！谢谢你们……文老师，如果没有你的修改和帮助，我知道……我的这篇散文是不会成功发表的……”

叶嘉伟忽然长叹了一口气，对着韩耀林说道：“韩耀林，你这个千年老二虽然是有些委屈和遗憾，但你输给班长，那也是虽败犹荣啊！和我比起来，你还不算最倒霉的！”

韩耀林愣了一下，问道：“你这个……和我有关系吗？”

叶嘉伟说道：“当然和你有关系了！我物理连拿了 3 次第一，第 4 次就被你挡住了！化学已经连拿 4 次第一了，第 5 次又被你搅和了！”

韩耀林想了想，说道：“好像是这样……你还可以争取拿到 5 次嘛……”

叶嘉伟一听大叫了起来：“你让我连赢 5 次，直接拿个荣誉称号要死啊！你小子存心要坏我的好事，是不是？”

学生们都笑了起来，文君华也忍不住笑出了声……

晚上21：00，重庆的冬夜依旧是那么湿冷，文君华打开了取暖器，坐在书桌前认真地思考着高二（四）班下一步的学习提振计划。

刚在笔记本上写下两段话，门外忽然响起了轻轻的敲门声，文君华打开门，苏佳芮正背负着双手，笑容满面地站在门口。

文君华惊喜地说道："佳芮，是你！什么时候回来的？"

苏佳芮微笑着说道："今天下午刚回来，就赶着和你庆祝来了！"

文君华问道："庆祝？你是说……校运会的事？"

苏佳芮说道："还有你们班月考第八的事！我一回来就听说了！你现在可是双喜临门，怎么能不庆祝一下！还不请我进去？"

文君华笑着说道："当然要请你进来！不过，得先让我看看你手里拿的什么？"

苏佳芮从身后同时伸出了双手：左手拿着两个红酒杯子，右手提着一瓶红酒。苏佳芮把两样东西举到文君华胸前，笑着说道："看吧，我连东西都准备好了！"

文君华和苏佳芮坐到了餐桌旁，苏佳芮说道："君成，其实校运会结束那天我就想来找你的，可那天下午接到我妈的电话，说我爸病重住进了医院，所以我才急着向学校请了半个月的假，飞回去照顾我爸。"

文君华说道："当然是照顾你爸要紧了，其实那天晚上我已经和学生们出去庆祝过了，玩得可开心了……你爸现在怎么样了？"

苏佳芮说道："现在好多了，医生说再过半个月就可以出院了，所以我才能回来。"

苏佳芮微笑着看着文君华，柔声说道："君成，我越来越感觉到你的与众不同！就像古语说的，举世皆浊我独清，众人皆醉我独醒！"

文君华一听，不禁哑然失笑："我哪有什么与众不同！还不是和其他老师一样，该上课就上课，该休息就休息……"

苏佳芮说道："我说的当然不是这些！我是指你的思维、理念、方法，还有你的才华！"

文君华冲着苏佳芮眨了眨眼睛，说道："怎么，你也看出我有才华了？"

苏佳芮伸出左手，放到了文君华的手背上："一个有才华的人是随时都可能发光和闪耀的！3 个月前的高二（四）班还是一个谁都不肯接手的烂班，可自从有了你，一切都不一样了！不光是其他老师说过，我自己也能感觉到这些学生的朝气、活力、冲劲儿和强烈的进取意识！这些巨大的变化和飞跃都是和你的教学理念、教学方法密不可分的！君成，你就是一个化腐朽为神奇的人！"

文君华也将自己的手放在了苏佳芮的手背上："佳芮，谢谢你对我的赞美和认可！其实，我只是做了一些基础性的工作。或许在别人的眼里，高二（四）班的学生厌学、偏科、违反纪律、不求上进；但在我看来，这些学生能力特长突出，有思维、有想法，而且敢想敢做！

"我要做的就是增强他们的自信，调动他们的积极性，激发他们的竞争意识，充分挖掘他们的潜力！使他们变被动学习为主动学习！所以，大家才能看到一个脱胎换骨、随时都有可能爆发的高二（四）班！"

苏佳芮的眼里充满了钦佩和爱意："君成，我到三十六中已经 4 年了，在这 4 年里面，我也见到过几个有理想、有抱负、有想法的年轻老师，他们也想在一个新的环境里面大展拳脚，好好干一番事业。可随着时间的流逝，他们的棱角却逐渐被磨平，他们也渐渐地在这个僵化的、一成不变的体制和环境里面被影响和同化，什么理想、创新都消失殆尽、灰飞烟灭了！慢慢地，他们也变得和其他老师一模一样……

“可是，君成，我发现你并没有受到体制和环境的影响！你还是你！你一点都没变！有时候我甚至觉得你不像是一个教育体制里面的人！”

文君华笑了笑，说道：“你说得很对！我认为有时候我们就是要跳到体制以外，站在一个旁观者的角度去观察、审视我们的工作和事业，才能尽可能地做到客观、真实和公正！也只有这样，我们才能摆脱那些固有的条例和框架，摆脱体制、环境带来的束缚和禁锢！我们才能更好地发现问题和解决问题！”

苏佳芮高兴地说道：“君成，要是我们学校再多几个像你这样的人就好了！”

文君华用开瓶器打开了红酒瓶，笑了笑说道：“这也未必！如果学校里面真有三五个像我这样的人，那很多老师、还有校领导恐怕就睡不好觉了！”

苏佳芮奇怪地问道：“为什么呢？难道……他们还会防着你？”

文君华说道：“你有空仔细想想就明白了……”

这时，门外忽然又响起了轻轻的敲门声。

文君华放下酒瓶，一下想起了什么：“一定是雪曦来了！”

苏佳芮吃惊地睁大了眼睛：“段雪曦？你把学生……叫到宿舍来！”

文君华说道：“我没叫她来，是雪曦下午跟我说，晚自习结束以后想跟我讨论一下下学期的学习加强计划，我差点儿都忘了！”

文君华边说边走向门，苏佳芮略微一思考，趁文君华背对自己开门的时候，闪身进了文君华的卧室。

文君华打开门，段雪曦穿着一件红色的外套站在门外，笑语盈盈地看着自己，文君华也不禁眼前一亮：“雪曦，你……什么时候换的衣服？我记得……你下午穿的好像不是这件？”

段雪曦笑嘻嘻地说道：“我在晚自习之前回家换的！怎么样，文老师，你觉得我这件衣服好看吗？”

“当然好看了！以你的美貌和气质，很多衣服穿在你身上都很好看！可是……你穿这么少不冷吗？快进来！”

段雪曦高兴地说道：“我不冷！只要你觉得好看我就开心了！”

段雪曦走进屋，看到餐桌上的红酒和杯子，禁不住高兴地叫道：“文老师，你知道我要来，还特地准备了红酒！你想得太周到了！”

文君华笑着说道：“你说红酒啊？那个是……”

刚说到这儿，苏佳芮忽然从卧室里走了出来。

段雪曦吓了一跳：“苏老师？你……你也在这儿啊！”

虽然面对的只是一个学生，可看到年轻靓丽的段雪曦，苏佳芮竟也有了一丝局促不安：“我……我只是……随便来坐坐……”

段雪曦轻声地应了一句：“哦……是这样啊……”

文君华笑着对两个人说道：“你们都坐啊！站着干什么？”

段雪曦从书包里拿出了两页纸：“文老师，这是我写的关于下学期的学习加强计划，你看看我写得怎么样？”

文君华微笑着接过了段雪曦手中的东西：“好啊！我一定好好看看！不过我知道你一定写得很不错！因为我清楚你的水平！”

苏佳芮见文君华在认真地阅读着段雪曦带来的方案计划，只得轻声说道：“君成，要不……你们先聊吧！我先回去了！”

文君华抬起头说道：“那……好吧！我是得看看雪曦写的东西……我送你回去吧！”

苏佳芮淡淡地笑了笑，摆摆手说道：“不用了！这么近，我自己回去就行了。”

苏佳芮离开了，文君华关上门刚一转身，就看见段雪曦正带着兴奋和期盼的眼神看着自己，而桌上的那两个红酒杯竟已被段雪曦倒上了三分之一的红酒！

文君华愣了一下，段雪曦却已将两个杯子拿在手中，将其中一杯酒递了过来：“文老师，我敬你一杯！我只想说，能和你相遇是我这辈子最大的幸运！感谢你对我们的付出，才让我们高二（四）班得以重生！相信在你的带领下，我们会越来越强大！干杯！”

文君华略有些迟疑：“雪曦，你还是个学生，这酒……”

段雪曦撒娇似的叫了起来：“哎呀！这都什么年代了！亲朋好友聚会还有同学聚会，哪有不喝酒的嘛！况且还是这么一点点！我都快成年了，你不会不接受我的诚意吧？”

文君华想了一下，拿过段雪曦的酒杯，将杯子里的酒倒了一半在自己的杯子里，才又递还给了段雪曦：“好吧，我接受你的诚意！但我必须得控制你的酒量！你毕竟还是学生！”

段雪曦高兴地将酒一饮而尽，文君华又拿过红酒瓶，在两个杯子里倒上了一些酒，说道：“雪曦，我也敬你一杯！能有你这么优秀的学生，也是我的荣幸！如果没有你的付出和对我的支持，也不会有现在的高二（四）班！你是我最贴心的好助手！”

段雪曦有些喜不自禁：“文老师，你……说的是真的吗？”

文君华坦诚地说道：“当然是真的！很多时候，你都知道我在想什么，在很多事情上我们都能想到一块儿！我以前一直都有助手的，但和你一比较，我才发现，你才是最优秀的！”

段雪曦兴奋地喝下酒，几乎是颤抖着在说道：“文老师，我永远都会记住你对我的赞扬和鼓励！我一定会更加努力，让我们班变得更强大！对了，文老师，你觉得我那个方案计划写得怎么样？”

文君华说道：“写得不错！很有建设性！我这儿刚好也有一个想法要和你探讨一下，不过我这个想法有些大胆，要有你们的支持才能实行。”

段雪曦迫不及待地问道：“那你快说啊！”

文君华说道：“在这之前我想先打听一个事儿，就是我每天上午在去教学楼的路上都会碰到一个女生，披肩长发，瓜子脸，看样子应该是高三的，每次走在路上她都会用英语自言自语……”

段雪曦说道：“我知道你说的是谁了！我认识她，她叫徐美娟，高三（六）班的英语课代表！她妈妈以前就是高中部的英语老师，因为身体有病就提前退休了……”

文君华问道：“那就是说……她的英语水平一定很不错！对吧？”

段雪曦说道：“对啊！她的英语水平在整个高三年级里面都是数一数二的！”

文君华笑了笑，说道：“那就对了！雪曦，我的想法就是——让文慧去挑战徐美娟！”

段雪曦吃了一惊：“挑战徐美娟？怎么个挑战法？”

文君华说道：“用下挑战书的方式来开始！我的想法是，我们除了要做到全班整体推进以外，也要做到重点突出，要有尖子生、有英雄的出现！这也能在很大程度上刺激、带动另外的同学不断前进！不断突破！

“只要徐美娟敢接受挑战，不管最后谁输谁赢，这对于双方来说都是一个极大的促进！”

段雪曦兴奋地拍起了手：“对呀！这个想法太有创意了！这可比一般的英语竞赛要刺激得多！我们什么时候开始筹划这次挑战赛？”

文君华笑了笑，说道：“这只是我的初步想法，具体细节我们另外找个时间再探讨，今天的时间也不早了，雪曦，你得早点回家!”

段雪曦看着文君华，依依不舍地说道：“那好吧，我先回去了……你也早点休息。”

段雪曦刚走到门口，文君华忽然又叫住了她：“雪曦，我们今天喝酒的事儿，你可别告诉任何人!”

段雪曦做了个 OK 的手势，甜蜜地说道：“放心吧！这是我们的小秘密！我死也不会告诉别人的!”

第十九章 英语挑战赛

2014 年 2 月 25 日。

冬去春来，万物复苏，一切都令人充满了欣喜和憧憬，新的一年，新的学期，校园里也出现了令人振奋和期待的新鲜事：高二（四）班的张文慧向高三（六）班的徐美娟正式发出挑战了！她要在英语这一学科上和徐美娟一决高低！

中午 12：40，乔善坤在至善楼的 5 楼和高三年级的几位老师谈完了事情，便信步向楼下走去，准备也去晒一晒这春日的暖阳。

走在楼梯间里，校园里的广播响了起来，不过播放的并不是往日里乔善坤耳熟能详的那些曲子，而是一首让乔善坤感到很陌生的流行歌曲：

人都应该有梦
有梦就别怕痛
有雷声在轰不停
雨泼进眼里看不清
谁急速狂飙
溅我一身的泥泞
……

是谁把原来那些音乐和歌曲都换了？怎么也没人向自己请示和汇报一下？乔善坤边想边走到了至善楼的 4 楼。

刚一来到4楼，便听到自己左手边的走廊里，几个女生在随着广播里的歌曲小声地哼唱着：

我决定我想去哪里
往天堂要跳过地狱
也不恐惧
不逃避
这不是脾气
是所谓志气与勇气
你能推我下悬崖
我能学会飞行
从不听谁的命令
很独立
耳朵用来听自己的心灵
……

乔善坤轻轻皱了皱眉，对着那几个唱歌的女生说道：“同学，中午就抓紧时间休息一下，别在走廊上唱歌了！会影响其他同学休息的！”

几个女生看了看乔善坤，赶紧停下了唱歌，转身进了教室。

乔善坤刚准备下楼，忽然听见右手边的走廊里也有几个学生跟着唱了起来：

淋雨一直走
是一颗宝石就该闪烁
人都应该有梦
Oh
有梦就别怕痛
淋雨一直走

是道阳光就该暖和
人都应该有梦
Oh
有梦就别怕痛
……

乔善坤又招呼道："嘿！你们几个怎么又开始了？这歌有什么好听的？还不快去休息！"

那几个学生冲着乔善坤吐了一下舌头，也转身进了教室。

乔善坤缓步走到3楼，却看到了更令他吃惊的一幕：3楼的走廊里至少有二三十名学生在一起跟唱着广播里的歌曲，有两个女生从一间教室里笑着冲出来，跑过自己面前时，还旁若无人地大声笑谈着：

"咦？今天太阳从西边出来了！居然换歌了！"

"是张韶涵的《淋雨一直走》！我最喜欢的歌！"

"谁不喜欢这首歌啊？她唱的就是我们自己！"

"谢天谢地！总算换歌了！以前的那些歌让人腻死了！"

……

乔善坤生气地招呼道："喂！你们两个说什么呢？"

两个女生远远地跑开了，加入唱歌行列的学生却是越来越多，歌声也越来越大。

乔善坤扭头看了看走廊里众多的学生，发觉要再次制止这些学生的歌唱已几乎变得不可能，只得摇摇头向楼下走去。

走到1楼的时候，乔善坤终于发现，现在已不止是几十名学生在小声地跟唱那么简单，整个至善楼里面完全就像是有一支一百多人的大方队，在进行着整齐而深情的合唱！

乔善坤一边摇头一边叹着气向前走去，猛然抬头看见前方走来两个熟悉的身影，仔细一看竟是陈建怀和文君华。

乔善坤快步向陈建怀和文君华走去，一边走一边抱怨道：

“陈校长，今天不知道是怎么了，也不知道是谁擅自把午间休息的音乐给换了！搞得这些学生像疯了一样地跟着唱！整个教学楼里面都是这样！我马上去明德楼那边看看，彻底调查一下究竟是谁搞的这些事情。”

陈建怀微笑着说道：“不用去了，我和文老师刚从明德楼过来，那些学生兴奋得很啊！听你这么一说，至善楼这边也是一样的嘛！”

乔善坤惊疑地问道：“你们两个……特意去的明德楼？”

陈建怀说道：“是文老师找到我，还跟我打了一个赌，他说只要把午休时间那些老掉牙的音乐换一换，学生们的表现就会大不一样！一开始我还不信，就几首音乐和歌曲，能让人有多大变化？刚才走了一圈儿，才发现真不一样了！这些学生都在那儿唱啊、笑啊……”

乔善坤闷闷地答道：“原来……是这样啊……”

陈建怀越发感慨起来：“看看他们，我就想起我们当年读书的时候，虽然那个时候还没有这么多类型的音乐和歌曲，可我们也曾经年少轻狂过啊！”

文君华说道：“主要还是因为有些歌曲很能够代表和反映学生们的想法和心声，不瞒两位领导，刚才那首歌也是我挑选的！我的目的就是想借此给学校提几个建议。”

陈建怀用手指着文君华，笑着对乔善坤说道：“我就说肯定不止打赌这么简单，一定准备了后招儿！文老师，你有什么想法就说吧！”

文君华说道：“按惯例学校会在5月开展‘红五月’歌咏比赛，可我们都知道，几十年来这种歌咏比赛唱来唱去就那几首歌，学生们根本就没有激情和动力，这种活动每年也只是走一走形式……我的想法就是，能不能把这种单一的集体歌唱活动转变成综合性的文艺晚会！我们每年都可以推出不同的主题，来开展不同形式的文艺汇演！就像刚才那首歌，新的内容、新的主题、新的形式，可以极大地激发学生的创意和热情！”

乔善坤迟疑着说道：“这个嘛……可以考虑，要不，文老师你先做一个策划案来看看……”

乔善坤还没说完，陈建怀就直接表了态：“我看这个建议完全可以采纳！只要是能促进学生精神面貌的改进和良性上升，我们就不要畏首畏尾的！”

说到这儿，陈建怀忽然想到了什么：“欸，乔主任，下个月市教委召开的中学教育理论暨实践交流会，我那篇发言稿准备得怎么样了？”

乔善坤说道：“初稿已经完成，正准备交给你过目呢。”

陈建怀说道：“把刚才文老师的这条建议也给我加上去！改变固有形式，尽力激发学生的积极性和创造性，这也是我们教学形式的一种突破和实践嘛！文老师，你还有什么想法吗？”

文君华说道：“还有就是关于我们班的一些事情，我去年接手高二（四）班的时候，他们的学习底子都比较差，学生普遍缺乏自信心、上进心和对未来的规划，这个班也没有文理科的分班。但经过半年多的努力和磨合，现在各方面的情况都已经大为改观，从去年历次月考和期末考试的排名也能得到体现！”

“所以，我郑重地向学校提出，是否可以考虑高二（四）班文理科分班的事情了？这样也好让学生尽早确定自己今后努力的侧重和方向！”

文君华没想到的是，自己这番话说出口之后，陈建怀不但没有像刚才那样爽快地表态，反而陷入了沉默之中，一旁的乔善坤也露出了些许为难的表情。

文君华看了看两个人，奇怪地问道：“难道学校一直都没有考虑过这件事情？”

乔善坤开口说道："文老师，学校不是没考虑过，前几天陈校长还和我商量过这事儿，我们也有了一些初步的想法和安排，只是还没有拿到学校办公会议上正式进行讨论和表决。"

文君华迫不及待地问道："那乔主任你能告诉我，学校的初步想法和决定是什么吗？"

乔善坤看了看陈建怀，见陈建怀并没有反对的意思，便说道："文老师，你也知道高二（四）班的情况是比较特殊的，如果按照去年学校的想法，再结合往年的惯例，高二（四）班是要被整体淘汰的！"

文君华闻言大吃一惊："什么？整体淘汰！难道学校不让他们读书了！"

乔善坤解释道："我说的整体淘汰不是不让他们读书的意思，是指在他们通过高中会考，取得高中毕业证之后，整体退出明年的高考！"

文君华一听更奇怪了："退出明年的高考？这又是为什么？这样做有什么相关的规定和依据吗？"

乔善坤说道："这倒没有什么规定和依据，只是一种操作的惯例而已……文老师，其实你也应该很清楚，这学校里面总有那么百分之几十的学生是注定考不上大学的！如果不提前做出一部分筛选和淘汰，全都去参加高考，那到时候考不上的还是考不上，参加高考人数的基数又大得不得了，那学校的升学率不就被大大拉低了嘛！"

文君华不由得倒吸一口冷气："原来是考虑到升学比率的问题，所以学校就剥夺了一部分学生参加高考的资格……"

乔善坤忙摆手解释道："文老师，这可不是学校强制性剥夺他们参加高考的权利，顶多只能叫劝退！一般来说，几个月之后我们就会把一部分学生的家长召集起来，对相关情况做一些分析和交流。总的来说，家长们还是很理解和配合学校的！文老师，你想啊，与其让学生们毫无希望地在学校里面苦读一年，还不如早点儿另寻出路!”

文君华反问道:“出路?他们能有什么出路?”

乔善坤说道:“可以考虑参加职业培训或者提前就业嘛!远的不说，就咱们大渡口区不也有旅游学校、商务学校、民族职业中学这样的职业教育学校嘛……”

一直没说话的陈建怀也忽然奇怪地问道:“文老师，像这种劝退部分学生，降低参考基数，以此提高升学率的方法，早在十年前重庆的各所中学就已经在普遍采用了，难道萱花中学不是这么做的吗?”

文君华没有正面回答陈建怀，而是叹了一口气，说道:“陈校长，如果仅仅是站在学校管理者的角度和立场来看待这个问题，只要能提高学校的升学率，那采取任何方法可能都被认为是天经地义的，可我们替学生们考虑过了吗?他们当初满怀着希望和憧憬来到学校，两年后却发现自己连高考的考场都上不了!

“学校的升学率固然重要，但我坚持认为，每一个学生，无论学习成绩怎么样，对于高考，他们都应该享有均等、公平的机会和权利!即便他们当中有部分人不具备相应的实力和能力，但选择继续或者是退出的权利也应该交到他们自己手上，而不是由学校来操控!”

陈建怀没有说话，脸色却显得更阴沉了。

乔善坤见状忙从中劝解道:“文老师，你先不要那么激动，冷静一下!冷静一下!其实我们都明白，你是要维护学生们的一些权益，我们也很清楚，这半年来你为高二(四)班投入了不少精力和心血!也取得了不错的成绩和回报!上学期11月的月考，你们班总分年级排名第八，期末考试的排名又提升到了第六!只差一步就进上半区了!你看，这些成绩都是有目共睹，陈校长和我也一直都是在关注你们!

“其实这学校和企业相比也是有一个共同点的，那就是要有自己的核心竞争力！对于学校来说不就是升学率嘛！学校只有保证了升学率，才能保证自己的地位、知名度和招生率！所以说，文老师，你得理解陈校长的难处和一番苦心啊！这件事情上还是要以大局为重！”

文君华不服气地说道：“可是，乔主任，我认为……”

乔善坤忙摆手总结道：“这样吧，文老师，我们今天的讨论先到这儿！接下来我们都还有各自的工作要忙，陈校长还得为下个月的全市教育工作会议准备材料，你们班的张文慧不是还要挑战高三（六）班的徐美娟吗？你也得忙活一阵子吧……关于今天的话题，我们另外找个时间再探讨，好吗？”

文君华叹了一口气，说道：“好吧，那我今天就不耽误两位领导的时间了。”

陈建怀和乔善坤刚走出没几步，文君华又在后面问道：“乔主任，你还没告诉我，学校关于高二（四）班的初步想法和安排是什么样的？”

乔善坤转过身，微笑着说道：“我们的初步想法是，让高二（四）班保留50%的学生，再和其他班的学生进行重新组合，当然，你会继续担任班主任，这或许是2015级最强的一个班也说不定！”

文君华淡淡地笑了笑，说道：“感谢领导对我的信任！可我考虑的重点，是现在的高二（四）班！”

乔善坤想了想，说道：“文老师，有一件事我想提醒你，你确定学生们心里的想法和你是完全一样的吗？万一他们有另外的想法和打算呢？那你刚才的一番苦心可就白费了。”

傍晚18：10，晚饭后和晚自习之间的这一段休息时间，高二（四）班班委会的成员们都聚集在教室里，谈论英语挑战赛的事情。

雷文静纳闷地说道：“挑战书都贴出去3天了，怎么徐美娟还没动静？”

彭珊珊说道：“这事儿全校都传遍了，她是不是压力太大，所以不敢应战了？”

雷文静说道：“凭徐美娟的实力，她会不敢应战？我们可比她低一年级呢！”

叶嘉伟说道：“我看有这个可能！实力强不强大是一回事，敢不敢应战是另外一回事！实力强大的人未必心理素质也一样强大！”

段雪曦说道：“韩耀林，你这个学习委员倒是发表一下意见嘛！”

韩耀林沉吟着说道：“我觉得……徐美娟倒不至于不敢应战，她应该还是会来的！这几天一直按兵不动，估计是在做什么准备吧……”

段雪曦对坐在一旁的郭晨阳问道：“郭晨阳，这几天文慧怎么样？我是说精神、情绪方面？”

郭晨阳说道：“挺好的呀！没什么不一样！但我不想让她分心，所以也没问她挑战赛的事。”

雷文静说道：“其实文老师也是这么说的，他说徐美娟迟早还是会来的，这几天可能是心理上还有些犹豫。”

段雪曦点点头说道：“也好……郭晨阳，你去把文慧找来和我们坐坐。”

郭晨阳应声去了，段雪曦坚定地说道：“作为挑战方，我们一定要拿出挑战者应有的气势来！这个时候，我们要做到以不变应万变！”

话音刚落，周敏与何先强从外面气喘吁吁地跑了进来，周敏冲到段雪曦面前，上气不接下气地说道：“来了……来了！”

段雪曦说道：“你们两个慌什么！别急，把话说清楚，到底谁来了？”

何先强喘了几口气，说道：“徐美娟来了！还带着好大一帮人，马上就到门口了！”

段雪曦霍地站了起来：“来了就好！就怕她不来！大家都起来，恭候徐美娟的大驾！”

几个人都站了起来，眼睛紧紧地盯着教室的门口。徐美娟人还没到，但外面的走廊上却已有了一阵不小的骚动，似乎有几十个人在小声而又紧张、兴奋地集体议论着什么。

几秒钟后，徐美娟终于出现在了教室的门口，陪在她身边，和她一起走进来的还有十几名高三（六）班的学生，高二（四）班教室的两个门口都已经被围观的人堵得水泄不通。

段雪曦看着徐美娟轻轻一笑：“你终于来了！”

徐美娟面无表情地看着段雪曦，正准备说些什么，她左手边的一个女生却抢先开了口：“我们当然要来的！不是你们请我们来的吗？请咱们美娟来向那个狂妄自大的张文慧赐教！”

雷文静冷笑了一声，说道：“请你们看清楚一点，我们发出去的是挑战书，不是请柬！谁向谁赐教还不一定呢！”

左手边的那个女生气得脸色一变：“你……”

徐美娟右手边的一个女生做出手势制止了她：“我看咱们还是言归正传，你们的挑战书咱们美娟已经亲手揭下来了，人也到了，可怎么没看到你们的挑战者呢！”

段雪曦说道：“文慧现在有事不在，你们有什么话可以对我说。”

“我们当然有话要说！”左手边的女生白了段雪曦一眼，扬了扬手中已卷成一个圆筒的挑战书，“美娟已经把要说的话写在这上面了，不过不是对你说！张文慧哪儿去了？难道这个挑战者已经害怕到自己不敢出面，要别人来做代表的地步了？”

段雪曦脸一沉，厉声说道：“你住口！文慧既然敢向她发起挑战，就具备十足的勇气和决心，也能面对任何的困难！你们要见文慧也行，那就只有先等着！我们可没说任何时候都可以接见你们！”

这个女生又被段雪曦的话气得一脸绯红：“你这个人说话太……”

这时，门外的走廊上响起了张文慧的声音：“我在这儿！我来了！”

然后是郭晨阳的声音：“让一让！请让一让！”

郭晨阳努力分开人群，把张文慧引了进来。

张文慧走到徐美娟的面前，静静地看着徐美娟。

徐美娟看了看张文慧，拿过已卷成圆筒的挑战书，递给了张文慧：“你还是自己看吧！我们赛场上见！”说完转身带着自己的同学分开围观的人群，走出了教室。

徐美娟走了，可围观的人群却丝毫没有散去的意思，反而一窝蜂地涌进了高二（四）班的教室，里三层外三层地围住了张文慧，人群中好些人不停地叫着：“打开看看！快打开看看！里面都写了什么？”

张文慧缓缓地摊开了那张挑战书，上面有用红色马克笔写上的几个字：我接受你的挑战！确定时间和地点，我们不见不散！

第二十章 赛事升级：高二VS高三

晚上21：30，文君华在宿舍的客厅里背负着双手，一圈一圈地踱着步子。

门外响起了敲门声，文君华打开门，苏佳芮微笑着走了进来："大师，又在思考什么事情呢？"

文君华笑着说道："你叫我什么？大师？"

苏佳芮说道："是啊！我觉得你就像个策划大师！自从你来了以后，学校总有新鲜事发生！听说高三的那个徐美娟接受张文慧的挑战了？"

文君华说道："你消息挺灵通的嘛！我可算不上什么大师，不过我看你倒是挺厉害的，我们班那些学生的名字你从来就没叫错过！"

苏佳芮得意地说道："那当然了！我和他们相处了那么久，你们班超过三分之二的人，我都能叫出名字！"

文君华说道："那我也送你一个外号——副班主任！"

苏佳芮撇了撇嘴："切！这是段雪曦的外号！我才不要和她争呢！"

文君华略为吃惊地说道："这你都知道！"

苏佳芮说道："当然了，段雪曦这个班长当得可是鞠躬尽瘁，死而后已，所以别人才叫她副班主任嘛！这个我早就知道了！"

文君华的脸上露出了欣慰和感激的神情："是啊，雪曦为了这个班的改变和崛起，真的是付出了很多！外人都把这些功劳记在我的头上，只有我最清楚，这军功章的一半是应该颁给雪曦的！”

苏佳芮笑着说道：“好了！你就别再感慨了！快告诉我你准备怎么应对接下来的英语挑战赛！”

文君华说道：“刚才我就在考虑这事……”

文君华还没说完，苏佳芮就敏锐地发现了什么，好奇地问道：“咦？你这沙发的靠垫什么时候换过了？”

文君华不假思索地答道：“是昨天换的……”

苏佳芮飞快地蹿到卧室门口，看了看床上的布置，又惊讶地叫道：“还有被单和床单也换过了！谁给你换的呀！”

文君华嗫嚅着说道：“我……我自己换的呀……”

苏佳芮盯着文君华的眼睛，审慎地问道：“你自己换的？不太可能吧……是不是那个吴雅欣来替你换的？我昨天看见她在学校出现了！”

文君华深吸了一口气，略有些无奈地说道：“好吧，你猜对了！是雅欣昨天来替我换的！她说好久没看见我了，所以就顺道帮我换了……”

苏佳芮不高兴地说道：“你是说……她顺道还带了新的床单和被单过来？君成，你老实告诉我，吴雅欣和你到底是什么关系？”

文君华忙解释道：“我跟雅欣真的只是普通朋友！不管她是怎么想的，如果我对她有意思，完全可以让她留下来，又何必每次都要赶她走呢！”

苏佳芮不依不饶地问道：“那你刚才为什么要说谎骗我！”

文君华说道：“我还不是怕你多心、多想，所以才打算瞒着你嘛！”

苏佳芮想了想，轻声说道：“好吧，就信你这一回！其实，我现在又有什么资格来问东问西的……君成，你以后能不能不要经常把你那些女性朋友和漂亮女生叫到宿舍来……”

文君华忙说道：“我哪有叫她们过来！除了雪曦有事来过几次……”

苏佳芮一听忍不住大叫了起来：“段雪曦？你还让她来过几次啊！君成，你有时候真的要注意避嫌才行！”

文君华不解地说道：“避嫌？避什么嫌？雪曦每次来都是找我谈正事的！如果刻意去避嫌的话，反而会让别人觉得神神秘秘、鬼鬼祟祟的，那岂不是更不好？”

苏佳芮说道：“君成，有些事情你自己觉得光明正大没问题，可别人不一定这么想啊！而且，你老是让段雪曦过来，难免她不会想入非非。”

文君华一听就乐了：“你在说什么呢！首先，雪曦是我的学生；其次，她才多大啊？你居然把雪曦和雅欣搅到一块儿，至于嘛！”

苏佳芮又开始不依不饶起来：“她肯定过十八了！你还当她是小孩子？她已经是成年人了……”

刚说到这儿，门外又响起了敲门声。

苏佳芮叫了一声：“段雪曦又来了！”

文君华又好气又好笑：“雪曦没说要过来！佳芮，你能不能不要听风就是雨啊！你知不知道，你已经开始神经质了！”

文君华边说边走到门边打开了门，金昱琳抱着两本书，微笑着站在门外。

文君华欣喜地说道：“金老师，你来了！快请进！请进！”

金昱琳高兴地走了进来，迎面看见苏佳芮站在客厅里，不由得吃了一惊：“苏……苏老师，你也在这儿！”

苏佳芮也略有些尴尬地说道：“是啊，我……我是来找文老师借点儿东西的，金老师，你是来……”

文君华笑着说道：“还不是为英语挑战赛的事！我下午就想好了，由我来对文慧进行心理和战术上的辅导，金老师对文慧进行专业知识方面的强化！真是要特别感谢金老师，我把我的想法一说，她立马就答应了！说晚上就过来和我商讨一下具体的安排。”

金昱琳微笑着说道：“你别谢我了，小事情而已！文老师，我们什么时候开始啊！”

文君华忙说道：“现在就可以开始！来，我们坐下来谈！”

文君华和金昱琳在沙发上坐了下来，苏佳芮略显尴尬地站在那儿，想了想说道：“那……你们两个先忙吧！我就不妨碍你们了！我先回去了。”

苏佳芮正准备离开，文君华却起身拦住了她：“佳芮，你别走啊！留下来和我们一块儿商量商量，说不定我们还能想出一些更好的方案呢！”

“哦，那好吧。”苏佳芮慢慢地坐了下来。

2014 年 3 月 3 日上午 10：30，陈建怀从逸夫楼的办公室里走下来，正好在 1 楼的门口碰到了刚走进来的乔善坤，两人同时停下了脚步。

乔善坤问道：“老陈，又要出去吗？”

陈建怀说道：“不出去，到至善楼找汪老师谈点儿事情。”

乔善坤说道：“我刚从那边过来，你现在去正好可以赶上一出好戏！那些学生正闹得凶呢！”

陈建怀吃惊地问道：“看一出好戏？他们在闹什么呢？”

乔善坤摆了摆手，说道：“其实也不是闹，就是一个个激动得很！”

陈建怀问道：“什么事让他们这么激动？”

乔善坤说道：“还不就是英语挑战赛那事！你也知道高二（四）班有个叫张文慧的女生要向高三（六）班的徐美娟发起挑战，原本这就是两个女生在英语方面的一次较量和切磋，但现在这些学生的集体荣誉感好像比以前强烈得多，不知不觉就演变成了两个班之间的集体竞争！再加上双方各有各的粉丝和支持者，现在都在为争取更多的支持者而摇旗呐喊呢！就在至善楼的门口！”

陈建怀眉毛一扬，说道：“哦？还有这回事？越来越有意思了。乔主任，你可得陪我去看看这出好戏！”

陈建怀和乔善坤还没走到至善楼的门口，远远地就看见至善楼前的空地上密密麻麻地站满了两三百人，楼前的两个花坛上各站着一个女生，正情绪激昂地大声说着什么。

陈建怀和乔善坤走到人群的外围停了下来，乔善坤指着左边花坛上的那个女生说道：“这个女生是高二（四）班的班长，叫……”

陈建怀笑着说道：“这个女生我见过几次，叫段雪曦！文老师的左右手，听说很能干的！”

只见段雪曦站在花坛上，一边挥动着手臂一边大声地说道：“高二年级的同学们，英语挑战赛已经确定在 3 月 20 号举行！我们的挑战者张文慧将在那一天向大家展示她的实力和风采！是谁说高二就一定比不过高三？是谁说学妹就一定要臣服于学姐？不！不是这样的！

“我们有强大的实力！我们有不屈的精神！我们从不畏惧所谓的强者和权威！高二年级的同学们，团结起来！无论你来自哪一个班，从这一刻请你们记住，张文慧她不仅仅是代表高二（四）班，她是代表整个高二年级在战斗！支持张文慧就是支持整个高二年级！”

围观的人群爆发出热烈的掌声，一部分学生振臂高呼道：“支持张文慧！支持高二年级！”

陈建怀也不禁跟着鼓起了掌：“这个段雪曦讲得太好了！很有气势！也很有号召力！”

乔善坤指着右边花坛上的一个女生说道：“这个是高三（六）班的班长，名字忘了，好像叫王……王什么的……”

3米外右边花坛上的女生沉着脸看了一眼段雪曦，也挥动着手臂大声说道："高三年级的同学们，请你们也一定要记住，徐美娟也不仅仅是我们高三（六）班的代表，她也是整个高三年级的代表和巾帼英雄！我们要携起手来，击败任何一个挑战者！捍卫我们高三年级的荣誉！展现我们的气质和强大！如果你是高三年级的一员，请你举起手来，支持徐美娟！"

人群中也爆发出了热烈的掌声，另一部分学生高叫着："支持徐美娟！高三年级必胜！"

陈建怀感慨地说道："乔主任，你看啊，这岂止是两个班之间的竞争，完全就是高二和高三两个年级之间的整体对抗！"

乔善坤也感慨地说道："的确！的确！没想到让这两个带头的一煽动，竞争和对抗立马就升级了！"

陈建怀沉吟着说道："其实我倒觉得……这未必是坏事！可能还是好事！"

乔善坤试探着问道："陈校长，你的意思是……"

陈建怀说道："这种竞赛性的活动除了可以引起大家的关注外，还可以极大地激发学生的参与性和积极性！这比起死坐在教室里面读书和那些个单纯的书面竞赛，其效果肯定是大不一样的！可以想象这次活动以后，学校里面肯定会掀起一股不小的英语热！

"这个活动的发起者是文老师吧？从这个角度来说，我们不得不再一次佩服文老师的前瞻性和创造性啊！"

乔善坤笑着说道："创新、组织和变革，这一直都是文老师的强项啊！"

陈建怀晃了晃手指，说道："所以我有一个想法，既然这次英语挑战赛的造势已经造到了这个程度，那不妨让学校出面来介入这次活动！"

乔善坤吃惊地问道：“学校介入？怎么个介入法？”

陈建怀想了想，说道：“由学校出面牵头对本次英语挑战赛进行组织、宣传和包装，时间不变，地点选在体育馆，现场各方面好好准备、包装一下，总之就是要正式、隆重、激烈和精彩！回头你把我的想法和文老师交流一下。”

乔善坤说道：“好的，我下午就去找文老师。”

陈建怀说道：“还有，比赛组织的工作把苏老师也叫上。”

乔善坤笑着说道：“没问题，一定叫上她！反正我不叫，文老师也一定会叫的！”

陈建怀忽然问道：“乔主任，依你看……本次挑战赛谁会是最后的胜利者？”

乔善坤迟疑着说道：“这个……不好说啊！双方都是各自年级在英语这一科目上的旗手，论实力应该有得一拼。但考虑到徐美娟是高三的学生，在学习时间上要长一年，或许她的基础要更扎实一些……”

陈建怀轻轻点了点头，但随即又摇了摇头：“你说得有一定道理，高三年级的学生在基础方面肯定要更扎实一些，但对于像今天这样的挑战赛，我们还必须要考虑更多的因素，比如说双方的性格特点、心理素质、抗压能力、应变能力和各项技能的综合运用能力！在现场的气氛和环境当中，这些方面的表现往往更能够决定比赛的胜负！我看，本次英语挑战赛究竟鹿死谁手，还很难说！我们还是拭目以待吧！”

第二十一章 激战前的硝烟

3月4日上午10:00，金昱琳抱着一叠试卷刚走进办公室坐下，杜云涛就悄无声息地走了过来，笑着轻声问道："金老师，听说你昨天晚上去找文老师了？"

金昱琳说道："是啊！你怎么问起这个来了？"

杜云涛说道："我是想说，你以前不是一直觉得没机会吗？现在可好了，学校出面来组织、承办这次的英语挑战赛，文老师还邀请你担任张文慧的特别辅导顾问，这可是千载难逢的机会啊！你正好趁这段时间好好地和文老师培养一下感情！"

金昱琳一听就来气："还说呢，一说这个我就生气！昨天晚上我一去，那个苏老师就横在那儿！也不知道在干些什么！文老师还硬把她留下来当电灯泡！真是气死我了！"

杜云涛想了想说道："这样啊……那你可得改变策略，想想新招儿了，要不然你铁定会败给苏老师的！"

金昱琳嘟着嘴说道："那你要我怎么办？难道我晚上一去，二话不说就投怀送抱？对了，我听说外面还有一个姓吴的女人经常来找他，还和苏佳芮挺别扭的！看来苏老师的日子也不好过啊……哎，我都想过了，还是顺其自然吧！如果我注定不能做他的女人，那我就只能在背后默默地支持他、祝福他了……"

杜云涛着急地说道："我说你就是太软弱了！一遇到困难

和挫折就后退！是自己喜欢的东西就一定要尽力争取……”

刚说到这儿，文君华带着张文慧从外面走了进来。

金昱琳微笑着问道：“文老师，会开完了？”

文君华点了点头，坐下说道：“我和文慧，还有高三（六）班的班主任王老师，连同徐美娟，都是刚从乔主任那儿回来，主要就是商讨了一下这次英语挑战赛的比赛规则。”

金昱琳迫不及待地说道：“那你快说说！”

文君华说道：“大致情况是这样的，本次英语挑战赛会在听、说、读、写、译五个方面让两名选手进行比试，由 5 名英语老师组成的评审团进行评审和把控，并投票决定最后的胜者。

为了尽可能地做到公平、公正，高二和高三年级的英语老师都不能进入评审团，将分别在初中部和高一年级当中各选取 1 名英语老师进入评审团。而第 5 名评审团的成员，也就是评审团的团长，将由陈校长出面在重庆市教师进修校邀请 1 名英语老师过来，整个挑战赛的竞赛题也将由评审团的团长亲自拟定，其他 4 名成员在比赛前也是看不到题目的。”

杜云涛忍不住感叹道：“我的天啊！学校对这次挑战赛可是相当重视啊！但不管怎么说，文老师，我都是支持和看好你们的！”

文君华笑着说道：“谢谢！有你们的支持和鼓励，还有金老师的强化辅导，我相信我们不会输的！”

张文慧抿着嘴，两手交叉在一起轻轻地搓弄着，显得有些局促不安。

文君华关切地问道：“怎么了，文慧？”

张文慧轻声说道：“我……我还是很紧张！我知道你们都在帮我，阿雪也在外面为我争取更多的支持者，可你们越是这样，我就越是觉得压力大！我要是输了怎么办？”

金昱琳微笑着说道：“文慧，其实你完全不用这么紧张！徐美娟的实力我了解过了，她除了比你高一个年级以外，在其他方面并不比你强！论实力你们两个完全是在同一条水平线上！”

文君华说道：“文慧，你不用把大家的支持和鼓励当作是一种负担，你只需要记住一点，那就是——你不是一个人在战斗就行了！至于输赢就更不用过多地去考虑！你是挑战者，你需要展现的是你的勇气、斗志和精神，徐美娟她比你大一岁，多学习了一年的课程，在围棋术语里面她就是上手，而上手的普遍心态就是想赢怕输！和你比起来，她更输不起！而你却是相对轻松的一方！

“所以，我们要忘掉比赛的输赢！享受挑战的过程！这就是一场游戏，我们就是要借这样的机会去展现自己、提高自己！你觉得呢？”

张文慧的脸上终于露出了笑容，做了一个深呼吸，如释重负地说道：“文老师，我明白了！你以前对我们说过的，要把所有的压力和恐惧都抛给对手，让自己轻装前进！现在我没有什么好担心的了，我们开始吧！”

3月20日下午16：50，距离英语挑战赛开始还有40分钟的时间，文君华和自己公司的两名摄像师带着摄像机走进了学校体育馆。

体育馆主席台的上方悬挂着一条长长的条幅：重庆市三十六中2014年英语挑战赛，主席台的左右两侧各摆放着一张供选手使用的课桌，上面各放着一台笔记本电脑和一个麦克风，主席台下面的正前方，也已经摆好了5张供评审老师使用的桌子，苏佳芮正带着学校的几个工作人员做着最后的布置。

文君华看到最前面两排的观众席已经用黄色的丝带围了起来，于是对两名摄像师说道：“小张、小王，你们两个自己找位置安装摄像机，我还有另外的事。”

说完走到苏佳芮的身后，轻轻拍了一下苏佳芮的肩膀：

“佳芮！”

苏佳芮吓了一跳：“君成，是你呀！吓了我一跳！什么时候进来的？”

文君华笑了笑，说道：“刚刚才进来，佳芮，我想问一下，你对学校领导和老师的座位是怎么安排的？”

苏佳芮说道：“就是用黄丝带圈起来的前面两排呀！”

文君华皱了皱眉头，一边思索一边说道：“前面两排60个座位……不行，太少了！”

苏佳芮吃惊地说道：“60个座位还不够啊！我算过了，学校领导就他们几个，还说是有空才来，再加上全校二十多个英语老师，也不过才三十几个人，应该够了吧？”

文君华说道：“你还记得去年9月我们公映《雷雨》的事情吗？当时我们预想的观众有多少？最后实际又来了多少？这次的英语挑战赛由学校来组织和承办，各个年级各个班不可能不关注，再加上前面的宣传都很到位，现在可以说是万众瞩目！所以到场的人只会比我们预想的更多！绝不可能少！这个体育馆是肯定不够坐的！”

苏佳芮调侃道：“对呀，我怎么忘了，以文大师在学校的人气和知名度，肯定是一呼百应才对！怎么会缺人呢！”

文君华笑道：“这个时候了，你还在取笑我！”

苏佳芮说道：“我哪有啊！我说的是事实嘛！君成，那现在该怎么办？”

文君华说道：“把预留的教师座位扩大为前面4排……”

苏佳芮吃惊地说道：“留这么多？他们会来吗？”

文君华微笑着说道：“全校二十多个英语老师，外加几十个班主任，这些人一个都不会少，不信到时候你看！再加上几十个任课老师，这4排座位一点都不多！”

苏佳芮疑惑地问道：“那些不教英语的任课老师，他们也会有兴趣来吗？”

文君华说道："他们肯定会来的！像这种引人注目的挑战赛，谁不想来凑凑热闹？区别只在于有的人着重看内容，而有的人注重看形式……"

刚说到这儿，体育馆外传来了下课的铃声。

文君华看了看手腕上的表，说道："现在是下午五点，学校下午的课已经结束了，你得抓紧时间，观赛的老师和学生应该很快就会入场了！"

苏佳芮赶紧去做最后的收尾工作。

5 分钟后，体育馆响起了纷乱的脚步声和学生们叽叽喳喳的说笑声，不一会儿，人群就像潮水一样涌进了体育馆。最先走进体育馆的基本上都是高二（四）班的学生。

文君华大声地招呼、安排着自己的学生："同学们，都坐到左侧前面的观众席！男生坐两头和最后一排，让女生坐中间……文慧，你下来！到我这儿来！"

文君华把张文慧叫到了自己身边，又对着苏佳芮说道："现在高三（六）班的学生已经开始入场了，你把他们都安排到右侧的观众席，就说这是学校指定的位置！"

苏佳芮不解地问道："你们班和高三（六）班最先入场，为什么不把他们安排到中间更好的位置呢？"

文君华说道："如果把他们安排到中间，那肯定会产生接触和交叉，而比赛的过程和结果都很难保证这些学生能平静地看完整场比赛，只有把他们分开，才能确保不摩擦走火！"

苏佳芮走过去把高三（六）班的学生都安排到了右侧前面的观众席。

人群还在不断地涌入，全场五百个座位马上就要坐满了，苏佳芮拿着麦克风，大声地疏导、安排着人群："请入场的老师和同学尽快找到座位坐下来！不要阻碍后面的老师和同学入场！同时请大家保持安静！尽量减小说话的声音！"

17：15，陈建怀、王启舟、乔善坤和李哲斌一行也随着人群走入了体育馆，映入陈建怀眼中的是这样一幕情景：整个体育馆座无虚席，人声鼎沸，学生们都在兴奋、欢快地说笑着，而体育馆的左前方和右前方两个区域显得殊为不同，这两个区域的学生都高举着自己设计的横幅，不停摇动着印有参赛者头像和名字的标牌。

陈建怀点点头，对乔善坤说道："苏老师考虑得很周全嘛！看目前的气氛和形势，就是要把这两个班分开，以免情绪激动，摩擦走火啊！"

一行人走到第一排中间的观众席坐了下来，而跟随在其中的，一个年纪四十出头，体态丰腴，蓄着波浪短发的中年女性，则微笑着坐到了评审团五个座位的最中间，和旁边四位评委老师互相打起了招呼。

郭晨阳对旁边的王亚超说道："今天学校的领导可是倾巢出动啊！"

王亚超说道："那是！咱们文老师策划、组织的活动哪有不引人关注的！你看前面那个教师区都坐满了，还有好多老师都坐到最后面去了！"

叶嘉伟说道："今天差不多全校每一个班都有老师和学生代表到场了吧？"

郑豪说道："就一个班没来！"

张浩凯说道："那肯定是七班啰！听说赵老太婆下了死命令，谁都不许来观赛！要是发现有谁进来了，回去准得挨批！穿小鞋！"

何先强说道："你别说，我还真发现七班有一个不怕死的混进来了！就是他们的班花汪雨薇！坐在中间第八排那个位置！"

叶嘉伟叫道："哇！她好大的胆子！明知山有虎，偏向虎山行啊！"

何先强说道："还有韩耀林胆子也够大的！他一看见汪雨

薇就跑过去了！现在还坐在一起呢！”

徐鹏说道：“人家两个关系不一样嘛！”

陈建怀坐下后，又回过头看了看后面的情况，对乔善坤说道：“想办法控制一下入场的人数，无限制地往里面放人可不是好现象啊！”

乔善坤说道：“我已经叫了保安部的老王和老周守在体育馆的门口，现在就让他们关门，停止放人！”

乔善坤说完掏出手机拨通了保安老王的电话，大声说道：“老王，听得见吗？现在马上停止入场！停止入场！听见了吗？”

老王回应道：“5 分钟之前我就只放高二和高三年级的学生入场了，其余的人一律都不放！”

乔善坤大声地说道：“不管是哪个年级的学生，现在都不能放！你看看这里面的人，所有的座位……不，岂止是座位，连通道里面都站满了人！万一发生踩踏事故怎么办？给我守住！一个都别放进来！”

老王为难地说道：“乔主任，我和老周尽全力去守，可这外面要入场的人还多得很！我不敢保证一定守得住……”

“守不住也要守！”乔善坤没好气地说道，“实在不行，你们两个就躺在门口，告诉他们，要进体育馆就从你们两个身上跨过去！”说完气恼地挂断了电话。

文君华见身边的张文慧眼神有些异样，便笑着问道：“文慧，还是有一点紧张，对吗？”

张文慧羞涩地点了点头，轻声说道：“有……一点点。”

文君华说道：“文慧，记住我们之前说过的话，其余的什么也别去想。徐美娟就坐在那边第五排最外面的位置，我一直都在观察她，告诉你一个好消息，徐美娟比你还紧张！”

陈建怀见文君华和苏佳芮站在第一排座位的左边角落里，便冲着两人挥了挥手，将两人叫了过来：“文老师，苏老师，我来给你们介绍一下……”

然后带着两个人走到了评委席中间那个中年女子身旁，中年女子也赶紧微笑着站了起来，陈建怀对两人说道：“这位是重庆市教师进修学校英语调研处的曹海燕曹老师，曹老师有超过二十年的教学经验，精通英、俄两门外语，深受老师和学生的喜爱！曹老师对我们此次的英语挑战赛非常感兴趣，我一说，她立马就答应了！这次挑战赛所有的测试题都是由曹老师亲自设计的！”

曹海燕笑着说道：“陈校长，你别把我说得那么伟大，只是一件小事情而已嘛！”

陈建怀又对曹海燕说道：“这位是我们学校高二（四）班的班主任文老师，这位是我们的文化艺术老师苏老师，他们两个一个是本次英语挑战赛的策划者，一个是活动的主持人！”

曹海燕同两人一边握手，一边笑着说道：“幸会幸会！陈校长早就向我提起过你们，说你们二位是学校教学的创新者和改革者，也是学校的青年才俊，风云人物！今日一见，果然是郎才女貌，才华横溢啊！”

苏佳芮的脸上笑开了花：“曹老师，瞧您说的！把我们夸得……”

文君华微笑着说道：“其实我们也只是提出了一个想法和初步方案，如果没有您的深度支持和无私帮助，是很难办好此次挑战赛的！往后我们还要向您多多学习才是！”

曹海燕说道：“文老师，你太谦虚了！说实话，你们能有这样的想法和方案已经是相当不错了！放眼整个重庆市中学领域，又有几个学校能像你们一样，推出这么大胆而又新颖的教学活动？我坚信此次英语挑战赛的成功举行，必将对我们中学英语的教学产生积极的推动和影响！而我只不过是做了我该做的事情！”

苏佳芮看了看表，说道：“陈校长，曹老师，现在距离比赛正式开始还有 5 分钟，我们要不要……”

陈建怀说道："行，那就准备开始吧！"

文君华对曹海燕说道："曹老师，我有一个建议，考虑到现场观赛的都是中学生，还有部分非英语教学的老师，为了便于大家更清楚地了解和掌握比赛的进程，我建议比赛测试的每个环节都用汉语进行提问和说明，您看怎么样？"

曹海燕说道："好的，没问题！我们开始吧！"

第二十二章 激战：English Challenge（上）

苏佳芮带着张文慧和徐美娟走上了主席台，两人分别站到了左右两侧的课桌后面，苏佳芮则站到了主席台的前侧中央："现场的各位领导、老师、同学们，大家下午好！

"为激发大家学习的积极性和主动性，展现我们的教育成果，同时促进我们教学理念、形式的创新和进步，在学校领导的大力支持和同学们的积极参与下，我们今天下午在学校体育馆举办这次别开生面的英语挑战赛！

"站在我左侧的是本次比赛的挑战者，高二（四）班的张文慧同学！"

台下响起了热烈的掌声，高二（四）班的学生们挥舞着班旗和标志牌，齐声高呼着："文慧，加油！"

"站在我右侧的是高三（六）班的徐美娟同学，她将勇敢地接受张文慧同学的挑战！"

掌声中高三（六）班的学生也大声高叫着："美娟，必胜！"

苏佳芮微笑着继续说道："为了保证本次英语挑战赛的公平和公正，也为了使比赛更加激烈和精彩，我们特别邀请了重庆市教师进修学校英语调研处的曹老师，来担任本次比赛评审团的团长！让我们欢迎曹老师的到来！"

掌声中曹海燕站了起来，转过身微笑着向观众点头致意。

"我们还要感谢初一年级的赵老师、初二年级的钱老师、初三年级的朱老师和高一年级的李老师，在百忙中抽出时间来担任本次比赛的评委！”

掌声中金昱琳从第二排走到了第一排，在文君华的旁边坐了下来。

文君华高兴地说道：“金老师，你来得正好！我正想找个人给我解说一下比赛的进程呢！”

金昱琳笑着说道：“我就是来干这事的！”

台上的苏佳芮接着说道：“下面让我们把时间和麦克风都交给曹老师，由曹老师来揭开比赛的序幕！”说完缓缓地走下了主席台。

曹海燕拿起桌上的麦克风，徐徐地说道：“首先，很高兴也很荣幸来到三十六中，担任本次英语挑战赛的评委工作，现场同学们的热情也让我感到格外的亲切！有这么好的氛围和环境，我想我们今天一定能看到一场精彩而激烈的比赛！我也希望台上的两位选手能放下包袱，抛开胜负，充分展示自己的实力和风采，为大家献上一场难忘的比赛！

“另外，为了让现场的观众能更清楚地了解比赛的进程，今天所有竞赛题目都会通过现场的两部投影仪进行显示，所有环节我都将使用中文进行提问，但两位选手的回答和阐述必须全部使用英文，不能出现一句汉语！

“下面就正式开始我们的比赛！”

曹海燕打开了自己面前的笔记本电脑：“请两位参赛者也打开你们桌上的电脑……”

张文慧和徐美娟打开了电脑。

曹海燕接着说道：“我们今天的竞赛测试分为上、下两大部分，上半部分为综合性测试，这一部分的试题已经放在你们各自电脑的桌面上，请将题目打开……综合性测试的题型包括选择题、判断题、填空题和抢答题 4 种形式，首先是第一组的 10 道选择题，在我念完题目之后，两位选手必须在 3 秒钟内给出自己的答案。”

曹海燕说话的同时，竞赛测试题也同步出现在了体育馆主席台两边的两面大投影幕布上。

第一道题，which of the following does not mean that you have a boyfriend or girlfriend?

A. I am seeing someone.

B. I am hanging out with someone.

C. I am going out with someone.

D. I am with someone.

第一道题就似乎给了两个人一个下马威，题目念完之后，张文慧和徐美娟两个人都在努力地思索着答案，竟没有一个人开口作答。

过了几秒钟，曹海燕忍不住催促道："时间已到，请两位选手给出你们的答案。"

张文慧吸了一口气，答道："C。"

徐美娟看了一眼张文慧，想了想答道："B。"

曹海燕说道："正确答案是——B。"

金昱琳轻声说道："这第一道题就比较有难度，这种表达方式对她们两个来说都不熟悉，感觉徐美娟像是蒙对的。"

文君华轻声说道："不管怎样，我认为文慧先回答，在形势上是正确的，因为她是挑战者，在气势和精神上必须要主动！我希望她能一直保持这种态势。"

就在两个人轻声交谈的时候，曹海燕已经念出了第二题：

_______ I realised what the time was, I would have taken a taxi.

A. If

B. If had

C. Had

D. When

张文慧和徐美娟都选择了C，曹海燕说道："正确答案是——C。"

金昱琳轻声说道："这是一个与过去事实相反的虚拟语气句子，在前期强化训练的时候我给文慧强调过，今天果然出现这个题目了。"

第三题，A local council in the UR is hoping to save energy and money by ______ 9000 street lamps in areas where their use is not essential.

A. turning down

B. turn out

C. switching off

D. switch off

张文慧和徐美娟都选择了C。

"很好，两位再一次给出了正确的答案。"曹海燕说道。

金昱琳轻声说道："这是在考察动名词的正确使用。"

第四题，What is the meaning of"a white elephant"in Chinese?

A. 一件无用的东西

B. 一头白象

C. 白给的东西

D. 白色陷阱

张文慧选择了D，徐美娟选的是C，金昱琳轻声地笑了笑，说道："这个俚语在高中教科书里面是没有的，有些难为她们了，曹老师是想考察她们两个知识的广度，她们两个都在猜，不过都猜错了，正确答案应该是——A。"

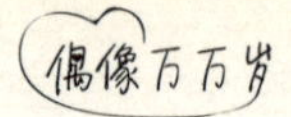

第五题，If my lawyer ______ here last Sunday, he ______ me froming going.

A. had been；would have prevent

B. had been；would prevent

C. were；would prevent

D. were；would have preventing

张文慧和徐美娟都选择了 A，金昱琳轻声说道：“都答对了，与过去事实相反，主句用 would have done，从句用过去完成时，这仍然是对语法的考察，看来文慧在语法上是不输给徐美娟的。”

……

第一组 10 道测试题完成了，金昱琳说道：“目前的情况是徐美娟答对 7 题，文慧答对 6 题，徐美娟暂时领先。”

文君华轻轻地说道：“我不担心这个，我更关心文慧的精神和意志……你看到没有，到现在为止，她们两个都还是很紧张!”

“现在我们开始第二组的 5 道测试题，仍然是单项选择，从 A、B、C、D 4 个选项中，找出其画线部分与所给单词的画线部分读音相同的选项。”

第一题，I can prove.

A. discover

B. conclusion

C. program

D. discussion

金昱琳轻声说道：“这是在考察她们的发音是否准确，曹老师还是在抓她们的基础部分。”

由于竞赛测试题是同步投映在投影幕布上，台下的学生们也在积极开动脑筋，同时进行做题，并不时小声地讨论着彼此的看法。

“选 A！选 A 绝对没错！”

“你放屁！这个肯定是 C 才对！”

“你才放屁！我记得很清楚，就应该选 A！”

“你们两个别争了，我们班长说，这题应该选 D 才对！”

……

第二组的测试完成了，金昱琳轻轻舒了一口气，说道：“这一轮她们两个表现都不错，都是全对！文慧一定要咬住才行啊！”

文君华笑了笑，说道：“不要紧，才两轮嘛，我估计后面至少都还有四五轮……”

正说到这儿，曹海燕忽然转过身，挥挥手把苏佳芮叫到了自己的身边，轻声说了几句什么，苏佳芮旋即转身向文君华走了过来：“君成，刚才曹老师跟我说，观众席上有很多学生在交谈、讨论题目，声音也比较大，她担心这样会影响到台上的参赛选手。她说你是比赛的策划和组织者，你来拿主意，要不要想办法控制一下现场的声音？”

文君华略微一思考，果断地说道：“不用！你向曹老师转达我的意见和想法，既然是现场挑战赛，参赛选手就必须要适应现场的环境，包括灯光、评委和观众的议论声、嘈杂声！对于她们心理素质的稳定性和对现场环境的适应能力，也是本次挑战赛的考察项目之一！除非出现特殊情况，否则不需要进行特别控制，比赛继续进行！”

苏佳芮点点头，转身走到曹海燕身边转达了文君华的意见，曹海燕微笑着点了点头。

“下面开始第三组的测试，这一组为 10 道题的是非判断题，两位选手都必须给出自己的答案。

“第一题，Hamburger 起源于美国，yes or no?”

两个人都回答了 yes。

“第二题，在希腊，当某人向你竖起大拇指，这表示 you are so good，yes or no?”

张文慧迟疑了一下，回答了 yes，徐美娟毫不犹豫地说了 no。

“正确答案是——no。”

文君华轻轻地笑了笑，说道：“文慧太老实了！在难以判断或者是过于显而易见的情况下，这道题宁愿选择 no，这是出题人的惯用伎俩。”

观众席上高二（四）班所在的区域一片寂静，郭晨阳握紧了拳头，紧张地向旁边的高晓洁问道：“我怎么感觉文慧好像有点落后……我是不是记错了?”

高晓洁抿着嘴低声说道：“虽然没通报具体比分是多少，但从给出的最终答案来看，文慧目前……应该是暂时落后!”

郭晨阳一听急得双手揪住了自己的头发，心烦意乱地念叨着：“啊！落后了！怎么办……怎么办……”

坐在前面一排的段雪曦转过头，看着郭晨阳严肃地说道：“嚷嚷什么呢？把手给我放下来！你想让别人看笑话是不是？比赛进行还不到一半呢，你要相信文慧一定能追回来!”

郭晨阳把双手放到了大腿上，努力地做了几次深呼吸，闭上眼睛，喃喃地说道：“我不紧张……我不紧张……文慧，你一定要加油啊。”

……

“第五题，Dragon 在中国古代是帝王的象征，在西方国家也是如此，yes or no?”

张文慧和徐美娟都说了 no。

“很好，两位都答对了。那么第六题，在美国，无论是火警还是匪警都拨 911，yes or no?”

张文慧说了 no，徐美娟犹豫了一下，说了 yes。

“正确答案是——no。请听第七题，the first floor，在英国是指第一层楼，yes or no?”

两个人都说了 no。

“很好，两位再一次给出了正确的答案，下面开始第八题……”

是非判断题这一轮结束了，高三（六）班的学生们显然也发现了徐美娟领先的局面，脸上均是一片欣喜之色：

“美娟一直保持领先吧?”

“那当然了！美娟不是那么容易战胜的!”

“不过现在的优势还不够大，好像只有四五道题的优势……”

“放心吧！相信美娟会再接再厉的!”

……

“下面开始第四组的测试，这一组一共有10道题，采用的是抢答的形式，题目给出以后，率先举手的一方将获得答题的机会，但如果答错了，答题者将会被扣除一分！所以，在抢答之前，请两位选手一定要做到有把握才能出击。

“下面开始第一题，请说出以下图片展示的体育项目的英文名称。”

张文慧和徐美娟同步点开了笔记本电脑上第四组测试题的题库，载有一块棋盘和很多棋子的图片同步出现在了两块投影幕布上，底下的学生们也在开动着自己的脑筋：

“我知道！这是国际象棋!”

“废话！我也知道是国际象棋！人家的要求是用英语来说!”

张文慧看了看电脑上显示出来的图片，飞快地举起了手。

“请张文慧同学回答。”

文慧的答案——Chessing。

曹海燕淡淡地笑了笑，说道：“是 Chess，不是 Chessing！注意用词的准确性，这道题我只能遗憾地说——你答错了!”

高二（四）班的区域传出一片惋惜声。

金昱琳懊恼地用手拍了一下额头，焦急地说道：“文慧犯了一个低级错误!”

文君华观察着张文慧的每一个表情和动作，轻声说道：“文慧是有点儿急于求成，她大概也在想怎么尽快把前面的劣势扳回来，所以才犯了这么个低级错误!”

文君华说着也不禁握紧了拳头，低声念道：“文慧，一定要稳住！不管场上发生什么情况，自己一定不能乱。”

“下面请看第二张图片。”

投影幕布上出现了女子三米跳水的图片，张文慧又一次迅速地举起了手。

曹海燕笑了笑，说道：“还是张文慧同学抢在了前面，请给出你的答案。”

文慧的答案——Diving。

“很好，完全正确！我们来看第三张图片。”

投影幕布上出现了拳击的图片，张文慧又一次抢先举起了手——Boxing。

出现在投影幕布上的第四张图片是一个射击比赛的场面，张文慧连续第四次抢在了前面——Shooting。

“很好，张文慧同学已经连续抢答对了 3 道题，希望你再接再厉。”

张文慧的神勇表现让场边的文君华大大松了一口气，金昱琳仔细核算了自己笔记本上的得分记录，说道：“我算过了，前三组过后文慧落后五分，截至目前，差距只有两分了!”

张文慧的奋起直追让高三（六）班的学生们有些坐不住了：

“美娟怎么了？要赶快打压一下对手的气势才行啊!”

“美娟也举手了，只是那个张文慧抢得太凶！答题机会都让她给抢走了!”

“这样下去不行啊！前几轮的优势都快没了!”

“美娟，你得比她更快才行!”

……

“下面请看第五张图片。”

投影幕布上出现了一个男子掷保龄球的画面，这一次徐美娟终于抢到了答题的机会——Bowling。

“很好，答对了。前面的五张体育图片之后，我们一起来看后面的五张图片，请用英语说出图片所展示的国家名称。”

出现在投影幕布上的是一个高耸入云的铁塔，徐美娟飞快地举起了手：“埃菲尔铁塔！”

曹海燕看着徐美娟，微笑着说道：“这当然是埃菲尔铁塔，但根据题目的要求，你应该回答我 France 才对！一开始我就说过了，参赛选手的回答是不能出现汉语的！所以，徐美娟同学，这道题只能算是你答错了！”

徐美娟一听傻了眼，整张脸霎时变得通红，台下的观众席也是一片哗然。

文君华笑了笑，对金昱琳说道：“徐美娟应该是感受到了文慧追赶她的压力，她太想保住前几轮的优势，重压之下也开始犯这种低级错误了！相比之下，文慧应该已经挺过了最艰难的时期！”

文君华看着台上的张文慧，喃喃地说道：“希望这一轮能成为比赛的转折点……”

这时，投影幕布上出现了一排水中的建筑，台下有反应快的学生脱口而出：“这是威尼斯嘛！”

与此同时，台上的张文慧也抢先举起了手——Italy。

……

第二十三章 激战：English Challenge（中）

上半部分的比赛完成了，比赛在暂停了5分钟后，曹海燕又拿起麦克风徐徐地说道："上半部分的综合测试结束之后，我们将进入下半部分的专项测试，题型的设计既有一定的难度，也有一定的趣味性，在某些环节需要两位选手的即兴发挥和激情绽放，希望两位选手能将良好的状态保持到下半部分的比赛当中。"

曹海燕一边操作着面前的电脑，一边说道："请两位选手点开桌面上下半部分的测试题库，在第一组测试中，由张文慧同学朗读第1、3、5小段，徐美娟同学朗读第2、4、6小段，请开始。"

同步出现在投影幕布上的是6小段英语绕口令，张文慧拿着麦克风，看着电脑屏幕上的题，小心而又认真地读了起来："A tidy tiger tied a tie tighter to tidy her tiny tail."

金昱琳轻声说道："很显然这个环节是侧重考察她们的发音和朗读的基础功力，读得太慢就失去了测试的意义，读得太快又容易导致发音含混不清，说白了就是要读得又快又准又清晰才能显示自己的功力……哎呀！文慧有一个小小的卡顿！"

文君华轻轻摆了摆手，说道："不要紧，我不相信徐美娟就不出错！像这种有一定难度的测试，胜负往往取决于谁犯的错误更少！"

徐美娟朗读起了第2小段：

Sandy sniffed sweet smelling sunflowers seeds while sitting beside s swift stream.

金昱琳轻声说道：“徐美娟这一段读得很流畅，但有一个单词发音不准，她自己也意识到了，你看她脸上的表情。”

张文慧看着题沉着地朗读道：

A flea and a fly flew up in a flue. Said the flea, “Let us fly!” Said the fly, “Let us flee!” So they flew through a flaw in the flue.

张文慧准确无误地读完后，高二（四）班所在的区域内不知是谁用不大不小的声音鼓了几下掌，其他的人仿佛都受到了影响或是得到了某种暗示，整个区域内响起了一片热烈的掌声，张文慧的脸上也露出了笑容。

金昱琳轻声说道：“从这一段开始句子变长了，文慧这一段完成得不错，特别是在后半截又大声又清晰，还有一个提速！也难怪后面有掌声！”

徐美娟读起了第4小段：

A tutor who tooted a flute tried to tutor two tooters to toot. Said the two to their tutor “Is it harder to toot or to tutor two tooters to toot?”

徐美娟刚一读完，高三（六）班所在的区域也不甘示弱地响起了掌声。

金昱琳轻声说道：“刚才文慧后半截的提速肯定对徐美娟产生了影响，她在这一段也开始提速，双方都在较劲儿啊！”

张文慧开始了第5小段的朗读：

All I want is a proper cup of coffee made in a proper copper coffee pot, you can believe it or not, but I just want a cup of coffee in a proper coffee pot. Tin coffee pots or iron coffee pots are of no use to me. If I can't have a proper cup of coffee in a proper copper coffee pot, I'll have a cup of tea!

紧接着徐美娟也朗读了自己的第6小段:

A bitter biting bittern bit a better brother bittern, and the bitter better bittern bit the bitter biter back. And the bitter bittern, bitten, by the better bitten bittern, said: "I'm a bitter biter bit, alack!"

这一次全场的观众也终于不再沉默，一起将热烈的掌声送给了台上的两位选手。

陈建怀一边鼓掌，一边对身旁的乔善坤说道："这英语我是放下有几十年了，细节方面我说不上太清楚，但总体上感觉高二（四）班的张文慧，在这个环节上好像开始反超了！乔主任，你觉得呢?"

乔善坤愣了一下，赶紧说道:"是是是！我也感觉是这样……"

与此同时，金昱琳也在发表着自己的专业判断："现在两个人都渐入佳境了，刚才那一段都完成得很好，没有什么明显的失误，但从朗读的气势和最终出来的效果来看，感觉文慧稍好一点……"

文君华松开紧握的拳头，往手心里轻轻吹了一口气，说道："还有一点，你注意到没有？文慧至少还能开心地笑一笑，而徐美娟一直就没轻松过，她精神上的那根弦绷得过紧了!"

比赛暂停了几分钟，曹海燕又拿起麦克风说道："下面开始第二个环节的测试，请打开题库第二小节的试题……里面的两首英文诗歌，一篇名为 *The Road not Taken*，另一篇名为 *Be the Best of Whatever You Are*，从现在开始，你们将有5分钟的时间对这两首诗歌进行一个快速的理解、认识和消化，然后选取其中的一首进行即兴朗诵。当然，后面一个朗诵的选手不能选取和前面那位选手相同的作品……现在开始计时，请两位选手尽快进入角色！”

两首英文诗歌同步出现在了投影幕布上，金昱琳看着两首诗歌轻声说道：“这个环节不但要考察她们的阅读能力，还要考察对英文作品的理解、认识和融合的能力！同样是读，却是对第一个测试环节的升级！”

5分钟的准备时间到了，曹海燕看了看两个人，说道：“时间到！请告诉我你们各自选择的是哪一篇作品，以及谁先开始这个环节的即兴朗诵。”

曹海燕的话音刚落，徐美娟就抢先举起了手：“我选择第一首 *The Road not Taken*！”

曹海燕微笑着说道：“既然徐美娟同学选择了 *The Road Not Taken*，那就请张文慧同学做好朗诵 *Be the Best of Whatever You Are* 的准备，徐美娟同学，你可以开始了！”

徐美娟定了定神，开始了自己的即兴朗诵：

> Two roads diverged in a yellow wood,
> And sorry I could not travel both
> And be one traveler, long I stood
> And looked down one as far as I could
> ...

金昱琳奇怪地自言自语道：“前面的测试环节不都是文慧在前，她放在后面吗？怎么现在想起来要抢在前面了？”

文君华说道：“她是不想再拖在后面，承受文慧带给她的压力，而且抢在前面也可以选择自己比较有把握的那一篇作品。”

...

Oh, I kept the first for another day!

Yet knowing how way leads on to way

I doubted if I should ever come back.

I shall be telling this with a sigh

...

金昱琳一边听着徐美娟的朗诵，一边慢慢地解说道："这首诗是传统的抑扬格四音步，里面有不少的抑扬成分，音步可以变……徐美娟把节奏放得很慢，她是打算充分表现里面抒情的成分……但感觉似乎又太平淡了一些，音律太平……作品里面那些深刻的哲理还没有充分表现出来。当然，这只是她一个人的表现，得看看文慧后面的效果才能做横向比较。"

徐美娟完成了自己的朗诵，放下麦克风，长舒了一口气。

张文慧拿起麦克风，看了看评委席，轻轻地笑了笑，开始了自己的朗诵：

If you can't be a pine on the top of the hill,

Be a scrub in the valley—but be

The best little scrub by the side of the rill;

Be a bush if you can't be a tree.

...

坐在文君华斜前方的苏佳芮忽然转过头，对着文君华笑了笑。

金昱琳奇怪地问道："她在冲你笑什么?"

文君华也笑了笑，说道："你知道我们班有个叫雷文静的女生，有些文学方面的特长和天赋，平时就喜欢写一些散文、诗歌什么的，春节联欢晚会的时候她朗诵了一首她自己写的散文诗，佳芮刚才是想说，文慧朗诵的样子很像雷文静!"

金昱琳撇了撇嘴，酸酸地说道："你们两个……还挺心有灵犀的嘛……"

...
If you can't be a muskie then just be a bass
But the liveliest bass in the lake!
We can't all be captains, we've got to be crew,
There's something for all of us here.
...

金昱琳一边仔细听着张文慧的朗诵，一边轻声说道："断句和节奏还不错，但各小节之间的节奏再变一些就更好了……诗歌的意境在升华，文慧应该注意自己的语调和情感，要更丰富一些才好……这个地方可以再高亢一点……"

张文慧完成了自己的朗诵，曹海燕并没有宣布下一个环节的开始，而是和另外 4 个评委交流起了什么，与此同时，观众席上的学生们也根据自己的理解和喜好开始评头论足起来。

文君华笑着对金昱琳做了一个手势："你先别说，你听，那些学生们在说些什么。"

"你们谁给我说说她们两个在朗诵什么？我都没怎么听懂啊！"

"真笨！投影上不是有原稿吗？简单地说，第一首诗讲的是人生选择的哲理，第二首诗说的是人生的态度！"

"你们觉得哪一个朗诵得更好？"

"感觉差不多，半斤八两！不过我个人觉得张文慧稍好一些，有感情、有气势、有渲染力！容易引起共鸣！"

"我倒觉得徐美娟更好！她把诗的意境表现得很细腻，能深入人心，触摸内心，节奏感也很好！"

"总体上是差不多，但正因为在 *The Road Not Taken* 这首诗歌里面，徐美娟想表现的东西太多，诗歌本身的意境又太深厚，所以最终的结果就是哪种意境都表现得不够充分，不够彻底！相比之下张文慧的处理就要干净利落得多！一点都不拖泥带水！所以，我更倾向于张文慧！”

……

文君华笑着对金昱琳说道：“怎么样？学生们的评论有意思吧？”

金昱琳点点头说道：“嗯，部分评论还真说到点子上了！”

5个评委结束了短暂的交流，曹海燕拿起麦克风微笑着说道：“刚才我们五位评委老师进行了一次简短的交流，应该说到目前为止，两位选手都是势均力敌，差距仅在毫厘之间，希望你们能将这种良好的状态延续到最后两个环节的比赛之中！”

曹海燕说完点开了电脑中的另一题库：“下面我们进行第三组——听力的测试，你们将看到一段视频，请仔细聆听这段视频里面的歌曲。”

同步出现在投影幕布上的是一段动漫视频：寒冷的星空下，一个五六岁的白人小男孩，穿着睡衣站在一列火车的车尾，仰望着星空，吟唱着一首旋律优美的英文歌曲：

La, la, la, la...
I'm wishing on a star
And trying to believe
That even though it's far
He'll find me Christmas Eve
I guess that Santa's busy
Cause he's never come around
I think of him When Christmas Comes to Town
...

一段结束之后，一个七八岁的黑人小女孩和一个同龄的白人小男孩推开车厢的门，走到车尾，黑人小女孩也随之唱了起来：

The best time of the year
When everyone comes home
With all this Christmas cheer
It's hard to be alone
Putting up the Christmas tree
With friends who come around
It's so much fun
When Christmas Comes to Town
...

看着这段视频，文君华的眼里充满了暖意："这是一部美国的动漫电影——《极地特快》，这首歌叫 *When Christmas Comes to Town*，旋律很优美，发音也很清晰，的确非常适合作为听力测试的试题！"

金昱琳惊讶地看着文君华："你一个大男人，还看这种动漫电影啊！我都没看过耶！"

文君华笑了笑，说道："好莱坞的动漫电影可不是国产的动画片能相比的！比如说这部《极地特快》，它基本上适合各个年龄段的人观看！我也一并把它推荐给你！"

金昱琳嫣然一笑："好啊！我收下了！"

观众席上的学生们似乎也对这段视频很感兴趣：

"这部动漫我看过！叫什么名字我忘了，反正就是讲一群小孩儿和圣诞老人、圣诞礼物的故事……"

"我也看过！里面这首歌真的很好听！我听了不下几十遍！"

……

视频播放完毕，曹海燕说道："看完这段视频，想必你们也能猜到相应的测试要求了，那就是——对视频里面的这首英文歌曲进行英译汉的翻译！”

听到这儿，张文慧和徐美娟都不禁相互对视了一眼。

“这段视频我会再重复播放一遍，然后由张文慧同学对视频中白人小男孩的歌唱部分进行翻译，徐美娟同学对黑人小女孩的歌唱部分进行翻译！两位选手将你们的答案写在电脑上，然后回传给我，下面开始播放视频。”

……

徐美娟两手紧紧抓着桌子左右两边的两个角，表情严肃地看着视频，而张文慧却是两手捧着麦克风，轻轻摇晃着头和身躯，似乎在一边聆听一边哼唱。

文君华看着台上两个人的动作和表情，忍不住笑了起来：“你看她们两个的样子，是不是很有意思？”

金昱琳也笑着说道：“是很有意思！从头到尾她们两个都是这种状态，相比之下我觉得文慧可爱多了！”

视频播放完毕，张文慧和徐美娟把自己对歌曲的翻译通过电脑传给了曹海燕，两人的答题也同步被放到了投影幕布上，五位评委老师对着两个人的答题又开始了轻声的评论和交流。

文君华看着投影幕布，轻声说道：“这首歌的歌词我也很熟，感觉她们两个的翻译和原版比起来，有些段落的意思被漏掉了，还有一些不太准确的地方……”

金昱琳点点头说道：“的确都存在遗漏和意思扭曲的地方，这个也真是难为她们了，要在这种环境里面对一首歌曲进行听译，的确有些超出她们平常接受的学习和训练……这一环节算是五五开吧！”

五位评委老师结束了短暂的交流，曹海燕说道：“下面继续我们听力部分的测试，同样是一段视频，请仔细聆听视频当中的对话。”

播放的视频刚一出现在投影幕布上，有部分学生就乐了：

“这是《怪物史瑞克2》里面的片段！史瑞克、驴子和靴猫在树林里面相遇了！”

史瑞克：I know it was kind of a tender moment back there, but the purring?

驴　子：What? I am not purring.

史瑞克：Sure? What is next? A hug?

驴　子：Hey. Shrek. Donkeys do not purr. What do you think I am, some kind of a...

靴　猫：Ha－ha! Fear me, if you dare!

...

金昱琳看着文君华，戏谑地说道：“这个又是你很熟悉的吧?”

文君华笑道：“你真说对了！”

视频播放完毕，曹海燕拿起麦克风说道：“本轮测试的要求，仍然是对视频中人物的对话进行英译汉，和之前不同的是，这一次我将参与进来，由我来负责其中史瑞克的对话，徐美娟同学负责其中驴子说话部分的英译汉，张文慧同学负责靴猫说话部分的英译汉。第二遍视频播放完毕之后，就由我们三人用汉语来重现视频中的对话，下面开始第二遍视频的播放。”

……

三个人的对话开始了，张文慧和徐美娟都显得比之前要更为紧张。

文君华看着三个人的对话，若有所思地说道：“曹老师的出题思路的确是令人钦佩啊！”

金昱琳也由衷感叹道：“的确如此！传统的听力训练和测试都是让学生们听一小段话，再进行填空或者单项选择，而今天曹老师彻底颠覆了这一模式！虽然这种形式对学生们有一定的难度和挑战性，让他们感到很不适应，但却非常新颖、有趣，充满了启发性！”

文君华问道：“你感觉她们两个表现得怎么样？”

金昱琳边看边轻声说道：“因为有第三方的参与，如果听译效果不好的话，就会出现答非所问，被别人牵着鼻子走的现象……你看，她们两个都在犯这种错误！文慧这一段遗漏比较多，靴猫的话她大概只说到了其中的三分之一，另外的三分之二显然是听译过程中来不及反应了……徐美娟也差不多，内容也没说完。不过这也不能全怪她们，驴子和靴猫最后那段对话的内容太长，而且语速都很快……总的来说，这个环节也只能算是打平！”

依然是在短暂的交流之后，曹海燕拿起麦克风，缓缓地说道：“接下来我们将进入今天比赛的最后一个环节——自由脱口秀！我们将给出一个话题，请两位选手针对这一话题，自由发挥，自由阐述你们对此的认识和看法。

“应该说这个话题你们一点都不会感到陌生，在座的所有观众也不会陌生，那就是——你们如何看待我国即将实行的单独二胎政策！两位各有 10 分钟的准备时间，然后进入自由阐述阶段，请抓紧时间进行思考和准备。”

测试题目一公布，全场一片哗然，几乎所有人都在小声议论着这一时髦的话题。徐美娟忽然来了个 180°的转身，背对着观众席认真思索了起来。而张文慧则是两手捧着麦克风，在桌子后面一边缓缓地转着圈儿，一边歪着头、小声地自言自语着。

文君华笑了笑，说道：“这的确是一个谁都能发表看法的话题。”

金昱琳轻轻点了点头：“下半部分的比赛，虽然名为专业化、个性化测试，但实际上是一个更为全面的综合性测试！它对外语学习中所涉及的听、说、读、写、译五个主要方面的能力都进行了全面的考察，今天曹老师给我们所有的人都上了一课！”

10分钟的准备时间之后，徐美娟还是选择了首先发言。

……

徐美娟的发言并不长，用了不到3分钟。

张文慧拿起麦克风，冲着评委席微笑了一下，开始了自己的阐述。

……

金昱琳一边聆听、对比着两个人的发言，一边轻声说道：“从口语的表达、语法方面来看，两个人还是差不多的……关键是她们所阐述内容的侧重点有很大的不同，徐美娟讲的是人口出生率的持续下降、低生育率、老龄化结构严重、年轻人婚育观念转变等原因，使社会老龄化问题日渐突出，对今后产生的影响，官方语言比较多。

“文慧的发言大不一样，她侧重讲的是由于家庭结构简单，没有兄弟姐妹、缺少同龄伙伴，独生子女的成长容易陷入孤独之中，二胎政策可以减少独生子女精神孤独、以自我为中心等不良情况，感觉要稍微接地气一些……”

张文慧在继续发表着自己的看法，五位评委老师看着台上的张文慧，忽然一起会心地笑了起来。

金昱琳也笑了笑，说道：“文慧刚才在说，她希望自己能有一个弟弟或妹妹，等他们进入学校以后，她一定会告诉自己的弟弟或妹妹，她曾经经历过一次让她终生难忘的英语比赛，她希望他们今后也有机会去经历像今天这样的考验……文慧实在太可爱了！”

所有的测试都结束了，在曹海燕的提议下，五位评委老师坐成了一个圆圈形，彼此交流着对比赛的看法和意见。

文君华看着五位评委，沉吟着说道：“我感觉……在上半部分对词汇、语法、英语文化知识等方面的综合测试里面，因为有确定的答案，这一部分是徐美娟略微领先。在下半部分的专业测试里面，虽然没有同步公布相应的评判标准，但在听、说、读、写、译各个方面，文慧都不输于甚至是略胜过对方，下半部分肯定是文慧领先。

“综合全场表现来看，我个人认为还是文慧获胜！当然，我的看法难免主观了一些，金老师，你认为呢？”

金昱琳微笑着说道：“你的判断什么时候错过？不过现在我们怎么想都没用，关键还得看五位评委老师最后的综合意见。”

第二十四章 激战：English Challenge（下）

5 分钟过去了……10 分钟过去了，五位评委老师还在交流着彼此的意见，似乎并没有结束讨论的意思。

现场的气氛变得越来越紧张，体育馆里面的几百名学生也有些坐不住了。彭珊珊一只手紧紧抓住段雪曦的胳膊，连声音都似乎在颤抖："怎么还不出结果啊？本来我不紧张的，可现在这个样子，我真的紧张得要死！"

段雪曦紧咬着嘴唇，沉声说道："别紧张！很快就有结果了……你别掐我！"

郭晨阳一语不发，将两手搭在前面座位的椅背上，十根手指不停地敲击着椅背。

体育馆中间区域忽然传出一个男生不大不小的声音："我感觉徐美娟会赢！不信等会儿你们看！"

郭晨阳像被针扎了一样跳了起来，红着脸，眼睛扫视着中间的座位区，大声质问道："谁他妈在胡说？还没出结果呢，提前放什么屁！"

中间座位区一个男生瞟了一眼郭晨阳，不阴不阳地说道："我就随便说说，又怎么了？着什么急呀！"

郭晨阳终于看到了说话的人，用手分开坐在自己旁边的王亚超，怒吼着向那人冲了过去："你他妈再胡说！信不信老子揍你！"

王亚超和另外几个人赶紧拦住了怒气冲冲的郭晨阳："郭晨阳，冷静点儿！现在可不能出事！"

“对呀！你要收拾他也得等到散场以后啊！”

……

郭晨阳余怒未消地坐了下来。

中间的座位区有人在言语上进行了反击：“凭什么就认为张文慧赢定了呀！说不定就是人家徐美娟赢呢！”

段雪曦霍地站了起来，大声说道：“逞口舌之快有什么用！事实胜于雄辩！”又举起手振臂高呼道，“张文慧必胜！高二年级必胜！”

此话一出，坐在体育馆右侧座位区的高三（六）班也坐不住了，立刻就有人站起来，不甘示弱地大喊道：“徐美娟必胜！高三年级必胜！”

高二（四）班和高三（六）班的隔空叫阵很快就点燃了全场的气氛，散坐在体育馆各个区域的高二年级和高三年级的学生们迅速投入了战斗：

“高二年级必胜！”

“高三年级必胜！”

……

初一、初二、初三和高一年级的学生们也没闲着，在确定了各自心目中的支持者后，也迅速加入了战斗：

“支持张文慧！”

“我们支持徐美娟！”

“跟我一起喊：张文慧！张文慧！张文慧……”

“徐美娟！徐美娟！徐美娟……”

……

整个体育馆内群情激昂，人声鼎沸，加油、助威、呐喊声不绝于耳，场面几近失控……

苏佳芮赶紧拿着麦克风走上了主席台，尽全力控制着现场的局面：“同学们！同学们！大家安静一下！安静一下！评委老师正在慎重地评议比赛的成绩，比赛的结果很快就会公布，请同学们一定要做到文明观赛！理智观赛！”

学生们的呼喊和鼓噪终于渐渐平息了下来，忽然，高三年级的教师年级组长项正其走到了5个评委的身边，将头凑了过去，不停地在讲些什么。

文君华眉头一皱，对台上的苏佳芮挥了挥手，又指了指项正其，苏佳芮心领神会，拿起麦克风，看着项正其，一字一句地说道：“为保证比赛的公平和公正，请评委老师以外的人不要靠近评委席！不能以任何形式影响和左右评委老师的意见！”

项正其抬头看了一眼苏佳芮，却并没有离开的意思，埋下头继续发表着自己的意见。

项正其的这一举动让陈建怀也很是不满：“这个项老师在搞什么名堂嘛！他这个样子，是不是又想让那些学生去激动，去叫喊啊？乔主任，你去告诉他，评审团自有他们的专业意见，不用他去操这个心！”

乔善坤走过去拍了拍项正其的肩膀，又附在项正其的耳边说了几句话，项正其才悻悻地走开了。

陈建怀想了想，还是有些不放心，挥挥手把文君华和苏佳芮叫了过来：“文老师，今天的比赛很激烈，也非常精彩，可以说已经达到甚至是超出了我们之前的设想和效果！现在这些学生还是很激动，能不能想想办法，调剂调剂现场的气氛？”

文君华略微一思考，说道：“没问题！我们可以让两位选手各自演唱一首歌曲，没有伴奏就清唱，也不用把整首歌都唱完，但演唱的一定得是英文歌曲！等她们表演完毕，评委老师的最终意见也差不多已经出来了！”

苏佳芮犹豫地说道：“这样做……会不会让她们觉得毫无准备？”

文君华说道：“没准备也不要紧，今天的比赛让她们两个毫无准备、出乎意料的东西还少吗？再说这并不是比赛的一部分，只是一个即兴的发挥和表演而已！让她们演唱英文歌曲既可以缓和现场紧张的气氛，又和今天英语挑战赛的主题相吻合，怎么都说得过去！”

陈建怀也点了点头，说道：“我同意文老师的想法和意见，就这么办吧。”

苏佳芮走上主席台，笑语盈盈地对台下的观众说道：“各位老师、同学们，请你们回答我，今天的比赛精不精彩？”

“精彩！”台下一片热烈的回应声。

苏佳芮微笑着说道：“说得没错，张文慧和徐美娟两位同学今天向我们展示了她们的实力和风采，给大家留下了深刻的印象，大家一定很想再次看到她们的精彩表现吧？在此我提议，请两位同学借此机会再次展现她们的特长和才艺，就各自演唱一首英文歌曲，哪怕是一小段也行，大家说好不好？”

“好！好！好！”台下响起一片更为响亮的回应声。

看着台下激动雀跃的观众，张文慧竟也呵呵地笑了起来，而徐美娟却显得很不自然。

苏佳芮微笑着对徐美娟说道：“徐美娟同学，我们看到在下半部分的比赛里面，大部分时间都是你在前面进行回答和阐述，那这一次的才艺展示，就请你首先为大家献上一曲，怎么样？”

徐美娟愣了一下，快速调整了一下自己的情绪，说道：“好……好的，我就为大家演唱一首 *Scarborough Fair*，希望大家喜欢！”

台下响起一片掌声。

徐美娟拿起麦克风，定了定神，开始了演唱：

Are you going to Scarborough Fair
Parsley, sage, rosemary and thyme
Remember me to one who lives there
he once was a true love of mine
...

台下高三（六）班的学生们高举着双手，随着歌曲的旋律，一起左右摆动着手臂，一起轻轻哼唱着这动人的旋律。

金昱琳轻声问道："你是怎么想到这个点子的？"

文君华轻声答道："一是因为这种形式和比赛的主题很接近，二是因为我听文慧唱过一首很不错的英文歌曲。"

金昱琳说道："徐美娟的这首歌选得很不错，莎拉·布莱曼的 *Scarborough Fair*，旋律相当优美，传唱度很高，你看，那么多人即便不知道歌词，也在一块儿哼着唱呢！"

文君华笑了笑，说道："文慧的那首歌也很动听，待会儿你就知道了。"

金昱琳歪着头问道："你怎么知道她一定会唱你说的那首歌？"

文君华耸了耸肩："我当然也不能肯定，我只是猜想文慧应该会唱那首歌。"

徐美娟完成了自己的演唱，台下的观众都报以热烈的掌声，高三（六）班的学生们大声呼喊着：

"美娟！唱得好！"

……

徐美娟的脸上第一次出现了笑容。

苏佳芮看着张文慧，微笑着问道："张文慧同学，你为大家带来的是一首什么样的歌曲呢？"

张文慧微笑着说道："我给大家带来一首 *Footprints in the Sand*，我希望我唱到副歌部分的时候，你们能和我一起唱，好吗？"

"好的！"在掌声响起的同时，高二（四）班的学生们大声地回应着。

You walked with me

Footprints in the sand

And helped me understand Where I'm going
You walked with me When I was all alone
...

文君华笑着说道："我猜对了！文慧真的选择了这首歌！"

金昱琳仔细地回忆着这首歌："咦？这首歌好像在哪儿听到过，一下又想不起来……"

慢慢地，张文慧唱到了歌曲的高潮部分：

I promise you I'm always there
When your heart is filled with sorrow and despair
I'll carry you
When you need a friend
You'll find my footprints in the sand
...

文君华有些激动地说道："你听！现场有多少人在跟着唱！"

金昱琳一拍手，恍然大悟道："想起来了！这是每一季《中国好声音》的节目间奏曲！怪不得这么多人会唱！"

……

张文慧完成了自己的演唱，在如潮的掌声中，五位评委老师也已经坐回了原位，曹海燕看着文君华点了点头，文君华随即对着苏佳芮也点了一下头。

苏佳芮说道："感谢两位选手的精彩表演！在经过认真而又慎重的评议之后，评委老师已经对今天比赛的最终结果有了明确的结论，下面就让我们把麦克风交给评委会负责人曹老师！"

在掌声中曹海燕走上主席台，从苏佳芮手中接过了麦克风："首先要感谢三十六中的领导和本次比赛的策划、组织者，正是因为他们，才让两位选手以及我本人有了这一次展示和亮相的机会！可以这么说，我从教几十年，参与过的英语竞赛不下数十场，可今天的这场比赛，今天的观众，还有今天的氛围，让我难以言表，难以忘怀！

“我们今天的测试与考察是完整而全面的，两位选手竭尽全力，她们的表现也是值得称赞的！我提议，请大家再次将热烈的掌声送给台上的两位选手！”

台下响起一片热烈的掌声。

掌声渐停，曹海燕缓缓地说道：“可既然是比赛，就必然有分出胜负的那一刻，不管最后的胜负结果如何，我相信今天的这一场比赛，都必将会对我们的英语教学产生良性、有益的启示和推动！衷心地祝福两位选手，在今后的学习当中，能够百尺竿头，更进一步！

“那么，根据我们五位评委老师的交流和最终评议，最后的投票结果为3∶2……”

说到这儿，曹海燕停顿了两秒钟，一字一句地说道：“我们判定，高二（四）班的张文慧，胜！”

台下再次响起了热烈的掌声，高二（四）班的学生们高兴得又跳又叫，体育馆内高二年级的其他学生也是激动不已。而高三（六）班所在的区域则是一片死寂，好几个学生痛苦地抱着头，闭上了眼睛。高三年级其他的学生则是不停地摇着头，叹着气。

台上的张文慧和徐美娟下意识地互相望了一眼对方，徐美娟勉强地点头笑了一下，便面如死灰、眼神空洞地从右侧的台阶向下走去。

刚走到台阶的一半，一直面无表情的徐美娟终于忍不住双手掩面，大声痛哭了起来，晶莹的泪水从手指间不断地往外淌。高三（六）班的学生们赶紧围了上来，竭力安慰着伤心的徐美娟。而体育馆的另一侧，张文慧已经欣喜地冲到了观众席，和同学们一起分享着胜利后的喜悦……

文君华看着学生们欢庆的场面，眼里也不禁泛起了泪花。

金昱琳站了起来，笑着向文君华伸出了手：“祝贺你，文老师！你们终于赢了！”

文君华微笑着握住了金昱琳的手：“不！是我们赢了！你不也是我们当中的一员吗？”

金昱琳的脸上有了几分羞涩：“那……我以后能叫你的名字吗？君成？”

文君华笑着说道：“当然可以！”

陈建怀看着体育馆里欢庆的学生，微笑着大声说道：“很好！非常不错！要的就是这种效果！”说完便和其他几个人向体育馆的门口走去。

刚走出没几步，项正其从后面追了上来：“陈校长！陈校长！今天的比赛……怎么能是这样的结果呢！”

陈建怀停下了脚步：“怎么就不能是这样的结果呢？连我这个局外人都能看出来，上半场是你们领先，可那个叫张文慧的女生在下半场反超了，综合全场表现来看，最后判她获胜，是合情合理的！”

项正其苦着脸说道：“可我们是高三年级，是毕业班啊！还有两个多月就要参加高考了！她判我们输，这会打击高三年级的士气和自信心的！”

陈建怀很不高兴地说道：“项老师，我认为你这种想法是错误的！你让我想起了去年的校运会，一开始就是你们高三（五）班在总分上领先，可最后半天的两个接力项目就掉了链子！这次又是这样，开场领先，关键时刻又掉链子！这说明什么？说明你们高三年级的心理素质不够稳定！不够坚实！而且严重缺乏拼搏精神！看来今后像这样的比赛，要尽量多举办一些才行！”

陈建怀说完便头也不回地走了，留下项正其一个人茫然无措地站在那里……

第二十五章 天降大任

连续一个星期的气温都稳定在25℃～30℃，3月下旬的重庆已渐有初夏的味道。

时针指向20：00，苏佳芮坐在自己的宿舍里，望着窗外渐黑的天色，终于还是忍不住拨通了文君华的电话，但听筒里传来的却是对方已经关机的声音。

苏佳芮落寞地放下手机，发了一会儿呆，决定一个人下楼走走，好歹也能舒缓一下下午主持英语挑战赛的紧张心绪。

从4楼下到1楼，都要经过文君华所住的102号宿舍，苏佳芮站在房门前犹豫了一会儿，还是抬起手敲响了房门。

几秒钟后，房门竟然打开了，文君华满面春风地出现在了门口。

苏佳芮吃惊地说道："君成，你在啊！"

文君华微笑着说道："当然在啊！不然我应该在哪儿？"

苏佳芮说道："我以为你去参加学生们的狂欢庆祝了！"

文君华说道："本来是准备去的，但后来一想，还是让学生们自己去庆祝更好些，我就说有另外的安排……雪曦差点儿就不让我走呢！"

苏佳芮问道："你不是从来都和他们打成一片的吗？就没看见你和他们生分过！现在倒拘礼起来了？"

文君华笑了笑，说道："这不是拘礼，我是考虑到有些场合没有我们这些老师的存在，学生们会放得开些，今天的胜利值得他们去狂欢、去庆祝，我就策略性地回避一下吧。欸，佳芮，你快进来啊！”

苏佳芮一边进门一边问道：“你的手机怎么关机了？”

文君华答道：“是手机没电了，我正在充电呢，都忘了开机了。”

苏佳芮走到客厅，一眼就看见餐桌上放着一叠厚厚的资料，最上面一个笔记本的封面上赫然写着几个大字：英语挑战赛强化重点，下方的落款人是“金昱琳”。

苏佳芮不由自主地撇了撇嘴：“文君成先生，下午比赛的时候你和金昱琳小姐在窃窃私语些什么啊？比赛进行了多久，你们两个就亲密了多久……”

文君华愣了一下，说道：“瞎说些什么啊！她一直都在帮我解说比赛的进程。”

苏佳芮冷笑了一声：“是吗？也包括解说动漫？”

文君华惊讶地说道：“没看出你还是个顺风耳！连这些都听到了！”

苏佳芮又冷哼了一声：“我不是听到的，是看到的！播放视频的时候你们两个就在那儿说笑个没完！”

文君华笑着说道：“全场就那一段是我在为她解说，谁叫她没看过好莱坞的动漫电影呢！”

苏佳芮咬牙恨恨地说道：“我看就是那头聒噪的驴子都没你们两个的话多！”

文君华笑道：“听你的口气，你倒好像是看过《怪物史瑞克》？”

苏佳芮瞪大了眼睛：“一到四集我都看过！”

文君华眨了眨眼睛：“那……《极地特快》看过没？”

苏佳芮把头转向了一边：“切！才不要和你讨论这个！”

文君华只好闭上了嘴。

苏佳芮扭过头又看见了桌上的笔记本，忍不住又问道：

“金昱琳的笔记本都到这儿了，人怎么还没到？”

文君华笑了笑，说道：“已经被我送走了！”

苏佳芮的心情一下子由阴转晴：“送走了？你怎么送走的？送哪儿去了？”

文君华说道：“其实也不能完全说是我送走的，今天晚上学生们不是要搞庆祝派对吗？他们见我不去，就把金老师给拉走了！不然她可是打算晚上和我一起看动漫电影的！”

苏佳芮又瞪大了眼睛：“讨厌！信不信我来搅局！”

文君华笑了笑，说道：“好啦！她又不在，你也不用搅局了！要不，咱俩一块儿来看《极地特快》？这可是一个很美丽、很奇妙的故事……”

苏佳芮缓缓走到文君华的面前，伸出双手环抱着文君华的脖子，将头轻轻地靠在文君华的肩上，柔声说道：“看什么都行……君成，自从你来到我身边，我看到的都是一个又一个奇妙而美丽的故事……”

3 月 26 日，重庆市教委的大会议厅内坐满了人，重庆市各所中学的校长均聚集到此，参加为期 3 天的“市中学教学工作讨论交流会”，会议由教委副主任杨明丽主持，选择和指定了部分中学作为此次会议的发言代表。

陈建怀在主席台上做完了发言，轻舒了一口气，回到台下自己的座位上坐了下来。

一头短发，年已五十出头，却是双目有神、精神矍铄的杨明丽端起茶杯，喝了一口茶水，徐徐地说道：“本次会议进行到现在，在听取了大量的发言和报告之后，相信在座的各位也有不同的感受和体会，从中我们也可以感觉到，各个学校在教学工作上是有想法、有思路、有创新的……其中给我留下深刻印象的是三十六中的发言！”

一直在认真做记录的陈建怀闻言吃了一惊，停下笔，抬起头，略有些惊愕地望向台上的杨明丽，刚好和杨明丽敏锐的目光碰了个正着。

杨明丽微笑着说道："陈校长，你们学校教学创新、改革的方法和手段，可是相当有意思啊！我听得很仔细，也记得很清楚，比如用演话剧的形式，让学生融入到对文学名著的学习当中，把校运会搞成田径世锦赛的模式，还有学习互助社、荣誉学位制……哦，对了，还有最近的英语挑战赛！你们的点子真不少啊！这些个热闹场面，你怎么不通知我一声，让我也去凑凑热闹嘛！"

陈建怀有些受宠若惊地说道："杨主任，您真是言重了！其实我们前期的教改措施，也是边想边做边看效果，哪敢一开始就邀请领导来观看的！不过我们心里倒是一直想着，能让领导给我们提一些宝贵的意见就最好了！"

杨明丽笑着说道："陈校长你谦虚了！你刚才在发言中不是说了嘛，这些教改措施都取得了很好的效果，学生的学习热情高涨，团队意识和集体荣誉感都持续得到了强化！改革创新就是要缜密策划，大胆实施！

"对了，你刚才还说你们准备对传统的'红五月'歌咏比赛进行变革，把它改为一次综合性的文艺汇演？"

陈建怀说道："这是来之前我们刚有的一个想法，但因为时间比较仓促，文艺汇演的主题、内容什么的都还没来得及讨论和思考，回去之后我们立刻就要启动这项工作。"

杨明丽点了点头，若有所思地说道："嗯，这也是一件非常具有新意的工作……党报上不是这么写的吗，时代在发展，人民群众的精神文化需求也在不断提高，'红五月'歌咏比赛作为精神文明宣传建设的一种非常重要的形式，它的主旨和精神要传承，但形式可以多样化嘛！不然怎么叫与时俱进呢！

"不过这么多年，我从来没听说过重庆有哪所中学开展过这方面的改革和创新，陈校长，你们又走在前面了！"

陈建怀忙笑着说道："杨主任，您还是言重了！我们走在前面，也只是率先做一次尝试而已……"

杨明丽笑着说道："不管怎么说，你们这次的创新活动，我是不会再错过了！等你们安排妥当，确定了活动开展的时间，我是一定要去看看的！"

陈建怀闻言大吃一惊，脸色不由得一变，还好杨明丽刚好在此时端起茶杯送到了嘴边，才没有看见陈建怀那惊愕无比的神情。

杨明丽放下茶杯，想了想，说道："你们走在前面，既是一次表率，也是一次大胆的尝试，这件事情既然在交流大会上提出来，那就要起到交流的作用……因此，我提议，在座的各位都和我一起，到三十六中去共同观摩、学习此次的文艺汇演！不过，人太多，都去的话也不现实……这样吧，我就点名选择一部分学校，派出代表随我前往三十六中！"

陈建怀不由得倒吸一口冷气，木然地拿起了桌上的笔。

杨明丽将一只手放在茶杯上，用食指轻轻地敲击着茶杯，缓缓地说道："一中、南开、八中、巴蜀、育才、西大附中、外国语学校……"

陈建怀在笔记本上记录着被念到的名字，只觉得手心里冷汗直冒，几乎连笔都握不稳了。

"七中、十一中、十八中、二十九中、六十六中、求精中学、清华中学、复旦中学、巴县中学、铁路中学、杨家坪中学、南坪中学、渝高中学、兼善中学、朝阳中学、江北中学、渝北中学、字水中学、凤鸣山中学、田家炳中学、天星桥中学、第二外国语学校……"

杨明丽停下了点名，又拿起茶杯送到了嘴边，陈建怀也终于松了一口气。

杨明丽轻轻吹了吹茶杯里的茶叶，又继续点起了名："长寿中学、万州中学、奉节中学、开县中学、云阳中学、巫溪中学、梁平中学、忠县中学、涪陵五中、丰都中学、璧山中学、大足中学、铜梁中学、合川中学、江津中学、綦江中学、荣昌中学、黔江中学、彭水中学、酉阳二中……暂时就这些吧！其余没点到名字的学校如果也有兴趣前往观摩、学习，可以直接与三十六中的陈校长联系，陈校长确定活动日期后会分别通知大家……”

陈建怀合上笔记本，用左手撑住额头，只觉得头脑……不，是全身都已麻木……

3 月底的重庆阳光已经很耀眼，晒在身上甚至还有些扎人，所有人都感觉得到，重庆的夏天又要开始了。

3 月 28 日中午 12：10，文君华和段雪曦并肩走在校园中庭的花坛边，文君华停下脚步，若有所思地望着前方：“雪曦，你……真的能确定，这次的问卷调查意愿属实？大家说的……都是自己的真实想法？都愿意一起奋斗到高三？”

段雪曦侧过身，十分认真地说道：“这一点我能肯定！我是在学习互助社开展自习，大家都在场的情况下实施的问卷调查，调查开始前 10 分钟才通知班委会其他几个成员。我还特地跟他们打了招呼，让他们观察一下大家的情绪反应，有没有乱填乱写或者底下串联的现象。所以现在我能肯定，大家所说的都是真心话！”

刚说完，段雪曦却又低下了头，情绪变得低落起来：“只是……”

文君华见段雪曦变了语气，于是接口道：“只是大家都在考虑高三分班的事情，对吧？”

段雪曦惊讶地抬起头：“文老师，你又和我们想到一块儿了！大家的确是很担心高三分班的事情，按照学校以前的惯例，进入高三就要淘汰一部分人，虽然我们班现在已经是今非昔比，但要想全部保留下来还是很难的……到时候郭晨阳、韩耀林、珊珊他们几个体育、艺术特长生肯定会被抽调到其他班，成绩靠前的人也会有其他班抢着要，另外剩下的人……就要等着被劝退了！我们好不容易建立起来的团体，就要被拆散了……”

文君华拍了拍段雪曦的肩膀：“雪曦，别泄气嘛！我一定会想办法，让这些事情尽量不会发生……”

段雪曦像被打了兴奋剂似的笑了起来：“真的吗？你可以让我们继续在一起走完高三，一直到高考结束的那一天？”

文君华苦笑了一下：“你也别高兴得太早，我说的是尽力想办法，毕竟很多事情也不是我说了算，最后还得由学校领导来决定……”

刚说到这儿，身后不远处响起一个男生的叫喊声：“段雪曦！你脑子是不是进水了……”

两人回头一看，是叶嘉伟、张浩凯、徐鹏、郑豪4个男生走了过来，叶嘉伟走在最前面，大声质问着段雪曦：“段雪曦，是谁告诉你黑洞是可以用天文望远镜观测的？前两天我好心好意给你普及一点天文知识，你到底是怎么理解的？就在刚才，彭珊珊、刘雨涵还有周瑞琪她们3个都说是你这么教她们的！你让我这个物理课代表的脸往哪儿搁啊？”

段雪曦被质问得脸上青一阵红一阵的，愣了几秒才大声回敬道：“你吼什么啊！你才脑子进水了呢！我……我不小心说错了嘛！你见过哪个女生懂这么多天文知识的？没看见我在和文老师说话啊！你故意的，是吧！”

文君华忍住笑，清了清嗓子对叶嘉伟说道：“叶嘉伟，怎么和班长说话呢！”

叶嘉伟看了看文君华，嬉笑着对段雪曦说道：“哦，你的意思是……应该另外找个时间来教训你，对吧？哈哈！是我的错，不小心破坏了段大班长在文老师心目中的完美形象！我们走！我们走！”

刚走出校门，叶嘉伟忽然又转身对着段雪曦大声说道：“段大班长，我还有一个提议，你，加上彭珊珊、刘雨涵、周瑞琪，你们4个胸大无脑、脑子进水的女生可以组成一个女团，就叫‘进水女子组合’！很形象吧？”

说完大笑着跑了出去。

段雪曦红着脸大叫道：“你们几个二货也可以组成一个团，就是名副其实的二货党！”

已经跑出一段距离的叶嘉伟停下脚步回应道：“二有什么不好？我告诉你，我二我快乐！”

见段雪曦还不罢休的样子，文君华笑着拦住了她：“好了，雪曦，别跟他们争了，男生有时候就是嘴贫！不过叶嘉伟说得没错，黑洞是不能被观测的，它只能被计算出来。”

段雪曦红着脸说道：“这回我记清楚了……”

文君华说道：“那早点回家吃饭吧，下午我再去找陈校长谈谈高三分班的事。”

段雪曦离开了，守门的保安李国强却又拉着文君华聊了起来：“文老师，我早就想跟你聊聊了！”

文君华笑着说道：“李师傅，你想跟我聊什么？”

李国强说道：“文老师，你看你的学生多有朝气啊！自从你来了之后，这学校的变化就两个字——新鲜！你那些招儿可真是绝啊！”

文君华微笑着说道：“我哪有什么招儿！还不是和其他老师一样，教书育人呗！”

李国强摆摆手认真地说道：“文老师，你太谦虚了！这去年的高二（四）班可真是一个名副其实的烂班啊！学校踢给谁都没人要！可经您的手带了这大半年，那可是脱胎换骨了！还有您搞的那些个学习互助社、新版运动会、英语挑战赛，哪个学生不喜欢？你只要一出手，这学校就跟过节似的！而且还不耽误学习！我敢说，你给这学校带来的变化，就没有第二个人能做到！”

文君华笑着说道：“好了，李师傅，你就别夸我了！要说这变化，我发现你今天就有不小的变化，你这头发……”

李国强一下想到了什么，用手摸着自己的光头，哈哈笑着说道：“就是就是！有变化！有变化！我这两年头发掉得厉害，昨天我就干脆去剃了个干净！您看，现在多省事啊！”

这时，两个低年级的女生，各自抱着一叠书经过门岗向校门外走去，斜眼看见李国强的光头，忍不住用书掩着嘴小声议论起来：

“你看，保安换新发型了！”

“他哪有什么发型！怎么看都像《熊出没》里面的光头强！”

李国强听见两个小女生之间的对话，眼睛一瞪，大声问道：“两位同学，你们是哪个年级哪个班的？怎么可以在背后说别人的坏话呢！”

两个小女生嬉笑着跑开了，留下一串银铃般的笑声。

文君华笑着说道：“李师傅，你也别怪她们，说实话，你今天的造型还真像动画片里面的光头强！”

李国强摸着光头哈哈笑着说道：“既然你都这么说，那可能还真是那么回事儿……”

这时，文君华的手机响了起来，是乔善坤打来的电话：“文老师，现在去吃饭了吗？”

文君华说道：“是乔主任啊？我还没去吃饭呢，是有什么事吗？”

“是这样的，文老师，现在有一件事情我们急需你的想法和意见！因为考虑到你上午有课，所以就没给你打电话，现在可能要耽误你一点时间啊。”

“没关系的，乔主任，您在哪儿？我马上过来。”

“我在陈校长的办公室，请尽快过来，我们都在等你。”

文君华朝着办公楼匆匆而去了。李国强想了想，跨出大门，对着两个小女生离去的背影大声喊道：“光头有什么不好？同学，我告诉你，我光头我快乐！”

第二十六章 坚持到高三

文君华匆匆来到校长办公室的门口，见陈建怀环抱着手臂，一脸严肃地坐在办公桌后面，乔善坤似乎连坐的心思都没有，背负着双手在陈建怀的办公桌前来回踱着方步。

文君华敲了敲门，乔善坤抬头见是文君华，向前跨了几步，做了一个挽臂的动作，急切地说道："文老师，你可来了！来来来！坐下说话！"

文君华在陈建怀的对面坐了下来，陈建怀并没有看文君华，两眼盯着办公桌上的一个笔记本做沉思状。

乔善坤站在文君华的侧面，深吸了一口气，缓缓地说道："文老师，就在几天前，当时也是我们3个在一起，你给学校提了一个建议，说是要用一个综合性的文艺汇演取代传统的歌咏比赛……当然，这也算得上一个不错的建议，以新代旧，陶冶情操，丰富学校的文化活动，我们也是把它作为学校教学改革试验的一个新举措、新思路，将它写入了学校的工作总结当中，并向市教委的领导做了汇报……"

说到这儿，乔善坤把左手的食指放在桌面上，一边敲击着桌面一边加强了语气："可就是这么一个小小的想法和汇报，却让教委领导产生了极大的兴趣，她竟然要来观看我们的文艺汇演！不但她要来，她还要带着一大帮人来！"

文君华看了看两个人的表情，陈建怀还是一语不发，乔善坤则是满脸的焦虑。

文君华轻松地笑了起来："这是好事嘛！本来我们就是打算通过这种形式去探索和发现更科学、更全面的教改思路和方向，现在我们的想法已经引起了教委领导的关注和重视，从侧面已经说明我们之前的想法和思路是正确的！也是值得我们去继续探索的！"

"哎呀！我说文老师……"乔善坤用手拍了拍文君华所坐椅子的椅背，"我不否认你的想法和思路是非常具有积极性和建设性的，但你作为一名教师，并没有完全站在校领导的位置和高度来思考和看待这个问题！事情发展到现在，咱就打开天窗说亮话了！学校根本就没有举办综合性文艺汇演的先例和经验！

"以前每逢国庆、春节什么的，都是各个年级或者各个班自己组织起来搞一搞，娱乐娱乐，但这次不一样了！教委领导和教育界同人想看的文艺汇演，什么时候演？由谁来演？要演出什么内容？这些统统都是问题！再说了，这次的演出可不是以前各个班搞的那些个自娱自乐，完全就是不售门票的公开汇演啊！"

文君华正想接口说点什么，乔善坤却又拿起桌上的笔记本，递到文君华的面前，一边翻阅一边继续说道："文老师，你看看，这些可都是教委的杨主任亲自点名随同前来观摩的，你虽然以前是在永川那边，但作为教育界的一分子，看这名单你也该知道，这几乎就是重庆市师资教学力量排名前五十的学校啊！这要是演不出个名堂来，陈校长的脸面往哪儿搁？三十六中的脸面往哪儿搁？文老师，现在你明白学校的压力和处境了吧？"

在文君华翻看笔记本的时候，陈建怀也终于开口说了话："文老师啊，今天叫你来，其实并没有责怪你的意思，我只是觉得，你作为当初这个想法和建议的提出者，应该知晓这件事情的发展和走向……退一步说，要搞这样一个文艺汇演，肯定也少不了你这个发起者的意见和建议。

“从开会回来一直到现在，我也考虑了很多，木已成舟，该面对的还是要面对！既然有客人要乘兴赴宴，我们就得尽全力去接待，有多大的锅就下多少米。至于菜品的质量怎么样，合不合口味，就只能由别人去分说了……”

文君华轻轻地将笔记本放回到陈建怀的办公桌上，微笑着说道：“我完全理解两位领导的担心和忧虑，但与此相反的是，我认为两位领导最担心的问题都不是问题！这恰恰是我们三十六中展现师生风采和整体实力的大好时机！”

此话让陈建怀和乔善坤大吃一惊，乔善坤将手按在文君华的肩膀上，把头凑了过来：“文老师，你没搞错吧？你的意思是……”

文君华仍然保持着微笑：“我的意思是——三十六中完全有能力举办这样一次综合性的文艺汇演！简单地说，首先在硬件上，三十六中占地较宽，地势平坦，关键是我们还有一个宽敞而且现代化的运动场和体育馆，这就具备了举办大型文体活动的场地条件！

“其次在软件上，据我的了解，我们初、高中部6个年级，每个年级都具有一定数量的艺术特长生，就算每个年级只有三十名左右的人选，这也是一个不错的选材基数。这一点对我们至关重要，因为我们具备了最重要的艺术资源力量！就好比要准备一顿大餐，我们已经有了满屋子的食品原材料。

“最后当然还要一个好的厨师，一个好的策划、组织者，对所有的资源力量进行合理的分配和整合。如果两位领导能继续信任和支持我的话，我本人非常愿意来担任本次文艺汇演的组织和策划者！为三十六中不久后的扬眉吐气尽上一点力！”

文君华的一番话让两人甚是宽慰，之前一直倚靠在椅背上的陈建怀也一下坐直了身子，关切地说道：“文老师，学校对你的信任和支持是一如既往的，这一点你可以放心。我关心的是，接下来具体工作的开展，你的计划和打算是……”

文君华用手托着下巴，沉吟着说道：“现在还说不上具体的部署和安排，给我3天时间，3天以后我会将本次文艺汇演的方案，包括整体规模、内容、形式以及预算，进行一个完整的规划和呈现！我相信，这将是一顿真正的饕餮大餐！”

郭晨阳推开房门，看到餐桌上还摆放着没动过的饭菜，父亲坐在沙发上翻看着报纸，母亲则拿着遥控器调弄着不同的电视节目频道。

“咦？你们还没吃啊？我不是打电话告诉过你们，下午田径队有训练。”郭晨阳边说边关上了门。

郭母放下遥控器站了起来：“晨阳，你回来了。特意等你呢，你爸有事跟你说，快去洗手吃饭。”

郭父闻声也放下了手中的报纸：“吃饭先放一放，我跟他谈完了再吃。”

“有那么急吗？不能边吃边说啊？”郭母说着进厨房拿筷子去了。

郭晨阳问道：“爸，到底什么事啊？”

郭父起身走到儿子身前，说道：“晨阳，你这高二马上就要结束了，虽说你爸离退休还有几年，但最近一年我都在考虑你毕业以后的事，总不能临到毕业了还没着没落的吧……”

郭晨阳奇怪地嚷了起来：“高二下学期才开始呢，怎么就说到毕业了？再说了，高二结束了不还有高三嘛！”

郭父有些不悦地说道：“晨阳，你的学习底子、学习成绩，你自己是知道的；你们学校对待你们班的态度和方式，你也是清楚的！你还想混到高三？我看是在做梦！现如今重庆哪所高中不是一到高二结束就淘汰人的？你别以为你爸待在厂里面上班就什么情况都不知道！到那个时候你到底能不能混进高三，恐怕由不得你啊！”

郭晨阳被父亲的话激怒了，直着脖子大声反驳道：“我成绩怎么了？我们班又怎么了？那都是以前！我们现在不一样了！我们班现在是学校的标杆！不信你去学校打听打听！”

郭父生气地将脸扭到了一边：“我不会去你们学校！我也不想见到你们那些个老师和校长！”

郭母拿着筷子从厨房里走出来，见两父子吵得不可开交，忙摆手劝道：“哎呀！我说你们两个，说了半天还没说到正题上！这是在搞什么呀！”

郭母拉着儿子在沙发上坐了下来，温和地说道：“晨阳，是这么回事，重钢前些年整体搬迁到长寿，你爸在那边也是要两个星期才回来一次，最近一两年也确实在考虑你的事情。你爸呀是打算让你去顶他的职，接他的班，这样最起码你毕业之后就可以不愁工作的事了……”

说到这儿，郭父转过头来插话道：“子女顶班，这在以前是重钢厂子里的老做法，近些年是没怎么用了，但考虑到我们家的实际情况，我是向厂里求了好久，才答应帮我想办法的……”

郭晨阳看了看父母，心中充满了愤懑和不解：“你们为什么就不能对我有点信心？对，以前我是耽误了不少学习，但进入高二以来，我一直都在努力，我们全班都在努力！我们都在用行动证明，我们是可以成功的！老师也告诉我，只要我一直坚持下去，到高三就一定能实现自己的目标！”

郭父看了看儿子，缓缓地说道：“晨阳，不是爸爸在打击你，爸爸也不是没看到你的努力和进步，可终究我们还是要回到现实当中来，你必须得衡量你的努力和你的目标之间的差距究竟有多大……”

郭晨阳不服气地回敬道：“我又不是考清华、北大，只是考一般的体育院校，这不是什么遥不可及的目标！”

郭母担心两父子又吵起来，忙摆手制止道：“好了好了！

你们两个都别说了！半个月见一面还吵成这样，先吃饭！吃饭！这事啊，以后再说！”

“什么？我们真的要搬去广州！”彭珊珊叫了起来，“我还以为你们说着玩儿呢！”

“这么大的事，怎么可能说着玩儿，爸爸可是去年就告诉你了！”彭父说道，“现在就等我们家小公主点头了！”

彭珊珊看了看父亲和母亲，说道：“可我现在还不想去广州，我舍不得学校，也舍不得我们这个班……”

彭母忍不住笑着插嘴道：“我真不明白你们学校到底有什么好的，还让你舍不得了！”

彭珊珊对着母亲眨巴着眼睛，问道：“如果这所学校不好，那你当初还把我从舞蹈学校转到这儿来？”

彭母忙纠正道：“这还不是为了让你有一个好的学习环境，才让你转学的嘛……可谁想到你后来又被分到了这样一个班……”

彭珊珊飞快地插嘴道：“我们班可好了，你们可别拿着老眼光看待我们，不信你们去学校打听打听！”

彭父乐了起来：“哎哟！听我们家宝贝儿这么说，你们班一定是鸟枪换炮，黑乌鸦变金凤凰了！”

彭珊珊脸上露出了骄傲的神情：“那是当然了！我们班现在是团结一致，亲如一家人！因为我们有一个超级棒的老师……”

彭父见话题有些扯远了，忙说道：“嗯，珊珊，爸爸可能下周一，最迟下周三就要飞去广州了，去了就有一阵子回不了重庆，因为爸爸要把主要精力放在广州那边新开的服装厂里面。珊珊，你还是跟爸爸一块儿去吧，你想要的东西，那边全都有……”

不等父亲说完，彭珊珊就嘟着嘴嚷了起来：“我都说了，我哪儿都不去！我就要留在重庆，留在这所学校！我要一直上到高三，参加明年的高考！”说完转身走回了自己的卧室。

“珊珊，你听爸爸说……”

“好了好了，你也别再游说了，”彭母拉住了彭父的手，“要不先这样吧，你到广州先安顿下来，我陪珊珊在重庆再住上一阵子，大不了就到明年夏天吧，你何必急在一时呢!”

彭父轻轻叹了一口气：“看来只能这样了！本来是打算先做通她的思想工作，然后马上办理户口和学籍转移，这样一家人不就又在一起了吗？看现在这情况，这边儿就只能再辛苦你一段时间了。”

第二十七章 旁观：高三的耻辱

当文君华把文艺汇演方案的 PPT（演示文稿）投映出来时，完全没想到竟会给在场的校领导带去如此之大的惊讶甚至是震惊。

“关于本次的文艺汇演，我个人倾向于定在 5 月 4 日的晚上，因为那一天正好是五四青年节，而中学生正处在由青少年向青年转变的特殊阶段，这个时间点非常有利于晚会主题的扩展和发挥。

“学校的运动场是本次演出的最佳地点，我粗略估算了一下，运动场的观众席满打满算大致能容纳一万五千人左右，运动场中央的草坪正好用来搭建演出舞台。但事实上把观众全都放在观众席上的效果并不好，因为这会让现场显得很松散，也会让综艺性晚会看起来更像是一场个人演唱会。

“因此我计划把整个运动场的一半进行封闭，把观众都集中在另一半的椭圆形观众席上，全部面向草坪中央的舞台，这样一来观众席就紧凑了，也便于我们对现场的指挥、调动和管理。草坪的中央，也就是舞台正前方的那块区域设立为嘉宾区，提供给教委领导和随同前来的各个学校的同人。

“为达到我们预期的演出效果，本次演出的舞台设计、灯光、摄像、音响等方面都要达到专业化，至少是半专业化的水准，比如说我会在舞台区域设置 3 块各 15 平方米的 LED 全彩显示屏，展现我们演出的华丽效果，一块放在舞台的正后方作为背景，另外两块分别放在舞台左右两侧的前方。

届时晚会现场还有 6 台高清摄像机进行全程拍摄，舞台正前方一台定机，舞台侧前方各两台近距离的游机，外加一台摇臂机，另外针对嘉宾席和全场的观众席，还有两台专门的游机。

“当然这些都不用我们太操心，我会联系专业的演出策划公司进行现场的勘察和设计。

“关于演出的内容，我还需要时间对全校的艺术资源进行考察和挖掘，而这一点靠我一个人的力量是无法完成的。

“除了演员阵容和演出内容以外，对于领导、嘉宾的接待和对晚会现场的指挥、协调、后勤供应也是不可忽视的，我们必须要建立一支专门的队伍，进行指导、培训，才能保证当天晚会的顺利进行。

“以上就是我关于本次文艺汇演的一些计划和设想，请各位领导予以考虑和指正。”

文君华喝了一口水，放下杯子才惊异地发现陈建怀、王启舟和乔善坤 3 个人的目光仍然停留在投影幕布上，谁也没开口说话。

过了一会儿，乔善坤扭头看了看陈建怀和王启舟，才笑了笑，谨慎地说道：“文老师，不得不说你的方案设计确实是让我们大开眼界！专业性和全面性都远远超出我们的预想，我差点儿就以为你以前就是做导演的！”

陈建怀用一只手托着下巴，沉吟着说道：“5 月 4 日……时间点选得很不错，只是算起来只有三十多天的准备时间，培训、排练什么的还来得及吗？”

文君华说道：“时间方面我是这么考虑的，首先我们不可能再提前了，这会让我们本来就不太充裕的时间更加紧张；但又不适合再往后推，再往后推的话距离 6 月上旬的高考和中旬的中考就更近，也会让后面的备考工作显得吃紧。因此，把演出时间定在 5 月上旬是最佳的选择。

“关于培训和排练，我认为只要能保证每天中午的 1 个小时和傍晚的两个小时，就能达到预期的演出效果。但这一点上我们必须要获得相关老师和学生们的理解和支持，如果存在抵触情绪的话，就不好办了。”

乔善坤紧接着文君华说道：“关于这一点，我个人有一个建议，能不能不让初三和高三年级参加本次的文艺汇演，因为毕竟是毕业年级，老师和学生的学习压力都很大，我们去做相关思想工作的难度也不小。如果放开这两个年级，其余的人就要好办得多。”

文君华想了想，说道：“也好吧，我相信在其余四个年级当中，应该也能选拔出我们想要的演员。”

王启舟也开口说了话：“文老师，我只有一个问题，按照你的设想和要求，要举办这么一场专业化，至少是准专业化的综合性晚会，应该花费很高吧？我估计没个十万八万怕是拿不下来！”

文君华笑了笑，说道：“关于晚会的成本费用，我来打个比方，这么说吧，我相信各位都在电视上看到过某些学校拍摄的形象宣传片，根据方案设计、拍摄内容、剪辑时间、制作水平等各种因素的不同，成本费用一般都在五万元到十万元不等。

“而我们此次晚会的成本费用主要划分为硬件和软件两方面，在软件方面我们几乎不需要投入什么，因为方案设计、演员、后勤都是我们自己的，连策划和导演都省了，部分节目所涉及的舞美编排，我个人在这方面有一定的专业资源，我能确保他们以友情协助的方式来配合我们完成本次演出，学校不用投入任何费用。

“剩下的就是硬件方面的一些设备，包括舞台搭建、灯光设施、LED 显示屏、烟雾机、泡泡机等的租赁费用，据我估算，总额也不过五六万块钱。而且我会让影视公司把学校的形象宣传片也一块儿做了，毕竟在这之前我们也已经积累了相当多的素材，加上本次的文艺汇演，足以制作出一部内容丰富、翔实的片子，这笔账怎么算都是非常划算的！”

文君华此言一出，陈建怀、王启舟和乔善坤心里最后一块石头终于落了地。陈建怀长舒一口气，微笑着以轻松的口吻说道：“文老师，看得出来，在这件事情上你是真费了心！当然，往后也还需要你继续为学校出谋划策。我还是那句话，学校对你的信任和支持，是你最不需要考虑的问题！你只管放心去做！”

陈建怀又转过头对乔善坤说道：“乔主任，你看今天下午，最迟明天上午就把通知文件发下去。就两点，第一，为顺应学校教育实验改革，同时迎接市教委领导的工作视察，学校定于5月上旬推出一台大型综艺晚会；第二，本次晚会的相关组织、策划工作由文老师牵头开展。文件内容不要太多，就给人家吹吹风、打打气，告诉大家我们晚会的筹备工作就此启动了！”

第二天上午，关于5月份举办综艺晚会的文件就下发到了各个年级各个班。乔善坤也按惯例缓缓地走过各个楼层，这样做的目的，一来是可以看看相关文件下发后所产生的效应；二来也可以适时收集一些意见和建议。

情况总的来说还算正常，只是这次大家的好奇心都显得特别的重，这是一台什么样的晚会？规模会不会很大？要搞些什么样的节目？除了教委领导还有没有其他的领导要来？还有人问得更直接，能不能透露一下来访领导的具体职务和名字？对此，乔善坤均带着微笑，娴熟而又圆滑地进行了回应。

约莫1个小时就走完了初一、初二、高一和高二4个年级的区域，要不要去初三和高三的楼上看看？乔善坤略微有些犹豫，按理说文件通知上已经特别注明了初三和高三均不参与此次的文艺汇演，和他们关系不大了，也就谈不上什么意见和建议了，但乔善坤想了想还是决定上去走一走，好歹也算是完成了本次的一个全校摸底走访。

乔善坤一边思考一边抬脚向至善楼的3楼走去，只是他完全没想到，在3楼走廊的尽头有几个相对比较特殊的女生，又或者说是一个相对比较特殊的小团体，正在热烈地讨论着这一件看来似乎和她们关系不大的事情。

“欸，你们都听说了吗？学校5月份要举办一场综合性的文艺汇演！”

“你们都是听谁说的？我们老师嘴可严了，一点儿消息都没透露，我还是听楼下高二的那些人说的！”

“我们还不是一样，准是项保姆干的好事！他一定是叫高三年级的老师集体封锁消息，所以我们才会知道得这么晚！”

“那有什么办法，文件通知上面明确说了，初三和高三两个毕业年级不参与此次文艺汇演，所以就当我们是空气啰！”

“参不参与是一回事，告不告诉我们是另外一回事！再说了，这事到最后瞒得住吗？我就不信纸能包住火了！你们去楼下转转就知道了，听说这次文艺汇演的动静挺大的，不光是我们学校在搞……”

“你听错了！是我们学校在搞，只不过这一次不是学校内部的自娱自乐，而是上面有领导要来视察！”

“哇！这么厉害！这次的动作好大啊！”

“我就是生气！八百年才遇到一回的大型演出，凭什么就把高三的排除在外了！你们不觉得这就像看一部大片儿，每个人都发了一张电影票，到最后才说高三的全部回去自习，没买你们的票！”

“他们准会说，高三是毕业年级，一定要多看书、多学习，其他的事情就不要想了！”

“可我怎么觉得不止这一点原因呢……”

“芳芳，你的意思是……”

“我觉得这里面可能还有另外的因素！听说这次文艺汇演的筹备工作还是由高二（四）班那个文老师来负责，你们想想，去年校运会六班就输给了他们，半个月前的英语挑战赛徐美娟又输给了他们，这一次整个高三年级都被排除在外，也许……学校不再信任高三年级了！”

“这算什么嘛！运动会那是体育方面的事，英语挑战赛也只是一个学科，跟我们文艺生有什么关系？”

“对啊，上次英语挑战赛的时候我就说了，学校为什么不搞一个文艺对抗赛，我就不信高三还会输给高二！”

“完了完了！有这两个先例，恐怕这次的文艺汇演真没我们什么事了！我妈还常念叨我，说我这些年都白练了，完全没看到我出头的机会……”

“我妈还不是一样，老是埋怨我当初要选择三十六中，三天两头地在我耳朵边说，你看人家南开、育才的文体竞赛，还有各种各样的演出，一年到头多热闹啊！每次演出家长都可以到场，还可以上台和领导合影……”

“亚梅，你的消息可比我们的要准确，再说你也是我们文艺团体的一分子，你倒是说说话啊！”

何亚梅抿着嘴，为难地说道：“我……我能说什么呢？其实我掌握的消息，你们都已经知道了。”

“现在是知道了，可我们总不能站在这儿生闷气、发牢骚吧？依我看，我们应该有所行动，看能不能改变学校的决定！”

“怎么行动？集体写请愿书？”

“就算要写请愿书，光是我们几个可不够，得让整个高三年级的人集体签名上书才行！”

“也不是没可能啊！我们还有亚梅呢，到时候我们集体签名上书，就让亚梅做代表，把我们的一片赤诚之心呈上去！”

何亚梅咬着嘴唇，一句话也没说。

一个女生见状忙说道：“静媛，以亚梅的身份和职务，让她去递请愿书，恐怕是不太好……”

张静媛加重了语气说道：“不是我要为难亚梅，而是现在的形势迫使我们一定要这么做！亚梅，我告诉你一件事吧，自从英语挑战赛之后，1 楼高一年级的那些人，还有对面初中部的人都在笑话我们，说三十六中一大奇观，高三就是斗不过高二！高三的人见了高二的人，就像老鼠见了猫，走路都是绕着走！这是我们的耻辱！整个高三年级的耻辱！你难道要让我们 2014 级带着这份耻辱离开学校吗！”

正说话间，乔善坤从走廊的一头慢慢地走了过来，隐隐约约听见这几个女生似乎在讨论文艺汇演的事情。

“你们几个在议论什么啊？声音越来越大，我在那边都听见了。”乔善坤走到几个女生面前，正了正脸色问道。

“乔主任，听说学校要搞一次文艺汇演，为什么不让我们高三的参加呀？”张静媛说完转过头，偷偷翻了一下白眼。

乔善坤缓缓地说道：“你们就要参加高考了，一定要挤出时间多看书、多学习，不让你们参加文艺汇演，也是为了让你们把更多的精力用在学习上面，这也是学校对你们的爱护！”

董芳芳飞快地接口道：“可我们几个已经通过艺考了，现在也没什么好担心、好紧张的呀！”

乔善坤一听就有些生气：“你们是通过了艺考，就不担心后面的文化考试了？我知道文艺生文化考试的难度是不高，可其他同学的考试难度还是很高的嘛，你们就是只考虑自己，不考虑别人的感受了？”

“乔主任，我想问除了学习的因素，是不是还有别的原因，比如说……”何亚梅迟疑着，终于还是开了口，“学校是不是不信任高三年级了？”

何亚梅这一问让乔善坤很是生气，也颇感意外：“何亚梅，亏你还是学生会副主席，你怎么也不能正确理解学校的意图和良苦用心？居然还跟她们掺和在一起，问出这种话来！你太让我失望了！”

何亚梅红着脸，不敢再说一句话。

另外几个女生见状，急忙七嘴八舌地为何亚梅解围：

“乔主任，不能因为我们在运动会和英语比赛里面输了，就认为我们高三的不行了吧？”

“就是嘛，那些都是体尖生和英语特长生他们输的，跟我们文艺生可没有关系！”

“乔主任，学校得给我们机会，让我们证明高三年级是有能力的！”

……

乔善坤被几个女生连珠炮式的话语搞得心烦意乱，手一挥大声说道：“好了好了！都别吵了！口口声声说你们高三年级这也行那也行，早干吗去了？之前有的是机会，你们证明给谁看了？每次比赛都是丢人现眼！现在倒着急起来了！再说了，这一次学校是出于对你们的关心和爱护，充分保障你们的学习时间才做出的决定，你们不但不正确理解学校的意图，还在这儿吵吵闹闹的，像什么话！何亚梅，你马上把她们几个都带走！不要再跟我讨论这件事情！”

乔善坤说完便气冲冲地走了。刚走出没几步又回过头，对着几个女生说道：“我可告诉你们，要是再继续瞎起哄，别说参与，连观看晚会的资格也一并取消！到时候统统在教室里面给我上自习！”

望着乔善坤离去的背影，张静媛咬着牙，恨恨地说道：“都听见了吧？这就是耻辱！高三年级的耻辱！”

第二十八章 抗争与请愿

3 月 28 日中午 12：30，接到陈建怀打来的电话，文君华还以为是要听取晚会筹备工作的进展汇报，可当他拿着笔记本走进校长办公室，看见高三年级组长项正其也在场时，又隐隐觉得这似乎又不像是预想当中的工作汇报会。

陈建怀冲着文君华招了招手，说道："文老师，现在又出了一点状况，按理说这件事和你没有多大关联，但我还是想听一听你的意见，所以就把你也叫来了。"

"只要是学校的事情就是应该的，到底发生了什么事，和 5 月份的文艺汇演有关吗？"文君华一边坐下一边问道。

陈建怀对项正其说道："项老师，你把情况简单地说一下吧。"

项正其推了推鼻梁上的眼镜，略有些激动地说道："文老师，其实我也是比你早到 10 分钟而已。情况是这样的，昨天上午学校下发了关于 5 月份文艺汇演的通知文件，已经明确地把初三和高三两个毕业年级排除在外了，对此，我们高三年级的老师都是非常拥护和支持的！毕竟还有两个多月就要高考了嘛，学生就应该把所有的精力都放在学习上面！

"昨天下午我们发现有个别学生聚在一起发牢骚，埋怨学校剥夺了他们参加文艺汇演的机会，因为就那么几个人，我们进行了说服和劝导之后也没太在意。可从今天上午开始情况就不对了，各个班都有一部分学生的情绪明显开始波动，甚至是躁动！到了中午，就出现了大批学生聚在一起集体议论的现象，甚至还有个别人在模拟喊口号！这就是一个群体现象了！

“据我们观察，她们集体议论的事情还是和5月份的文艺汇演有关，我想就这种不良现象我必须马上向校领导进行当面汇报！另外，我来之前已经向高三年级各个班的班主任打了招呼，有什么异动马上向我通报！”

文君华皱了皱眉，轻声说道：“这件事情的确有些出乎我们的预料……”

这时，项正其的手机响了起来，项正其掏出手机看了一眼，说道：“是高三（六）班的吴老师打来的……”

陈建怀用手指了指项正其的手机，说道：“你开免提，我也想听听那边最新的情况。”

项正其按下免提键，大声问道：“吴老师，现在情况怎么样了？那些学生散了吗？”

手机里传来吴老师急促的声音：“根本就没有散开的迹象！现在很多学生都没去吃饭，也没回家，现场聚集的人越来越多了！我说项老师，你到底去哪儿了？就算校领导不在，你这个年级组长出来说几句也好啊，我们几个老师在现场是说也说不听，拉又拉不动啊！”

项正其问道：“不就是没让他们参加文艺汇演吗？用得着召集这么多人？他们究竟想干什么？”

“刚刚有两个班干部在现场打探之后向我秘密做了汇报，他们已经草拟了一份《请愿书》，十几张大白纸啊！现在正在大规模地动员高三的学生在上面签名，目前已经有几百个学生签了名，可能在下午他们就要向学校联名上书了！而且她们还有后备手段，据说如果学校不同意的话，她们不排除集体罢课的可能！”

听到这儿，乔善坤忍不住站起身来，向项正其伸出手，意欲拿过项正其的手机。

陈建怀绷着脸向乔善坤做了一个“坐下”的手势，乔善坤才忍着心中的怒气慢慢坐了下来。

项正其的额头和两鬓已渗出了汗珠，对着手机万分焦急地说道：“不像话！太不像话了！吴老师，我正在和学校领导商量对策，你务必要多找几个老师，不能让他们因为文艺汇演这点小事就做出出格的事情来！”

“项老师，据我得到的情报，他们在《请愿书》上没有提文艺汇演的事情，而是强调学校对整个高三年级的不信任！他们现在诉求的重点是公平、公正和民主权利……”

项正其木然地挂上了电话，完全不知道说什么好……

而此时至善楼的3楼却是一派热闹非凡的景象：

走廊的墙壁上贴着一张大大的《请愿书》，和十几张硕大的白纸，其中几张白纸上已经签满了密密麻麻的名字。

《请愿书》的前面还摆着一张课桌，张静媛站在课桌上声嘶力竭地做着动员：“同学们，我们不是小孩子了！我们要的是尊严和荣誉！我们要的是公平公正的民主权利！

“可是这些我们都没有！因为有人剥夺了我们应有的权利，我们失去了可以证明自己的机会，我们即将被钉上耻辱的石柱！

“请记住，我们高三年级是有实力的！我们是有理想和追求的！我们要团结起来！行动起来！我们要证明给别人看，我们不是旁观者！更不是失败者！”

董芳芳、王茜、周鑫月、李佩仪等几个女生则在旁边尽力维持着现场的秩序：

“请高三（五）班的同学都到前面来签名！高三（四）班的同学都往后退一退！”

“前面已经签过名的同学请离开现场！好让后面的同学能到前面来！”

“大家都让一让！让一让！互相配合一下！”

有人在后面大声吼道：“前面的快一点！我们后面的还没吃饭呢！”

有人立刻就在前面回应道：“你们后面的不让，我们前面的怎么出来？我们也没吃饭呢！”

“你叫老子怎么让？你不知道挤啊！老子再让就得从楼上跳下去了！”

人群中一阵哄笑，有人起哄道：“跳楼？谁跳楼了？快跳一个看看！”

后面一个高大的男生大声喊道：“快点儿！快点儿！再不让老子签，老子可就不签了啊！”

张静媛一听，用手指着那名男生，厉声喝道：“周子强，你敢！你今天要是不签，你……你这辈子都别想追到我！”

人群中发出更大的哄笑声。

“周子强，你老婆在威胁你呢！”

“有种你别签啊！”

周子强忙举手喊道：“我签！我签！刚才说着玩儿呢……”

张静媛脸一红，冲着起哄的人群说道：“谁是他老婆？我警告你们，别胡说啊！”

董芳芳补充说道：“周子强，我可看见了，你们班还有好多男生没签呢！都死哪儿去了？”

“就是嘛！你们班那么多女生都签了，男生为什么不签？别让女生把你们这些男生看扁了！”

后面有人把课桌从教室里拖了出来，站在课桌上看前面的热闹：“谁的老婆？快告诉我，我刚才没看见！”

人潮汹涌，有人被挤得失去平衡，“咚”地一下撞在了课桌上，于是就有人“咚”的一声从课桌上翻了下来。

“哎哟！是谁他妈在撞我？给我站出来！哎哟！痛死老子了……”

“哈哈！何元伟，你刚才是屁股着地还是哪儿着地啊？”

“哈哈……”

现场各种催促声、叫骂声、议论声、嬉笑打闹声不绝于耳……

乔善坤腾地一下站了起来，拍着桌子恼怒地说道：“我知道罪魁祸首是哪几个！就是号称‘民乐七仙女’，搞器乐的那几个女生！擒贼先擒王，老陈，我建议找几个老师，把那几个带头闹事的先揪出来，看剩下那些人还闹不闹！反了她们，居然还敢冲击学校！”

陈建怀铁青着脸，双手握着茶杯，既不点头或摇头，也不开口说行还是不行。

这时，乔善坤的手机又响了起来，一看来电显示，乔善坤很是诧异：“初三（九）班的王老师？不会又和文艺汇演有关吧……”

陈建怀用右手支着脑袋，似乎连话都不想说，只是用左手指了指乔善坤手中的手机。

乔善坤心领神会地按下了免提键，手机里传来王老师的声音：“乔主任，我就想问问，至善楼那边是怎么了？动静那么大，连明德楼这边都听得见，不是和这次的文艺汇演有关吧？”

乔善坤敷衍着说道：“我们也听见了，具体原因学校正在调查之中。”

“乔主任，我想说的就是这事，刚才有至善楼的老师传消息过来，说因为文艺汇演的事，高三那边可是群情激昂啊！连《请愿书》都写好了！就在10分钟之前，有七八个高三的学生跑到明德楼3楼这边来，在初三年级各个班都进进出出，这明显是要搞串联的节奏啊！”

乔善坤大吃一惊：“什么？他们还想搞串联！”

“乔主任，你我都清楚，这青年学生搞起串联来可不得了啊！到时候不定闹出什么事来！这次文艺汇演初三不也被排除在外了吗？一想到这儿我就担心得要死啊……”

“行了行了！你先稳住学生的情绪，我马上就派人过去……”乔善坤心烦意乱地挂断了电话。

校长办公室里面忽然变得一片死寂，每个人都在思考着一些事情，谁也没有开口说话。

过了一会儿，陈建怀用手揉着太阳穴，轻声问道：“文老师，你怎么看？”

文君华轻呼一口气，说道：“以目前的情况来看，我们之前的确是太低估了学生的参与意识和参与热情，我认为……我们不妨按照她们现在的意愿，接纳她们参与到此次的文艺汇演当中来。”

项正其万万没想到文君华竟会是这样的表态和意见，不等陈建怀和乔善坤开口，便气急败坏地说道：“你说什么，文老师？你居然接受她们的想法和要求？那以后师生关系产生矛盾的时候，这些学生还不得无法无天了！再说了，事情闹到现在这个地步，你这种态度又算个什么意思呢？学校向学生的妥协？文老师，坦率地说，对你的这种建议，我完全不能接受！”

陈建怀皱了皱眉，对项正其说道：“项老师，你先不要激动，让文老师把话说完嘛！”

见项正其一副急火攻心的样子，文君华也不由得正色说道：“项老师，我不认为学校和学生之间存在什么不可调和的矛盾和冲突，平心而论，我们当初做出排除毕业年级参与文艺汇演的决定，何曾有半点轻视和不信任的意思在里面，而是出于对毕业年级这个相对特殊群体的一片关爱和照顾。只是这种关爱和照顾，可能由于我们信息传递的方式、内容不够恰当，也可能是学生们对学校意图的认识和理解不够充分和完全，才导致现在这个局面的出现!

“而高三年级学生心理的激变我认为也是有迹可查的，如果我估计得不错的话，很可能就是因为去年校运会和前不久的英语挑战赛，高三年级接连败给高二年级，在高三年级学生的心理上多多少少留下了一些阴影和遗憾，但在他们心底深处，可能一直在等待和寻找一次机会，来证明自己的能力和价值。

“当他们得知学校即将举办一次规模空前的文艺汇演，而自己又被排除在外的时候，那种心理上的失落和痛苦是可想而知的！请愿的诉求能得到这么多人的响应和支持，也足以说明这不是个体意愿，而是群体的心理诉求!”

项正其铁青着脸没说话。

陈建怀轻点着头，说道：“分析得很有道理……文老师，你说具体的。”

文君华见话已经说开了，便直截了当地说道：“陈校长，我建议我们不妨以开放和包容的心态，接纳初三和高三年级的学生参与到本次晚会当中来。当然，我说的接纳，并不是需要他们全体出动，而是抽调、选拔其中的艺术资源力量进入我们的演出阵容，同时再选拔 30 ~ 50 名学生补充到一些群体性节目、晚会筹备的辅助工作和晚会现场的后勤工作当中。这样我们不但加强了我们的艺术力量，同时也可以借这次机会和学生们展开一次有效的沟通和交流。

“另外，我个人坚持认为，在整个高中生涯已经完成十之八九的情况下，一台晚会根本不可能对学生的高考成绩产生什么实质性的冲击和影响!”

陈建怀的脸上露出一丝不易察觉的笑容：“嗯……这样也好，既解决了目前学生的请愿问题，又能增强演出的阵容……”

说到这儿，陈建怀扭头向乔善坤问道：“乔主任，你认为呢?”

乔善坤见陈建怀已基本表了态，便大着胆子说道：“我觉

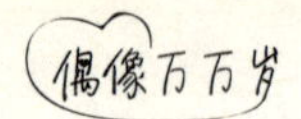

得……这样也挺好！一举两得嘛！反正那几个艺术特长生也已经通过了艺考，闲着也是闲着，再选出几十个人搞搞后勤辅助工作，就当是工作能力锻炼嘛！”

项正其万万没想到陈建怀、乔善坤居然和文君华走到了一起，结结巴巴地说道：“陈校长，你们……你们就这么同意了？那……我也没什么好说的！可是……现在你要我去面对那些学生，我是真不知道这些话该怎么说啊！”

文君华见项正其一副为难的样子，便自告奋勇地说道：“要不让我去吧，好歹我也是晚会筹委会负责人，我的话他们兴许能听得进几句。”

陈建怀的心情变得更加轻松：“那也好，你以晚会总导演的身份去告诉他们这个消息，那些学生高兴还来不及呢！”

文君华向乔善坤要了一张“民乐七仙女”的名单，便去了至善楼的3楼，剩下项正其依旧一副愁眉苦脸的样子，呆坐在椅子上。

陈建怀问道：“项老师，你还有什么顾虑吗？”

项正其心事重重地说道：“陈校长，这学生的问题好办，可高三年级老师的思想工作……可真不好做啊！”

陈建怀一听，很是不悦地说道：“项老师，我们刚刚才想到了解决学生问题的办法，你怎么又抛出个老师的问题？我说你们高三年级到底是怎么了？”

项正其苦着脸说道：“陈校长，你也知道我们2014级老师的责任心都特别强，谁不指望自己的学生考出个好成绩，考到一个好的学校，这也是为学校增光添彩嘛！可现在要抽调几十个学生去忙活晚会的事情，老师们心里肯定会有意见和想法的，我一个人恐怕应付不过来啊……”

陈建怀闻言大怒道：“项老师，我记得我以前就说过，冰冻三尺非一日之寒，比赛最后十米的冲刺，实则取决于前九十米的积累！考出好成绩固然可喜，可本次文艺汇演的重要性同样不容置疑！想必你们也知道学校这次的晚会不但要迎接教委领导的莅临视察，更要面对全市五十所中学同人的观摩学习，如果我们不能推出一台高质量的晚会，试问三十六中的颜面何以存在？在重庆教育界三十六中又何以立足！学校的老师就不曾想到这一点吗？

“项老师，你把我的意见向2014级的各位老师进行转达，如果还有想不通的，你就让他找乔主任谈；乔主任谈不下来的，就找王副校长谈；王副校长还谈不下来的，就让他找我谈！就这样吧！”

第二十九章 启 航

文君华离开至善楼3楼，又去了一趟宿舍，当他回到高二年级办公室的时候，看到段雪曦正低着头，在自己的办公桌前来回踱着步子，似乎已等了很久的样子。

文君华走过去，轻声叫道："雪曦！"

看到文君华回来，段雪曦的脸上瞬间绽放出了灿烂的笑容："文老师，你可回来了！"

文君华坐到椅子上，歪着头简短地问了一句："你……都知道了？"

段雪曦带着笑，迅速地点了点头："嗯，都知道了！"

没有多余的提问，也没有繁芜的回答，文君华和段雪曦之间似乎早已有了一种浑然天成的默契。

"说实话，以前没怎么关注过其他年级，这次这么一折腾，才发现高三年级原来是个藏龙卧虎之地，"文君华递给段雪曦一张纸，"雪曦，你对这个所谓的高三'民乐七仙女'了解多少？"

段雪曦看了看上面几个人的名字，说道："哦，这几个人啊，一多半我都认识。有两个是弹古筝的，3个是弹琵琶，以前在学校联欢会上表演过。这个何亚梅还是学生会的副主席，高一竞选的时候和我是竞争对手，不过后来因为众所周知的原因，我就没戏了……还有两个是中阮和二胡。"

听着段雪曦的话，文君华陷入了沉思，口中喃喃地说道：

“原来她们还真是‘民乐七仙女’啊……”

段雪曦把脸凑近文君华，轻声呼唤道：“文老师，你怎么了？你是在……想什么问题吗？”

文君华从思索中走了出来，笑了笑，说道：“哦，我是在想，因为我们这次晚会的规模特别大，现在有了她们的加入，对于我们的演出阵容和节目的编排设计，可是如虎添翼了！”

段雪曦小心翼翼地问道：“我听说这次晚会有教委领导和其他学校的领导要来观看，所以才搞得这么轰轰烈烈，是不是真的？”

文君华点点头说道：“当然是真的了。”

段雪曦的脸上浮现出了兴奋之色：“耶！太好了！”

文君华微笑着问道：“雪曦，你……还有珊珊她们，是不是也很想参加这次演出呢？”

段雪曦说话时的眼睛似乎都在闪着光：“还是你最了解我们！不瞒你说，要不是我拦着珊珊、雨涵还有叶嘉伟他们几个，他们早就冲过来找你了！”

段雪曦说完又皱起了眉：“可是……你说我们有机会参加这次的演出吗？”

文君华笑着说道：“当然有机会了！这次演出是学校形象和风貌的一次大的展示和检阅，很多人都有机会参与文艺汇演的各个环节当中。你们的班主任老师作为本次晚会的总导演，那我们的高二（四）班也肯定会在其中扮演非常重要的角色！”

段雪曦喜笑颜开地说道：“太棒啦！那接下来我们该怎么做？”

文君华说道：“从明天开始，我们将在全校范围内展开演员的筛选工作，同时，我们晚会的组委会、后勤工作组也同步开始组建和运转！不过，雪曦，演出归演出，你可要告诉同学们，学习可是一点都不能松懈的！”

“放心吧，在我的带领和监督之下，我们的学习互助社一切运转正常，绝不会中途掉链子!”段雪曦忽然又冷静了下来，“可是，我已经得到消息，学校里面可不是每个班都支持这台晚会，七班那个死老太婆就已经在嘀咕了，她告诉他们班的人，要是学校开始选拔演员，都不许出去冒头……”

说到这儿，段雪曦的脸上露出了不屑之色：“她也不想想，她们班有艺术人才吗?”

文君华笑了笑，自信满满地说道：“不要紧，我们的选择范围是相当大的！这绝不是一两个班或是一部分人所能影响和阻碍的！在正常运转的情况下，我要达到的效果就是——一个星期初见成效，两个星期就要初现规模!”

晚会的筹备工作正式展开了，师生们很快发现这与其说是一次文艺汇演，倒不如说更像是一次思想观念上的革新，从理念、创意再到内容、形式，都是那么欢快奔放，令人遐想。高三的学生们还自发地喊出了一句简短而又响亮的口号：展示自我，不负众望，2014，为校争光!

4 月 10 日下午 13：20，陈建怀、王启舟、乔善坤和李哲斌一边走在前往运动场的路上，一边愉快地交流着对晚会筹备的看法和感受：

“这才开始 10 天，本来陈校长和我打算晚几天再去看看节目筹备的情况，可文老师偏要我们今天就去，说是其中一部分节目已经初现雏形了!”

“这次节目的编排是够快的，我还以为刚刚才把演员选好呢。”

“你们都说说看，感觉怎么样?”

“感觉还不错！熊梓林那个男生，我知道他是个声乐特长生，不过以前还真没听他开口唱过，刚才排练那几嗓子，可把我吓一跳！那嗓门可够亮的!”

“听说熊梓林一直都是练美声的，这是他的专业功底嘛。”

“那个唱民族唱法的女生也不错，我就觉着不亚于斯琴格日乐……”

“不是说流行唱法还有一个女生吗？今天排练怎么没看见？”

“据说是曲目有变动，还要再准备两天。”

“高三那几个搞民乐的女生也挺努力的，我看她们排练的那股劲儿比艺考之前还狠呢！”

“欸，民乐到底是组团还是单练啊？我听秦老师说还没定下来。”

“当然是组团好了！再从其他年级选出 5 个来，加上现在这 7 个，直接命名为‘新女子十二乐坊’！那登台一亮相，效果不用说了！”

“王校长，这器乐上的单练和组团，在整体性、协调性上的要求可是有天壤之别的！除非我们提前成立一个民乐团，否则即便是把 12 个精英拉上台，也不见得就能达到预期的演出效果！”

“李书记说得有道理，说到民乐团，育才中学倒是一直都有一个民乐团，可人家那是长年累月在一起训练，跟咱们这个不一样。”

“乔主任，人家那是有这个传统和基础，咱们的情况不同嘛。谁又知道我们今年会接到这么一个特殊的演出任务呢！”

“你们说的都是声乐和器乐方面的节目，依我看，刚刚咱们看的那个拉丁舞才是效果最好的！那动作标准得……欸，你说我们学校这么些个艺术资源，以前怎么就没注意到呢？”

“李书记，你也别陶醉了，按照文老师的意见，这个节目还不一定上呢！听说还没达到他预想中的效果，即便要上也还得做改动！”

“不会吧！这么好的节目都不让上？让人匪夷所思啊……”

“这恰恰说明咱们节目资源的厚度嘛！”

“那除了这几个还有什么节目？我怎么没看到？”

“这也是文导的意思，个别节目因为创意上的新颖，可能会晚一些亮相，甚至不会亮相！”

“嚯，这保密工作快赶上央视的春晚了！”

“别急，我们这就去运动场看一个大型的舞蹈节目。”

4个人站在运动场最上面的一层看台上，运动场里正是一副热火朝天的排练景象：

大约两百多名学生正按照某种队形整齐地站在运动场内，四五个老师在认真、逐一地指导着每一个学生的舞蹈动作，主席台上，苏佳芮认真观察着这个团体舞蹈的展示效果，时不时地通过手中的麦克风做出指导：

“第三列后半段的同学，动作还是有些不协调，你们要注意看前面两排同学的动作。

“第五行的同学，你们的动作始终跟不上前一排的同学，周老师，你要他们注意这一点。”

……

乔善坤做了一个简短的解说：“这个节目我看了几天了，是一个规模很大的团体节目，好几百人吧！这好像只是其中的一部分，你们看，学生们的排练热情很高啊！”

苏佳芮转过头看见最上面的4个人，微笑着来到了四人面前：“今天各位领导都来视察我们的排练工作了，请多提宝贵意见啊！”

陈建怀笑着说道：“苏老师，你们辛苦了！你给我们简单介绍一下这个节目吧！”

苏佳芮说道：“这是一个大型的迎宾节目，会作为晚会的开场节目来推出，我们从初一到高三一共筛选了六百名学生参与这个节目，届时我们会以这个载歌载舞的大型节目来烘托气氛，展现我们的精神风貌！今天我们排练的是初中部的演员，等舞台和嘉宾区的设计图出来以后，我们就会召集初、高中的所有演员进行全场的排练!”

陈建怀微笑着点了点头:“很好,很好!”

这时,文君华拿着两张图从后面走了过来:“哟,正好四位领导都在,这是刚刚拿到的舞台和嘉宾区的设计渲染图,请各位领导都过过目吧。”

王启舟看着两张精美的设计图,忍不住叫了起来:“哎哟!老陈,咱们这是要承办亚洲电视艺术节啊!这太华丽了吧!”

文君华笑着说道:“几位领导说说你们对目前节目筹备的意见吧。”

陈建怀微笑着说道:“总的来说就8个字——内容翔实,形式独特!虽然还没有看到全部的节目内容,但从我们已经看到的节目来说,我相信这会是一届与众不同的晚会。我还是那句话,我们不求轰轰烈烈,但求独树一帜!我相信这一点我们是可以做到的!”

几个人都会心地笑了起来。

文君华说道:“陈校长,关于晚会的接待工作,我还想到一点,就是晚会嘉宾的人数问题,在这张设计图上也可以看到,我们预留了四百个席位……”

乔善坤忍不住打断道:“按照我们之前的预计,五十所学校,每所学校三个人来进行计算,也才一百五十个人,文老师,你的席位怎么多出了这么多啊!”

文君华笑了笑,说道:“如果我估计得没错,每所学校三个人只是最基本的估算,而实际情况可能是五到六个人,这还不包括我们大渡口区本区的学校人数……”

乔善坤叫了起来:“文老师,你怎么会认为这些学校会派出这么多人来观摩晚会呢?”

陈建怀眉头一皱,说道:“乔主任,这事你得关注一下,发请柬的时候一定要和对方确认好人数和相应的职务关系,如果真如文老师所说，每个学校派出五六个人，那就意味着我们的接待压力会比之前的预想增大一倍，这可不是个小事！”

乔善坤点头说道：“好的，这个问题我会注意。”

文君华又说道：“另外，我们希望能在看台专门开辟一个演员家长区，提供给参演的学生家长，人数控制在七百人以内……”

乔善坤又叫了起来：“不是吧！文老师，你刚刚才说嘉宾人数可能会增加一倍，现在又多加七百人的学生家长，你这不是火上浇油吗！”

文君华说道：“乔主任，这个你不用担心，因为这七百人并不需要我们的特别接待，只需要做好现场的指引工作就行了。因为我们考虑到让演员的家长观看演出，这对于学校的形象宣传和后续的招生工作，都具有很大的推动作用，这些良好的口碑可比电视广告的效果要好得多！”

陈建怀略微一思考，点头说道：“这个想法可行。”

文君华又想了想，说道：“陈校长，还有一件事，就是在你参加教委工作会之前，我们谈过的关于高二（四）班分班的那件事……”

陈建怀愣了一下，正思索着该如何回答文君华的问题，乔善坤看了看陈建怀的神色，急忙接过了话头：“文老师，现在你就不要再操心这件事了。你要相信陈校长，相信学校，是可以找到一个科学、合理的解决办法的！当务之急是搞好我们的文艺汇演，这是重中之重！其他的事都可以先放一放，晚会之后我们再讨论那件事，好吗？”

第三十章 出乎意料的人选

中午 12：40，文君华带着陈建怀的特许和十多个人走进了校务办公楼 2 楼的会议室。

“哇！学校的会议室装修得真漂亮！以前都没看到过！”几个学生一进会议室便忍不住大声说道。

一行人坐定后，文君华迅速做起了开场白：“今天是 4 月 15 日，距离晚会的开始还有 20 天的时间，节目的设计、编排、后勤外联以及舞台、灯光、音响的专业设计等方面都在同步推动和展开，我认为在这个时间点，必须要把台前幕后的人都召集起来，进行一次统一的沟通、交流和协调，那我先做一个相互的引见和介绍吧。”

文君华指着自己左手边的几个人说道：“这位是学校的文化艺术老师——苏佳芮苏老师，她和学校的另外几位音乐老师负责其中几个节目的设计和编排；这两个女生——段雪曦，是我们班的班长，还有文娱委员彭珊珊；两个男生——叶嘉伟和郑豪，他们同时也是本次晚会的演员代表。”

“你们好！”几个学校热情地向自己对面的人打起了招呼。

文君华又指着自己右手边的几个青年男女说道：“这位吴雅欣吴小姐，你们以前就见过了，她负责本次晚会各个部门、团队之间的信息传递和沟通、协调工作；这两个帅哥谷振宇和孟广军，他们对活动策划、舞台、灯光、音响的设计和搭配非常在行；还有这两位美女冉静雯和胡心菲，她们两个是非常有经验的专业舞美编排老师。”

“你们好。很高兴见到你们！”冉静雯和胡心菲也热情地向学生们打了个招呼。

“大家先通报一下彼此的工作进展情况，”文君华把头转向了苏佳芮，“苏老师，由你开始吧。”

“嗯，好的。”苏佳芮说道，“大型迎宾舞的舞蹈动作已经基本定型，但因为参与人数较多，在统一性、协调性方面还需要继续打磨。

“另外，男女主持人的筛选工作也已经基本结束，分别是初三（二）班的刘宇翔同学和高三（九）班的陈玉婷同学，他们这段时间也在进行强化训练。文导，你看这次晚会毕竟是学生们展示自我的舞台，要不主持工作还是让他们两个去做吧……”

“这恐怕不行，”文君华摇摇头说道，“他们两个的日常排练我看过，虽然以前也接受过语言方面的学习培训，但毕竟不是语言特长生。最主要的是他们之间的年龄差距有 3 岁，站在一起无论是身高还是精神气质都有比较明显的视觉差，这显然达不到我们的演出要求。因此，晚会仍然由你来主持。”

“嗯，那好吧，我服从你的安排。”苏佳芮点点头说道。

文君华把目光转向了段雪曦：“雪曦，你们的节目准备得怎么样了？”

段雪曦微笑着说道：“我们都准备得很好，唱歌和舞蹈已经可以融到一起了！”

不等文君华开口，叶嘉伟便大声说道：“文老师，你放心吧，我们四个也绝对没问题！关键就看他们的情景表演。”

文君华笑了笑，说道：“我看关键是你们四个的配合问题，毕竟你们手里多了乐器，吉他练得怎么样了？我比较关心这个问题。”

叶嘉伟自信满满地说道：“我们现在每天有几个小时的练

习时间，张浩凯和徐鹏也是有基础的，不信现在就可以让他们两个亮亮相！”

文君华说道：“要记住，你们这个节目不是普通的歌曲类节目，事实上在你们上台之前就已经有歌曲类的节目登台亮相了，你们是作为全校的男生代表和女生代表上台表演的，甚至有可能是本次晚会的压轴节目！”

“什么？有这么荣幸？”叶嘉伟听得两眼放光。

“二货党，看把你美得！”段雪曦瞟了一眼叶嘉伟，“注意你的形象和仪态！”

“进水女子组合，别忘了咱们这两个节目是连在一起的，别装矜持了！”叶嘉伟眯着眼睛说道。

段雪曦的脸又红了起来：“叶嘉伟，你再敢给我起外号，看我不撕烂你的嘴！”

叶嘉伟一副很不屑的神情：“来啊！你倒是来啊！段大班长，我可提醒你，在文老师面前，你更要注意你的形象和仪态！”

几个学生之间的打闹让谷振宇、冉静雯等人也忍不住笑了起来。

彭珊珊忽然一下站了起来，口里嚷道：“我的舞蹈呢？说好的现代舞嘛，怎么还没说到我这儿来？”

苏佳芮笑着说道：“珊珊，你别急嘛，我们是打算让舞蹈动作成型了再让你来，这样也省得你天天和他们去练那些基本动作。凭你的专业素质，3 天时间就远远超过他们了！”

彭珊珊笑嘻嘻地对文君华说道：“文老师，我自己编了一个舞蹈，既然大家都在，我就跳给你们看看！”

彭珊珊用手机播放了一首英文快歌，伴随着音乐摆动着身躯，跳起了一段热辣而又性感的舞蹈。

看着彭珊珊曼妙的舞姿，谷振宇和孟广军忍不住窃窃私语了起来：“没想到文总这个班的美女资源这么多，个个都是能歌善舞的！”

“听说另外两个也不错，只可惜没来，不然就一块儿看看了！”

吴雅欣咬着牙，在桌子下面踩了一下谷振宇的脚，小声地说道：“怎么？两位大帅哥不会被这个小狐狸精给迷住了吧？连这种小女生也不放过？”

谷振宇忙正色说道：“怎么会呢？我们是欣赏她的专业素质，赞美两句不行啊？”

旁边的冉静雯和胡心菲也在轻声交换着看法：“她的节奏感和韵律感相当好啊！应该也是练过很多年的吧？”

“嗯，各方面都很到位，不过这首 *Drop Dead Beautiful* 对于她这个年龄段来说，还是稍微显得成人化了一些。”

一曲完毕，彭珊珊带着满脸的喜悦和期盼望着文君华。

文君华略微思考了一下，说道：“珊珊，你真的跳得很好！老师也从来没怀疑过你的专业素质，可我……真的不能让你在那么多人面前跳一个太成人化的舞蹈，你……还是遵从我的决定，好好地跳那支迎宾舞，你可是这个节目的领舞啊……”

彭珊珊不依不饶地嚷了起来：“你就把这段舞加在那个节目后面嘛，人家可是想了很久的……”

段雪曦硬拉着彭珊珊坐了下来：“别闹了，珊珊，快坐下！听文老师的话！”

文君华忙转过头对孟广军说道：“说说你们那边的情况吧。”

孟广军清了清嗓子说道：“舞台设计方案学校已经确认过了，灯光、音响方面我们也是按照中偏上的等级规格来进行的配置，我们的计划是 5 月 2 日完成舞台的搭建工作，5 月 3 日完成音响、灯光的现场调试和演出场地的布置……”

听到这儿，文君华连连摆手做出了纠正：“不行不行！我们这次的演出时间定在 5 月 4 日是有特定的考虑的，因为之前的1至3日恰好是五一小长假，我们可以进行连续3天的现场彩排，这是一个非常有利的条件，很多问题我们都可以在这3天里面得到解决。但演出现场的布置工作往往都是乱哄哄的，决不能让这3天联排的有利条件被现场的布置工作搅得乱七八糟。

“因此，我的时间安排是4月30日的下午就必须完成整个舞台的搭建工作，晚上完成场地布置和音响设备的调试，至于灯光、泡泡机、干冰喷雾机等设备可以推迟到5月2日完成。”

孟广军有些疑惑地问道：“那几天要是下雨怎么办？”

吴雅欣接口说道：“气象预报我已经查过了，五一小长假期间都是多云间晴的天气，退一步说，即便出现下雨也是阵雨，我们可以提前备好防雨设备，做好防雨措施。”

孟广军点点头说道：“那好吧，我按照新的指示执行。”

谷振宇说道：“关于民乐组团的问题，我们前期和重庆市民乐团的沙老师一直保持着沟通和联系，上周五沙老师也来学校看过学生的排练。他的意见是，学生的专业功底都很不错，但如果要组建成民乐团，以乐团的方式进行演出，还是存在一定的难度和风险，除非她们几个能保证每天有几个小时在一起合练合奏，但这一点要实际操作起来是很麻烦的。首先，新补充进去的学生水平参差不齐；其次，沙老师也不能保证每天都能来到学校对她们进行指导，费用方面也是一个不得不考虑的问题。”

文君华沉吟着说道：“这也是我之前一直担心的问题，虽然学校有人提出成立‘新女子十二乐坊’的设想很有创意，但从实际情况来看还是不太可行……那我们只能放弃民乐组团的形式，起用第二套方案，从明天开始调整新的排练内容。”

冉静雯说道：“民乐配舞和歌曲联唱的集体伴舞，我和心菲已经完成了动作的编排设计，现在就差相关演员的召集排练了。特别是民乐配舞的那个人，必须要有很好的专业舞蹈功底才行，文导，这个人已经找到了吗?”

文君华点点头说道：“已经找到了，今天晚上就可以开始排练，因为这是我们的一个秘密武器，不管是节目的内容形式，演员的具体人选，还是排练的地点都要保密，她的现场彩排也只能放在5月1日至3日的晚上单独进行。”

段雪曦很想开口提问，但看了看文君华，还是忍了下来。

会议结束了，段雪曦终于还是忍不住走到文君华的面前，问道：“我想问你一个问题，可以吗?”

文君华一边收拾着桌上的东西，一边说道：“你说啊，雪曦。”

段雪曦说道：“你不是说这次晚会我们班会扮演很重要的角色吗?”

文君华点点头说道：“对啊，晚会的开场和最后的压轴都是以我们班为主体的。”

段雪曦说道：“那民乐配舞那个又神秘又重要的角色，你为什么不交给珊珊，而要让给别人呢?”

文君华笑了笑，说道：“雪曦，这是全校性质的一次盛大晚会，我总不能把它办成一个从头到尾都有我们班出现的演出吧？再说了，我也不能把所有的压力都放到我们自己身上，对不对？珊珊都已经有两个节目了，我要再给她加码，不把她累死才怪。”

段雪曦想了想，说道：“那倒也是……那你能不能告诉我，那个神秘人到底是谁？我真的很想知道，她凭什么能挤掉珊珊的位置?”

文君华笑着说道：“她倒不一定比我们的珊珊还厉害，不过以前也接受过专业的舞蹈训练，还是韩耀林推荐给我的，形象、气质都很不错，很有古典气韵，非常符合节目的内容要求。”

段雪曦的脸色有些变了：“韩耀林推荐的？你就告诉我

吧，你要相信我，我一定会保密的！”

文君华轻轻地呼出一口气，说道：“好吧，谁叫你是我的助理呢，她就是——七班的汪雨薇！”

段雪曦还是吃了一惊：“什么？真的是她！”

韩耀林从学校超市逛了一圈出来，手里空空如也，心里却装满了心事，在超市门口站了好一阵儿，却始终没看到应该出现的那个人。

终于，一个蓄着披肩长发的漂亮女生慢慢地出现在了韩耀林的视线以内，韩耀林欣喜地迎了上去：“你终于来了！”

汪雨薇看了看韩耀林，把目光缓缓地移到了地面上，轻声说道：“不是说好的不再轻易见面了吗？省得又要跟别人解释……找我来有什么要紧的事吗？”

韩耀林说道：“在超市门口见面很安全啊，谁都会来买东西嘛，再说我们……真的很久没见面了……”

汪雨薇低着头还是没说话。

韩耀林赶紧把话切入了正题：“你知道学校马上要推出一台大型的文艺晚会，有些节目还在选拔演员！”

汪雨薇头也不抬地轻声说道：“我知道，可跟我又有什么关系，我又不在里面……”

韩耀林急切地说道：“可你应该在里面呀！你的舞跳得那么好，这次就是为你搭建的舞台！你练了这么多年，不能只为了高三的那一次艺考吧？”

汪雨薇低着头淡淡地笑了笑：“谢谢你还这么关心我……赵老师不让我们参加晚会的选拔，我哪有这个机会……”

韩耀林越说越着急：“雨薇，机会需要等待，更需要去争取、去创造！你不能让机会溜走以后再去后悔！实话告诉你吧，学校有一个民乐配舞的节目，跳的是民族古典舞，这不是你最擅长的吗？文老师很希望你参加这个节目的表演！”

汪雨薇终于抬起头，把目光放在了韩耀林的脸上：“你说什么？他希望我去？你……你没骗我吧？”

韩耀林的目光却从没离开过汪雨薇那美丽的脸庞：“这是整场晚会保密度最高的一个节目，也是最能够轰动全场的节目！文老师需要一个舞蹈功底扎实又具有古典气韵的女演员去担纲这个节目，我告诉你的可是最新内幕！连彭珊珊他都舍弃了！雨薇，你的机会来了！你不能再错过了！”

汪雨薇已经高兴得有些语无伦次了：“这是真的吗？他怎么会想到我的？他怎么知道我会跳舞……是你告诉他的，对不对？”

韩耀林微笑着说道：“也算是吧，我向他推荐了你……雨薇，我只想看到你的表演，那是你的舞台。你快去找文老师吧，他会告诉你具体的排练时间和地点。真的，他在等着你呢。”

汪雨薇急切地转身跑了出去，没几步又忽然停了下来，转过身红着脸，用一种很复杂的表情回望着韩耀林。

韩耀林笑着说道：“你不用谢我了，雨薇，我可以提前预祝你演出成功吗？”

汪雨薇快步跑到韩耀林面前，两手搭在韩耀林的肩膀上，侧过脸在韩耀林的脸颊上轻轻地吻了一下，然后飞快地向教学楼的方向跑去，留下韩耀林一个人痴痴地站在原地……

第三十一章 女人和女人的交锋（上）

从会议室出来一直到走出教务楼，段雪曦都是一副心事重重的样子。来到至善楼的花坛边，彭珊珊忍不住问道："阿雪，你在想什么呢？会都开完了，你还在跟文老师说什么呀？"

段雪曦放慢了脚步，漫不经心地说道："没什么，就是和他商量了一下民乐配舞的那个节目。"

彭珊珊满不在乎地说道："哦，那个节目呀，我以前问过他，他说是一个和民族古典舞有关的节目，我才不感兴趣呢，我就想让他加上刚才那个舞……"

一听这话，段雪曦不由得怒从心起，停下脚步一把拧住彭珊珊的胳膊，厉声说道："你个没用的东西！你知不知道那个节目有多重要？好好的民族古典舞你不跳，偏要去跳什么乱七八糟的舞！"

段雪曦越说越气，手上的劲儿也越使越大："我一门心思为你争取表演机会，你居然一点都不珍惜！真是枉费我一片苦心！"

彭珊珊被拧得哇哇直叫："哎哟！疼！疼死我了！"

段雪曦松开手，气呼呼地把脸转到了一边。

见段雪曦很生气的样子，彭珊珊一边揉着被拧痛的胳膊，一边龇牙咧嘴地说道："怎么了嘛？至于生这么大的气吗？不是我不想跳，是人家以前就很少跳那种舞的嘛……"

段雪曦转过身，盯着彭珊珊的脸，严厉地说道："我不管你是不是擅长跳这种舞，我是不喜欢你刚才的态度！还有，别以为我看不出你那点花花心思，刚才你表面上是跳给大家看，实际上是打算跳给他一个人看，是不是？是不是？"

彭珊珊眼珠一转，有些尴尬地笑着说道："嘻嘻，连这个都被你看出来了，真不愧是班长啊！人家就是喜欢文老师嘛！"

段雪曦又气呼呼地把脸转了过去。

彭珊珊用胳膊肘轻轻地捅了捅段雪曦："哎呀，别尽说我了，其实你那点儿花花肠子我又何尝不知道！"

段雪曦回过头，有些惶恐地说道："你……你胡说什么？我……我哪有什么花花肠子！"

彭珊珊嘻嘻一笑："别装了！大家都是女孩子，又是好姐妹，别人有没有看出来我不清楚，但我是早就知道了！你呀，一直都在暗恋文老师！对不对？"

被彭珊珊说破了自己的心事，又见周围没有另外的人，段雪曦索性把心一横，直说道："对，我承认，我就是喜欢他！这么优秀的男人，我喜欢他有什么不对吗？"说完又把脸转了过去。

彭珊珊把两手搭在段雪曦的肩膀上，把段雪曦扳了过来："哎呀！还在装！你哪是不喜欢我的态度，你就是不喜欢我跟你争！对不对？好了好了，我答应你，不跟你争了，行不行？我不想失去他，可我也不想失去你这个好姐妹！"

段雪曦眨了眨眼睛，说道："这可是你自己说的！"

彭珊珊说道："可是就算我不跟你争，并不代表别人也不跟你争啊！"

段雪曦说道："你是说那个吴雅欣？"

彭珊珊说道："我观察过了，那个吴雅欣从头到尾就是个单相思，文老师对她没什么意思！倒是有些人和文老师走得很近，对咱们的威胁才大呢！”

段雪曦轻叹了一声：“你是说苏老师吧。”

彭珊珊说道：“对啊，人家也是老师，年龄又接近，当然是近水楼台先得月了！”

段雪曦又叹了一口气：“那有什么办法，这是她的优势。”

彭珊珊说道：“阿雪，我想过了，苏老师人不坏，她帮过文老师，又帮过咱们，我们不好和她撕破脸皮。要战胜她，咱们得另有新招儿才行。”

段雪曦一边思索一边自言自语道：“可是……我们要用什么新招儿呢……”

距离晚会的开幕越来越近，但凭借多年的操作经验，以及从晚会独特新颖的节目内容，学校领导前所未有的支持力度，还有全校师生空前的参与热情来判断，文君华料定此次晚会的成功已经是十拿九稳了。

但是他仍在苦苦地思索晚会的结尾，他还需要一种更新颖、更独特的形式来将整台晚会进行一次升华，这样的晚会才是完美的，甚至是终生难忘的。

正在思来想去的时候，门外响起了敲门声，打开门，苏佳芮笑语盈盈地走进来，看了看文君华的脸，笑着问道：“我说文大导演，一个人闷在家里想什么呢？”

“你怎么知道我在想事情？”文君华关上门，笑着说道，“难道我脸上写了字，还打了问号？”

苏佳芮说道：“一看你的表情就知道了，你呀肯定还在考虑晚会的事。”

文君华笑着说道：“你说得太对了，真像是我肚子里……”

苏佳芮快步走向前，用手一下捂住了文君华的嘴：“别说出来！我才不要当虫子！”

文君华一下愣住了，并不是因为苏佳芮的动作，而是苏佳芮这一句看似很平常的话，让他觉得这一幕是那么的似曾相识，在以前自己似乎和另外某个女的有过相同的对话，可一下子又想不起来那个女的是谁。

见文君华又在开始思考问题，苏佳芮放下手说道：“君成，你还在担心什么呢？依我看，各项准备工作已经够完美了，不管是节目筹备，还是后勤外联，我从来没见过有哪个非专业团队能做到像我们一样的细致和全面，我觉得我们这次的晚会一定能获得成功！不过今天下午我碰到乔主任，他倒是有一些头疼的事情。”

文君华笑了笑，说道：“肯定是嘉宾人数超标的问题！我早就提醒过他，不过好在我们的嘉宾区域设计得很宽敞，这个问题倒不难解决。”

苏佳芮想了想，说道：“不过话说回来，节目方面其他的我都不担心，除了汪雨薇那个节目。”

文君华说道：“她这段时间练得挺不错的，静雯和心菲也很看好她。”

苏佳芮摇摇头说道：“我不是担心她的专业素质，而是这个节目的安全性和保密性，毕竟……”

文君华说道：“放心吧，已经做过很多次模拟测试了，只有几十米的距离，安全性方面是没有问题的。至于保密性方面，我的计划是在节目开始前 15 分钟才让汪雨薇出现在起飞地点，这样即使有部分观众看到或者是猜到节目的形式，也不至于在这么短的时间里面造成泄密。”

苏佳芮将两手搭在文君华的肩膀上，柔声说道：“君成，我常常都在想，没有你的时候，我觉得整个学校，我的整个人生都是一成不变、死气沉沉的。可是你出现了，一切都改变了，我现在发现我的人生充满了生机和乐趣！”

“别把我说得那么伟大好不好，”文君华轻轻地搂住苏佳芮，“我只是觉得我们的工作，还有我们的生活都需要一些激情，需要一些改变和促进，其实这些事情早该有人去做了，又何必非要等到我的出现……”

这时，门外忽然响起了敲门声。

苏佳芮将靠在文君华肩上的头抬了起来，脸上竟似有了惶恐之色：“谁来了？是……段雪曦吗？”

文君华一边走过去开门，一边笑着说道：“你每次都想到是她，我就看你这次猜得准不准！”

打开门，竟真的是段雪曦笑嘻嘻地站在门口。

文君华转过头对苏佳芮笑着说道：“佳芮，你可真是料事如神啊，真的是雪曦！”

此话一出，段雪曦脸上的笑容立刻就僵住了，苏佳芮的脸上也满是尴尬之色。

文君华看了看手腕上的表：“九点过十分，刚好晚自习结束了，雪曦，你还不回家？找我有什么事吗？”

看到文君华的脸，段雪曦的脸上又浮现出了笑容：“不光是我，全班都在呢！文老师，我们准备了新鲜的东西，他们都在运动场等你呢！”

文君华吃了一惊：“什么？你们都来了！”

段雪曦瞄了一眼苏佳芮，忽然一把抓住文君华的手，转身拽着文君华跑了出去。

看到段雪曦的这个举动，苏佳芮就像被人当头打了一棒，傻傻地站在原地，心里如同打翻了五味瓶。

段雪曦拉着文君华一路小跑着来到了运动场，看到文君华和段雪曦的出现，学生们立刻三三两两、嘻嘻哈哈地掏出了马克笔和打火机，开始摆弄起手中类似纸制品一类的东西来。

文君华惊奇地走上前一看，原来每个学生的手中都拿着一盏孔明灯。

文君华心念一动，问道：“雪曦，你们这是……”

段雪曦微笑着说道：“我让全班每个人都买了一盏孔明

灯，在上面写下自己的心愿和祝福，再把这些美好的祝福放飞到天上，这不是一件很浪漫的事情吗？”

学生们手中的孔明灯陆陆续续地飞了起来，苏佳芮也来到了运动场，站在文君华的身边，一起抬头仰望着这如同繁星一般美丽的烟火。

“郭晨阳，你倒是快一点儿！别人都已经飞起来了！”

“别急别急！马上就好！”

“歪了歪了！别把灯点着了！”

“你小子当心点儿！要是把灯点着了，看老子不揍你！”

……

段雪曦用力地拍了拍手，大声说道：“同学们，让我们一起喊出我们心中最美好的祝福！来，一、二、三！”

夜空中回荡着学生们整齐而又响亮的呼喊声：

“祝愿晚会圆满成功！”

“祝愿 2015 级四班永远相亲相爱！耶！”

……

文君华难掩心中的激动：“我想到了！雪曦，我要谢谢你！是你给了我新的想法和灵感！我终于想到了更好的结尾！”

文君华急匆匆地赶回宿舍去修订和完成晚会的收尾方案，学生们也各自回了自己的家，段雪曦却留了下来，站在草坪上慢条斯理地收拾着东西，似乎并没有急于离开的意思。

苏佳芮站在段雪曦的身后，眼前这个小女生拉着文君华夺路而走的那一幕始终在她的脑海里挥之不去，令她有一种不吐不快的感受。

苏佳芮终于还是忍不住走到段雪曦的身旁，说道：“雪曦，你还不回家吗？时间可不早了。”

段雪曦轻轻地笑了笑：“你还是叫我阿雪吧，只有他才这么叫我。”

“好吧，阿雪，”苏佳芮发觉自己又开始笑得不自然了，“看得出你们都特别喜欢文老师，我是说……刚才放学后你们都没有回家。”

段雪曦淡淡地说道：“他是我们前进路上的一盏明灯，也是我们心目中的偶像，真正的偶像！这样的老师谁不喜欢？”

苏佳芮连续眨了几下眼睛，试探着问道：“可我发觉，你对他的喜欢……是特别的不一般哟。”

段雪曦转过身，脸上虽带着笑意，口中的话却异常的认真：“这也许是青春期的心理萌动，又或者说是一种天注定的缘分，我是他来到学校见到的第一个人，他也说我是他最好的助手，在很多事情上我们都能想到一块儿，我和他之间根本不需要太多的语言陈述，从来都是心有灵犀和心领神会！”

听到段雪曦口中的“缘分”两个字，苏佳芮感觉自己的胸口就像被人擂了一拳，脸上的笑容也越来越勉强：“阿雪，可我怎么觉得……你说的那种缘分，不像是师生之间的缘分，倒像是……恋人之间的那种缘分！”

段雪曦脸上的笑容却更加灿烂了：“你是说……师生恋吧？多浪漫、多美好的事情啊！其实在这个世界上，往往是那些尝试的人越少，越不被人看好的恋情才越是弥足珍贵，你认为呢？”

苏佳芮强压着波动起伏的情绪，说道：“阿雪，说真的，我一直都很佩服你的勇气和智慧，在你这个年龄段的女生，很少有人像你一样敢于表达自己的真实情感……”

段雪曦莞尔一笑：“苏老师，其实你一直都在拐着弯儿地问我是不是喜欢他，现在你应该知道答案了！”

苏佳芮深吸了一口气，说道：“阿雪，我承认师生恋的确是非常浪漫！可你要知道，这世上为数不多、屈指可数的师生恋也都是出现在大学里面，而不是发生在高中阶段，因为在这个时间段总有一方是未成年人！”

段雪曦也连续眨了几下眼睛，略有些俏皮地说道："我忘了告诉你，我小时候的入学时间比同龄人晚了一些，其实我在1月份就满十八了，也就是说，我是成年人，不再是小孩子了！"

苏佳芮呆呆地站在那里无言以对，她发觉自己竟有了一种词穷的感觉，她本来想对段雪曦说"学生要以学业为重，感情的事留待以后再说"，可又觉得这种毫无分量的话说了等于没说，倒不如不说为好。

见苏佳芮脸色有异，段雪曦问道："怎么了，苏老师？是不是我哪里说错话了？今天可是你主动找我谈这些事情的。"

苏佳芮迅速调整了一下自己的思绪，说道："没什么，你说得没错，是我先找你的，就当是……两个女人之间的小秘密吧！"

段雪曦笑了笑，侃侃而谈道："那就说年龄吧，你现在二十六七了吧，就当二十六，你大我八岁。我承认你现在比我更接近他，可像他这么优秀、以事业为重的男人是不可能这么快就结婚的，他要结婚至少也是在五年之后吧。五年之后你已经是三十出头，而我呢，才二十出头！那个时候谁更有优势，不是一目了然吗……"

运动场不知从哪个方向飘来了一股轻风，段雪曦仰起头，愉悦地闭上了眼睛，感觉迎面而来的这股微风就像是情人的手轻抚过自己的脸庞，而一旁的苏佳芮却已经被吹得更加凌乱了……

第三十二章 女人和女人的交锋（下）

距离晚会开始的时间越来越近了，虽然开幕发言稿乔善坤已经为自己准备了一份，但陈建怀觉得还是自己草拟一份更好。

回想起教育工作会议那天，杨主任既在大会上当众褒奖了三十六中，但同时又给予了三十六中一个新奇而又艰巨的任务，挑战与突破并存，困难和希望同在，每每想到这儿，陈建怀就感觉自己像一个即将踏上决赛运动场的运动员，心情是既紧张又兴奋。

正在酝酿构思之际，乔善坤走了进来。

陈建怀说道："乔主任，你来得正好，上午我碰到后勤组的潘老师，他问我这次前来观摩晚会的嘉宾人数是多少，如果学校的椅子不够，就要提前进行采购。"

"我这段时间一直都在忙这个事，和教委领导点到名的各个学校都进行了接洽，"说到这儿，乔善坤忽然停顿了一下，"应该说，有些情况的确如文老师所料，在人数方面……"

陈建怀忽然有了一种不祥的预感："人数怎么了？真的超标了？"

乔善坤点了点头，表情略微有些严肃："我看了一下各个学校报过来的嘉宾职务名单，副校长加教导主任再加团委书记，这基本上就是一个三人固定配置，另外就是额外要求增加的人数……"

陈建怀忍不住插口问道：“为什么要额外增加？他们的想法是什么呢？”

乔善坤苦笑了一下，说道：“他们的说法很一致，因为这次是教委领导亲自点的名，所以各个学校都非常重视，前面3个人是属于校领导人员，额外增加的人不外乎就是艺术老师、音乐老师之类的人员，还有个别学校甚至打算把学生会干部也带来一块儿进行观摩学习。”

陈建怀很有些哭笑不得：“还要带学生过来？这也算个好提议？”

“别的学校我们或许还可以推一推，但有的学校我是真没法儿推呀，”乔善坤说着翻开了手中的笔记本，“比如说一中、南开、八中、育才、巴蜀、外国语学校、西大附中、二十九中、凤鸣山中学、铁路中学、巴县中学还有求精中学，这12所学校都设有专门的艺术团，人家理由很充分啊，艺术团团长、副团长，再加上各类艺术老师，这些个人数就有七八个！今天上午，南坪中学的崔校长还亲自给我打电话商量这事。”

陈建怀思索了一下，问道：“那……乔主任，你的意见呢？”

乔善坤苦笑着说道：“我也正在头疼呢，如果我们放开这12所学校的人数，控制前面那些学校的人数，在接待压力上是要小一些，可到了晚会现场一看，各个学校人员多的多，少的少，到时候问起来也不好解释啊。”

陈建怀仰头望着天花板，一句话也不说。

乔善坤接着说道：“还有就是本区的几个学校，本来杨主任也没有点他们的名，他们倒全部找上门来了！八十二中、九十四中、九十五中、民族职业中学、商务学校报过来的人数也都在五六个左右。这些人我也不好推啊，区里面开会什么的那是经常都要碰面的。”

陈建怀笑了笑，没说什么。

乔善坤继续说道："特别是旅游学校，老陈你也知道文艺培训是他们的专长，每年区委宣传部的活动都要找他们去辅助策划，下半年他们还要辅助承办区里面的一个大型商务活动，所以他们对我们这次的晚会也是相当地重视……"

陈建怀忽然又有了一种不祥的预感："那他们又准备派多少人来？"

乔善坤说道："给我的名单是18个人。"

陈建怀无奈地笑了起来："乔主任，那你算过没有，如果我们全面放开人数，总数会是多少？"

乔善坤说道："我估算过了，大概会在四百人左右。"

陈建怀挥挥手说道："也罢也罢，你去通知后勤组，在目前统计的基数上再上浮10%，就按这个标准进行准备吧，反正到时候只会多不会少。"

已经有不少工作人员进入学校，开始进行舞台的搭建和场地的布置工作，苏佳芮站在运动场的草坪上，静静地望着工作人员忙忙碌碌的身影，呆呆地思索着什么。

她已经想不起那天晚上是怎么和段雪曦分的手，却隐隐记得眼前所站的这个地方，似乎正是那天晚上和段雪曦一起驻足的那个位置。

一直以来，苏佳芮都很欣赏段雪曦的组织号召能力和她身上特有的那种果敢和坚毅，可如今段雪曦的美丽和智慧，还有那份冷静和睿智，竟成了苏佳芮心中挥之不去的阴影，令苏佳芮寝食难安，夜不能寐。

正在恍惚出神之际，身后忽然传来一个女子的声音："苏小姐，在忙什么呢？监督工人施工还是背台词啊？"

苏佳芮侧身一看，吴雅欣已经站在了自己的身旁，带着一种似笑非笑的表情看着自己。

"哦，没有呢，只是随便看看。"话刚一出口，苏佳芮就知道自己错了，因为她发现自己错过了一次避开对手的机会。

果不其然，吴雅欣立刻正色说道：“那正好，苏小姐，难得你这么有空，那咱们就把有些事情好好谈谈吧。”

见吴雅欣变了脸色，苏佳芮心里不禁咯噔一下：“雅欣，有什么事情值得你这么严肃吗?”

吴雅欣口中的话却一点都不含糊：“苏小姐，这儿只有我们两个人，咱们不妨打开天窗说亮话。你我认识也不是一天两天了，你待在君成身边的时间也不算短，当然，与我和君成在一起的时间比起来倒不算什么。这些年我在君成身边和他一起共风雨，同进退，按照正常的发展，我和他最终走到一起是水到渠成的事情，只是时间早晚的问题。可事到如今我才发现，原来事情并不是我想象的那个样子，有些曲折，也有些波澜，因为出现了一些不该出现的人!”

苏佳芮淡淡一笑：“是吗?怎么君成从来没有跟我说起过你和他之间的那些事情呢?还有，听吴小姐的意思，难道你说的那些不该出现的人，其中也包括……我?”

吴雅欣听出苏佳芮口中的揶揄之意，不免火从心起：“当然有你了！自从君成阴差阳错地来到这个学校，又阴差阳错地遇到了你，很多事情都变了！如果没有这个学校，没有你，我和君成也许已经……至少不会是现在这个样子!”

苏佳芮还是淡淡地说道：“现在怎么了?现在不是挺好的吗?我看得出你们在一起的时间很长，你很配合他，他也很尊重你。”

吴雅欣气急败坏地说道：“苏小姐，因为某些原因，我很难一下跟你说清楚我和君成在一起经历过的事情，事实上，这也是君成的意思，有很多事情他都不让我告诉你。可是，我没想到你竟然会真的横在了我和他之间!”

见吴雅欣是真的动了气，苏佳芮试图缓和一下气氛：“雅欣，有些事情我们静下心来好好谈，好吗?我很理解你现在的心情……”

吴雅欣打断了苏佳芮的话：“你怎么能理解我现在的心情！你怎么能体会我和君成在一起所经历的那些起起落落和风风雨雨！我就想知道你在他身边，到底是打算试试看还是铁了心要和我为敌？”

见吴雅欣一副咄咄逼人的样子，苏佳芮也不免有些生气：“吴小姐，我承认时间和经历对于一份感情很重要，但它并不是影响感情的决定性因素，真正的爱情需要的是心理上的契合与相融……”

“那好，你告诉我你在他身边都做了些什么？是陪他说说话、聊聊天，还是给他做做饭、洗洗衣服……”

“那你到底想要我怎么样？你难道要我们两个像中世纪的骑士那样去决斗吗……”

这时，不远处忽然传来了潘成义的大嗓门：“师傅，这舞台什么时候能搭好啊？”

一个工人大声回应道：“快了，晚上九点之前肯定能搭好，误不了你们排练！我说老师，我可从来没见过有哪个学校像你们一样这么重视一台晚会！这也是我搭过的最漂亮的一个舞台了！”

潘成义比画着手势，言语中充满了自豪和骄傲：“那是当然了！我们这次是敞开大门，迎接贵宾啊！从头到尾我们都是大手笔、大制作，就等着扬眉吐气的那一天了！”

潘成义和工人师傅的对话像清晨的闹钟，敲醒了苏佳芮。沉默了一会儿，苏佳芮转身看着吴雅欣，十分认真地说道：“雅欣，我们……暂时停战吧！”

吴雅欣原以为苏佳芮是在酝酿准备什么有力的反击武器，没想到苏佳芮迸出来这么一句话，一时间惊诧不已：“你说什么？停战？为什么？”

苏佳芮点点头，说道：“对，停战！如果你坚持认为我们之间真的存在战争的话。不为什么，就当是为了君成，好吗？我们就让君成顺利地办完这一台非同寻常的晚会，让君成顺利地把这个班带到明年的高考，你懂我的意思吗？”

吴雅欣似乎也明白了苏佳芮的意思，只是依然红着脸，既没点头也没摇头。

苏佳芮轻叹了一口气：“我知道你一直把我当成是你的对手和敌人，可你有没有想过，也许还存在一个比我更厉害的对手！”

吴雅欣闻言大吃一惊：“你说什么？还有比你更厉害的！你不会是指那些个小女生吧！是段雪曦……还是那个跳舞的彭珊珊？”

苏佳芮的脸上也有了神伤之色：“其实你不用在意到底是哪一个。你刚才不是一直在强调你在君成身边的时间和价值吗？我能告诉你的是，她在君成身边所起的作用和价值，也是任何人都不能取代的！”

吴雅欣略一思考：“那……肯定是段雪曦！”

苏佳芮没有正面回答这个问题：“雅欣，你知道当初君成接手的是一个什么样的班吗？这是一个由差生、偏科生、不求上进、自暴自弃、受过处分的学生组成的烂班！不到一年的时间，君成就让他们脱胎换骨、焕然一新，这其中所付出的时间和心血你看到了吗？你没有，可我看到了！

“我还看到段雪曦为了这个班所做出的牺牲和努力，已经远远超出了一个普通学生干部所能做到的程度！可以说，没有君成就没有这个班，如果没有段雪曦，也不会有现在这个班！”

吴雅欣也沉默了，苏佳芮接着说道：“如果我们之间发生战争，君成势必会为了我们而分心；如果你把段雪曦也拉到这场战争当中来，那一切都乱了！君成和段雪曦一乱，高二（四）班就全垮了，那君成长久以来的努力和心血不就全毁了吗！”

吴雅欣轻轻地搓着自己的手，轻声问道：“那……你的打算是……”

苏佳芮平静地说道：“我们停战吧，直到明年的六月，到那时候无论你是打算摊牌还是想决斗，都不会再影响到君成的付出和心血。在这之前，就让一切都平静地度过吧。我想这才是对于真爱最好的诠释和体现。”

这时，潘成义也看到了站在一起说话的吴雅欣和苏佳芮，挥挥手嬉笑着走了过来：“吴小姐，好久不见！我早就想和你好好聊聊了！”

……

2014 年 5 月 4 日傍晚 18：20。

晚风轻抚过每一片翠绿的树叶，夕阳的余晖洒满了校园的每一寸土地，一切都在静静地散发着初夏那迷人的魅力。经过一个多月紧锣密鼓，甚至是疾风骤雨般的组织和筹备，三十六中终于迎来了开门迎宾的时刻。

乔善坤背负着双手，微低着头，来回地在陈建怀的办公室里走来走去，嘴里轻声地嘟哝着：“我这是怎么了……按理说这一个多月的时间，节目、后勤、外联各方面都挺顺利的，之前我是一点都不紧张，可到了最后这个时间，我怎么反而静不下来了呢？这是怎么回事……”

陈建怀端起茶杯，轻轻吹了吹面上的茶叶，微笑着说道：“依我看啊，你这是典型的赛前焦虑症，平时不经意间积累下来的各种思虑在大赛前来了个总爆发！我就不一样，跟你刚好相反！我是一开始心里没底儿，但越到后面就越有把握！今天我一看运动场那些布置，心里就更踏实了！”

乔善坤略微有些尴尬地笑了笑，说道：“老陈，还是你的心理素质好啊！”

陈建怀放下茶杯，问道：“杨主任到达的确切时间搞清楚了吗？”

乔善坤说道：“20 分钟前就确认过了，正常情况下在19：15左右能够到达，这会儿她们正在外面吃饭呢。本来说这顿饭由我们来做东的，但杨主任坚持在外面吃过饭之后再进来。”

陈建怀轻轻点了点头：“也好，看领导的意思吧……对了，各个学校到达的时间也掌握了吗？”

乔善坤说道：“外联组正在挨个儿逐一地打电话，进行最后的联络和确认，估计 20 分钟后结果就会汇总呈报上来。”

陈建怀又轻轻地点了点头：“嗯，很好，让他们在打电话的时候顺便也透露一下杨主任他们到达的大致时间，不要出现让领导等他们的情况……还有就是强调一下，全校师生以及相关学生家长，必须在 19 点之前全部进入划定的观众区域，领导到达之后，切不可出现很多人在校园里走来走去的现象！她来得这么早，肯定是要在学校里面转一转的……”

19：16，一辆黑色帕萨特缓缓地驶入了校园，陈建怀等人微笑着迎了上去。

杨明丽一行三人笑呵呵地下了车：“哟，这么多人来迎接我们啊！”

陈建怀忙微笑着说道：“哪里哪里！主要是大家都想一睹领导的风采，近距离地学习和感悟领导的工作精神啊！”

杨明丽仰头哈哈一笑：“我这老太婆都一把年纪了，哪还有什么风采可供一睹啊！欸，只顾着说笑，还没来得及引见啊！”

杨明丽用手一指自己旁边两个四十出头的中年男子：“这位是政策法规处的张处长，这位是发展规划处的陈处长，他们两个也是很迫切地想看看今晚的演出啊！”

陈建怀忙微笑着说道：“欢迎欢迎！我们一定竭力不使领

导失望！”

陈建怀又用手一指自己后面的几个人：“来来来，我也来做一个引见，这位是学校的副校长王启舟，这位是教导主任乔善坤，这位是团委书记李哲斌……”

一行人微笑着相互握手致意，陈建怀抬手看了看表，说道：“杨主任，我看离八点钟演出正式开始还有一段时间，要不，就由我们带各位领导在校园里面转转？”

杨明丽乐呵呵地笑着说道：“好啊，我们也正有此意。”

舞台边上，文君华正通过对讲机做着最后的调配安排：

“张航张航！舞台灯光的节奏变换再来两遍！第一个节目灯光的节奏变换一定要准确无误！”

“陈亮陈亮！威亚的安全性必须百分之百的保证！节目开始前10分钟务必向我再汇报一遍！”

……

苏佳芮拿着手机匆匆地走了过来：“君成，刚刚金老师打电话过来，杨主任他们参观完了校园，正在往演出现场走来！”

文君华点了点头，说道：“我们这边没问题，一切都在按既定方案正常进行，他们随时可以过来。”

苏佳芮看了看已几乎坐满的嘉宾席，略有些意外地说道：“嚯，没想到各个学校的嘉宾来得倒是挺快的嘛！按我们之前的预计，像这种和他们关联不大的活动，演出开始的时候至少都还有三分之一的人没到场才对，没想到人都快齐了！”

文君华笑了笑，说道：“其实这也很简单，你只要提前告诉他们教委的领导已经到了，他们就会快马加鞭地赶过来，总不能让领导来等他们吧。我估计有些学校的嘉宾可能连晚饭都没来得及吃！”

文君华用目光一扫第一排嘉宾席的名牌，问道：“佳芮，乔主任的位置在哪里?”

苏佳芮说道:“好像在第一排右侧那个位置。”

文君华轻轻摇摇头，说道:“这样不好……你去把乔主任的名牌放到第二排中间，也就是在第一排陈校长背后的那个位置。”

苏佳芮有些奇怪:“你的意思是……让乔主任和陈校长挨得更近一点儿，对吧?可为什么要挪到第二排去呢?”

文君华说道:“教委几名领导和陈校长、王副校长的位置肯定在第一排的中间，你如果硬要把乔主任的位置往中间挤肯定不妥，因此第二排中间那个位置才是最靠近陈校长的位置。因为校领导之中，乔主任是最清楚晚会组织、筹备工作的人，而教委领导和现场的三百多名嘉宾是绝不可能闭着嘴看完整场演出的，他们一定会提出各种各样的问题和评论，我们必须要让乔主任和陈校长尽可能地靠近，才不会让陈校长一个人孤立无援。”

苏佳芮恍然大悟道:“哦，我终于明白了，我马上去办!”

第三十三章 盛大的晚会（上）

杨明丽、陈建怀一行人一路说笑着来到了运动场，演出现场的那一幕立刻震住了杨明丽等三人：

宽阔的运动场被隔离成了一个椭圆形，呈扇形分布的观众席上已经密密麻麻地坐满了人；草坪中央搭建起了一个宽敞的舞台，彩灯、远光灯、摇头灯放射出耀眼的光芒；5台高清摄像机正在做着最后的调试，7个观众席和整个嘉宾席沿线，摆放着十多个高品质的音响；舞台正后方和左右两侧前方呈“品”字形树立着3面巨大的LED显示屏，正播放着重庆城市建设的视频画面……

见此情景，杨明丽不由得心花怒放，脱口而出道：“好一个露天大剧场，真是太华丽了！”

陈建怀也不禁有些得意地说道：“也算不上什么华丽，我们只是要求设备租赁单位尽可能地提供一些比较专业的演出设备，毕竟今天我们这个东道主还要招待这么多客人嘛！”

听到陈建怀这么一说，杨明丽忽然想到一个问题：“陈校长，这……是不是花了你们很多钱啊！”

“哪里哪里！”陈建怀忙摆手解释道，“我们只是在舞台搭建、灯光、音响、摄像机的租赁上花了一些钱，软件方面比如晚会的筹备、节目的编排设计都是我们自己在忙活。传媒公司还要为我们拍摄一部学校的形象宣传片，这次的晚会也正是宣传片内容的一部分，总的来说很划算的！”

杨明丽哈哈一笑："陈校长，你们够可以的，我听说很多学校拍摄一部形象宣传片，也是要花几万、十几万的，你们倒好，拍一部片子还让人家送一台晚会，这岂止是划算，简直就是超级划算！"

众人都笑了起来。

张处长看着从运动场最上层一直延伸到舞台上方的一根钢丝，好奇地问道："陈校长，这钢丝是做什么用的？难道你们还准备了高空走钢丝的杂技节目？"

陈建怀和乔善坤看见这根不知从哪儿冒出来的钢丝都吓了一大跳，愣在那儿，一时竟不知该怎么解释这根钢丝的用途。

见陈建怀一副为难的样子，杨明丽笑着说道："我知道了！这一定是陈校长他们准备的秘密节目！天机不可泄露嘛！张处长，你就不要再逼着陈校长提前泄密了，我们只管看节目就行，俗话说，好戏在后头嘛！"

一行人又说笑着向嘉宾席走去。

众人依次在嘉宾席上坐了下来。

陈建怀在一旁轻轻捅了捅乔善坤，悄声问道："问清楚了吗？这根钢丝究竟是做什么用的？怎么前几天没看见？"

乔善坤靠近陈建怀，低声说道："刚才抓紧时间问了一下文老师，他说这根钢丝的确是表演节目用的，而且是一个很保密的节目！因为演出马上就要开始了，时间紧迫，来不及细问，我就只好先回来了。"

陈建怀闻言松了一口气："也好也好，只要是跟节目有关就行，不然还真不好解释。"

时间来到了 20：00 整，现场的所有灯光霎时熄灭，只留下远处的一束追光灯投射在舞台中央。

耀眼的光芒之下，身着一身浅紫色连衣裙的苏佳芮面带微笑，落落大方地走上了舞台："五月既有春暖花开的芬芳，也有初夏阳光的光芒；五月很适合张开理想的风帆，去展开一次义无反顾的远航。

“同学们，朋友们，今天我们欢聚一堂，一起迎接金色、灿烂的五月，一起放飞青春的梦想！”

全场响起一片热烈的掌声。

杨明丽看着显示屏上“祝福明天”这4个字，若有所思地说道：“祝福明天……这个主题提炼得不错，很有寓意，也很利于发挥……”

陈建怀轻声说道：“这个主题我们也是反复推敲之后才提出来的，为此我们还取消了晚会开场部分的领导讲话，把时间和空间都留给这些年轻人，让他们去自由发挥！”

杨明丽点头表示赞同：“这样也不错，省去这个环节，看的人轻松，演的人也不拘束。”

舞台侧面一个不太显眼的地方，文君华手里拿着对讲机，密切关注着台上台下的每一个变化和进程。

对讲机里传来了相关工作人员的声音：“文导文导！第一个节目的六百名演员已经全部到位，情况正常。”

文君华对着对讲机说道：“很好，叮嘱一下他们，注意进场的速度和节奏，特别是各排领头的演员，进场不要冲得太快。”

“有人说，青春是红色的，因为它充满了激情和躁动；也有人说，青春是橙色的，满怀着希望和憧憬；还有人说，青春是蓝色的，因为它也有悲伤和哭泣。

“但不管怎么说，青春都是五彩缤纷，绚丽多姿的！同学们，朋友们，我们要唱起来，跳起来！让青春绽放出耀眼的光芒，为青春抹上最鲜艳的色彩！”

话音刚落，音乐声起：

Are you ready!

Oh. . .

Oh...

“请欣赏由我校六百名演员共同表演的大型群体舞蹈《广场 style》!”苏佳芮缓缓退回了后台。

踩着强劲的节拍，五十名学生踏着轻快的步子登上了舞台，场内的另外五百五十名学生也踏着同样的节奏四散开来，在嘉宾席的左右两侧和观众席的环形地带站到了自己的表演位置，随着音乐跳起了节奏感十足的舞蹈。

一起来！跳起来！跟我来！动起来！
广场 style，大家一起来，咦耶咦耶咦耶！
动起来，尽情地摇摆，咦耶咦耶咦耶！
……

宏大的舞蹈场面瞬时点燃了全场的激情，观众席上的几千名学生高兴得又跳又唱，场内的嘉宾席也是一片哗然：

“哇！场面太大了吧!”

“六百个人一起跳舞，不大才怪!”

“这比我见过的某些传销聚会还要激动人心!”

“你们看这几百个人跳得多整齐！没少练吧?”

“那还用说！今天这么多人来看演出，可以想象他们练了有多久!”

……
不要再犹豫，不要再发呆，跟随着节拍；
忘掉那不快，把真心打开，欢乐笑开怀。
……

伴随着音乐，舞台中央的升降机缓缓升起，身着红色连体健美服的彭珊珊站在了两米高处，领舞的姿态愈加美丽动人。

“在此特别介绍，为这个大型群体舞蹈担任领舞的是高二

（四）班的彭珊珊同学！”

观众席上高二（四）班的学生们拼尽全力，声嘶力竭地叫着：“珊珊，好样儿的！你最棒！”

专为家长设立的观众区内，彭母和彭父听到主持人的话语也是激动得几乎落泪，彭母站起身来，一边挥动着手臂，一边高声叫着：“珊珊！我为你骄傲！”

场内的热烈气氛也极大地调动起了杨明丽的情绪，她也站起来转过身，面对观众席跟随着音乐有节奏地挥舞起了双手。

文君华敏锐地观察到了这一举动，迅速地拿起了对讲机：“佳芮佳芮！杨主任已经站起来了，你要调动全场也嗨起来！这是最佳时机！”

苏佳芮拿起麦克风，动情地说道：“同学们，朋友们！让我们释放心中的激情！让我听见你们的呐喊！好不好！”

全场立时爆发出了更加欢快的叫喊声，见杨明丽已经手舞足蹈了起来，几百名嘉宾也自觉或不自觉地站了起来，跟随着音乐也开始挥动起手臂，摆动起了身躯……

音乐声渐停，陈建怀激动地扭过头，压低了声音对乔善坤说道：“怎么样，老乔？咱们这第一个节目就一鸣惊人！现在不紧张了吧？”

乔善坤也往前凑上来笑着说道：“不紧张不紧张了！这第一个节目一炮打响，后面就好办了！文老师的策略完全正确，这开场头两个节目必须要用大场面和高专业来镇住全场！”

陈建怀问道：“哦？那第二个节目是？”

乔善坤轻声说道：“高一（四）班熊梓林的美声，上次排练我们看过的！”

“你是说……高一那个有点胖胖的男生？”陈建怀似乎想了起来，“好像是有点印象……”

这时，苏佳芮已微笑着走上了舞台：“感谢同学们倾情的表演！对此，我要做出特别说明的是，这是我们从全校六千名同学中选出的六百名演员，他们经过一个多月认真而刻苦的排练，才为我们献上了如此精彩的表演，再次把掌声送给他们，好不好?

“我们用六百人的庞大阵容向现场的嘉宾献上了我们的热情和诚挚的敬意，但下面的这个节目就没有这么多人了，虽然只是由 3 个人组成的歌曲联唱，但依然具有十足的神韵和力量！首先有请高一（四）班的熊梓林同学，他在重庆市以及全国的青少年声乐比赛中曾多次获奖，2013 年 7 月更是获得全球华人青少年才艺大赛美声组的特等奖！他将用汉语和意大利语为我们带来一曲《我的太阳》，请欣赏！”

音乐声刚起，嘉宾席内已是议论纷纷：

“帕瓦罗蒂的代表作？太神奇了！”

“敢在公开场合唱这首歌，想必是有些功底的！”

……

身着一身黑色燕尾服，系着黑色蝴蝶结的熊梓林从容不迫地站上了舞台：

Che bella cosa e'na jurnata'e sole
n'aria serena doppo na tempesta!
Pe' ll'aria fresca pare giù na festa
Che bella cosa e' na jurnata'e sole
Ma n'atu sole,
cchiù bello, oje ne'
'O sole mio
sta'nfronte a te!
...

唱到歌曲的高潮部分，熊梓林雄厚的嗓音令全场自觉地爆发出了热烈的掌声，嘉宾席内亦是赞誉不断。杨明丽惊讶地对陈建怀说道：“没想到这个男生身体里面有这么巨大的能量，而且非常专业！都说一中、南开、八中、育才、巴蜀是抢人最凶的学校，没想到这么专业的苗子被你们抢到了！”

“要说抢人我们哪敢和他们比呀！”陈建怀忙笑着说道，“我估计这几个学校还有比我们更好的吧。”

“陈校长，你这就太谦虚了，”杨明丽笑了起来，“说实话，像这么专业的美声唱法，在其他学校我还真没见着，就数你们这儿的最强了！”

熊梓林退下舞台时，另外4个身着翠绿色傣族服装的女生也站上了舞台。

“请欣赏第二首歌曲《孔雀飞来》，演唱者是来自高二（九）班的许华丽同学，她曾获得2013年CCTV‘小雨荷’杯青少年民族唱法组的一等奖！”

那清风嗞啦嗞啦嗞啦吹
是孔雀飞来
那细雨淅沥沥沥淅沥打
是孔雀飞来
那山泉呼啦呼啦呼啦淌
那榕树耸耸耸摇
棉花开啊木棉红
是孔雀飞来
……

嘉宾席内几个人轻声评论着台上演员们的表演：

“三十六中这次真是下大功夫了，唱歌的这个女生就不多说了，连那3个伴舞的女生多半都是舞蹈专业的！”

“那是肯定的！话说回来，这么个差事甭管落在哪个学校头上，都不得累死才怪！要不，江老师，下次也让你们学校展示展示？”

“得了得了！这种事还是不来的好！教委领导外加几百号

嘉宾驾临，我不累死也得愁死！”

……

第三个登上舞台的是一个身着粉红色T恤短裙的女生，和二十多个身着五颜六色彩衣的伴舞男女生。

“请欣赏第三首歌曲《下个路口见》，演唱者是来自高三（六）班的梁晓珊同学，她曾多次获得重庆市青少年才艺大赛声乐组比赛的一等奖！”

刚下的地铁还不算拥挤
你那边飞机碰巧也落地
东京下雨　淋湿巴黎
收音机　你听几点几
当半个地球外还有个你
当相遇还没到对的时机
夏天一去　又是冬季
7－11　暖杯巧克力

秒针转动　DI DI DA
小小时差　DI DI DA
我早茶月光洒在你头发
平行的画　DI DI DA
几时交叉　DI DI DA
下个路口再见吧
……

杨明丽一边兴致勃勃地欣赏着台上的表演，一边笑着说道：“陈校长，看得出你们这次是精英辈出，大显身手！而且还有点儿央视青歌赛的味道，美声、民族、流行三种唱法轮番上阵啊！”

陈建怀笑着说道：“当初的确是这么考虑的，三种唱法各选一首曲目，尽可能地做到雅俗共赏嘛！”

杨明丽哈哈一笑：“有想法！有想法！大家都照顾到了！”

伴随着最后一个音符，演员们以一个欢快的造型结束了表演。苏佳芮微笑着走上了舞台：“有朋自远方来，不亦乐乎？带着欢乐的心境，尽情展示自我的风采，同时也将这一份快乐传递给现场的各位嘉宾和每一位观众，这是每一个演员共同的心愿，这也使得我们的导演组在进行节目的策划和编排时非常的游刃有余和轻松愉快！但同时也会遇到一些选择上的困惑和难题，因为他们是同样的优秀，同样的努力。

“比如在本次晚会的舞蹈类节目中，究竟是上拉丁舞的节目，还是上街舞的节目，我们的导演组可是头疼了好一阵子。这两个节目的演员在私底下也是一直铆着劲儿，他们甚至打算要通过比赛斗舞的方式来一决高下！

“直到前不久，经过我们导演组反复地考虑，终于决定就在今晚的舞台上，让这两支队伍共同走上舞台，现场一拼高低！让我们现场的嘉宾和六千名观众来行使裁判的权力！好的，下面就有请我们的拉丁摩登舞社和炫酷街舞社的队员们闪亮登场！”

第三十四章 盛大的晚会（中）

三十多个身着国标舞服和嘻哈服装的男女生走上了舞台，浓妆艳抹、衣着艳丽的拉丁摩登舞社尤其引人注目，观众席上的学生们也不由得大声鼓噪了起来。

杨明丽一边鼓掌一边笑着对陈建怀说道："我有一种预感，这个节目肯定不一般！"

陈建怀也笑着说道："杨主任真是慧眼如炬！这个舞蹈节目我们的确是做了特殊编排，主要以斗舞的形式来展现，这也比较符合现在年轻人的竞争心态嘛！"

台上的苏佳芮微笑着说道："按照导演组的安排，两支队伍各准备了 3 首不同的曲目和舞蹈，比赛采用三局两胜制，获得两局胜利的队伍便能赢得此次的斗舞比赛！那么，现在我想问问两个队的同学，你们哪一个队先来开始今天的表演？"

话音刚落，拉丁摩登舞社的一个男生做了一个十分潇洒的"你请"动作，苏佳芮见状笑着说道："大家都看到了吧？拉丁摩登舞社的同学非常具有绅士风度，他们把首秀的机会让给了炫酷街舞社，那么，街舞社的同学，你们准备接受这份好意吗？"

"好！来就来！"街舞社的学生一边拍着掌，一边低吼着为自己加油鼓劲。

"好的，请欣赏由炫酷街舞社带来的第一支舞蹈 *Yeah*！"

I'm in the club with my homies

Tryna get a lil V – I keep it down on the low key

Cause you know how it feels

I said shorty she was checkin up on me

From the game she was spittin my ear you'd think that she knew me

So we decided to chill

Conversation got heavy

She had me feeling like she's ready to blow

...

趁大家都在聚精会神地欣赏节目，陈建怀转过头对乔善坤低声问道：“什么时候成立的这几个舞蹈社？我怎么没听说过？”

乔善坤低声回应道：“为了增强节目效果和渲染对抗气氛才故意这么说的！不过话说回来，就算是3天前才成立的，也说得通嘛！”

陈建怀点点头，转过头又看起了节目。

街舞社表演完毕，掌声中苏佳芮的声音又响起：“下面请欣赏拉丁摩登舞社带来的第一支舞蹈《柔情伦巴》！”

看了一会儿，陈建怀又忍不住扭过头低声问道：“我说老乔，这里面有些个学生，我怎么看着这么眼生啊？”

乔善坤低声回应道：“文老师说，这个节目是今晚的一个重头戏，必须要保证较高的演出水准，这里面只有一半是我们学校的学生，还有十几个是文老师特地从大学城那边找过来的舞蹈尖子！怎么样，效果还不错吧！”

陈建怀略微一思考，笑了笑说道：“的确是不错！反正大一和高三的学生看起来也差不多！”

当拉丁摩登舞社完成表演的同时，苏佳芮已经手持麦克风站在了台下嘉宾区的外围：“非常感谢两支舞蹈队给我们带来的精彩表演！那么接下来就是紧张、激烈的投票环节了！哪一支参赛队的场上表现更好？哪一支队伍的表演更能打动人心？我们马上就要揭开谜底！

“我们将随机抽取3名嘉宾，让他们对这一轮两支舞蹈队场上的表演进行一个简短的观赛评论，并对此进行投票表决。也就是说，3位嘉宾的投票将决定在这一轮斗舞当中，谁才是最终的获胜者！我们开始吧！”

苏佳芮随机选择了一名年约四十出头的男嘉宾，将手中的麦克风递给了他：“您好！请问对于刚刚结束的第一轮斗舞，您的直观感受是什么样的呢？如果让您来投票，您会把票投给哪一支舞蹈队呢？”

男嘉宾站起身略微思索了一下，说道：“其实……我感觉两支舞蹈队都很不错，总的来说……旗鼓相当吧！其实我也不是专业的文艺工作者，可能也给不了什么太专业的评述，我只能说就今天晚上的氛围而言，街舞社的舞曲、节奏和动作更能带动全场的气氛一些。”

“那您的意思是……要把这一票投给咱们的街舞社了，对吗？”

男嘉宾点了点头：“是的。”

苏佳芮微笑着大声说道：“那要祝贺我们的炫酷街舞社，他们已经拿到了本轮PK的第一票！”

观众席中支持炫酷街舞社的学生们也不禁大声叫喊了起来。

苏佳芮又随机把麦克风递给了一个年约三十出头的女嘉宾：“这位老师，您能发表一下关于本轮斗舞您的一些感受吗？”

女嘉宾微笑着站了起来：“主持人你好！首先，我要表达一下我的选择，我会把这一票投给我们的拉丁摩登舞社……”

话刚一出口，台上拉丁摩登舞社的学生们就高兴得拍手跳了起来。

苏佳芮也不禁笑了起来："您这一票真是给了他们莫大的欢喜和鼓励！您接着说。"

女嘉宾微笑着说道："我觉得拉丁摩登舞社的各位同学，他们的技术功底非常扎实，每一个舞蹈动作，还有节奏、节拍啊也非常到位，再加上伦巴的曲子本身就是突出一种柔美和浪漫，真的是一种美的享受！我非常欣赏他们的表演！这是我最真实的感受！"

苏佳芮笑着说道："好的，非常感谢您的评述。我们的拉丁摩登舞社也拿到了一票，场上比分 1∶1！现在就要看这最后一票的归属了，究竟谁才能拿到这最后的一票呢？"

苏佳芮把麦克风递给了一个年约三十出头，戴着一副眼镜的男嘉宾："这位老师您好！我们现在就把这最关键、最神圣的一票交给您了！"

男嘉宾笑着站了起来，却显得有些犹豫："主持人你好！我想问的是……我能不能两边各投一票啊？"

此话一出，嘉宾席内便发出了一阵哄笑声。

苏佳芮也被逗乐了："这位老师您真是太幽默了！遗憾的是您手上只有一票，而不是两票！"

男嘉宾自己也笑了起来："我就是觉得两个队都表演得很不错，靠这一票就比下去了，确实怪可惜的！"

苏佳芮打趣地说道："因为这一票事关两个队的输赢，我看得出来您对自己这一票也是相当地重视，要不，您用 1 分钟的时间来考虑一下，要把这最后一票投给哪个队？"

男嘉宾刚一开始思考，周围的其他嘉宾便忍不住笑着起了哄：

"王老师，别考虑了！听我的，投给街舞社！"

"拉丁拉丁！坚持自己的想法，投给拉丁舞！"

……

苏佳芮笑着说道：“看来您这一票的确是有难度的！您看这么多人他们既是在给你出主意，也是在给你出难题啊！”

男嘉宾一咬牙，说道：“好吧，我想好了！”

男嘉宾清了清嗓子，认真地说道：“我想对台上拉丁舞社的同学说两句，你们今天晚上真的表现得很好，但我这一票要是投给街舞社，你们就要输掉这一局了。其实你们不应该是失败者，因为你们没有输在最重要的技术功底上，只能说街舞社的同学在现场氛围的营造和调动方面做得更为出色！更容易激起现场观众的共鸣！我……真的很遗憾！”

苏佳芮试探着问道：“那……您这一票是投给？”

男嘉宾说道：“我投给……街舞队！”

全场支持街舞社的观众发出了欣喜的叫喊声，苏佳芮也一边解说一边走回了舞台：“好的，最后一票也终于有了归属！现在我宣布，斗舞 PK 第一轮，炫酷街舞社以 2∶1 获得胜利！”

“很有意思！”杨明丽一边鼓掌，一边笑着对陈建怀说道，“相对于一般的舞蹈类节目，你们这个节目编排得很有新意！从我个人的角度来讲，我倒是希望拉丁舞队能赢下第二局最好！”

“杨主任过奖了！”陈建怀笑着说道，“如果我猜得没错，杨主任主要还是想看第三轮的斗舞比赛吧？”

杨明丽微笑着说道：“要是街舞这边再赢下第二局，那我岂不是要少看一轮舞蹈？这多可惜啊！”

这时，台上拉丁舞社的一个学生走到苏佳芮身边，和苏佳芮简短地交谈了几句。

苏佳芮旋即说道：“刚刚拉丁摩登舞社的同学经过商议，在战术方面做出了一个小的调整，他们要把原定第三首的曲目换到第二轮来进行表演，相应地第二轮的曲目就换到第三轮。那么就请我们的 DJ（打碟者）注意了，请注意这两首曲目的交换。

“接下来，按照斗舞PK的规则安排，第二轮将由第一轮的胜者率先开始表演，有请炫酷街舞社给我们带来第二段舞蹈《我最红》，稍后拉丁摩登舞社也将献上他们的第二段舞蹈*Chilly Cha Cha*，请欣赏！”

……

趁着台上正在表演，苏佳芮走到后台，联系了文君华：“君成！君成！能听到吗？”

文君华答道：“佳芮，我能听到！”

苏佳芮问道：“君成，我在想，待会儿要是出现拉丁舞社连输两轮的情况，我该怎么往下接？”

文君华说道：“按照原定计划，如果有一支队伍出现连输两局的情况，就需要你现场发挥一点煽情的解说了，不过，从现在的情况来看，这种可能性并不大。”

苏佳芮问道：“你认为拉丁舞社肯定能在这一轮扳回来？”

文君华说道：“我倒不敢肯定这么说，只是他们已经把第三轮的曲目换到了第二轮，这两个队的排练情况我是非常清楚的，*Chilly Cha Cha*可是他们的王牌曲目！”

苏佳芮醒悟了过来：“原来是这样！其实我倒是希望他们能真的把这一局扳回来，然后再进行第三轮的决战，这对观众来说也是一件好事。”

文君华说道：“其实拉丁舞社的这些学生还是太着急了，他们太害怕会连输两局，所以才急着换曲目，这一局我估计他们拿下来的问题不大，只是后面的第三局……算了，你也不用考虑那么多，音乐快结束了，你快回到嘉宾席去！”

当苏佳芮走到嘉宾区的时候，拉丁摩登舞社也刚好完成他们的表演。

“感谢两支舞蹈队给我们带来的精彩表演！又到了紧张、

刺激的投票环节，是一支队伍乘胜追击，还是另一支队伍扭转乾坤，让我们接着寻找答案！”

苏佳芮把麦克风递给了一位二十多岁的女嘉宾：“这位老师您好，对于舞林 PK 的第二轮，您会把票投向哪一方呢？”

女嘉宾接过麦克风，微笑着说道：“我想说的是拉丁舞的同学刚才的场上表演和第一轮比起来，有了非常明显的变化！我不知道这是因为第一轮失利所带来的精神刺激，还是本身就做好的战术安排，总之他们在这一轮的表现真的是令人惊讶！我必须要把这一票投给拉丁舞社的同学！”

全场支持拉丁舞社的观众热烈地鼓起了掌。

“非常感谢您的参与，同时也祝贺我们的拉丁摩登舞社在第二轮的 PK 中率先拿到了一票！让我们来寻找这第二票的归属，这一次我们把机会交给一位男嘉宾吧。”

苏佳芮把麦克风交给了一位同样是二十出头的男嘉宾：“您好，请问您对于刚才的表演是一种什么样的感受？您又会把这关键的一票投给谁呢？”

男嘉宾拿着麦克风站了起来：“主持人你好，全场的各位观众你们好！如果让我用两个字来形容刚才跳恰恰舞的这些同学，那就是——完美！如果是四个字，那就是——非常完美！拉丁舞社的同学把恰恰舞所具有的节奏明快，诙谐风趣和热情奔放展现得淋漓尽致！我想不管是临场发挥，还是战术安排，他们刚才的表演都配得上‘完美’两个字！我这一票投给他们！”

场上响起了更为热烈的掌声，“好的，随着这一票归属的明确，我们也不用再进行第三轮的投票了，祝贺拉丁摩登舞社在这一轮的斗舞 PK 中率先获得了两票的支持，场上总比分改写为 1∶1！”

苏佳芮正准备返回台上，眼角的余光忽然瞟到了一位脸上满是遗憾神情的男嘉宾，苏佳芮心念一动，微笑着把麦克风递了过去："这位老师您好，我看到刚才您好像很想发言的样子，您是想表达一种什么样的心情呢？"

男嘉宾接过麦克风笑着站了起来："其实我这一票也是投给拉丁舞社的，不过既然大局已定，投不投也无所谓了。我想说的话和刚才那位老师差不多，既然他已经说过了，我就说点别的吧。我觉得在刚才那段恰恰舞当中，领舞的那位女同学实在是太突出、太优秀了！她的形象、气质，还有举手投足所展现出的那种优雅和自信，无愧于一个优秀的领舞者！现在不是很流行用'女神'来形容和赞美一个人吗？我认为这位领舞的女同学就配得上'女神'这两个字……"

此话一出，台上那位领舞的女生高兴得用双手捂住脸笑了起来，全场观众也发出了巨大的附和声，苏佳芮也笑了起来："感谢您幽默而又风趣的评述！算上您这一票，这一轮的投票结果就是3∶0了，这可是一场彻彻底底的完胜。"

陈建怀笑着对杨明丽说道："杨主任，果然如您所愿，这下我们都可以再多看一轮表演了。"

杨明丽微笑着说道："我想这应该不是我一个人的心愿，兴许大家都是这样想的吧，这节目越来越有看头了！"

"终于还是走到了最终的决胜局，作为一个主持人，虽然我没有直接参与到你们的PK当中，但此时此刻我的心却是跳动得越来越快了，因为我闻到空气中的火药味儿、硝烟味儿已经是越来越浓！"苏佳芮在台上为第三轮的决胜局做着最后的气氛渲染和情绪铺垫，"我想对两支参赛队说的是，今天晚上，现场有超过六千名的观众在看着你们，这里面也包括很多很多喜欢和支持你们的朋友和粉丝，在这样一个特殊的时刻，面对台下的观众、粉丝，还有台上的竞争对手，你们有什么想要说的话吗？"

炫酷街舞社的一个男生大步走到苏佳芮的身边，拿过麦克风，对着拉丁摩登舞社的人做了一个挑战的手势，低沉地说道：“我们没有太多想说的话，只想告诉拉丁舞社的同学，尽管放马过来吧！最后的胜利一定是属于我们的！”

全场支持炫酷街舞社的人发出阵阵欢呼与喝彩声。

拉丁摩登舞社领舞的那名女生也快步走到苏佳芮身边，拿过麦克风坚定地说道：“别忘了今天晚上输得最惨的可是你们！你们永远也别想 3∶0 赢我们！走着瞧！”

领舞女生的话引得全场观众都笑了起来，杨明丽哈哈笑着说道：“这些学生太可爱了！他们把心底最质朴的想法都说出来了！”

陈建怀也笑着说道：“年轻人的好胜心本来就要强一些！我们也一直在引导他们这种比较良性的竞争心态。”

杨明丽点点头说道：“我很赞同你这句话，上次开会的时候我就说过，很看好你们的一些教改措施，像什么学习互助社、世锦赛模式的校运会、英语挑战赛啊，对于培育和引导学生的健康学习、竞争心态，会起到很大的促进作用，这比起传统的家长会和高强度的课外补习，效果其实要好很多！”

“非常感谢两位同学的发言，我们已经看到了你们的决心和旺盛的斗志，接下来还要让全场的观众看到你们更加动人的舞姿和更为精彩的表演！”苏佳芮将手一挥，“在第三轮的 PK 当中，首先有请上一轮的获胜方，拉丁摩登舞社带来一曲《似火探戈》，稍后请炫酷街舞社献上他们的压轴之舞 *Good Boy*，请欣赏！”

黑纱飞舞，黑色珠宝，衬托斜斜黑帽
披起午夜，孤身上路，穿梭野店探讨
激光飞舞，鼓声滔滔，节拍狂摇花都
今宵这夜，心中叫号，不想一再独舞
但你为何，未敢邀请我，双起舞，我姿色不错
冰冷外表，心似火，似火探戈
……

苏佳芮快步走到后台，又联系上了文君华：“君成！君成！”

文君华答道：“佳芮，你说，我听得见。”

苏佳芮说道：“君成，我在想，今天演出的氛围这么好，我们是否还是考虑让领导也参与一下，让杨主任也投个票？”

文君华说道：“这样不好，以杨主任的领导身份，无论她投给哪一方都很可能是一锤定音的效果，后面的人也很难再发表不同意见了。这种场合我们宁可选择让更多的人参与进来，佳芮，听我的话，还是按原计划进行。”

苏佳芮说道：“好的，我听你的。”

嘉宾席内，陈建怀一边观看着演出，一边试探着对杨明丽说道：“杨主任，您看今天这演出氛围这么好，要不，您也来投上一票？”

杨明丽笑了笑，摆摆手说道：“我还是不投票为好，我要是表了态，后面的人就不好发言了，这些机会还是留给他们更好。”

Put your hands in the air
How y'all feeling out there
We gon'party over here
모두 같이
Sing it let me hear you say
La la la la la la la la
La la la la la la la la
La la la la la la la la
La la la la la la la la
I am a good boy
어딜 가나 줄을 서
여자들은
날 보면 눈에 불을 켜

낮에는

Lil hamster but

밤에 사랑을 나눌 땐

Gangster

다정 다감한 눈빛

자연스러운 skin ship

넌 움찔 흠칫 할걸

네가 뭘 원하는지 말 안 해도 돼

굳이 눈치로 다 알아

……

舞曲停止的时候，伴随着如雷的掌声，苏佳芮也再一次站在了嘉宾席的区域：“非常感谢两支舞蹈队给我们带来的又一次视听上的享受和震撼，我们也将最后一次开启我们的投票环节。谁是今晚舞林 PK 的最终胜利者？谁能笑到最后？答案将在 5 分钟，也许 10 分钟之后得到揭晓。让我们来看看第三轮的第一票将投向哪里？”

苏佳芮将麦克风递给了一位年龄在三十左右的男嘉宾：“这位老师您好，看您脸上的表情，好像还沉浸在刚才舞蹈的氛围当中，不过现在我就要打断您一下了，因为此刻我要把这备受瞩目的第一票交到您的手上！”

男嘉宾笑着站了起来：“的确如你所说，今晚的节目实在是太精彩，太过瘾了！我现在还在回味刚才的那些舞蹈！嗯……专业技能上的评述可能我给不了多少，我只能说说我的直观感受。如果说上一轮恰恰舞是拉丁舞队的王牌武器，那这一轮的 *Good Boy* 就是街舞队的撒手锏！因为在刚才的表演当中，我感觉街舞所具有的即兴、动感、激情与活力，都得到了最充分、最完整的展现！所以，我把这一票投给街舞队！”

炫酷街舞社的学生们高兴得拍着手跳了起来，而一旁拉丁摩登舞社的学生们则略显沮丧。

“好的，祝贺我们的炫酷街舞社又一次抢到了第一票，这也意味着他们距离最后的胜利只有一步之遥！让我们来看看，他们在下一次的投票中能跨过这一步的距离吗？”

苏佳芮把麦克风递给了一位年龄也是在三十左右的女嘉宾：“您好，相信您也看到了，现在已经到了投票环节最为关键的时刻，您手上的这一票随时都可能成为今晚舞林 PK 的最后一票！是终结还是延续？不知道您心中是否有了答案？”

女嘉宾微笑着站了起来：“主持人你好，我想说我一直都是拉丁舞这边的支持者，虽然从完整的 3 轮比赛来看，我不太赞成他们之前所进行的舞曲调换，但我还是要说，今晚这些跳拉丁舞的同学很棒！很出色！探戈所具有的欲进还退、快慢错落、动静有致的特点，他们都做到了，而且完成得非常漂亮！”

苏佳芮微笑着问道：“听您这么一说，我感觉您心中好像已经有了答案。”

说到这儿，女嘉宾的情绪忽然有些激动了起来：“说实话，我现在感到很开心，也很荣幸！因为我能在最关键的时刻，为我一直所支持的那支队伍，投上最关键的一票！”

“那您这一票是投给？”

“我这一票要投给——拉丁舞队！”

台上拉丁摩登舞社的学生们激动得尖叫了起来，两两相拥在一起，全场也响起了热烈的掌声。

“感谢您的参与，我不得不说，您这一票的意义实在是太重大了！您把最大的悬念留到了节目的最后！按照我们导演组之前定下的规则，如果两支队伍进入第三轮投票，那么这最后一次的投票机会将不再属于某一个人……”

说到这里，苏佳芮提高了音量：“而是属于你们，现场的每一位观众!”

嘉宾区内已经有人等不及了，苏佳芮刚一停下，就有人振臂高呼道：

“支持街舞！街舞必胜!”

“拉丁舞必胜!”

全场的学生见嘉宾区内已经开了头，哪里还稳得住情绪，一时间支持两个队的呼喊声不绝于耳：

“街舞！街舞……”

“拉丁！拉丁……”

苏佳芮高举着手臂，大声说道：“来吧，观众朋友们，为了你们支持的队伍摇旗呐喊！为了你们心中的胜利者释放激情与能量！今晚获得现场观众支持呼声最高的那支队伍，就是舞林 PK 的最终胜利者!

“支持拉丁摩登舞社的朋友们，请高喊他们的名字!”

全场响起山呼海啸般的回应：“拉——丁——舞!”

“支持炫酷街舞社的朋友们，让我听见你们的声音!”

全场响起更为壮观的回应：“街——舞!”

“相信你们都听到了，经过 3 轮的激烈比拼，今晚的舞林 PK 终于迎来了最终的胜利者!”苏佳芮微笑着说道，“我宣布，炫酷街舞社获得最终的胜利！掌声送给他们！同时也把掌声送给拉丁摩登舞社的同学，因为有了一个伟大的竞争者，才能催生一个伟大的胜利者!”

在全场雷鸣般的掌声中，两支舞蹈队的学生们走到了一块儿，相互握手、拥抱并致敬。

舞林 PK 结束了，两个舞社的学生们也已经退回了后台，但嘉宾席内却依然上演着热烈的讨论：

“太可惜了！我是真为这些跳拉丁舞的学生可惜！就输了那么一点点!”

“张老师，你就别感叹了！有比赛就有输赢，有输赢就有遗憾，这是肯定避免不了的！”

“不过话说回来，人家煞费苦心把这个舞蹈节目设计编排成这样，不就是想让我们这些观众产生支持、同情和共鸣吗？他们还真做到了！比如说张老师，你就动情了！”

“我怎么觉得……这个节目最有看点的是两个队的节目出场排序，很有点儿田忌赛马的意思！”

“王老师，你可说到点子上了！从两个队 3 首曲目的分量和出场顺序来看，还真就是田忌赛马！如果拉丁舞那边不是临时把第二首和第三首曲目做了一个对调的话，两个队的节目分量都是下马对下马，中马对中马，上马对上马。这种顺序要是保持不变，到最后谁能获胜还真说不准！

“但问题就出在拉丁舞那边把原定的第三首恰恰换到了第二场，这一变就成了街舞的下马、中马和上马对上了拉丁舞的下马、上马和中马，但王牌节目已经不能压轴了。因此，在第三场拉丁舞以微弱劣势输给街舞就不足为奇了！”

“陈老师，还是你厉害！一针见血，分析得头头是道！”

“各位各位！该打住了啊！人家主持人都开始说下一个节目了！”

第三十五章 盛大的演出（下）

“五月时节流光溢彩，我们的校园生活也是多姿多彩，因为我们的同学不但能歌善舞，而且还能写会画，所以我们从不缺少歌声与微笑，我们一直都能描绘蓝天与碧海。

“后面出场的这些演员，他们将会用一种非常优雅的方式来展现他们精湛的才艺。来吧，亲爱的同学，该你们登场了！”

几十个手持画笔和画板的学生一路小跑着来到了嘉宾区，在嘉宾区的前方和左右两侧 3 个区域，以一对一的形式站在了前方和左右两侧嘉宾的身边。

这时，现场的音箱里响起了一首优美婉转的乐曲，苏佳芮微笑着说道：“亲爱的各位嘉宾朋友，站在你们面前和身边的是来自我校书画社的 56 名同学，在这样一个美好的夜晚，伴随着优美的《春之声圆舞曲》，这些小画家们将用自己手中的笔，在舞曲结束前的 8 分钟之内，为自己就近的嘉宾展开一次生动而有趣的人物速写，并以此作为礼物献给这幅作品中所对应的那位嘉宾。亲爱的同学们，开始吧！”

在苏佳芮解说的同时，书画社的学生们就已经找到了各自速写合作的对象，拿着纸和画笔开始了人物速写的创作，这一形式让全体嘉宾感到新奇不已：

“三十六中可真会想办法！凡是艺术资源他们都可以拿来做文章，有点儿意思！”

“赵老师，早知道这样我就该和你换换位置，看看自己在画里是什么样子。我儿子学画画 3 年多了，没一次把我给画准确了，我一直都怀疑他的绘画天赋。”

“黄老师你别急，8 分钟之后你看我这张像不像就知道了。”

杨明丽面带微笑看着面前给自己速写的女生，对陈建怀问道：“陈校长，你说在这 8 分钟之内，我们是不是都不能动啊？”

陈建怀笑着说道：“没那么严重，杨主任，只要动作不大都可以。”

杨明丽认真地说道：“我觉得还是少动的好，我还想让她给我画得好一点呢。”

趁着学生们都在创作的时机，陈建怀扭过头对乔善坤小声问道：“我说老乔，这么短的时间搞素描，到底行不行啊？千万别画得一团糟啊！”

乔善坤笑了笑说道：“没问题的，这些都是基本功，而且前面一个多月的时间都做了强化训练，我都看过了，还给我画了一张，像着呢！”

陈建怀又想到一个问题：“还有，给杨主任速写的这个女生是哪个班的？”

乔善坤说道：“就是文老师那个班的，而且是功底最好的那一个。”

陈建怀点点头，这才放下了心：“那就好，那就好！”

舞台的另一侧，文君华也联系上了苏佳芮：“佳芮，能听到吗？”

“君成，我能听到，你说。”

“你到第一排嘉宾区杨主任那里去一下，聂英姿性格比较内向，有你在她就不会那么紧张。”

“好的，我马上去。”

“只要她的作品不出现明显的瑕疵，后面就按原定计划进行。”

“好的，我知道了。”

当苏佳芮来到杨明丽和聂英姿身边时，聂英姿也刚好完成了自己的作品。

聂英姿看了看手中的画，深吸了一口气，略有些羞涩地把画递给了杨明丽：“杨主任，我画好了，这幅画送给您。”

杨明丽接过画一看，不由得喜笑颜开：“太好了！这么短的时间能画得这么像，已经远远超出我的预期了！这位同学，你叫什么名字啊？学画画多久了？”

聂英姿微笑着答道：“我叫聂英姿，学画画有9年了。”

杨明丽赞叹道：“嗯，不错不错，这真是应了那句老话，台上一分钟，台下十年功啊！如果没有这样的日积月累，也不会有今天的这幅作品。”

陈建怀在一旁笑着补充道：“这个学生还有他们班的学生，一直都很努力上进，她们的班主任还是今天这台晚会的总导演和总策划呢！”

杨明丽吃惊地说道：“原来是这样，待会儿我一定得见见这位大导演，很不错的一台晚会啊！”

聂英姿转了转手中的画笔，鼓足了勇气说道：“杨主任，我……我能向您提一个小小的要求吗？”

“你说吧，聂英姿同学，”杨明丽笑眯眯地说道，“你有什么想法？”

“我……我能和您合张影吗？”

“当然可以了，”杨明丽笑着说道，“你送给我一份礼物，我还没来得及感谢你呢！来，快站过来！”

聂英姿拿出手机站到了杨明丽的身边，杨明丽将手中的画放在了自己胸前的位置，两人微笑着留下了一张合影。

其余好些个已经拿到素描像的嘉宾见此情景，也纷纷拿着画像和学生们愉快地合影留念，苏佳芮笑着解说道："非常感谢各位嘉宾和我们的小画家们所展开的这样一次愉快、完美的合作，看着你们合影留念的那一幕，我是多么希望时间能走得慢一点，让这一幅幅温馨的画面能够长久地停留。可我必须要说的是，在我的身后还有一群人，她们已经等不及了，她们迫不及待地要向大家展示她们所具有的特殊技能。下面有请女子垒球队的队员们登上舞台！"

伴随着铿锵有力的《拉德斯基进行曲》，9 个短发齐耳、身着红白相间运动服的女生英姿飒爽地走上了舞台："观众朋友们，我要向你们介绍的是来自我校女子垒球队的 9 名队员，别看她们年龄小、个子小，可是她们的雄心和志气却很大！就在今年 3 月结束的全国中学女子垒球锦标赛初中组的比赛里面，这 9 个女生代表我们三十六中获得了团体亚军的优异成绩！在此向她们表示祝贺！"

全场响起了热烈的掌声。

杨明丽一边鼓掌，一边对陈建怀说道："早就耳闻七中的足球和三十六中的垒球，是重庆中学体育领域的两大传统优势项目，今日一见，果然名不虚传！"

陈建怀笑着说道："过奖了过奖了！主要是二三十年的老传统了，不敢随便丢下呀！这些年我们的确也投入了不少时间和精力在这上面，才有了一点成绩。"

苏佳芮继续说道："在此我要向大家重点介绍其中的两名运动员，站在我旁边的这位女同学名叫张雁冰，是我们垒球队的队长，她在本次中学女子垒球锦标赛上获得了大赛组委会评选的最佳击球手'金手臂'的奖项！站在她旁边的这位女生名叫姚长虹，是垒球队的副队长，她也获得了大赛组委会评选的'银投手'的奖项！"

说到这儿，全场又响起了一阵热烈的掌声。

苏佳芮接着说道："今天呢，我们的女子垒球队也要在舞台上展示她们精湛的体育技能，不过这个舞台实在容不下她们全队的整体施展，于是她们就把这个光荣的使命委托给了她们的队长张雁冰和副队长姚长虹同学，由她们代表垒球队在舞台上一展身手，她们连器材都准备好了！有请工作人员送上体育表演器材！”

一名工作人员将一支垒球棒和7个垒球送上舞台，交到了张雁冰和姚长虹的手上。

苏佳芮继续说道：“大家都看到了，今天我们的演出现场划分出了7个观众区，而姚长虹同学手上也正好有7个垒球，接下来她们要展示的体育技能就是要在30秒的时间之内，7次出手将这7个垒球分别击打到我们所划分的这7个观众区之内！大家听清楚了吗？7个球要准确地击打到7个不同的区域，成功率必须是百分之百，这一次的体育技能展示和表演才算是成功地完成了！”

此话一出，全场一片哗然，嘉宾区内更是议论纷纷：

“这么短的时间，一次都不能失手，这难度够大的！”

“别担心，人家是专业的，没有金刚钻，哪敢揽瓷器活儿啊！”

“我觉得还是挺玄！现场表演和日常训练还是有区别的，主要看她们临场的发挥。”

“你没听见啊？人家一个是金手臂，一个是银投手，保险系数还是有的。”

杨明丽笑着对陈建怀说道：“陈校长，今天晚上每个节目都引人入胜，连上厕所的时间都不留给我啊！”

陈建怀也笑着说道：“说实话，杨主任，她们这次表演之前的训练我都没见过，我也和你一样，想看看她们究竟行不行啊！”

苏佳芮将麦克风递给了张雁冰：“张雁冰同学，作为垒球队的队长，在表演开始前，你有什么话要对全场观众说吗？”

张雁冰大声说道：“我想说的是，这7个垒球就是我们新的起点，今年我们是亚军，明年我们就是冠军!”

全场附以热烈的掌声。

苏佳芮笑着说道：“话虽简短，却很有力！在此也预祝我们的女子垒球队在明年的锦标赛上能取得更好的成绩！观众朋友们，待会儿当球飞向你们所在的区域时，请和我们一起大声报数，好吗？表演马上开始!”

苏佳芮手握秒表退到了一边，张雁冰和姚长虹也迅速找到了合适的站立位置。姚长虹默默地看了看张雁冰，深呼了一口气，持球抬手，挥摆、蹬地、出手！张雁冰眼疾手快，迎着来球挥棒一击，球在夜空中划出一道美丽的抛物线，准确地落在50米开外的第一观众区！当球还在空中下坠之时，全场的观众已经齐声喊出了：

“一!”

姚长虹随即再出球，张雁冰也再次挥棒一击，球又画着抛物线向第二观众区飞去。

“二!”

……

“三!”

……

“四!”

……

当第7个垒球坠落在第七观众区的时候，伴随着全场热烈的掌声，苏佳芮按下秒表高声欢呼道：“成功了！只用了26秒、不到27秒的时间，7个垒球被准确地击打到了预定的7个观众区以内！感谢女子垒球队的全体队员！感谢张雁冰和姚长虹同学的精彩表演！你们无愧于‘金手臂’‘银投手’的荣誉称号……”

杨明丽笑着对陈建怀说道：“你们这一开头，我估计下次七中搞校内联欢的时候，也会把他们的足球队组织起来表演一个节目了！”

陈建怀也笑着说道：“哪里哪里！相互借鉴，相互学习嘛！”

与此同时，文君华也在与后台各操作执行部门进行着下一个节目开始前的沟通、指挥工作：“赵刚！赵刚！最后确定一遍演员的综合状态，尽快向我回复！”

“我是赵刚！5分钟之前已经对演员进行了最后一次的观察和沟通，目前她身体状况和心理情绪都非常稳定，符合节目设定的标准！”

“很好！”文君华下达了最后的指令，“各部门注意，仍然按照第一套方案执行，一分三十秒后启动飞行传送装置！”

陈建怀和杨明丽正在谈话间，在舞台两侧一直都没动过的两张红色大幕布忽然徐徐地向中间移动，将整个舞台给遮了起来。

杨明丽笑着问道：“怎么？还准备了魔术节目？”

陈建怀笑着回应道：“那倒不是！主要还是为了烘托气氛，下一个节目大致是这样的……”

陈建怀正在思索该怎样向杨明丽描述这个节目的形式和主题，却听见音箱里传来一段二胡演奏的曲子，曲调凄美幽婉，耐人回味，然后接着又是琵琶和古筝的复奏，身后看台上的学生们更是大声鼓噪了起来：

“你们快看，看台最上面那个女生！她飞起来了！飞起来了！”

“她是吊在钢丝上面的吗？原来这个节目是要表演敦煌飞天啊！”

“放屁！这明明是《倩女幽魂》中间的那段民乐间奏，你没听过啊！”

一个身着全套古装服饰的女生，身体用特殊装置固定在钢丝上，徐徐地、稳稳地从看台最上方向运动场中央的舞台飞去，夜空中长发飘飘，白衣如练。

观众席中一个高二（七）班的学生指着夜空中飞行的女生大叫道："她……她好像是……汪雨薇！"

"真的是汪雨薇！真的是她！"

高二（七）班的学生们都站了起来，对着夜空中飞行的汪雨薇一边挥手一边欢呼着：

"汪雨薇！汪雨薇！"

赵杏芳也跟着学生们站了起来，只是她完全没有学生们的意外和惊喜，更多的却是震惊和愤懑。人群中的赵杏芳神情呆滞，张开了口，却一句话也说不出来。

当汪雨薇飞行至嘉宾区上空时，整个嘉宾区也是一片惊叹之声：

"太神了！为了一台晚会，他们连拍电影的特殊道具都用上了！"

"三十六中这回是真的豁出去了！构思、创意和投入都令人佩服啊！"

"我这回是真的服了！回头一定得找他们多拿几套晚会拍摄的光碟做纪念！"

……

汪雨薇从舞台幕布的上方飞过，稳稳地落在舞台上，消失在众人的视线中。现场观众竟没有鼓掌，而是齐齐睁大了眼睛，屏住了呼吸，静静地等待着舞台幕布拉开的那一幕。

大约两分钟后，舞台幕布缓缓地向两边拉开了，出现在观众眼前的是 16 名端坐在舞台后方，身着古装，怀抱琵琶的学生，还有在舞台中央，同样也是身着古装的 7 名女子舞蹈演员，汪雨薇作为领舞已经站在最前面摆好了舞姿。

"下面请欣赏由我校舞蹈社和民乐社共同带来的节目民乐古舞第一篇——《十面埋伏》！"

话音刚落，琵琶手们抬手一拂，一段铿锵有力、摄人心魄的乐曲声随之而出，犹如战鼓与号角响彻了山谷，令人精神为之一振。杨明丽一拍桌子，激动地轻呼道：“好！气势出来了！”

嘉宾区里面从事艺术教育培训的老师们也一边欣赏，一边开始了轻声地交流和评论：

“用《十面埋伏》做民乐演奏的开头，这一点上他们选对了方向，国内很多大型的音乐会，民乐节目也是用《十面埋伏》来做开场曲，不过这个节目主要的看点还是在于他们采取了民乐和古典舞的结合，目前看来还是很不错的！”

“其实这种形式我们在去年校庆的时候也考虑过，可排练的时候两边总是合不上拍，还相互埋怨是对方的失误，到最后只能放弃了。没想到他们做得这么好！”

“感觉她们在《九里山大战》这一段就要收尾了，后面那部分大概也不会出现了。”

“我觉得这样更好，以九里山收尾，乐曲的高潮部分更为集中，免得时间过长，也有利于舞蹈演员节省体力和精力，她们后面肯定还有另外的乐曲。”

……

当演员们完成《十面埋伏》的表演，伴随着全场热烈的掌声，舞台两侧的幕布又徐徐地合了起来。

陈建怀迅速扭头向乔善坤说道：“刚才飞天那一段真是吓死我了！这个节目也是个重头戏吧？怎么刚到高潮部分就结束了？观众都还在兴头上呢！”

乔善坤低声说道：“飞天那一段是绝对机密！节目开始前谁都不知道啊！不过后面的舞蹈排练我倒是看过，我记得……好像还有两支舞蹈吧，应该不会这么快结束的。”

陈建怀点了点头，转过身对杨明丽说道：“杨主任，这种民乐和舞蹈相结合的形式，你感觉怎么样？我们也是做了一次大胆的尝试。”

“很有创意！比单纯的民乐演奏和舞蹈表演要好得多！”杨明丽说道，“我虽然不是搞艺术教育出身，但这些年看过的文艺演出不少，勉强也算得上有些艺术鉴赏力，这个节目无论是民乐的演员还是舞蹈的演员都很优秀，都很投入！《十面埋伏》是中国琵琶乐曲中最知名的代表作之一，气势雄壮，节奏复杂多变，这些演员已经把楚汉之争，还有里面那些鲜明的人物形象表现得淋漓尽致了！非常不容易啊！”

这时，舞台的幕布又向两侧徐徐地拉开了，这一回出现在全场观众面前的除了刚才那 7 个舞蹈演员之外，还有端坐在后侧，手持中阮的 10 名民乐演员。

“下面请欣赏民乐古舞的第二篇——《满江红》！”

一轮同样铿锵有力，但却充满激昂愤慨，饱含悲怆之情的扫拂音响彻了全场，令人闻之动容。

杨明丽一边欣赏，一边轻声说道：“这个主题就更明确了，可能有很多人并不知道《十面埋伏》讲的是楚汉之争的故事，可一说到《满江红》，应该都知道说的是岳飞和他追求一生的精忠报国。”

陈建怀也不免有些唏嘘：“岳飞的这首传世不朽之作我也一直很喜欢，杨主任，不瞒你说，这首民乐的《满江红》我并不太熟悉，但从欣赏的角度来讲，这首乐曲的曲调醇厚有力，节奏稳健，原词作当中的激愤、昂扬和壮烈的情绪都无所不在，令人感慨啊！”

随着表演的进行，杨明丽脸上的神情也越发显得有些凝重，直到表演结束，杨明丽才一边鼓掌一边轻呼一口气，点头说道：“演奏旋律动人，舞蹈情感突出，我的情绪都陷进去了！”

当舞台幕布第三次拉开时，12 名手拿二胡的学生已经端坐在了自己的位置上。

“最后请欣赏民乐古舞的第三篇——《彩云追月》！”

一段轻盈、质朴而又流畅、优美的旋律随之而出，于平和中透露出一股不动声色的活力，令人心生安宁，嘉宾们也在进行最后的交流与评述：

“我原来以为最后他们会来个民乐合奏什么的，现在看来他们是有意避开了这种阵容庞大、复杂的形式。”

“这就是人家的高明之处！这节目要是放到其他学校，大不了就是民乐独奏或者是民乐团的合奏，这样子的话整体效果不见得就很突出。而人家就是把其中的单项给单独拿出来进行巩固、加强，重新编排和重点包装，出来的效果的确大不一样！”

“以前没听说过三十六中组建过什么艺术团啊，但从今天晚上的表现来看，他们的艺术资源力量可是相当的丰富和强大啊！”

“我是这样的感觉，他们今天晚会的策划、设计和相关设备真的是非同凡响！估计是请了什么高手来吧。坦率地说，如果这些艺术尖子生单独拿出来和其他学校的进行对比，可能大家都差不多。可人家这一包装、策划，档次一下子提高了好几倍！感觉水平立马上升了一大截！这一点不服不行啊！”

……

第三十六章 新的使命

苏佳芮手里拿着一把吉他微笑着走了出来："相聚的时光总是匆匆，一转眼今天的晚会已经到了最后的收尾阶段。亲爱的朋友们，你们看到我手里的这把吉他了吗？它看起来和普通的吉他并没有什么不同，可是你们看看这吉他的背面……"

苏佳芮说着把吉他的背面翻了过来："在这把吉他的背面签满了密密麻麻的名字，这到底有什么样的故事在里面呢？让我来告诉大家吧。

"在晚会节目的编排过程当中，因为种种原因，我们很遗憾地放弃了很多很多的节目和演员，但非常可贵的是，这些没能登上舞台的演员们并没有沮丧和气馁。他们说，虽然我们失去了登上舞台一展才艺的机会，但是我们的热情和祝福却一直都在，我们要把这份热情和祝福会聚在这把吉他上面，让它传递给今天每一位能够登上舞台的演员，让他们能表演得更好，发挥得更加出色!"

全场响起了热烈的掌声。

苏佳芮环顾了一下全场，深情款款地说道："现在我要代表那些已经登台表演过的演员们说一声，谢谢你们！你们的热情和祝福我们收到了，你们的愿望也已经实现了！因为此时此刻，在各位嘉宾的眼睛里，从全场观众的掌声里，我们已经感受到了那一份惊喜、快乐和满足！

"来吧，朋友们，再一次用你们热烈的掌声请出今晚的最后一批演员登上舞台，请欣赏由男女生组合带来的歌舞《快乐宝贝》和《偶像万万岁》！掌声有请！”

掌声中4个面容姣好、楚楚动人的女生走上了舞台，在音乐的伴奏下载歌载舞：

清晨的大街上薄雾飘荡
美丽的少女走过身旁
新鲜的空气露珠晶莹
像樱桃樱桃闪亮的眼睛
清晨的阳光还躲躲藏藏
像面纱蒙在少女的脸上
彩色的巴士走走停停
Happy Baby，笑语盈盈
蹦蹦跳跳玩玩闹闹，因为正年少
有些单纯有些天真，其实不重要
关于爱情关于未来，感觉很奇妙
Happy Baby，请你过来，回答好不好
……

看台上的学生们也一边看一边发表着自己的评论：

“兄弟们，看美女啰！”

“欸，这几个女的是谁啊？看着很眼熟，又想不起来……”

“这不高二（四）班的四大美女吗！你什么眼神儿啊！化了妆就不认识了？”

“哦！你是说段雪曦、彭珊珊、刘雨涵和周瑞琪她们4个呀！化了妆真是越来越漂亮了！”

“那可不！平日里就是美人儿级别的，现在一看真是沉鱼落雁、闭月羞花啊……”

“你小子不害臊！看个节目还浮想联翩的！”

“少来了！你小子敢说就没想过！哈哈……”

……

杨明丽一边欣赏着表演，一边对陈建怀说道："这4个漂亮女生很特别啊，在台上又唱又跳，不用伴舞都可以把全场气氛搞得这么火！"

陈建怀笑了笑，说道："杨主任，您看右边第二个女生，有印象没？"

杨明丽盯着那个女生仔细看了看，恍然一悟道："咦，她好像是……第一个开场节目领舞的那个女生！对吧？"

陈建怀笑着点了点头："就是她！她本身就是个艺术特长生！"

杨明丽说道："怪不得那么能歌善舞，多才多艺。"

陈建怀打趣地问道："杨主任，以您的眼光，您觉得她和之前民乐古舞里面领舞的那个女生比起来，谁更优秀一点？"

杨明丽歪着头略一思索，说道："这不能简单地进行类比，这个女生明显走的是现代、热情、奔放的路线，民乐古舞里面领舞的那个女生似乎更文静一些，身上的古典气韵也更浓厚，这倒是说明你们对艺术资源的定位和使用是非常准确的！"

……

当4个女生结束表演，退回后台的时候，4个背着吉他，英俊帅气的男生也已经站到了舞台上。

杨明丽笑着说道："这两个组合不但载歌载舞，高颜值也是其中的一大看点呀！"

叶嘉伟并没有立即开始演唱，而是调整了一下嘴边的耳麦，动情地说道："各位观众，大家好！在开始表演之前，我们有几句话想要对大家说。我们要唱的这首歌叫作《偶像万万岁》，但我们心中的偶像不是欧美摇滚巨星，也不是日韩青春组合，而是今天晚会的总导演，也是我们的班主任——文老师！如果没有他，就没有高二（四）班的重生！就没有今天站在舞台上的我们！如果没有他，也不会有今天的这台晚会！

也许，我们很难用言语来表达我们对文老师的敬意，那就通过这首歌来表达我们的情感吧！谢谢！”

全场响起了热烈的掌声。

听到这番话，台下的陈建怀也不免心生感慨：“杨主任，您可能不知道，这个歌舞组合的8个学生都是来自同一个班，他们的班主任就是我之前给您提过的，这台晚会的总策划和总导演！”

“什么？这太神奇了！”杨明丽大吃一惊，“陈校长，其实在这个节目之前我就有这样的想法，待会儿晚会结束之后，我务必要和这位老师见上一面，此人的策划、导演和组织能力真是非同一般！”

……

追求完美的偶像　万万岁
才华洋溢的偶像　万万岁
十八般武艺　每一样都要学
会变魔术又会耍炫
为你而生的偶像　万万岁
为你平凡的偶像　万万岁
痛苦和悲伤　留给我自己
快乐送给最爱的你
……

已经走到台下，站在文君华旁边的苏佳芮忍不住笑了起来，一旁的文君华却是一脸的尴尬：“别笑了，主持人小姐，我发誓！这些话绝对不是我让他们说的！谁知道这小子居然来了一个即兴发挥！”

苏佳芮笑着说道：“文大导演，谁让你这么受欢迎？他们到哪儿都想着你！”

文君华说道：“待会儿在结束曲唱响之前，你找机会告诉叶嘉伟，叫他别再说这些肉麻的话，我都快受不了了。”

苏佳芮挑了挑眉毛说道：“这我可做不到，一会儿上去我就该直接说结束语了，然后就是结束曲，众目睽睽之下，我哪有机会跟他说悄悄话呀！你呀，他要说你就听着吧！”

……

看台上的学生们也依旧在发表着各自对这个节目的看法和意见：

“嘿！我就猜到会是叶嘉伟他们几个！”

“你别说，这吉他弹得真叫酷啊！”

“上周末我哥生日，在 KTV 里面碰见叶嘉伟了，这小子给我透了些底儿，他们的歌曲、舞蹈还有吉他，都是专门找的声乐、器乐和舞蹈老师在外面开小灶单练的！要不然会有这效果？”

“说起来他们班主任挺有私心的，让自己的人去压轴。”

“谁让人家班主任是总导演呢！要不，让你们班主任去导一个？”

“你开国际玩笑吧！她连我们唱歌都要干涉，能导什么？导砸吧！”

“哈哈……”

……

“亲爱的朋友们，真的到了要说再见的时候！

“带走我们的歌声和祝福，留下你们的赞誉和回忆。再一次感谢您的光临，也感谢今天晚会的所有演出人员以及台前幕后所有的工作人员！让我们挥舞双手，纵情歌唱，祝福青春，祝福我们的明天更美好！

“观众朋友们，再见！”

此时，前面节目的演员们也已经走上了舞台，聚到一起手拉着手，共同唱响了那首温馨的《骊歌》：

南风又轻轻地吹送
相聚的光阴匆匆
亲爱的朋友请不要难过
离别以后要彼此珍重
绽放最绚烂的笑容
给明天更美的梦
亲爱的朋友请握一握手
从今以后要各奔西东
不管未来有多遥远
成长的路上有你有我
不管相逢在什么时候
我们是永远的朋友
……

嘉宾和学生们都走得差不多了，演出现场除了还在拆卸、搬运演出设备的工作人员，偌大的体育场一下显得空旷、寂静了许多。

助理郭晓梅走了过来：“杨主任，小王刚打了电话过来，其他学校的车已经走得差不多了，现在车库非常畅通，我们随时可以出发。”

杨明丽轻轻摆了摆手：“不急，我和陈校长还有些事情要谈。”

舞台后台的一侧，苏佳芮拉着文君华的手，略有些急促地说道：“君成，其实之前我一直在担心，但我又怕说出来会变乌鸦嘴，对演出起副作用……”

文君华笑了笑说道：“你是在担心最后一个节目吧？”

苏佳芮说道：“对呀！你让几个非艺术特长生去压轴，而且又全部都是你的学生，万一他们演砸了，说你的人可就多了！”

文君华说道："没错，他们8个人里面有7个都不是艺术特长生，但你要相信，我选择他们来压轴是有很充足的理由和把握才敢这么做的！第一，虽然他们7个都不是艺术特长生，但却全部具备歌舞方面的天赋和特长，这一点是非常重要的！

"第二，从个性上来讲，这8个人都是性格开朗，表演欲望很强的人，不用担心现场放不开手脚，场面越大他们反而越是放得开；

"第三，他们的声乐、器乐和舞蹈都经过了一个多月的强化培训，效果你都看到了，个个都是星味十足，对吧？所以啊，一旦选择了他们，你就一定要信任他们！"

苏佳芮娇嗔道："是，文大导演，就你想得最周全！"

这时，乔善坤笑着走了过来："文老师，这边儿退场工作完成得差不多了吧？"

文君华说道："差不多了，就是一些器材的搬运工作。"

"那就好！那就好！文老师，你跟我去一趟主席台那边，杨主任和陈校长还有些事情要找你。"

乔善坤领着文君华来到了杨明丽和陈建怀的身边，陈建怀笑着介绍道："杨主任，这就是文君成文老师。"

杨明丽目不转睛地看着文君华，笑眯眯地伸出了手："文老师，幸会啊！"

文君华也急忙笑着伸出了自己的手："杨主任，您好！不知道您找我有什么事吗？"

杨明丽微笑着说道："你没来之前，陈校长给我说了不少关于你的事情，在这最近一年，你可是教改方面的急先锋啊！"

文君华笑着说道："我哪里是什么急先锋啊！只不过是把自己的那点想法付诸行动了而已。其实说到教改，那也多亏了学校领导的充分信任和大力支持，如果没有他们的理解、信任和支持，我就是想演急先锋这个角色，也演不了啊！"

几个人都笑了起来。

杨明丽又微笑着说道："咱们还是说说晚会的事情吧，今天的晚会总体上来讲，我非常满意！用8个字来形容，就是'超出预料，大放异彩'！"

文君华忙说道："杨主任，您过奖了！今天这台晚会我也主要是在学校现有的艺术资源上进行了一些设计、组合和调配，再加上一些专业演出器材、设备的辅助，才有了这样的效果，哪里谈得上什么大放异彩啊！"

"文老师，你就别谦虚了，你的实力我已经很清楚了，"杨明丽说道，脸上的表情忽然渐渐郑重了起来，"有这么一件事情，今年9月要举办重庆市第三届大学生文化艺术节，其实之前已经基本上确定了一家文化传媒公司来进行操办，但从目前的情况来看，策划文案虽几易其稿，但却始终不尽如人意，为这事我已经头疼了好几个月。

"不过，今天晚上我终于找到可以医治我头疼的那个人了！"

陈建怀隐约听出了什么，试探着问道："杨主任，您的意思是……让文老师来协助您操办文化艺术节的事？"

杨明丽认真地说道："不是协助，而是担任文化艺术节开幕式晚会的总导演！"

在场的人都吃了一惊。

文君华诧异地问道："我？"

"对，就是你！"杨明丽说道，"文老师，今天的这台晚会，无论是演出节目设计、编排和创意，演出现场的协调和指挥，还是后勤工作的组织和调配，都可以说是精彩纷呈、顺利流畅，你已经展现了非常高超的职业水准，要想达到我们的预期水平，要想今年开幕式晚会的质量实现质的提升，这个总导演的人选非你莫属！

"当然，有些事情也不是我一个人说了算，不过你们要相信我这个文化艺术节组委会执行主任的建议，基本上都是要被采纳的。怎么样，文老师，你不会拒绝我的邀请吧？”

文君华一时间不知道该怎么回复杨明丽，急忙用眼睛瞟了一下陈建怀。

陈建怀看到文君华递过来的眼神，迅速回应道：“没问题！没问题！只要是教委的工作，杨主任您的工作，我们都是要大力支持的！再说了，能够参与到这么一个重大而又有意义的事项当中，也是领导对我们学校的信任嘛！”

“那就好！”杨明丽笑着说道，“文老师，那我们就说定了，6 月期末考试的工作结束以后，你就到市教委来找我，我们再详谈文化艺术节的相关工作……”

这时，陈建怀忽然退到一边，把乔善坤叫到身边低声耳语着什么。

……

载着杨明丽的车开走了，文君华也正准备离开，乔善坤却又把他拉到了一边：“文老师，这会儿我得和你谈一些工作上的事情……不，应该是向你转达陈校长对你的一些工作安排。”

文君华不禁愣住了，他没想到在这个时候还会突然产生工作上的指示和安排。

乔善坤说道：“陈校长是要我转告你，关于晚会筹备之前你向学校提出的一些想法和建议，他现在已经有了这方面的决定和意见。在高二升高三有关学生分班、调配和重新组合的工作上，综合考虑 2015 级四班的特殊性质以及学生的主观意愿，高二（四）班可以不拆分并整体保留！

“另外，陈校长将向校务委员会正式提议，增补你为校务委员会成员，并担任 2015 级的教师年级组长！”

乔善坤的话让文君华喜出望外：“谢谢陈校长！也感谢学校领导的再一次信任和支持！现在我对学生们终于有交

代了！”

乔善坤微笑着说道：“陈校长还说，分班的事情就这么定了，他非常理解你和学生们之间的那份特殊感情，你不用担心这件事情还会有什么变化！后面的两项任命在程序上还是要经过校务委员会的讨论和表决，不过你的工作成绩在那儿摆着呢，再加上陈校长亲自提名，正常情况下是肯定能通过的！陈校长是希望你能够把整个 2015 级、整个学校的教学工作都带活！”

文君华激动地握住了乔善坤的手：“请学校领导放心，我一定竭尽全力，把教学工作做到最好，绝不辜负学校领导对我的理解和信任！”

第三十七章 不速之客

2014 年 5 月 11 日中午 12：35，当全校的老师和学生都在各找地方解决午饭时，高二年级却仍有几个人在忙碌着什么。

办公室的门紧闭着，但在门外却依然能听见门里面赵杏芳那气急败坏的声音："都一个星期了，我让你写的检查为什么还没交上来？你现在是越来越不把我放在眼里了，是不是？别以为你不说话我就什么都不知道！你是怎么和文老师联系上的？是不是那个韩耀林给你牵的线搭的桥？我敢肯定就是他！这说明你和他还没有彻底地断绝关系！还在偷偷摸摸地来往！你知不知道你自己在干什么？你是想害死他还是想害死你自己啊……"

周敏与何先强在门外弓着腰，将耳朵贴在门上，一边听一边皱着眉。

这时，段雪曦和彭珊珊也蹑手蹑脚地走了过来，段雪曦轻声问道："现在里面什么情况？"

周敏皱着眉说道："都骂了半个小时了，还没有结束的意思！"

彭珊珊轻声问道："那汪雨薇招供了什么没有？"

何先强说道："她嘴倒挺严，被骂得狗血淋头都没说一句话。"

段雪曦轻轻摇了摇头："就算她不说，赵老太婆也一定能猜到是韩耀林为她搭的桥，谁让他们两个以前是一对儿呢。"

何先强忽然脸上一变，低声急促地说道："有脚步声！过来了！快闪！"

几个人迅速地闪回了自己的教室，掩上教室的后门，从门缝里偷望着外面走廊的情形。

几秒钟后，门"吱嘎"一响，汪雨薇红着脸，一脸委屈地走了出来，身后传来赵杏芳急迫的声音："我再给你一天的时间，明天中午必须把检查放到我办公桌上！你要是再敢违抗我的安排，我就去找学校，告诉他们那个韩耀林还在骚扰你，到时候你看有什么后果……"

听到这句话，汪雨薇停下了脚步，眼泪夺眶而出，几秒钟后才双手掩面跑了出去。

周敏见状不由得摇头轻叹道："可怜的汪雨薇啊，她本来应该是学校的大明星，现在却搞成这个样子……"

何先强撇了撇嘴说道："月圆之夜她一舞成名，人家已经是大明星了！只不过在七班的眼里面，她更像是一个叛徒！"

彭珊珊愤愤地说道："你们说这个死老太婆是怎么想的啊？她从来不和文老师发生正面冲突，可谁都知道她心里恨极了文老师！再说了，这台晚会是全校性质的晚会，她凭什么不让自己班的人参加演出啊！集体利益高于个人利益，这是我们从小就接受的政治教育，就凭她那点思想觉悟，也配当政治老师！"

段雪曦冷笑了一声，说道："我看原因很简单，就是思想观念外加心理问题，概括为五个字就是'羡慕、嫉妒、恨'！她羡慕文老师取得的工作成绩，她嫉妒文老师得到了学校领导的大力支持，她更恨文老师改变了很多她认为不应该改变的东西！"

何先强思索着说道："瞧这老太婆的架势，我感觉她是越来越不正常，你说我们以后要不要加强对她的监控啊？"

段雪曦点头说道："那是必需的！具体措施我们回头再商

量，你们两个快去吃饭，饭菜都快凉了。”

文君华躺在沙发上，闭着眼正想小睡一会儿，苏佳芮却忽然打了电话过来：“君成，在干吗呢?”

“刚吃过饭，你呢？佳芮，我怎么一上午都没看到你?”

“君成，我就是想跟你说这事，”电话那头苏佳芮的声音变得焦虑起来，“昨天晚上我接到我妈的电话，说我爸的心脏病又犯了，昨天下午就进了医院！我心里着急，上午就向学校请了假，我现在已经在机场了。”

“哦，是这样啊，这可是件大事，你是应该赶回去看看的。”

“可是君成，我还想和你一起把 9 月的大学生文化艺术节办好的……”

文君华安慰道：“这你就不用担心了，下午传媒公司的人就要过来和我商讨文化艺术节的思路和想法，杨主任希望我们在 6 月底就做好初步的策划方案，时间还是来得及的。”

电话那头的苏佳芮很是依依不舍：“君成，我也不清楚我爸的病情怎么样，到底严不严重，我怕我有些日子见不到你了……”

文君华笑了笑说道：“你就别想那么多了，眼下你爸的病才是当务之急，你先处理好手上的事情，至于 9 月的文化艺术节，我相信你一定能赶上的，我们在一起的日子还多着呢!”

苏佳芮也终于宽下了心：“好吧，那我就先回去了。等我回来的时候，你可一定要来机场接我哟!”

“行，没问题!”文君华笑着说道，“到时候我拿八抬大轿来接你!”

下午 15：20，邓小飞径直来到高二年级的办公室，见赵杏芳正在办公桌前批改作业，便轻手轻脚地走上前，冷不丁地叫了一声：“妈!”

赵杏芳吓了一大跳，抬头见是自己的儿子，放下手中的笔嗔怪地说道："我还以为是谁呢！原来是你小子！怎么，几个月见不到人，一回来就想吓死我呀？"

邓小飞笑着说道："妈，你瞎说什么啊！我这不是想给你一个惊喜嘛……"

赵杏芳把眼睛一瞪："惊喜？什么惊喜？我看是有惊无喜吧！快说，回来有什么事？"

邓小飞说道："妈，你知道我这一向都是日理万机，难得闲暇啊……"

赵杏芳把手一挥："得了吧，你做来做去就一个网络平台维护，有什么日理万机的？还难得闲暇！对了，我听你爸说，你又换了一个工作单位？"

邓小飞说道："哟，消息挺灵通的嘛！哪家公司待遇好我就去哪家啰，我这是良禽择木而栖，贤臣视主而事嘛！"

"废话少说！去了多久了？"

"我上个星期四才进去，还不到 3 天呢，今天去电脑城采购东西，一有空就看你来了。"

赵杏芳白了一眼邓小飞："你有这么好心？我可没看出来！不过我得提醒你，去到一家新单位，一定要尊重老同事，有事多请教，要和单位的同事搞好关系，知道不？"

邓小飞边点头边说道："这我知道，我这才进去两天，好多人还不认识，人和名儿都还对不上号呢，慢慢来吧。对了，我听我爸说，你准备把家里重新装修一下？"

赵杏芳摆摆手说道："嗨，别听你爸胡说！什么重新装修啊，就是把沙发和床换一套新的，再添一个大书柜。就是没想好怎么摆放这大书柜呢，今天正好你来了，跟我回去，帮我参考参考。"

邓小飞打了一个响指，说道："这个小意思！今天就给你展示一下我的聪明才智，保证妥妥的！走吧！"

文君华合上笔记本，看了看谷振宇、孟广军、吴雅欣等人，说道："总体的思路和大致的框架都有了，只是在亮点和高潮部分还不够突出，这方面你们回去还得花点心思，再丰富一下。"

谷振宇将笔筒套在签字笔上，想了想试探着说道："文总，我们还有一些想法，是关于公司营运方面的，今天也想和您说一下。"

文君华点点头说道："你说吧，振宇。"

谷振宇说道："文总，您看您这离开公司也快一年了，虽说公司也一直在正常运转，但大家伙儿都在想您，都在盼着您回去呢！"

文君华笑了笑，说道："你刚才不是说，公司一直都在正常运转吗？我上周五也回了一趟公司，现在该招的人都在招，该接的业务也都在接，一切正常，这不挺好的吗？"

谷振宇忙说道："文总，您这几个月才回公司一次，每次回去也不超过一个小时，和大家在一起的时间也太少了吧！俗话说，国不可一日无君，公司有您在和没您在肯定是不一样的，有您在的话公司的发展肯定会快得多！说实话，大家都觉得您现在是越来越像一个老师了，您不会有一天就真的投身教育事业了吧！这次学校的晚会，按您的意思，咱们公司不但没赚钱，还是赔本赚吆喝呢！"

文君华笑了起来："你们想得太多了！我只是在做好目前我该做好的事情而已，我什么时候说过要投身教育事业了？这次学校的晚会我也跟你们说过了，必须要特事特办。"

吴雅欣直勾勾地盯着文君华，嗔怪地说道："文总，那你好歹也得划个时间吧，你别让大家都跟我一样熬成黄脸婆了！"

谷振宇等人实在忍不住，偷偷笑了起来。

文君华却似乎没有听出吴雅欣的弦外之音，而是深呼了一口气，郑重地说道：“远的我不敢想，但至少在明年7月之前，我是不会离开学校的。我要督促他们尽力提高，我要亲眼看着他们走上高考的考场，这是我的责任，也是我对他们的承诺！我不想强调我付出了多少，我只想说这个班，这些学生能走到今天，他们才是真的付出了很多！我绝不能打击他们的信心，更不能辜负他们的期望。”

说到这儿，文君华环视了一下几个人，又接着说道：“我现在算是给你们透了底儿，在以后的时间里面，我希望各位能一如既往地支持我，支持公司的发展!”

谷振宇也深呼了一口气，说道：“文总，既然您都这么说了，我们也肯定会陪着您一直走下去，您就放心地去完成这件事情吧!”

文君华的脸上露出了会心的笑容：“谢谢你们的理解和支持！但我还是要提醒你们，待会儿出门的时候，谁也别叫我文总，记住了啊。”

赵杏芳带着邓小飞走到教师宿舍楼1楼的时候，文君华也恰好打开门走了出来，不过文君华却是一边开门往外走，一边侧着身和身后的几个人讨论着什么，竟似完全没注意到迎面而来的赵杏芳和邓小飞。

赵杏芳对着文君华翻了个白眼，加快脚步向楼上走去，而邓小飞却放慢了脚步，一边走一边端详着文君华等人。

文君华等人很快便走出了宿舍楼，邓小飞竟在阶梯上停了下来，歪着头思索着什么。

赵杏芳见儿子没跟上来，停下脚步回过头，没好气地说道：“小飞，在想什么呢？是不是看到刚才那个女的很漂亮，就想入非非了！我可告诉你啊，那个女的就是个狐狸精！我一眼就看出来了！你就别打那些歪主意了!”

邓小飞抬起头，脸上写满了意外："刚才那几个人……好像是我们公司的同事……"

赵杏芳也吃了一惊："你说什么？他们……是你的同事？小飞，你没认错人吧？"

邓小飞摇摇头说道："不会，虽说有很多人的名字我还对不上号儿，但人我是不会认错的，他们几个就是我们公司的人！"

邓小飞的话让赵杏芳也很是惊异："这也太巧了吧！学校的晚会竟然是你们公司的人操办的……"赵杏芳万万没想到的是，邓小飞接下来的话竟几乎让自己从阶梯上面跳了下来。

"我也觉得奇怪呢，在这儿也能碰到公司的同事，而且，那个穿短袖白衬衫的好像就是公司的老板！这真是人生何处不相逢，相逢何必曾相识啊……"

赵杏芳几乎是从上面冲到了邓小飞的面前，急切地问道："你刚才说什么？那个穿白衬衫的是你们公司的老板？小飞，我可告诉你，其他人认错了没关系，这个人你可千万别搞错了！"

赵杏芳的举动把邓小飞吓了一跳："妈，你这是怎么了？他就是我们公司的老板，你干吗激动成这样？再说了，这个人长得那么帅，气质又出众，让谁看一眼都不会忘的，怎么会搞错嘛！刚才我正想打个招呼，哪知道他们几个讨论得这么起劲儿，看都不看我一眼就走开了……"

赵杏芳一把抓住了邓小飞的胳膊："小飞你告诉我，关于你们老板的事你知道多少？你怎么确定他就是公司的老板？"

邓小飞说道："老板的事我还真知道的不多，他就上周五的下午来了一趟公司，没待多久就走了。我就向两个同事问了一下，他们说这个文总就是公司的老板，在外面忙什么很神圣的事业，几个月才回公司看一看，他们看到他回来都很激动的样子。"

“很神圣的事业？小飞，你没问问你们老板究竟在忙些什么？”赵杏芳说出这句话的时候，明显感觉到自己的心跳开始变得越来越快，快得连她自己都能听到心脏跳动所发出的怦怦声。

邓小飞说道：“我问了，他们也说得很含糊，据说好像是在外面兼职做老师，另外一个还说是替别人做老师的！我一听这都什么天方夜谭的故事啊！这些事和公司的经营发展完全扯不上关系嘛！我就懒得问了，反正我只要做好自己的事情，按时拿工资就行了。”

赵杏芳一听急了眼，好比一个听评书的人刚听到故事的高潮部分却被告知这个故事还没写完，说话的语气也变得严厉起来：“我说小飞，你平时不是挺喜欢刨根问底的吗？怎么这回不把事情弄清楚了！”

邓小飞委屈地说道：“妈，你说我一个刚进公司的新员工，总不能刚进去就扮演包打听的角色，啥事都问长问短的吧！我以后还要不要在公司混了？再说，公司老板在外面干什么事，和咱们有什么关系啊……”

“不！有关系！有很大的关系！”赵杏芳打断了儿子的话，极其认真地说道，“小飞，你现在也不要问这么多，到时候妈自然会向你解释清楚的。但是妈现在要给你布置一个任务，你必须在10天之内想办法搞清楚几个问题，你们老板的真实姓名是什么？他究竟在从事什么样的兼职工作？还有，他是从什么时候开始做这项兼职工作的？越详细越好，我要尽快得到这些答案！”

第三十八章 桃色事件

5月19日中午12：45，汪雨薇拿着写好的检查，心情沮丧地向办公室走去，一想到又要面对赵杏芳那张阴暗的老脸，汪雨薇的心情就像遭遇了连续一个月的阴雨，郁闷到了极点。

走进办公室，里面没有赵杏芳的身影，偌大的办公室只有文君华一个人端坐在办公桌的笔记本电脑前，正聚精会神地看着什么。

看到文君华那笔直的身姿，汪雨薇就如同见到了黎明的太阳。在排练的那一个多月里，汪雨薇已经深深地感受到，站在文君华的身边，永远都不会有阴暗、悲哀和责骂，他给予你的永远都是光明、温暖和快乐，而此时的文君华就如同一块巨大的磁石，吸引着汪雨薇情不自禁地一步一步靠了过去。

走到文君华的身边，汪雨薇定了定神，柔声问道："文老师，您……您怎么还不去午休啊？"

文君华转头看了看汪雨薇，微笑着说道："今天不用了，我还在抓紧时间看一个方案。"

汪雨薇好奇地问道："方案？是9月份大学生文化艺术节的方案吧？"

文君华不禁愣了一下："这你也能猜到？是……韩耀林告诉你的吧？"

汪雨薇略微羞涩地笑了笑："是他告诉我的……文老师，您不会怪他多嘴吧？"

文君华也不禁笑了："我不会怪他，要怪也只能怪段雪曦。"

原因很简单，文君华只把这件事告诉了苏佳芮和段雪曦两个人，苏佳芮已经飞回了北京，而且也不大可能向学生透露这个消息，剩下的那个人就只能是段雪曦了。

汪雨薇忙说道："文老师，您也别怪段雪曦了，好吗？虽然我和她没有太多的接触，可是我也知道，段雪曦是一个特别有责任心、特别能干的人，我不想因为我刚才的话让她受到什么责罚。"

文君华笑了笑，说道："我说着玩儿呢，我怎么可能因为这么一件小事就去责罚一个人？其实你刚才说得没错，雪曦的确是一个非常能干的人，也是一个非常难得的好帮手！"

汪雨薇笑了起来："怪不得他们都说段雪曦是高二（四）班的副班主任！我上午还碰见她了，他们几个好像在商量要去什么地方搞一个什么活动。"

文君华点点头说道："是有这个事，他们在计划期末考试之后去哪儿搞一个团队活动。"

汪雨薇的脸上写满了羡慕和期待："还是你们班好啊，我们……从来都不会有这种事……"

文君华说道："我知道你们赵老师的确不太喜欢组织这样的活动，但你们可以自己想办法啊，把时间放在暑假，这样她总不会反对了吧？"

汪雨薇惨然一笑："我们班……绝对没可能的……"

文君华见气氛有些凝重，看了看汪雨薇手中的那两页纸，问道："那……雨薇，你今天中午是来找赵老师的吗？"

汪雨薇叹了一口气，无奈地说道："对，我是来交'检查'的。"

"交'检查'？"文君华不禁好奇地问道，"你……在班里犯了什么错误吗？"

汪雨薇又是惨然地一笑，看着文君华，近乎绝望地问道："文老师，我想问您一个问题，我参加学校的文艺晚会，这是错误的吗？"

文君华大为不解："雨薇，你那天的节目技惊全场，为晚会增色不少，那段时间你努力地排练，不懈地付出，都是为了让学校的晚会能有更完美的演出效果，怎么会有错呢？"

"我也是这么说的，可是……可是没有人理解我！他们说我就是一个错误，还是一个不折不扣的叛徒！"汪雨薇说完痛苦地低下了头。

"怎么……怎么会是这样？这真是太……"文君华差一点就把"你们老师真是太过分了"这句话说出了口，可随即就想到在学生面前数落别的老师终究还是不太妥当，又硬生生地把话咽了回去。

当汪雨薇再度抬起头时，脸上已是布满了泪水："赵老师叫我写检查，她还威胁我，说我要是不写，她就要去学校领导那儿告发韩耀林继续骚扰我！韩耀林身上已经有处分了，我不能让他再出事儿了！文老师，您知道吗，这份检查我是哭了多少个晚上才写出来的！"

汪雨薇说完掩面大声哭了起来。

文君华用手撑着额头，面对痛哭失声的汪雨薇，一时竟找不到合适的语言来安慰。

过了一会儿，汪雨薇止住了哭声，泪眼婆娑地看着文君华，抽泣着问道："文老师，我还想问您一件事，您马上就要升任年级组长了，是吗？"

"我那个副班主任的嘴是越来越不严了！什么事都往外说啊……"文君华笑了一下，试图缓和一下略有些凝重的气氛。

汪雨薇用满带着期盼的眼神望着文君华，轻声问道："文老师，我想求您一件事，可以吗？"

汪雨薇的话让文君华略有些意外："雨薇，你怎么这么说呢？能帮到你的我一定会帮。”

“快到7月份了，按照以前的惯例，每年的7月学校都会开始高二升高三的分班调配，整个年级大部分的人都会重新拆分和组合，教师年级组长对分班是有最终的审核和决定权的。文老师，到时候您把我分到你们班吧，好不好？”

文君华吃了一惊，虽然从内心里面他很想帮助正处于困境中的汪雨薇，但他也很清楚赵杏芳对此事会做出怎样的反应，对于外界更是难免会留下一个挖墙脚的说法。

见文君华没有马上表态，汪雨薇伸出双手拽住了文君华的胳膊，苦苦哀求道：“文老师，我求您了！就算去不了你们班，去别的班也行！我真的不想再见到赵老师，我真的不能再待在七班了！我怕我真的会疯掉！文老师，我求求您了……”

文君华本不想马上就给汪雨薇一个肯定的答复，但架不住梨花带雨的美少女一番苦苦的哀求，心一软便略微松了口：“雨薇，关于我升任年级组长的安排，原则上要有学校的正式通知才算正式生效，到时候我再帮你想办法，好吗？”

“真的？您真的答应我了！”汪雨薇终于破涕为笑。与文君华相处过一个多月后她已经非常清楚，文君华一旦许诺就一定会兑现这个承诺。

文君华微笑着站了起来：“这件事情只有我们两个人知道，你可不能像我那个副班主任那样到处泄密，不然我可帮不了你了！我得去宿舍拿一下电脑充电器……”

汪雨薇笑着松开了拽住文君华胳膊的双手，但整个人并没有往后退，而是向前跨了一步，两手飞快地套住文君华的脖子，扑到了文君华的怀里。

文君华大吃一惊，本能地想推开汪雨薇，但触手却是一个少女温热的躯体。文君华不禁为之一颤，耳边响起汪雨薇充满感激的低语：“谢谢你，我终于可以摆脱他们了……”

文君华万万没想到汪雨薇会做出这么一个大胆的举动，但更没想到的是，此时办公室的门外，有两双眼睛正紧紧地盯着他们……

石晓东和刘焕杰闪到一边，石晓东背靠着墙，轻轻地喘着气，而刘焕杰则在一旁喃喃地说道：“这一幕……真是难得一见啊……”

石晓东思索了片刻，便匆匆地向楼下跑去。

刘焕杰在身后边追边问道：“喂，你这是去哪儿？”

石晓东头也不回地答道：“还能去哪儿？去找赵老师……”

5 月 20 日下午 17：20。

段雪曦、彭珊珊、刘雨涵和周瑞琪 4 个女生从学校超市买了东西出来，说说笑笑地走在回教学楼的路上，远远地就看见何先强朝这边跑了过来。

“班长！班长！出……出大事了！”

段雪曦眉头微蹙，看了看何先强上气不接下气的样子，轻声呵斥道：“慌什么慌！有什么事情把气儿理顺了再说！”

何先强用力做了几次深呼吸，勉强调整好了说话的语气：“刚刚得到的消息，十万火急啊！20 分钟前赵老太婆气势汹汹地跑到校长办公室，不知道说了些什么东西，陈校长就把文老师也叫过去了！我们看石晓东一副小人得志的样子，总觉得有什么地方不对，就去想办法打探消息，韩耀林也去找了汪雨薇，看能不能打听到一些他们内部的消息，结果到处都找不到人，打她手机也不接……”

何先强又连着喘了几口气，接着说道：“还好汪雨薇回了信息，原来是石晓东向赵老太婆揭发了文老师，说文老师他……他……”

段雪曦敏锐地意识到有什么不好的事情已经发生了，厉声追问道：“文老师他怎么了？你刚才不是说十万火急吗？怎么现在又吞吞吐吐的？还不把话讲清楚！”

“石晓东说他亲眼看到文老师对汪雨薇欲行不轨，昨天中午就在办公室里面，文老师他……他拥抱了汪雨薇!”

此话一出，彭珊珊、刘雨涵和周瑞琪都不禁花容失色，“啊”的叫了一声。

段雪曦虽没有出声，但也如同被人打了一拳，身体禁不住一晃，脸色霎时变得惨白。

就这样愣了大约一分钟，段雪曦才用低沉的声音问道：“然后呢?”

“然后赵老太婆就到陈校长那儿闹去了，大概是要求学校……严肃处理文老师吧……”

段雪曦冷冷一笑，转过头对彭珊珊三人问道：“这种事情你们相信吗?”

刘雨涵和周瑞琪抿着嘴没说话，彭珊珊却在一旁低着头，红着脸，口中喃喃自语道：“她有什么好……为什么就不抱我呢……”

说到这个“我”字时，彭珊珊的声音已细如微丝。

“你这个没脑子的花痴！都什么时候了，还在想这些乱七八糟的事情!”段雪曦用手指在彭珊珊的额头上重重地点了一下，厉声呵斥道，“用你的猪脑子想一想，如果文老师真的对汪雨薇有什么企图，为什么不选个隐秘一点的地方，偏偏要在办公室这种随时都可能被别人看到的公众场合做这种事情？你以为文老师和你一样傻啊!”

彭珊珊闻言眼睛一亮，头也立刻抬了起来：“对啊！他怎么会做这种事情呢！汪雨薇哪比得上我们……”

段雪曦又追问道：“现在汪雨薇人呢?”

何先强说道：“她说石晓东要逼她和赵老太婆一块儿去陈校长那儿告发文老师，她不愿意去，就找地方躲起来了，具体在哪儿她也没说。”

段雪曦咬牙切齿地说道：“也是个没用的猪脑子！有勇气

去表白却没勇气去面对！她以为躲起来这些事情就不会发生了？躲起来这些事情就能解决了？学校能有多大，石晓东迟早会找到她的！如果她扛不住压力，真的被拉去告发文老师，那就真的麻烦了！”

刘雨涵和周瑞琪着急地问道：“阿雪，那我们现在该怎么办？”

段雪曦略微一思索，冷静地布置道：“何先强，你和周敏马上去校长办公室，看能不能在外面听到事情的进展，一有新的消息马上通知我；雨涵，你去通知郭晨阳和王亚超，叫他们火速到学校小花园和我们汇合，我估计汪雨薇八成儿就躲在那儿！琪琪，你去通知叶嘉伟、郑豪他们几个，叫他们密切注意七班的一举一动，如果发现他们有散播消息的迹象，要不惜一切代价切断他们的传播渠道！决不能让他们毁坏文老师的名誉！明白了吗？马上分头开始行动！”

石晓东、刘焕杰、冯雨双和另外一个女生团团围住了汪雨薇，石晓东冷笑了一声，说道：“汪雨薇，你以为躲在小花园里面做缩头乌龟，我们就找不到你了？”

刘焕杰也在一旁附和着说道：“人家现在是大明星了，没想到大明星也有做缩头乌龟的时候啊！我说汪雨薇，你还是赶紧去把该干的事给干了，别在这儿耗时间！”

汪雨薇叫道：“我就在这儿，哪儿也不去！去哪儿是我的自由，不用你们管！”

石晓东恶狠狠地说道：“现在可由不得你！你给老子识相点儿，今天你说什么都没用！”

汪雨薇看着冯雨双大声问道：“班长，你看他凶成什么样子，你也不管一管！”

冯雨双轻叹了一口气，说道：“雨薇，不是我不帮你，再怎么说你也是我们七班的人，干吗要和四班走那么近？以前我不是没提醒过你，这件事还得你这个当事人亲自去了结了最好！”

石晓东继续威逼道：“听到没有，老子最后跟你说一遍，马上就去校长办公室！你要是不去，老子就是绑也要把你绑过去……”

刚说到这儿，忽然一个威严的声音从一旁传来：“绑？你绑得了吗？狠话别说早了！”

石晓东转头一看，段雪曦、彭珊珊、郭晨阳和王亚超4个人已经走了过来。

石晓东冷笑着说道：“怪不得这么嘴硬，原来是找了帮手啊！郭晨阳，我可告诉你，我现在是管教我们班的人，跟你没关系！”

郭晨阳怒目而视道：“你还记得张文慧吗？她可不是你们班的人！现在这件事已经牵涉到了我们文老师，你还说跟我没关系？”

石晓东哈哈一笑：“他呀？他做了什么他自己最清楚！”

郭晨阳冷冷地说道：“他做了什么我不清楚，但今天我倒是要对你做点什么！”

石晓东大怒道：“郭晨阳，你少他妈威胁我！”

冯雨双见现场的火药味儿越来越浓，赶紧劝说道：“大家都冷静冷静，不要冲动！段雪曦，再怎么说汪雨薇也是我们班的人，我们怎么教育她那是我们的事，你们没有理由来干涉吧？”

段雪曦冷笑着说道：“你刚才没听见吗？事情因你们而起，你竟然说我们不能过问？真是太可笑了！”

段雪曦把目光转向了汪雨薇：“汪雨薇，我可以肯定文老师不会做出那样的事情！是你自己主动的吧！你想想文老师是怎么关照你的，他把原本属于珊珊的演出机会都让给了你！你本来只能在底下当观众！你看看你自己在做什么，你拥抱文老师的勇气哪儿去了？你向他表白的勇气哪儿去了？他们一点都没说错，你就是一个缩头乌龟！你不配喜欢文老师！”

汪雨薇心头一热，眼泪夺眶而出：“不！我不是缩头乌龟！我只是不知道该怎么做！你告诉我，我该怎么办？”

段雪曦大声说道：“别像个傻子一样待在这儿！去校长办公室，把昨天的事情说清楚！把事情的真相说出来！”

石晓东越听越不对劲儿，大声喊道：“不准去！汪雨薇，你哪儿都不准去！”

彭珊珊也不禁冷笑了起来：“我说你这个人还真是可笑！刚才还逼着人家去，现在又说不准去，这不是自相矛盾吗？到底去还是不去，你倒是把话说清楚啊！”

郭晨阳说道：“石晓东，我劝你还是滚到一边儿，我可以让你少受点儿罪！”

石晓东闻言大怒：“郭晨阳，你今天是想来打架吗？”

郭晨阳冷冷地说道：“你说得没错！我等这一天已经很久了！”

石晓东低沉地说道：“那好！郭晨阳就交给我来对付，焕杰，你把汪雨薇给我看好了！”

段雪曦冷冷地说道：“你可要把形势看清楚了！现在双方都是两男两女，四对四！剩下一个汪雨薇就是没人看的！汪雨薇，你给我听清楚了，待会儿不管发生什么，你就算流着血，也必须给我冲出去！听到了吗？”

汪雨薇坚定地点了点头：“我知道了！就算是断了腿，我爬也要爬出去！”说完伸出双手往冯雨双和另一个女生的中间一分，奋力冲了出去。

冯雨双愣了一下，赶紧追过去抓住了汪雨薇的胳膊，石晓东低吼了一声：“你给我站住！”也准备追上前去。

郭晨阳大喊道：“石晓东，你他妈才给我站住！”说完便一个箭步向前，从后面用手勒住了石晓东的脖子。

这时，另一个女生也追了上去，抓住了汪雨薇的另一只手。段雪曦和彭珊珊快步向前，一人扭住一个，尝试着把汪雨薇解脱出来。5 个女生扭在一起用力，不知是谁重心不稳，身体向后一退，5 个人一起向地上倒去。段雪曦的后背重重地撞在小花园葡萄架的支柱上，只听“咔嚓咔嚓”几声响，葡萄架彻底塌了下来，压在了 5 个人的身上。

而另一边 4 个男生也已经扭打在了一起，郭晨阳把石晓东放倒在地上，石晓东摸到地上一个歪歪倒倒的小花盆，拽着里面植物的茎，带着小花盆砸在了郭晨阳的头上。

郭晨阳大怒，奋力夺过小花盆还以颜色，也重重地砸在了石晓东的头上。鲜血从两个人的头上渗流而出，洒在了对面，也浸染了衣服……

第三十九章 真 相

就在学生们斗得天翻地覆的同时，逸夫楼3楼的校长办公室里面也在进行着一场没有硝烟的战争。

陈建怀坐在办公椅上，一边轻轻转动着手里的折扇，一边微皱着眉头说道："听了两位对整个事件的相关陈述，当然，这里面主要是赵老师说得多一些。现在我谈谈我的一些看法，我对这件事的来龙去脉还是存在一些疑问的。

"首先，这起非礼事件的当事人汪雨薇和目击者石晓东为什么到现在都还没来？赵老师，他们两个不是应该和你一块儿出现在这里才对吗？"

赵杏芳急忙解释道："这个……我已经让石晓东去找汪雨薇了，应该就快到了！"

陈建怀的眉头皱得更紧了："你让其中一个当事人去找另一个当事人？这不太合适吧？"

赵杏芳奇怪地问道："这有什么不合适的！陈校长，你不会是怀疑这两个学生在私底下串供吧？"

"你说对了！赵老师，这就是我的第二个疑问！"陈建怀用手中的折扇敲了敲桌子，正色说道，"按理说被非礼的受害人应该主动向你举报才对，那个叫石晓东的男生只需要做好目击举证的事情，可现在的情况是受害人不见了，目击者又扮演了举报人的角色，这不太符合逻辑啊！再说了，这两个都是你的学生，就没个第三方的目击证人？这要放到法庭上，也只有第三方的证言、证词才会被法庭采纳的！”

陈建怀说完看了看文君华：“文老师，你有什么补充的吗？”

文君华淡淡地说道：“陈校长，对于这些子虚乌有、本来就没发生过的事情，我的确没有什么好补充的。”

文君华不是不想说出是汪雨薇主动拥抱了自己的事实，只是他心里分析得很清楚，在这个节骨眼儿上强调是汪雨薇拥抱了自己，其实和自己拥抱了汪雨薇似乎差别并不大，因为老师和学生拥抱在一起的事实就已经被证实了。而且如果要强调是汪雨薇主动拥抱了自己，就肯定会被问到汪雨薇拥抱自己的原因是什么，这样反而会让人怀疑自己是不是给汪雨薇提供了什么好处或承诺，整件事情就会更加复杂化。因此他只能强调拥抱这件事情根本就没有发生过。

赵杏芳进一步解释道：“陈校长，你想啊，这个女生被别人非礼了，肯定是挺尴尬、挺难为情的一件事，她哪好意思主动说出来啊！至于这个第三方证人，我要能找到的话，不用你说我也肯定一并叫过来了啊……”

赵杏芳越解释越觉得不对劲儿：“欸，我说陈校长，我怎么感觉你从头到尾都在帮他说话啊！你这可是赤裸裸的偏袒！”

“赵老师，你要正确理解我的意思！”陈建怀很不高兴地说道，“既然这件事情已经交到了学校，那无论是对学生，还是对老师我都要负责！学生的名誉是名誉，难道老师的名誉就不是名誉了？赵老师，我坦率地告诉你，在这件事情上你就是缺乏足够的证据！你要有一张照片、一段视频，就什么问题都解决了，可你现在什么都没有！就只有几句话的口头证词！

“再说了，如果文老师真打算对汪雨薇做点儿什么，为什么不把她叫到宿舍去，偏偏要选在办公室这种地方，这是只有傻子才做的事情……”

刚说到这儿，只听“砰”的一声，一个头发凌乱、衣衫不整，头发、T 恤和牛仔裤上沾满了泥土和碎叶的女生重重地推开门冲了进来。

3 个人的目光都齐刷刷地集中到了这个女生的身上，文君华吃惊而又关切地问道：“雨薇，你这是怎么了？发生什么意外了吗？”

赵杏芳则像是见到了一根救命稻草：“你到底去哪儿了？这么久才过来！不过来了就好，你快跟陈校长说说昨天中午在办公室发生了什么，一五一十地说清楚！有陈校长和我在，不要担心会有人打击报复你，快！快说！”

汪雨薇漠然地看了看赵杏芳，淡淡地说道：“我现在这个样子，你就不问问我是怎么了？”

不等赵杏芳回答，汪雨薇迅速把头转向陈建怀，说道：“陈校长，很抱歉让您久等了，我现在就是来陈述事情的真相的。昨天中午我去办公室找赵老师交检查，赵老师不在，只有文老师一个人在办公室，我和文老师聊了一会儿就离开了。那些说文老师非礼我的都是造谣、诽谤！我发誓，我和文老师根本就没有发生任何身体上的接触！这就是事实的真相！”

汪雨薇的一番话让文君华颇为意外，他完全没想到汪雨薇竟然采取了和自己完全一样的策略。

文君华当然更不会知道，就在汪雨薇奋力冲出重围的时候，段雪曦也冲了出来，汪雨薇向段雪曦告知了事情的全部经过，段雪曦千叮咛万嘱咐，叫汪雨薇千万不能提到分班调配和主动拥抱的事情，自始至终都只能咬死一点，那就是和文君华没有发生任何身体上的接触。汪雨薇虽然不明白段雪曦为什么非让自己这么说，但她相信段雪曦，只要不让文君华受到指责和伤害，她什么都愿意做。

陈建怀长舒了一口气，心里的一块石头也终于落了地，一旁的赵杏芳却被气得几乎跳了起来：“汪雨薇！你……你知不知道你在说些什么！你脑子撞墙了！快说！是不是他给了你什么好处，才让你这么说的！”

文君华淡淡地笑了笑：“赵老师，你又何必在这些毫无根据的事情上苦苦纠缠呢？在你的学生为目击证人的前提下，你尚且找不到什么确凿的证据，对于我是否给了她什么好处，那就更是胡猜乱想了！”

陈建怀轻轻地端起了茶杯：“好了，赵老师，整件事情到现在可以说是水落石出、真相大白了！你要再胡猜乱想，文老师都可以反过来告你造谣诽谤了！”

汪雨薇从裤兜里掏出两张对折好的 A4 纸放到了办公桌上：“陈校长，这是昨天我准备交上去的检查，您如果想知道里面的内容，我可以念给您听……”

汪雨薇忽然哽咽了起来：“内容就是因为我参加了学校的文艺晚会，没有听从班主任的教诲，所以我要做出深刻的检讨！我不想写，赵老师就威胁我，要去学校领导那儿告韩耀林继续骚扰我，我不能再让韩耀林替我背黑锅了！陈校长，您说我参加学校的晚会真的是错了吗？您告诉我……”

说到这儿汪雨薇已是泪流满面。

陈建怀轻声安慰道：“汪雨薇同学，你没有做错，你那天晚上的表演非常棒，也是那天晚会最耀眼的明星！这份检查你不用交上去了！”

赵杏芳气急败坏地说道：“汪雨薇，你又在这儿胡说什么！”

陈建怀的脸色霎时变得很难看：“赵老师，在学校晚会的筹备期间，我曾多次强调全校师生必须全力支持文老师的工作，这不是学校内部的自娱自乐，也不是什么个人秀，而是事关三十六中对外形象的重大宣传公关活动！

“我现在不想追究你在学校晚会筹备过程中是否有什么阳奉阴违的举动，但在晚会结束之后对相关人员实施秋后算账，这也是对学校工作的一种变相抵触和破坏！赵老师，你难道不明白这个道理吗?”

陈建怀的话让赵杏芳一时语塞，只觉得脸上一阵阵地发烫。

陈建怀又和颜悦色地对汪雨薇说道：“汪雨薇同学，刚才文老师还在关心你呢，你怎么变成这个样子了?”

汪雨薇惨然一笑：“一开始他们逼我来承认文老师非礼了我，我不想去，所以躲了起来；后来我打算说出事实的真相，他们又拦住我，不让我来，所以我就成了这个样子……”

说到这儿，汪雨薇忽然深吸了一口气，决然地说道：“陈校长，既然我已经来了，我还想说说我和韩耀林之间的事。一年前韩耀林因为骚扰一个女生而受到了学校的处分，但事实的真相是……当时就是我在和他谈恋爱，并不是他单方面地对我进行骚扰！是我爸想了办法，把我和他之间的早恋变成了他对我的骚扰……”

听到这儿，赵杏芳不禁心中一颤，陈建怀的眉头也再次皱了起来。

“我也是后来才知道，原来我爸私底下去找了韩耀林，他跟韩耀林说，如果他是真的喜欢我，就自己一个人把这事扛了。后来我爸又去找了赵老师，让她把这事向学校的汇报改成了韩耀林单方面对我的骚扰，我爸事后还给了赵老师三万块钱作为酬谢……”

“汪雨薇，你说够了没有!”赵杏芳涨红了脸，近乎嘶吼地叫了起来，“你今天左一个真相，右一个真相，你到底是干什么来了！搞真相大揭秘啊！你一个学生，竟然无中生有，如此毫无忌惮地攻击、中伤你的老师，简直太不像话了你!”

汪雨薇冲着赵杏芳冷冷一笑：“赵老师，你是不是也想说证据的事？在我爸那边我是肯定能找到证据的!”

赵杏芳面如死灰，把目光转向了陈建怀：“陈校长，对于一个犯过错误的女生的疯话，你不会真的听进去了吧？你好歹还是要相信我这个做老师的才对啊!”

陈建怀铁青着脸，一直盯着桌上的茶杯，这时才把目光转到了赵杏芳的脸上，缓缓地说道：“当着一个校领导和两个老师的面，你认为她的话只是无中生有，空穴来风?”

陈建怀停顿了一下，语气却变得更重了：“只有这一次?”

赵杏芳身体一晃，不由自主地向后退了一步，脸上挂满了惊恐与绝望：“陈校长，你……你真的相信她说的话！我在学校工作了几十年，是看着这所学校一步一步壮大起来的，我早就把学校当成我的家了啊……”

陈建怀淡淡地说道：“赵老师，我现在也没说你做了些什么，但是我会把这件事交给校务委员会去处理，由校务委员会进行调查、核实，然后再谈具体的处理意见。”

赵杏芳的胸膛剧烈地起伏着，沉默了一会儿，脸上的表情忽然又变得凶狠而又狰狞：“那好，陈校长，既然学校校务委员会要进行调查、核实，我也不应该有什么反对意见，我接受组织的调查！但是我有一个要求，如果真的要调查我，那就把文老师也一并调查了!”

陈建怀愣了一下，不屑地笑了笑，说道：“什么？调查文老师？我无缘无故调查文老师干什么?”

赵杏芳大声说道：“文老师必须要接受调查！他的问题比我更严重！身为人民教师，却在外面设立公司，还以总导演的身份把学校的晚会交给自己的公司去操作，这不是以权谋私是什么？而且我怀疑这个文老师根本就不是当初来到学校的那个文老师！他不是文君成！他是假冒的!”

文君华依然面色平静地站在那里，陈建怀却听得一头雾水：“赵老师，你究竟在说些什么乱七八糟的东西？你刚才说文老师以权谋私？后来又怎么变成了假冒？还不是同一个人?”

文君华淡淡地笑了笑，说道：“赵老师，刚才的话充分说明你对学校的相关决议还是心存不满的，明明在说你的问题，你怎么又把话题扯到了学校的晚会上？你说我以权谋私？跟我们合作的传媒公司是陈校长亲自审定的，我和这家公司的关系也很容易解释得清楚。至于你说我是假冒的，我只能说你这一天都是在怀疑和假设之中度过的！”

赵杏芳冷冷地说道：“我知道你也想说证据，不错，我现在的确还没有确凿的证据，不过我已经叫我儿子去查了！他就在你那家公司上班！文老师……哦，不！我都不知道是不是还应该叫你一声文老师，也许你自己可以做到毫无破绽，但你并不能保证其他人也做到滴水不漏！”

文君华看了看陈建怀，陈建怀又恢复了之前的那个姿势，眼睛盯着桌上的茶杯，一语不发。

文君华说道：“陈校长，你看……要不要让汪雨薇先回教室？”

文君华的话提醒了陈建怀，陈建怀随即对汪雨薇说道：“汪雨薇同学，如果没有其他的事情，你可以先回去上课了。刚才这里说过的每一句话，发生的每一件事都要守口如瓶，不能外泄！我相信你是个懂得轻重的好学生。”

“我知道了，陈校长，那我就先回去了。”汪雨薇依依不舍地看了文君华一眼，静静地走出了办公室。

赵杏芳又开了口：“陈校长，刚才我说到……”

陈建怀摆摆手打断了赵杏芳的话，面无表情地说道：“好了，赵老师，你也别再说了，后面的事情学校自有安排。今天就先到此为止吧，你们两位先回去忙你们的事情。”

赵杏芳撇了撇嘴，心有不甘地说道：“那好吧，陈校长，既然你不想听，我也不再往下说了。总之我还是那句话，要查就两个人一起查！”

赵杏芳说完就匆匆地走了出去，文君华也转身准备离去，陈建怀却在背后说道：“文老师，你等一下。”

文君华转过身，陈建怀已经站了起来，走到文君华的面前说道：“文老师，晚会圆满结束也有一段时间了，本来我一直打算要对你说声谢谢，但总是被其他事情给耽误了。今天就趁这个机会，我要诚挚地向你表达我的谢意……”

说到这儿，陈建怀缓缓地伸出了手：“谢谢你，文老师，感谢你对学校工作的贡献和付出。”

文君华看着陈建怀，不知怎么，他忽然很不情愿和陈建怀完成这一次的握手。他隐约感觉到，这一次的握手不像是感激之情的传递，倒更像是临近离别时的互道珍重。这一次握手如果不能将两个人拉得更近，那就只会把彼此推得更远……

第四十章 骊 歌

文君华缓缓地向楼下走去，虽然全都是往下的台阶，文君华却感觉自己的双腿如同灌了铅一般沉重和乏力。

面对赵杏芳的质疑和责难，还有所谓的以权谋私，文君华并不在意，他知道凭自己在学校和陈建怀心中的地位，这些都可以轻松应对甚至是不攻自破，可是这个文老师的真实身份呢？文君华不得不痛苦地承认，赵杏芳这一剑真的是刺中了他最致命的要害。

虽然刚才陈建怀并没有明确表态对这件事查还是不查，但文君华却不是一个心存侥幸的人。假冒教师，这放在任何一所学校都是一件不得了的大事，即便这个人工作出色，成绩优异，鹤立鸡群，出类拔萃，也抵不过假冒教师给学校带来的冲击和负面影响。

陈建怀真的会放弃调查吗？不会。文君华苦笑着摇了摇头，很快便否定了自己这一侥幸的想法。陈建怀肯定会去查的，只有查，才能搞清楚这个神秘的文老师的真实身份，只有查，才能彻底清除陈建怀心中的疑虑，确保学校的长治久安。就算陈建怀今天不查，那明天也会查；就算陈建怀本人不去查，赵杏芳也会替他去查。赵杏芳说得太对了，你最多只能保证自己不露破绽，但并不能确保其他人也能做到滴水不漏。

接下来该何去何从？是走还是留？文君华无奈地发现，其实自己已经没有什么选择的余地了。

一切就这么结束了吗？如果自己走了，这个班怎么办？段雪曦又怎么办？文君华忽然发现自己临别之际想到的第一个人不是苏佳芮，竟然是段雪曦！这所美丽的学校，这些可爱的学生，还有那些共同走过的日子，都即将离他而去。而现在他所踏过的每一级台阶，走过的每一步路，说过的每一句话，都将成为自己在这所学校留下的最后印迹……

直到这时，文君华才发现，原来自己是那么在乎和眷恋这一切！一想到这儿，一阵撕心裂肺般的痛苦瞬时涌上心头，让文君华不由得握紧了双手，闭上了双眼……

乔善坤心急火燎地走进陈建怀的办公室："老陈，什么事这么急啊？在来的路上我碰见赵老师，她倒是给我说了一件很奇特的事，把我吓了一大跳，她说刚才已经向你汇报过了。"

陈建怀淡淡地笑了笑："她倒是想得很周全，又给自己加了一道保险。找你来就是这个事，既然她已经跟你说了，我就不再重复了。"

乔善坤睁大了眼睛："老陈，你觉得赵老师反映的这个情况是真的吗？如果是的话，这玩笑可就开大了！"

陈建怀缓缓地说道："老乔啊，现在我们工作的重点不是去猜测这件事到底是不是真的，而是要考虑如果是真的，接下来该怎么办才对。"

乔善坤点点头说道："你说得有道理，如果这件事不成立，那我们也没有考虑的必要了；我们的确是应该重点考虑这件事成立之后的问题……"

乔善坤忽然想到了什么，着急地说道："老陈，我想到一件事，我们可是答应了杨主任，要让文老师去协助9月份的大学生文化艺术节！我们该怎么向杨主任交代啊！"

陈建怀沉默了一会儿，缓缓地说道："这个问题你来之前我已经考虑过了，其实也有解决的办法，那就是——冷处理！

先不要展开任何形式的调查和取证，我们可以先找一个人接手高二（四）班，通知文老师按原定计划去协助杨主任的工作，中间有两个月的暑假，待9月份的大学生文化艺术节结束之后，他也完全有理由不用再回学校了……”

乔善坤眼前一亮：“好办法啊！我怎么就没想到呢！这件事的确就应该冷处理！这样我们既支持了杨主任的工作，又淡化了文老师离去之后的影响，大学生文化艺术节结束之后，我们就说文老师调离学校或者另谋高就了，这么做也算是圆满收官了……但是还有一个问题，如果赵老师绕过我们，擅自泄露了消息怎么办?”

陈建怀表情严肃地站了起来，右手握成拳头往桌上一擂，低沉而又有力地说道：“她——不——敢!”

文君华恍恍惚惚地向学校大门走去，走到两个花坛中间的那片空地时，停下了脚步。9个月之前哥哥文君成是不是也像自己现在这样，情绪失落、满怀沮丧地走出了这所学校的大门？这是巧合还是天意？哥哥那封辞职信还留在自己家里，他只需要把上面的落款时间修改一下就可以原封不动地交上去……一想到这儿，文君华不禁哑然失笑。

这时，段雪曦和彭珊珊如风一般地跑了过来，段雪曦一把抓住文君华的胳膊，无比关切地问道：“汪雨薇一出来就把事情告诉我了，可是，我一定要听到你说，那些事情是不是真的?”

文君华看着段雪曦，十分认真地说道：“雪曦，我对汪雨薇真的没有……”

“我不是说这个！我也从来没怀疑过你!”段雪曦大声打断了文君华的话，“我是说那件事情！你告诉我，那是不是真的!”

文君华看着段雪曦，沉默了几秒钟才缓缓地说道：“9个月之前，有一个从永川萱花中学调过来的老师来到这所学校，他叫文君成，是我的哥哥，也是学校最初给你们定下的班主任，可是他的荣誉和自尊让他无法接受学校对他的工作安排。几天之后，我，一个叫文君华的人，拿着他的辞职信来到了这所学校，可那封辞职信并没有交到学校领导的手里，而我却鬼使神差地成了你们的班主任，和你们走到了一起，直到今天。

“雪曦，你还记得吗？9 个月前我第一次跨进这所学校，就是在这个地方，我遇见了你，一个集美丽和智慧于一身的女孩。可是，没想到 9 个月后，还是在这个地方，我却要和你们分手说再见……”

段雪曦呆呆地望着文君华，喃喃地说道：“原来这都是真的……她没有骗我……”

文君华无比内疚地说道：“对不起，雪曦，我让你们失望了……”

“不！你没有让我们失望！我根本就不在乎你是谁！”段雪曦一边说一边哭了起来，“你知道我的感受吗？你明白我现在的心情吗？我很痛心！我真的很痛心！你说你要和我们分手！你说你要离开我们！”

说到最后段雪曦已几乎是嘶吼着哭喊了起来：“你走了之后我怎么办？这个班怎么办？没有你我一个人扛不住的！你知不知道！”

彭珊珊也大声哭了起来：“文老师，因为有你，我们才团结起来，走到了一起；因为有你，我们才让别人对我们刮目相看！你是我们全部的希望！你要是走了，我们怎么去面对没有你的日子！你怎么就那么狠心抛下我们！离我们而去！”

文君华心头一酸，眼泪几乎夺眶而出，赶紧抬起头仰望着天空，强行忍住了眼泪，颤声说道：“雪曦、珊珊，我不是要狠心丢下你们，和你们在一起的这 9 个月，是我一生中最灿烂、最开心、最快乐的日子！也是我这一生中最美丽和最珍贵的记忆！可是，现在……我……”

段雪曦停止哭泣，满怀期待地问道：“以前不管遇到什么困难，你都会带着我们一起想办法去解决，难道这一次，就真的没有办法了吗？”

文君华深吸了一口气，说道：“雪曦，你要相信我，这也是我再三考虑之后最好的方案。只有我离开，才能稳住赵老师，才能尽量减轻学校领导背负的压力。你也要相信陈校长，他一定会想办法把这件事的影响降到最低程度，这样我才能正常地去协助教委的杨主任搞好9月份的大学生文化艺术节，这也算是一个很不错的结局了……”

彭珊珊哭泣着说道：“几天前你还跟我们说，你会带着我们走上高考的考场，可现在你却告诉我们，你非走不可……”

文君华伸出手，轻轻拭去彭珊珊脸上的泪水，柔声说道：“珊珊，如果我对你们那么重要，那你就要答应我，你一定会协助雪曦把这个班搞好，就算我不在，你们也要努力，也要好好的，一定要顺利地走上明年的考场！”

段雪曦认真地问道：“我想问你，你走了……就不再回来了吗？我还能……再见到你吗？”

文君华笑了笑，说道：“雪曦，既然缘分让我们走到一起，那我相信，就算分开了，这份缘分也依然不会轻易散去……”

段雪曦伸手捂住了文君华的嘴：“我不要听你说什么缘分，你以前一直都跟我们说事在人为！我要你答应我，心里记得我！以后一定要来找我！”

文君华被捂住了嘴，只好用力点了点头。

“那好，你已经答应我了，如果你不来找我，那我就去找你！不管你躲到天涯海角，我也一定要把你找出来！”段雪曦说完才放开了手。

文君华微笑着说道：“你不是有我的电话吗？干吗把话说得那么狠？最快在9月份的大学生文化艺术节上你就能看到

我了。”

“那不一样!”段雪曦清晰而又响亮地说道，说完便转过身背对着文君华。

文君华诧异地问道：“雪曦，你这是……”

“你走吧，不要让我看到!”段雪曦闭着眼睛说道，“我不想眼睁睁地看着你走……我会死的!”

文君华不敢再去注视彭珊珊的双眼和段雪曦的背影，他只能满怀深情地环视了一下左右两边的明德楼和至善楼，才强忍痛楚转过了身，两行热泪终于潸然而下……

不知道过了多久，段雪曦终于睁开了眼睛，她转过头看了看旁边的彭珊珊。彭珊珊也看了一眼段雪曦，忽然蹲下身捂着脸大声痛哭了起来。

段雪曦转过身，大门外的九宫庙正街依旧车来人往，熙熙攘攘，5 月的阳光也依旧那么耀眼和炙热。

段雪曦冲出大门，站在人群中不停地望啊，望啊，可是，却怎么也看不到文君华那熟悉而又亲切的背影……

段雪曦缓缓地走到彭珊珊的面前，彭珊珊抬起头，泪眼汪汪地问道：“文老师，是不是……已经走远了……”

段雪曦伸手拉住了彭珊珊的胳膊：“起来。”

彭珊珊站起身，抽泣着说道：“去哪儿？我不想去上课，不想回家，我哪儿都不想去！我只想看到他……”

段雪曦凝视着远方，轻轻地说道：“我要你和我唱首歌，就是文艺晚会上我们最后唱的那首《骊歌》……”

南风又轻轻地吹送
相聚的光阴匆匆
亲爱的朋友请不要难过
离别以后要彼此珍重

绽放最绚烂的笑容
给明天更美的梦
亲爱的朋友请握一握手
从今以后要各奔西东
不管未来有多遥远
成长的路上有你有我
不管相逢在什么时候
我们是永远的朋友

绽放最绚烂的笑容
给明天更美的梦
亲爱的朋友请握一握手
从今以后要各奔西东

凤凰花吐露着艳红
在祝福你我的梦
当我们飞向那海阔天空
不要彷徨也不要停留

不管岁月有多长久
请珍惜相聚的每一刻
不管多少个春夏秋冬
我们是永远的朋友
……